U0126816

鍛鍊風霜：

台灣戰後隨軍來台小說家解嚴後身分敘事探析

侯如綺 著

臺灣學生書局印行

目次

第一章 導論

第一節 研究背景與問題的提出

一、國共內戰下產生的「軍中作家」

「大兵文學」或是「軍中作家」在文學史上曾經是相當特殊並具有特色的一個現象。軍中文藝的推行，養成了一批出自軍中的作家，其中更不乏以傑出的文學表現持續創作並在文學史冊上留下成就的名字。昔日被認為主導文壇的外省作家，在文學場域已經產生劇烈變化的今日，只剩下少數人在創作。也因此本書特別將「軍中作家」此一稱謂加上引號，因為「軍中作家」只是他們在五〇年代時空下被冠上的文學史稱謂，他們許多人早已轉行、退伍，不以軍人職終老，甚至厭惡被冠以「軍中作家」的名稱。故本書便以「隨軍來台」的小說家，用來概稱這一群一九四九年隨軍來台，曾經短暫或有過長期軍人生活的小說家們。

我們以開放探親的一九八七年為界，觀察文壇中仍在創作的隨軍來台小說家們的身分書寫，那些清楚在小說中由主角或重要人物表現出由中國大陸渡海來台，而歷今已在台灣安身立命、結婚成家，甚至已經子孫滿堂的小說家們。對於出身軍旅的作家而言，即便是十二歲來台當了幼年兵，到了可以探親的年紀亦已經五十三歲，更遑論多數大兵年齡都更長些。台灣從戒嚴兩岸隔絕到一九八七年開放探親度過近長達四十年的歲月。昔日於一九四九年遷台，號稱六十萬大軍的軍人們，也已經由青年至中年，由中年以至老年。四十年的全然隔絕，使時間真空空白，待到四十年後返鄉，時空刻痕在擠壓下，其傷痛殘忍已不是「少小離家老大回」所能道盡[1]，在此之後的他們若還持續寫作，便是進入了生命中的向晚之年。

大陸遷台人數民間一般推估為二百萬。由於早期大部分軍人有兵籍而無戶籍，所以人口推估不明確，人口學家、歷史或社會學家的估計大約是落在一百萬到二百萬之間。根據近期林桶法《一九四九大撤退》中的推估約是一二〇萬左右，軍籍人口佔六十萬。[2]而楊孟軒〈五〇年代外省中下階層軍民在台灣的社會史初探〉估計外省遷台人數應少於一〇九萬人，認為約是早期社會人口學家李棟明九十一萬左右的推估較為精確。[3]軍人來台一般稱之為六十萬大軍，胡台麗引用行政院退除役官兵委員會在一九八七年十一月底所公布的資料，大陸來台軍人約是五十八萬人，[4]

1　此為張放之語。

2　見林桶法：《一九四九大撤退》（台北：聯經出版事業公司，二〇〇九），頁三三六。林桶法認為一九四五—一九五三年來台的外省人數一二〇餘萬較接近實際人數，一九五三外省人佔當時人口一四・八九%。

3　來台軍民的人口推估頗有差異，此根據楊孟軒〈五〇年代外省中下階層軍民在台灣的社會史初探——黨國、階級、身分流動、社會脈絡，兼論外省大遷徙在「離散研究」diaspora studies 中的定位〉中於「大遷徙的輪廓」一節的整理。見台灣教授協會編：《中華民國流亡台灣六十年暨戰後台灣國際處境》（台北：前衛出版社，二〇一〇），頁二三六—五五一。

4　胡台麗：〈芋仔與番薯——台灣「榮民」的族群關係與認同〉，《族群關係與國家認同》（新北市：業強出版社，一九九三），頁一一一。

遷台軍籍人口大約是遷台者總數的二分之一或近於二分之一的人口。

回顧過往遷台外省人[5]的職業身分，戴國煇將台灣的外省人分為八類：

一是追隨國府中央遷台而移入台灣的外省人。

二是埔軍校出身的將領們所統帥的軍方人員。

三是特務機關。也就是「軍統」（軍方委員會調查統計局）與「中統」（國民黨中央調查統計局，俗稱C.C）以及警察機關的上層人員。

四是民意代表與高級官僚集團及其家屬。

五是支持國民黨的財界、經濟界、企業界的領袖。

六是技術官僚人士。他們和政治沒有直接的關聯，而是不願困於國共內戰無法就業、工作，所以想要入台從事戰後復興的公共事業與各項工業。

七是初中、高中以上的中高等教育機關的教職員身分遷入台灣的人士。

5 外省人此稱原是用來標示一九四九年左右由大陸來台的非本地人，有「省外」的人的意思。時至解嚴之後，「外省人」已經在台安居落戶，下一代亦在台灣成長邁入壯年、步入老年，台灣已經成為他們的「家」，以「外省」一詞稱之，就內涵意義而言已不適切。本書所稱的「外省人」乃就長期以來台灣社會的普遍稱呼以及能夠顯示出其族群歷史的稱謂而言，而非有標籤化之意。此外，本書稱為一九四九年來台的外省人，「一九四九」只是一個代稱性的說法。第一代外省人來台時間未必都在一九四九，一九四九前後、一直到五〇年代都有自大陸陸續離散至台者。為求行文方便，不致冗贅，以下皆以一九四九為時間代表。

八是一九四九年高峰期入台的六十萬外省籍軍人，以下級士兵為主。

其中第八類，戴國煇這麼解釋：他們歷經抗日戰爭、國共內戰然後入台。他們多半未婚，或隻身入台，學歷既低，地位且卑，所以大多條件不佳。據說其中文盲佔多數。[6]因此，前七類明顯有別於第八類。前七類的外省人他們有較好的經濟條件，比起老兵他們也較有親屬的關照。而本書所要討論的，主要是當初來台屬第八類的作家。

一九四九遷台外省人身分以職業軍人居多，他們之中的差別卻不是軍人身分所能全然概括。在文學史上他們是一群相當奇特的群體，他們曾先以「大兵文學」被認識，接著又在文學史中以「軍中作家」的名稱被定位。五〇年代文壇進行政治動員，軍人也是文藝動員的一環。一九五一年國防部政治部主任蔣經國提出「文藝到軍中去」運動，一九五二年六月，政治部舉辦「軍中文化示範營」，提出「兵寫兵、兵唱兵、兵演兵、兵畫兵」的口號。[7]一九五四年設置軍中文藝獎，一九五五年蔣介石提出「戰鬥文藝」號召。「文藝到軍中去」運動，鼓勵作家提供軍中創作所需，指導軍中文藝創作。並配合軍中文藝創作策略，一九五四年發行《軍中文藝》，後改名

6 見戴國煇著，魏廷朝譯：《台灣總體相——人間・歷史・心性》（台北：遠流出版事業公司，一九八九・九），頁二九—三一。

7 封德屏：〈國民黨來台後軍中文藝的推展〉，收錄於李怡、張堂錡主編：《民國文學與文化研究・第三輯》（台北：秀威資訊科技公司，二〇一六・十二），頁五八。

《革命文藝》，至一九六二年再改名為《新文藝》。[8] 一九六四年之後，王昇又提倡國軍新文藝運動，推行軍中文藝，成立國軍戰鬥文藝工作隊、編印官兵文庫、舉行國軍文藝金像獎競賽、組織文化工作服務團隊等等，[9] 鼓勵了許多軍中作家投入寫作，亦有「大兵文學」此一名稱。而日後文學史再度回顧這段歷史，軍中文藝也成為標誌台灣五〇年代文學史非常重要的一個特色。研究者封德屏便曾評價：「台灣軍中刊物、軍中作家影響所及，在古今中外皆可算前所未見。」[10]

然我們或也可從另外一個角度思考，為什麼軍中文藝可以動員的如此成功？除了透過國家機器推動、獎勵甚力之外，何以能培養出這麼多作家？而他們其中更有結束軍人生涯仍持續寫作，日後成為台灣文學史上的重要作家者。他們後來的文學成績還是必須依靠自己的力量，只倚賴軍中文藝的獎掖是無法達成的。

一九七六年至一九七七年《出版家》月刊（五一期─五七期）曾有「大兵文學在中國」專欄，邀請文藝界人士和軍中作家討論「大兵文學」一詞，敘述其性質和內涵。其中即提到，大兵文學是以兵寫兵，展現了軍人生活的特殊與戰鬥性，具有反共色彩的時代特性。這除了代表是呼

8 見陳芳明：〈反共文學的形成及發展〉，《台灣新文學史（上）》（台北：聯經出版事業公司，二〇一一），頁二七一。

9 封德屏：〈國民黨來台後軍中文藝的推展〉，收錄於李怡、張堂錡主編：《民國文學與文化研究・第三輯》（台北：秀威資訊科技公司，二〇一六・十二），頁七六。

10 同上註。

應反共國策之外，也表現了在國共內戰下文學被作為政治動員的一環。

然而，若脫去我們所習慣的政治性理解，聚焦於「大兵」本身，寫作者除了具軍人身分之外，特別讓人注意的是「大兵文學」的「大兵」的指涉。尹雪曼在這專欄中敘述：「這一批十幾歲和二十幾歲的青少年。雖然都是正在受教育的時期，可是由於共匪的叛亂，使得他們不得不背鄉離景，參加國軍的行列，以正式的軍人身分或少年兵的資格，跟隨國軍部隊轉戰南北，而於民國三十八年來台」[11]或者是如將姜穆所說，「大兵文學」這個詞「用來自謙，以說明這一代軍中成長的作家，沒有按部就班地接受教育，而自我學習，自我鍛鍊」[12]。張拓蕪便曾自豪的肯定「大兵之能動筆寫文章，之能被稱為一種文學，掃目古今中外也只有我們中華民國」[13]，而張拓蕪自己就是「大兵文學」的創作者。

所以換個角度來說，這些大兵在少年長成青年之際，因為戰爭之故，或是由於愛國情操下的政治選擇，或是由於非自主性的逃難、抓兵、離亂等等可能而被迫離開家園，「當兵」便成他們在戰亂中可以生存下去的一種方式，他們在軍中成長，藉由軍中的資源以各種方式來學習，例如軍中文藝的推行不僅是鼓勵創作和欣賞，還有講座、座談、或者是函授的課程可供學習；在求學

---

11 尹雪曼：〈大兵文學在中國1——漫談大兵文學〉，《出版家》第五一期（一九七六．十），頁五六。

12 姜穆：〈大兵文學在中國3〉，《出版家》第五三期（一九七七．十），頁六七。

13 張拓蕪：〈大兵文學在中國1——一株株野草——小談大兵文學〉，《出版家》第五一期（一九七六．十），頁五六。

方面，也有職業軍人升學管道等等。

外省第二代作家王幼華便曾經這麼描述這一批作家：「這些軍中作家大部分出身流亡學生、難民家屬，在國民政府保存實力的作法下，隨著學校或軍隊撤退至台灣，期間不乏秀異者，他們到台灣年紀都很輕，許多學生因應了當時需要加入了部隊。」[14]又或者，尉天驄《回首我們的時代》在新世紀之後這樣子描述他們：「當時所謂軍中的作家們，其來源多是戰亂中的流亡學生，再不然就是一些在戰亂中為了獲得糊口的機會不得不投入行伍的小知識分子群。」[15]

以現實的觀點看來，最低程度的生存問題解決，才有可能追求自己的喜好，讓熱愛文藝的青年得到發展，或者讓未受完整教育，身心發展都還在狂飆中的青年有了進一步接觸文藝的契機。軍中給予了他們這方面的成長機會和發表空間；除此之外，還可以透過創作競賽或投稿替微薄的軍餉加薪。在內在心理上，這群跟隨政府離散來台，失去親族依靠，甚至在莫可奈何的情況之下投身軍旅的青年，文藝同時也是他們抒發心情的管道。所以「軍中文藝」作為文學史中的重要現象，代表的不只有文學方面的意義，還在於一批因離亂失學的大兵，得以透過軍中資源學習，在重視文藝的氛圍與獎勵下透過筆端明志抒情，進而肯定了自己。

---

14 見王幼華：〈台灣外省籍作家的文學及處境〉，《廣澤地》（台北：尚書文化出版社，一九九〇），頁一八五。

15 尉天驄：〈詩人與同溫層——小記梅新〉，《回首我們的時代》（新北市：印刻文學生活雜誌出版有限公司，二〇一一．十一），頁二九〇。

尉天驄《回首我們的時代》這麼說：「這些人在世界性的熱戰和冷戰中，在無望中忍受流浪、漂泊、孤獨、飢餓、監禁等等現實之苦，面對世界的變化，好像什麼都讓他們想去相信而又不敢去相信。在無所申訴之時，詩和藝術就成了他們最親切的語言。」[16]文學藝術給了他們心靈的暫憩之所，正說明了除了功利性的目的之外，另一部分也成為了他們情感上的慰藉。

軍中文藝的推行有正面的價值，但也有其流弊。封德屏曾含蓄的指出軍中文藝的推行有政治性的功利特質，其強烈的宣傳意味，容易使人產生口號文學的反感。而投注眾多資源的軍中文學，有充足的軍方媒體報刊、雜誌得以發表，在特殊目的之下，因此也和社會文藝產生隔閡，有「各立門戶」的感覺。[17]王幼華更是不諱言的說：「軍中作家在六〇、七〇甚至八〇年代，掌握了大部分的文學媒體，如報紙副刊、雜誌等。他們共同的特徵是忠貞，憂患意識強，同儕團體凝聚力夠，與黨政關係融洽。」[18]他們的說法都不約而同的從思想內涵、文學創造性以及發表媒體上指出了軍中文藝或作家的特質，而如此自然也影響了日後他們的藝術成績和在文學史上的評價。

16 同上註。

17 見封德屏：〈國民黨來台後軍中文藝的推展〉，收錄於李怡、張堂錡主編，《民國文學與文化研究・第三輯》（台北：秀威資訊科技公司，二〇一六・十二），頁六六—七六。

18 見王幼華：〈台灣外省籍作家的文學及處境〉，《廣澤地》（台北：尚書文化出版社，一九九〇），頁一八五。

時光流逝，他們經過時間的歷練、時代浪潮的沖刷，也受到文學史的考驗。早在七〇年代在寫大兵文學的專欄裡面，大兵曾有意識的察覺到學院內作家的興起，對於他們在文學場域中的位置充滿焦慮。張拓蕪便曾經說，在學院派文學未崛起之前，大兵文學是台灣文學的主流；但是學院派作家崛起之後，批評家們便對大兵文學這株「野草」不屑一顧了。[19]或者如姜穆，認為在「盲目知識崇拜」之下，大兵文學將受到學院派文學的排擠，而成為「下里巴人的東西」。[20]

這種焦慮並非空穴來風，至九〇年代，齊邦媛〈二度漂流的文學〉即指出政治開放與本土化的浪潮已漸漸將一些隱居文壇的作品，如五〇年代被稱之為「反共懷鄉」文學沖至邊緣地位的現象，而憂慮這些作品將「可能被放逐作二度漂流」。[21]觀察九〇年代之後的文學場域，這些文學史上的淘洗現象其實相當必然。文學典律化的運作機制下，後來文學史中學院出身的外省作家所受到的重視程度的確大於這批出自軍中的作家，他們在解嚴後的寫作與以往五、六〇年代受到重視的情況實在是不可同日而語。

19　張拓蕪：〈一株株野草——小談大兵文學〉，《出版家》第五一期（一九七六・十），頁五七。

20　姜穆：〈大兵文學在中國3〉，《出版家》第五三期（一九七七・十），頁六八。

21　齊邦媛：〈二度漂流的文學〉，《聯合報》，一九九三・六・二六—二七，收於《霧漸漸散的時候》（台北：九歌出版社，一九九八），頁一九八、二〇八。

二、大兵已老

根據馬森〈當代台灣小說的中國結與台灣結〉一文，曾將外省與本省籍的小說家分為幾個世代，一是一九四九年隨國府撤退來台的小說家，二是年齡大概出生在一九三〇至一九三九年之間，一九六〇前後出現於文壇，被稱為「台灣鎔爐的第一代」作家。三是一九四〇至一九四九年之間出生，「台灣鎔爐的第二代」。[22]葉石濤也曾於〈談王幼華小說〉一文劃分外省來台第二代小說家以及土生土長第二代小說家。前者如白先勇、余光中、於梨華等。接棒的土生土長第二代小說家，則和來台第二代小說家有別，他們來自眷村、小公務員或商賈家庭，散落台灣各地。[23]另外，王幼華〈台灣外省籍作家的文學及處境〉一文中，是將開始活躍於六〇年代的外省作家如田原、朱西甯、司馬中原、段彩華等，劃分到外省來台第二代的世代歸類中。故參照他們的說法，這批來自軍中的作家在年齡上屬於馬森所說的第一代末到第二代，而在葉石濤與王幼華的劃分上，則屬於外省來台第二代小說家。

---

22 見馬森：〈當代台灣小說的中國結與台灣結〉，《燦爛的星空》（台北：聯合文學出版社，一九九七），頁三一九。

23 見葉石濤：〈談王幼華的小說〉「土生土長的第二代外省作家，因為生活經驗的關係，他們文學世界裡較少反應農民生活，較多反應都市裡中產階級的生活。這些作家是王幼華、曾心儀、銀正雄、朱天心、朱天文、馬叔禮、許台英、蘇偉貞、袁瓊瓊等人。」，收錄於王幼華：《兩鎮演談》（台北：時報文化出版企業公司，一九八四），頁二—五。

以年齡來參照的世代分法優點在於明確，缺點則在於較為機械。而另一種以世代作為區分的方法，則是觀察出世代劃分的相對位置而加以區分。例如有些隨軍來台作家出生在大陸，幼年或少年時期跟隨部隊來台，因為他們和到台灣前已經受高等教育的長輩比起來較為年輕，所以把他們列為外省第二代作家。

不過，據葉石濤的比較可知同為外省第二代小說家亦有所差異，有的作家有原鄉經驗，有的則無。故而提醒了筆者，即便我們可能很容易的將第二代外省作家視為是同一個世代群體，但在群體之中也有重要經驗的分別。

葉石濤所舉例的作家如白先勇、余光中、於梨華等人，和王幼華所舉例的田原、朱西甯、司馬中原、段彩華等人，這兩方的作家就有所差異。前者是跟隨著父母親人來台，不論家庭是否圓滿，至少有家庭的照護，但是跟隨著軍隊來台的士兵作家則是「以軍作家」，缺乏親人的安慰。他們必須學習的是自立，不管是在精神或是生活上都是。因此，他們雖然在葉石濤和王幼華的劃分法中，都是屬於來台第二代外省作家，可是就他們本身而言，卻是來台的第一代作家，因為除了在國家所給予的資源以及透過軍隊所建立起來的關係外，他們必須在生存的路上自己拚搏，也因此本書將之視為是來台第一代外省作家，並以「隨軍來台」作為他們重要身分以及生命經驗的標誌。

以司馬中原（一九三三）、桑品載（一九三八）、王文興（一九三九）三位作家為例，他們同樣都是三〇年代出生，彼此在年齡差距上不會超過六歲，生存經驗上卻頗有差異。司馬中原初中之後就去考警員總隊，一九四九年在軍隊掩護下來台，來台之後被孫立人將軍接收。在台先是擔任教育班長，後考儲備軍官訓練班，畢業後擔任參謀。[24]先後曾任教官、訓練官、參謀、新聞官，又任《中華文藝》月刊社社長、中國青年寫作協會理事長等，一九六二年退伍後便專事寫作。桑品載十二歲時為逃難孤身隨著軍隊來台，短暫流浪後加入軍隊求生，成為幼年隊總兵隊員，是這一群軍人作家中年紀最輕的。政治作戰學校政治科畢業，曾任軍中報刊《青年戰士報》、《精誠報》等編輯或記者，後亦擔任《中國時報》人間副刊主編，曾服務《自由日報》、《台灣時報》等報刊或雜誌。王文興一九四六年舉家遷台，高中為師大附中、考取台灣大學外文系。一九六五年開始在台灣大學外文系擔任講師，二〇〇五年自台大退休後專事寫作。

如此看來，桑品載與王文興年齡上只差一歲，桑品載獨自來台，為求生存成為職業軍人，亦在軍中求學。王文興三歲時歷抗戰，後來逃難隨父母來到台灣，能夠在台灣正規教育的系統中至大學畢業，到美國後得到碩士學位返台在學院內服務至退休。而司馬中原未能在正規教育系統內學習文學，不過，他跟桑品載一樣，能夠憑藉著自身在文字方面的長才，在軍中重視宣傳、文藝的背景之下於軍方體系的出版系統中服務、成長，卸下軍職之後在文學及大眾傳播媒體中，獲得自己的一片天。所以，我們對於世代的理解，不應該只是放在年齡、或是相對世代位置上，還必

24 見吳美慧訪問、紀錄：〈吳惟靜女士暨司馬中原先生訪問記錄〉，收錄於陳三井、朱浤源、吳美慧訪問，吳美慧紀錄：《女青年大隊訪問記錄》（台北：中央研究院近代史研究所，一九九五），頁三〇一—三三一。

須重視群體經驗的差異與相同。也因此，「隨軍來台」的作家，本書將之視為同一群體世代。

隨著時間流逝，來台外省第一代作家到一九八七年解嚴後已經死亡凋零，因年老與其他因素而不再創作。而像白先勇、劉大任、馬森、王文興等能夠進入高等教育甚至到後來進入學院的外省第二代作家，則是持續耕耘；且事實上，我們不得不承認，透過學院的洗禮，使得他們獲得了較高的藝術成就，且在文學場域上得到較多的學院資本。這有助於他們作品的傳播以及文學史上能夠得到青睞，佔有一席之地。[25]不過，這些出身軍旅（包括日後非以軍人職謀生到退休，但在早年曾為職業軍人渡過相當長一段時間）的「第二代」（本書視之為第一代）的外省小說家，到了這個時期，他們也多年屆耳順。或許已經步入老年，或即將從中年步入老年，許多人都停止創作，只剩下少數人還持筆奮鬥。相對而言，這群作家在受重視的程度上幾乎是此一時彼一時了。

橫渡時間的長河，從年輕到老年，我們可觀察他們對於寫作空間異變的感受和態度。「在四、五十年代，我們熟知的老作家，意氣風發，下筆千行，如今，你看到他們的作品嗎？」[26]

---

25 解嚴之後，例如白先勇等人出身學院的外省第二代作家所受的重視遠大於出身軍旅的作家。當然，這原因相當複雜，除了兩者所握有的象徵資本差異，還包含其文學史家的史學觀點、評論家的美學傾向、他們個別的文學表現、台灣文學市場的接受度等等。不過，在出身軍旅的這群作家之中，還是有寥寥可數的作家被學院所肯定，在這其中聲譽最高的屬朱西甯，其他尚有司馬中原、段彩華，另還有晚近才較被注意到的舒暢。

26 莊原：〈時代、文藝、老作家、兼評《夢裡人生》〉，收錄於呼嘯：《夢裡人生》（出版資訊不詳），頁三一三。

一九九一年莊原提出他的看法，他不認為是江郎才盡或年老腦力衰退，他認為老作家疏於創作的兩個原因，一是在「提拔新人」的號召與時代潮流下，新人脫穎而出，獨領風騷，老作家相對懶於動筆。另一重要原因在於大眾文化流行，創作「精緻文化」的老作家不屑隨俗。[27]

類似的說法還有司馬中原，一九九一年司馬中原〈讓我們共同營建一個暖春——序「陋巷春暖」〉說道：「在商業文化極端喧囂的今天，許多作品投大眾所好，浪蕩輕浮，已失卻了堅持的方向，難以顯示文學應該具有的重力」。[28]

在文學史的敘述中，我們知道八、九〇年代的台灣文學都被評價為是展現出眾聲喧嘩、欣欣向榮的局面，不過透過這些老作家的敘述，反而強調的是後現代消費文化盛行的負面形象。除了他們不願意跟隨著浮淺的消費文化之外，墨人也曾經指出另外的問題。在他〈我對報紙副刊的期望〉一文，提到了八〇年代的文化轉變：

> 存在主義，意識流開其端，那一陣過了時的西風，確實給中國文學造成了極大的傷害，現在仍然重創未癒，搖擺虛弱。這十幾年來，我們的文學走上了岔路，不但缺少進步，反而

27 同上註，頁三一四。

28 司馬中原：〈讓我們共同營建一個暖春——序「陋巷春暖」〉，收錄李冰：《陋巷春暖》（台北：彩虹出版社，一九九一），頁〇。

在倒退之中。……除了存在主義，意識流給我們的文學造成了重大傷害之外，稿費太低也是一大致命傷。以某報刊副刊為例，五十年代的稿費平均約五六十元一千字，當時我寫一萬二千字的短篇，可以拿六七百元的稿費，相當我一個月的八成俸。……而今某報副刊最高稿費不過五百元一千字……請問有哪一個老作家肯花那麼多心血去寫小說？29

墨人一方面對文壇西風不滿，另一方面具體地說出稿酬的問題。其發言時空為八〇年代初期，從他所說的稿酬問題可見當時的報刊雜誌的生態已經出現變化，多元化的休閒娛樂活動、愈漸蓬勃的商業發展，使得閱讀不再是唯一的選擇。但是作家未必是為了稿酬而寫，嚴肅文學的作家更是。墨人自己便一直持續創作而未中斷，只能說在體力漸漸衰退的晚年，金錢不再推動作家創作的主要原因。

另一方面，墨人對於文壇西風的不滿，則是源自於他是位堅守崗位的文化民族主義者，對西方文化採取拒斥的態度，直到九〇年代還是不改其言論主張。西方文化思潮的進入，固然在七〇年代的台灣文壇有過檢討和批判，不過這並不代表西方文學不能帶來養分。墨人所說的存在主義和意識流這些屬於現代主義一派的哲學思考或是文學技巧，已經深入影響六〇年代以降的台灣文

29 墨人：〈我對副刊報紙的期望〉，《山中人語》（台北：台灣商務印書館，一九八三・二），頁三八二—三八四。

學，他們溶入台灣文學創作的河流之中，已經難捨難分，其看法可見其保守。墨人的主張自然屬於極端的例子，不過我們若放眼昔日所謂「軍中作家」的小說創作，較明顯表現出受到現代主義洗禮的，比起現代詩壇所受的影響顯然少上許多。[30]他們所繼承的文學傳統還是寫實主義傳統，或如王幼華描述他對於六〇年代軍中作家小說創作的觀察：「他們的作品都有相當明顯的三〇年代作品的影響，在作品中雖可見到少許西方文學的技巧，但濃厚的中國味仍充滿作品。」[31]他們從開始創作時的基調便絕大部分都不是來自西方。

他們後期小說的創作題材、風格、和寫作技巧在台灣漸漸本土化且眾聲喧嘩的九〇年代已經無法取得優勢；也可以說，已經無法在求新求變的浪潮中得到注意。然而儘管如此，這些老作家仍如唐吉軻德般的拿起了他們的筆槍，對抗商品化的風車巨獸。且他們多以長篇小說的形式創作，而那偏偏是必須持之以恆、費盡體力的工作，需要以宗教式的虔誠，克服身體極限才能達成。

根據墨人自言，為了完成百萬字長篇《紅塵》一直在鍛鍊身體，除了每天打太極拳還加上登

---

30 當然這些隨軍來台的小說家中並非沒有受到現代主義影響的作家，如舒暢、朱西甯即曾經在小說中強烈的表現出受到現代主義的影響。

31 王幼華：〈台灣外省籍作家的文學及處境〉，《廣澤地》（台北：尚書文化出版社，一九九〇），頁一八六。

山，以訓練自己的體力耐力。[32]寫作時已是六十歲高齡，經歷飛蚊症、中風，墨人固執的不願停筆，幾為寫作而喪命。墨人這麼說：

愛護我的朋友都勸我保重身體，我自己也想多活幾年，但是今天不寫，明天不但會後悔，而且沒有時間後悔，我是以有限的生命來換取這部作品。（指《紅塵》）……我在垂暮之年來做這種傻事，既非為名，亦非為利，只是別人不作我就來作，做完了這件工作我才心安，否則死難瞑目。[33]

若不是有強大動能，則無以抵抗肉體衰退，支撐作家們度過晚年的寫作。不論寫作內容與思考方向他們各有差異，他們卻有不計名利毀譽與堅持寫作的共通點，違背寫作的欲望比安度閒適的晚年更為重要，也更為讓人難安。

在戒嚴長達近四十年的白色恐怖這段時間裡面，由於戒嚴法與動員戡亂臨時條款的限制使得兩岸隔絕。除了法令限制之外，尚有龐大的特務系統的監控，滲透到各行各業之中，故解嚴後的

32 墨人：〈自序〉，《紅塵》（台北：台灣新生報，一九九二・九），頁四。

33 墨人：〈三更燈火五更雞〉，《三更燈火五更雞》（台北：江山出版社，一九八五・六），頁一〇一—一一。原載《中央日報》〈中央副刊〉，一九八四・八・十九。

時空對隨軍來台的大兵們具有特殊的意義。除了得以返鄉探親之外，過往在軍隊中可能懷抱著不平之鳴，或是尚未經過解嚴後新的意識形態與本土化的思想衝擊，他們尚未受到威權統治的鬆綁；解嚴之後，他們的身分敘事在新時空中有了更多的可能。例如張放便曾經自言終於可以說真話，其作《天河》[34]的自序中說道：

> 寧願被讀者咒罵，也要寫出真心話，實在話，絕不討好媚俗，博取讀者的廉價同情。七十開外的老芋仔，也不奢望當個什麼理事、委員了。唱了大半輩子喜歌，做了四十多年抬轎伕，如今也應該醒悟了。（頁八）

作家這番真誠的「自白」，和一般民眾長期以來對第一代外省人的刻板印象是不同的。解嚴之後固然使外省族群受到身分敘事上的衝擊和矛盾，但是，在另一方面我們卻也在張放這段自白裡閱讀到昔日「大兵」終於可以「做自己」、找回主體性的正向性可能。

因此，我企圖以「隨軍來台小說家解嚴後的身分敘事」為角度來思考，重新認識在文學史中已經被標籤化或現今文學場域中被忽略的這一群作家。官方的文藝體制和運動的培植，使他們能夠集體的站上文學史的舞台，就其自身而言，這樣的過程有著重大的價值和意義。他們可以藉此

34 張放：《天河》（新北市：詩藝文出版社，二〇〇七）。

學習、成長，也可以獲得安慰和鼓勵，不過卻也因此限制了他們在文學上的成就。或許是因為他們在文學史上的集體評價太過鮮明，因此當文學史評價大抵「塵埃落定」之後，他們在解嚴後的創作便不再受到重視，而忽略他們在解嚴之後，其實仍有少數小說家克服身體與精神的高峰狀態，持續寫作，並且展現出他們個別的生命與身分思考。

身分的再現不會離開社會脈絡而進行，本書期待從其解嚴後小說作品分析其主體再現，重建自我的敘事，考察何以這些作家孜孜矻矻，寫作不輟的心靈狀態，闡述其創作心理與精神價值。並闡明隨軍來台的小說家在面對解嚴後的特定時空，因台灣社會迎向解嚴而導致的變化，以接連小說家的情感經驗與精神結構，幫助我們了解其身分敘事，從而表現主體的能動性、變化性和自主性，而期待以此開啟出更多的文化意義。

第二節 文獻探討

學界對於早期文學史上活躍於五〇、六〇年代的外省小說家的集體認識以及研究主流，往往集中在五〇年代的反共文學、懷鄉寫作，以及官方文藝機構附翼下的創作與國家意識形態的建構。[35]如傅怡禎《五〇年代台灣小說中的懷鄉意識》、秦慧珠《台灣反共小說研究（一九四九—

35 以解嚴後隨軍來台小說家為視角的研究尚未有專書發表，所以亦將學位論文列為觀察重點。因為學位論文研一九八九）》、莊文福《大陸旅台作家懷鄉小說研究》、簡弘毅《陳紀瀅文學與五〇年代反共體制》、黃玉蘭《台灣五〇年代長篇小說的禁制與想像——以文化清潔運動與禁書為探討主軸》、黃怡菁《《文藝創作》（一九五〇—一九五六）與自由中國文藝體制的形構與實踐》、陳康芬《斷裂與生成——台灣五〇年代的反共／戰鬥文藝》等。反共與懷鄉是當時外省作家重要的集體成果，新世紀之前，對於反共懷鄉小說的認識多在作家的認識、懷鄉意識與背景的分析、主題內涵的探索、寫作特色的歸納、反共懷鄉文學的歷史價值。之後，則開始分析五〇年代文藝體制與國家機器彼此間的關係、文藝體制建構下的文學雜誌、文學獎、文學作品面貌、反共懷鄉文學的文學美學與影響等。

當然，以單一類型來概括他們的創作當然不足以呈現其小說作品的複雜面貌，陳芳明《台灣新文學史》即提到五〇年代中期以後，自由主義、現代主義、本土主義已經有了萌芽的徵兆，軍中作家出身的小說家如朱西甯、司馬中原、段彩華等人已經漸拋反共教條。應鳳凰也提出五〇年代文學生態是動態的，反共文學除了歷史與寫實，也有虛構與想像的層次。[36]此一觀點同樣呈顯

究往往受到學界思潮以及指導老師的引導和影響，所以往往表現了不同階段的研究傾向或是研究風向，所以以下以兼以學位論文為對象，觀察並說明學界對於這群小說家的研究取向。

36 見應鳳凰：〈第二章、「反共＋現代」：右翼自由主義思潮文學版——五〇年代台灣小說〉，陳建忠、應鳳凰、邱貴芬、張誦聖、劉亮雅合著：《台灣小說史論》（台北：麥田出版，二〇〇七），頁一一一—一九五。

在學界研究中而表現作品詮釋的他種可能，如侯作珍《自由主義傳統與台灣現代主義文學的崛起》、徐筱薇《戰後台灣現代主義思潮之出發——以《自由中國》、《文學雜誌》為分析場域》等等，更不用說在專家研究的論文中，特別注意其現代主義的汲取與融合，例如其中最為顯著的朱西甯，張瀛太的博士論文《朱西甯小說研究》對於朱西甯文學階段的變化即有所論述研究。[37]

而再一有力的檢討，是自九〇年代以降，五〇年代的外省女作家的文學成就也被重新評價。邱貴芬即曾論述「這批在戰後初期於台灣文壇享有重要一席之地的女作家，許多都來自於性別觀念較開放的中產階級家庭，或是深受五四思潮的衝擊。就性別反思的層面而言，她們的創作開展

[37] 以上論文分別為：傅怡禎：《五〇年代台灣小說中的懷鄉意識》（文化大學中國文學研究所碩士論文，一九九三）。秦慧珠：《台灣反共小說研究（一九四九—一九八九）》（文化大學中國文學研究所博士論文，一九九九）。莊文福：《大陸旅台作家懷鄉小說研究》（文化大學中國文學研究所博士論文，二〇〇三）。簡弘毅：《陳紀瀅文學與五〇年代反共文藝體制》（靜宜大學中國文學研究所碩士論文，二〇〇三）。黃玉蘭：《台灣五〇年代長篇小說的禁制與想像——以文化清潔運動與禁書為探討主軸》（台北市立師範學院台灣文學研究所碩士論文，二〇〇五）。黃怡菁：《《文藝創作》（一九五〇—一九五六）與自由中國文藝體制的形構與實踐》（清華大學台灣文學研究所碩士論文，二〇〇六）。侯作珍：《自由主義傳統與台灣現代主義文學的崛起》（文化大學中國文學系博士論文，二〇〇三）。徐筱薇：《戰後台灣現代主義思潮之出發——以《自由中國》、《文學雜誌》為分析場域》（成功大學台灣文學研究所，二〇〇四）。陳康芬：《斷裂與生成——台灣五〇年代的反共／戰鬥文藝》（台南：台灣文學館，二〇一二）。張瀛太：《朱西甯小說研究》（台灣大學中國文學研究所博士論文，二〇〇一）。

出日據時代女性創作所未有的空間」[38]；或是范銘如為代表的說法，藉由女作家小說中的台灣空間書寫，指出她們和當時以反共懷鄉為主流的殊異性，並指出她們在政治性上的前衛價值[39]；或者如梅家玲注意到性別與家國想像和意識形態建構的關係[40]。邱貴芬、范銘如、梅家玲等女性學者對於這群外省女作家的再思索，引領了近年對這群作家認識的關愛與挖掘，也帶領了外省女作家研究的發展，迄今仍受到重視。

對比外省女作家的研究如此蓬勃，相反的我們可發現近來學界對這些當初活躍於五、六〇年代的外省男作家的集體討論顯然較低，而是著重於作家個人研究與藝術成績的認識。其中最具代表性的小說家為：姜貴、朱西甯、司馬中原。其他幾位也成為專著或學位論文的作家作品則分別為：田原、段彩華、公孫嬿、舒暢、李冰、趙滋蕃、王藍、彭歌、陳紀瀅、潘壘、楊念慈、蔡文甫、梅濟民、王默人、張放。當然研究量的多寡，不一定代表他們的研究價值或是藝術成就的高

38 邱貴芬：〈《日據以來台灣女作家小說選讀》導論〉，《後殖民及其外》（台北：麥田出版，二〇〇三），頁二二八。

39 見范銘如：〈台灣新故鄉——五〇年代女性小說〉，《眾裡尋她——台灣女性小說縱論》（台北：麥田出版，二〇〇二），頁一三—四八。

40 見梅家玲：〈五〇年代台灣小說中的性別與家國——以《文藝創作》與文獎會得獎小說為例〉、〈五〇年代國家論述／文藝創作中的「家國想像」——以陳紀瀅反共小說為例的探討〉，《性別，還是家國？：五〇與八、九〇年代台灣小說論》（台北：麥田出版，二〇〇四），頁三三—一二六。

低，我想指出的現象是在晚近的研究趨勢中雖開始脫開昔日官方意識型態附庸的標籤，注意到外省作家個別創作的全面評價，但大部分還是取專家研究此一取徑。能重新探討個別作家的創作成就和創作取向，而不再把他們視為是一個同質性高的整體，是邁向新階段的研究進路。不過目前除了專家研究導向外，是否可以不再以反共懷鄉題材為標竿來閱讀和詮釋這些作家們，也不再將他們只作為一文學史現象來認識，而開創他種可能呢？

早在九〇年代齊邦媛〈千年之淚〉一文就曾強調反共懷鄉文學的歷史價值，指出「當年的懷鄉文學的預言性」。這些「歌哭追懷故鄉廢墟的塵封之作，竟是全然契合成為傷痕文學的序曲」。並進一步肯定，「台灣的反共懷鄉文學中。拔根之痛，歷史意義之大，勝過傷痕文學」。[41]王德威在其〈一種逝去的文學？——反共小說新論〉同樣認同其傷痕文學的說法，重新思及反共小說對於流亡作家的意義：「作家們一再的重複個人及群體的痛苦經驗，與其說是臥薪嘗膽，以俟將來，更不如說是自圓其說，重塑安身立命的源頭」[42]，而焦慮並急切的將歷史合理化。陳

---

41 見齊邦媛：〈千年之淚〉，《千年之淚》（台北：爾雅出版社，一九九〇），頁二九—四八。本文原載於民國七十八年，七月二十六、七日《聯合報》副刊。

42 王德威：〈一種逝去的文學？——反共小說新論〉，《如何現代，怎樣文學？——十九、二十世紀中文小說新論》（台北：麥田出版，一九九八），頁一四五。王德威在另一篇文章〈傷痕書寫，國家文學〉中提到了類似的觀點。見王德威：〈傷痕書寫，國家文學〉，《一九四九：傷痕書寫與國家文學》（香港：三聯書店，二〇〇八）。

建忠〈流亡者的歷史見證與自我救贖——由「歷史文學」與「流亡文學」的角度重讀台灣反共小說〉也提出反共文學書寫是流亡者對於死亡和流亡恐懼的自我救贖，另一方面，並批判性的指出「反共文學不只反共，也反映出流亡政權之無力、無能於拯救流亡子民的事實」。[43]而我也曾經在《雙鄉之間》一書中，以離散的視角再次的檢視反共文學，並敘述在離散者心理與文學敘事間的關係。從這些論點中，我們除了可清楚的發現這些論述企圖對於反共文學的價值與文學位置的詮釋，別開蹊徑的挖掘其歷史價值之外，我們尚可見到這些論述對於流亡主體的重視。他們皆不約而同的回到當初反共或懷鄉文學的作家本身，重視其身分經驗的形成和其書寫的意義。

不過，即使遵循著這樣的視域，我們卻也很難否認他們的限制。曾在空間閱讀視域中分析五〇年代女作家激進力量而拓寬外省女性家研究道路的范銘如，在〈劃界與定位——戰後小說再現的中華民國〉一文寫道：

> 戰後二十年間，即使僅僅是在文本想像中，新移民的在地夢始終不能逾越國族主義加英雄主義等弘大論述的雷池。至於中華民國版圖如何弄假成真、建構出新的國族身分與認同的真實故事，則從來不曾敘述於中華民國的小說中，從戰後已迄解嚴，假使不是至今為

---

43 陳建忠：〈流亡者的歷史見證與自我救贖——由「歷史文學」與「流亡文學」的角度重讀台灣反共小說〉，《記憶流域：台灣歷史書寫與記憶政治》（新北市：南十字星文化工作室，二〇一八），頁一三二。

止。[44]

他們之中許多人都與黨、政、軍有密切關係，否則便是後來轉職，在意識形態上很難像是女作家因為和政治保持距離，反而獲得更大的彈性、或者是放在女性文學史或是女性主義視角上別出貢獻，他們對官方思想型態的認同程度更高。他們以文學創作參與國家反共復國的意識形態的集體塑造，因為其工具性，故而在解讀上往往被論者置於反共文藝體制的脈絡上去解讀。但撇開此不談，范銘如的論述也暗指了由於意識型態上的保守與僵硬，他們把時空座標置於過往而未曾直面當下現實，成為了一種文學想像的障壁。這使他們即便是持續創作，身分政治的討論也在九〇年代蔚為風潮，可將視角放在這群外省小說家討論的卻相對稀少。

到了近十五年來的研究中，有自新的研究視野重新閱讀「軍中作家」們的早期作品；另外，也開始注意到外省作家解嚴之後的作品，而作歷時性的考察。

其中兩本外省作家解嚴後作品的研究是和本書較為相關的。這兩本研究重視解嚴以降的外省作家的身分敘事出現的變化，教我們不能忽略身分敘事對於社會現實的細緻呼應，也不能忽略離散者複雜的情感深度。一是翁柏川《「鄉愁」主題在台灣文學史的變遷——以解嚴後（一九八

44 范銘如：〈劃界與定位——戰後小說再現的中華民國〉，《空間、文本、政治》（台北：聯經出版事業公司，二〇一五），頁一六四。

七—二〇〇一）返鄉書寫為討論中心》、一是趙慶華《紙上的「我（們）」——外省第一代知識女性的自傳書寫與敘事認同》以及她的單篇論文：〈鄉關何處：台灣「外省」第一代女作家的流離與歸返〉[45]。

翁柏川論文雖名為「『鄉愁』主題在文學史的變遷」，但因自解嚴後討論起，所以更具體的說，是針對前述「開放探親」以降，具有省親／觀光經驗的外省民眾而言。他的研究對象主要是《聯合報》、《中央副刊》及文學雜誌刊載的散文，以及段彩華的小說《北歸南回》。從他歷時性的研究之中，看見一般民眾由返鄉經驗的現實落差產生認同位移，對台灣的情感步步深化。相對地，文化知識分子的返鄉行動則以觀光旅遊、歷史尋根，至文化交流為重點，旅遊書寫帶有「文化中國」意識，但也是把現實中國變成「他者」凝視，成為具「異國情調」式的文本。從翁柏川歷史性的爬梳中，我們必須承認時間齒輪的變化——即便是頑強的中國民族主義者，也可能在現實情況之中而有認同位移。但另一方面翁在「文化中國」式的旅遊書寫評論中則加以強烈批判；我認為對於無法返回童年、甚至是親情懷抱的離散者而言，文化中國式的旅遊書寫，恐怕是

45 翁柏川：《「鄉愁」主題在台灣文學史的變遷——以解嚴後（一九八七—二〇〇一）返鄉書寫為討論中心》（清華大學台灣文學研究所碩士論文，二〇〇六）。趙慶華：《紙上的「我（們）」——外省第一代知識女性的自傳書寫與敘事認同》（成功大學台灣文學系博士論文，二〇一三）。以及趙慶華：〈鄉關何處：台灣「外省」第一代女作家的流離與歸返〉，《離散與歸屬——二戰後港台文學與其他》（台北：國立台灣大學出版中心，二〇一五），頁一七三—二二八。

是一種現實情感不得的投射式反應，未必代表他們對現實中國無所瞭解。

趙慶華論文中同樣也提到如翁柏川所言的「雙重認同」，但她對此論點採保留態度。因為他們雖可以形式上對自己身後或晚年安養做出「落葉歸根」或是「落地生根」的選擇，可這不足反映第一代流亡者對於認同或生命的真切感受。她們在九〇年代兩岸所經歷「雙重失落」的困境——在中國故鄉被視為「局外人」、在台灣本土意識下被視為「外省人」，這才是她們生命處境的真相。她們對台灣仍有地方之情、對中國懷抱家國之愛，可是「家」，卻是此生難以填補的空缺。趙慶華在其論文中對離散者深刻的情感分析，也間接批判了政治性批判閱讀的缺乏理解。

而新的視野中另具代表性的是學者郭澤寬《官方視角下的鄉土：省政文藝叢書研究》[46]，本書以省政文藝為研究對象，注意到外省作家作品的「在地化」、「現代化」、「族群交流」特質，增加了文學史的思考面向。還有陳建忠《島嶼風聲：冷戰氛圍下的台灣文學及其外》[47]一書與王鈺婷關於台灣作家五〇、六〇年代在香港文壇的系列研究[48]，他們以冷戰、美援時期的視

46 郭澤寬：《官方視角下的鄉土：省政文藝叢書研究》（台北：麗文文化事業公司，二〇一〇）。

47 陳建忠：《島嶼風聲：冷戰氛圍下的台灣文學及其外》（新北市：南十字星文化工作室，二〇一八）。

48 王鈺婷延續她一直以來對於外省女作家的研究關懷持續耕耘，也開拓新的研究視野，分別在民國一〇三至一〇六年以「交流與文化生產——以五、六〇年代童真與郭良蕙的香港文學發表活動為討論核心」、「香港文學場域中的『台灣』——以五〇至七〇年代台灣女作家與香港文壇的關係研究與區域連結為思考架構」執行科技部計劃，近兩年更將研究對象擴及外省男性作家，執行科技部計劃「台港文學交流另一章——論五、六

角，追溯軍中作家和外省女作家的早期作品以及和文藝體制發展的關係，也觸及港台文學流動和他們的文學表現，讓我們更應思考跨文化的複雜性。

採取歷史相關角度者，也有以戰爭議題或是戰爭創傷為切入點來閱讀這群四九年遷台作家的。如吳文《女性、戲劇與戰爭：五〇年代台灣小說中的女演員形象分析——以潘人木、彭歌、司馬桑敦作品為例》、胡明《戰爭永不止息：台灣五〇年代反共小說的精神結構》、趙立寰《戰後遷台小說家之戰爭議題研究——以司馬桑敦、柏楊、端木方、趙滋蕃和朱西甯為例》。[49] 他們同樣以戰爭為視角來思考這群歷經戰爭的外省作家。雖然並非是針對解嚴後作品來論述，然而不論是戰爭中的情感表現、戰爭的遺緒症候、還是冷戰架構視野，對於本書身分敘事的歷史思考都有可借鑒之處。而其中吳文的碩士論文所提出五〇年代台灣文學研究方法的反思和提醒，尤為本

〇年代軍中作家香港發表軌跡及其文學實踐」。她所發表的〈論墨人小說中的小人物、女性形象與異域傳奇之寓意——以發表於《中國學生周報》者為範圍〉，《台灣文學研究學報》第二十九期（二〇一九．十），頁二一九—二四七。探討墨人早期在《周報》發表書寫小人物的小說，墨人此一時期的生命書寫，引發了香港具有南來經驗的離散者的共鳴，也回應香港六〇年代逐漸轉向現實的文壇視野。

49　這兩本碩論和博士論文分別為吳文：《女性、戲劇與戰爭：五〇年代台灣小說中的女演員形象分析——以潘人木、彭歌、司馬桑敦作品為例》（國立清華大學台灣文學研究所碩士論文，二〇一八）、胡明：《戰爭永不止息：台灣五〇年代反共小說的精神結構》（國立清華大學台灣文學研究所碩士論文，二〇一七）、趙立寰：《戰後遷台小說家之戰爭議題研究——以司馬桑敦、柏楊、端木方、趙滋蕃和朱西甯為例》（國立高雄師範大學國文學系博士論文，二〇一四）。

書留意之處。吳文提到，在五〇年代文學研究法中的兩個重要方法：「史實佐證」與「認同政治」的研究方法，常走入先驗和化約的誤區。強調「史實佐證」或者「知人論世」可能意味著過度重視作家與歷史間的因果關係，或者忽略主體在歷史中的能動性；而強調「認同政治」的研究法，則可能帶來忽略作品中的美學表現以及可能走入「政治正確性」的難題或者帶來簡化研究對象的疑慮。[50]而本書在研究方法借鏡斯圖亞特・霍爾（Stuart Hall）對於身分再現的看法，正是強調歷史、文化和權力間的嬉戲，重視主體的能動性，以期避免吳文所提出的疑慮，且更進一步的從身分敘事中去分析、體察小說家們的敘事方式或敘事之美。

所以在外省小說家的研究取向上有著階段性的變化。早期以反共懷鄉作品為主要研究重點，第二階段是關注文藝體制的建構與文學典範轉型的文學史思索；而另一方面，性別與國族的閱讀視角也在女性文學史的關懷中開始受到重視。到了晚近的第三階段，除了持續拓展出越來越多個別第一代外省小說家的專家研究之外，也開始注意到他們解嚴後書寫的變化、特質與認同政治。再者，新的研究角度中，亦放入歷史性的冷戰架構以及戰爭視角，重新省視反共小說家的早期作品。

停滯的時間已經開始轉動——張放、王默人、舒暢、梅濟民、司馬中原、朱西甯、墨人這幾

50 見吳文：《女性、戲劇與戰爭：五〇年代台灣小說中的女演員形象分析——以潘人木、彭歌、司馬桑敦作品為例》（國立清華大學台灣文學研究所碩士論文，二〇一八），頁七—一五。

位隨軍來台的小說家解嚴後仍在書寫，我們不該將這群外省作家視為只能或只會在戒嚴的反共時空中存在。學界對這些外省第一代男性小說家的集體研究取向往往在於反共懷鄉、官方文藝體制、文學史思潮幾個方向，我們不該忽略解嚴後對於外省作家的意義和轉變，他們不只能在五〇年代的反共文學史中被認識，他們在解嚴後亦以中長篇鉅作來證明自己的小說家本位。經兩岸關係異變，台灣也已經歷本土化成為開放社會，他們如何思考自己和台灣社會的變化、如何總結自己的生命價值，如何透過虛構小說的敘事方式來再現身分，成為我研究他們身分敘事的重點。如我們在上一節中所述，這是探討這群曾經活躍於五〇或六〇年代的隨軍來台男性外省小說家解嚴後身分敘事的時刻；且同時也是我們開始認識他們的生命敘事的時刻。

第三節　研究取向與範圍

「身分」，在中文領域的解釋之中，代表著出身、地位、或是資格；「認同」則包含著當事人因主觀情感而接受他人價值、立場的意思，所以前者是屬於客觀層次，後者是屬於主觀層次。近來的文化研究，多數把「身分」與「認同」（identity）混用，那是因為近來的研究中強調身分是一種建構或是選擇，在身分形成或再現的過程中也融合了主觀的情感，故客觀和主觀並非那麼涇渭分明，身分之中，也包含著主觀認同的取向。

斯圖亞特．霍爾（Stuart Hall）曾說明關於「文化身分」有兩種不同的思維方式，一是把

「文化身分」定義為一種共有的文化，具有集體性，有相同的歷史和祖先。而此相同的歷史經驗和文化符碼，會給予此一民族群體，一個穩定、不變和有連續性的指涉及意義框架。[51]

而第二種「文化身分」的思維是強調差異點，也是霍爾所肯定的「文化身分」思維。霍爾指出，這種思維不同於前述所強調認同的同一性，而是認為文化身分既是「存在」又是「變化」的問題。「存在」，是因為文化身分不是憑空捏造，而是有源頭和歷史的；「變化」，是因為文化身分會隨著歷史事物經歷變化的過程。它們絕不會永恆地固定在某一本質化的過去，在歷史變化的過程裡，它同時也會和其時的文化與權力協商。也因此，文化身分從不是固定的、本質的，它並非固著的處於歷史和文化之外。文化身分就是認同的時刻，它會在歷史和文化的話語之內進行協商與定位。[52]

這第二種思維，正是本書的研究取向，本書所要關注的身分課題，便是在歷史和文化話語內不斷進行協商的結果。主體在世界上經驗了各種人事物，所要扮演的角色複雜多樣，在面臨不同的社會情境與要求上，主體往往不只有一種身分。在不同的時刻、不同的需求下，主體將呈現出不同的身分策略。故身分是再現的，它並非一定式的型態，而是當人們必須顯露自身時，便會有

51　司圖亞特・霍爾：〈文化身分與族裔散居〉，羅鋼、劉象愚主編：《文化研究讀本》（北京：中國社會科學出版社，二〇〇〇），頁二〇九—二一二。

52　同上註。

一需要定位自我的方式，選擇某種形式來發聲。故而本書所說的「身分」，便同時擁有客觀和主觀兩層面的融合，它固然是代表一個社會類別，不過主體以此社會類別定位自我的時候，也是主觀的呈現。

如同霍爾所說，文化身分是由記憶、幻想、敘事和神話建構的。[53]敘事是身分再現所採取的重要形式之一。何謂敘事？在此我採行在認同敘事研究領域上具代表性的社會學者蕭阿勤對於敘事的解釋：敘事所指的是以具有開頭、中間、結尾的序列安排，來陳述經驗、行動、或事件發展，而使其具有「情節」的一種論述形式。而小說本是以敘事為本位的，經驗、行動與事件在小說中被賦予情節，從散亂到聯繫，便形成一具有意義的整體。[54]當我們閱讀和作者自己身分一致或歷史經驗一致的小說作品時，便可以解讀為是作者對其自我經驗的一種反思與再現，當他將自我散雜的經驗、行動或事件組織起來，或隱或顯的在小說中設定出情節取向和意識內涵時，便是藉由身分的再現敘事表達了主體如何認識自我的問題。

當一個人認識自我，其來源根據大至民族、歷史、族群，小至個人的生命經驗，它除了涉及了意識，也涉及了無意識。在主體所在的現存處境之中，便會尋求自我的這些資源寶庫，產生其

53　司圖亞特・霍爾：〈文化身分與族裔散居〉，羅鋼、劉象愚主編：《文化研究讀本》（北京：中國社會科學出版社，二〇〇〇），頁二一二。

54　蕭阿勤：〈認同研究中的歷史〉，黃錦樹、張錦忠編：《重寫・台灣・文學史》（台北：麥田出版，二〇〇七），頁四四—四五。

身分認同。小說家在打造文字城堡時，也透過了文字的表意和象徵系統回答了「我是誰」、「我為何成為我」、「我可以成為什麼人」的問題。[55]也因此，身分敘事包含了自我的理解、自我的定位和自我的期待。它既是理性的，也是感性的，它具有理智的判斷，也無法拒絕情感的召喚。

「隨軍來台」小說家，在共同經驗上為一九四九隨國民政府軍隊大撤退中的一員。故而他們都有中國大陸的原鄉經驗，也有著隨軍隊遷移來台的離散經驗，是相當特別的一個群體。如上所述，其群體的特別性在於三個部分：一是其隨軍來台的身分或經驗、二是他們和軍隊、黨國之間有著緊密而複雜的關係、三是他們同時是作家也是文化人。

這是他們相較於其他族群歷史經驗的「特別性」，對他們自己而言的「共同性」；然而他們內部之間亦有其「差異性」。雖他們同是「外省人」、「隨軍來台」、或曾經有某一人生階段獻身軍旅，但他們仍有著階級上、或是經歷、文學經驗上的差異。他們和軍隊有或深或淺的關係，或者是在抗戰時就從軍、或是被迫加入軍隊的流亡學生、甚至是「神秘」而「不可言明」的關係。這都使他們有了相異的理性判斷和情感經驗，而促成他們具差異性的身分認同敘事，以強調不同的敘事面向，組織他們小說中的人物和情節。

正如學者范銘如所指出，身分包含著許多成分，在穩定的狀態下，這些不同的身分指標會在

---

55 蕭阿勤：〈敘事分析〉，瞿海源、畢恆達、劉長萱、楊國樞編：《社會及行為科學方法》（第二冊．質性研究法）（台北：東華書局，二〇一二），頁一四七。

某種優勢論述下維持妥協和諧的平衡。她說明，一旦遭遇到特殊狀況，譬如說在動亂的時空、文化的轉型期或是個體的身體、心理透過自我或異己的空間位移，而出現文化性的比較時，才會對某種身分產生意識。知覺並焦慮各種身分間的對立矛盾，進而啟動另一波融合與重組。[56]而台灣自面臨八〇年代國大代表廢除、立委改選等攸關法統的政治變局，到解嚴後一系列來自上層結構的文化轉型，一直持續到新世紀之後。這群遷台者意識到他們和台灣社會其他族群的差異以及文化場域的變異，而就此再現其身分敘事，就是啟動這另一波融合與重組的代表。

身分是在自我和他人的辯證過程之中建構起來的。從解嚴前的平衡狀態到解嚴後的文化轉型和位移，解嚴後的時空便是這群作家強烈產生意識、知覺並焦慮下產生身分敘事的時刻。解嚴後的文化轉型期的動盪，不是只有針對一九四九遷台者這一族群才產生意義。在陳芳明的〈典範的追求〉一文，曾以「二〇年代的素樸文學，三〇年代的左翼文學，四〇年代的皇民文學，五〇年代的反共文學，六〇年代的現代文學，七〇年代鄉土文學，八〇年代的認同文學」[57]來標誌出台灣每個時期文學的主流風格。可見在八〇年代，解嚴前後就已經大量出現身分認同的書寫。陳芳明在〈後殖民和後殖民——戰後台灣史的一個解釋〉一文中便敘述：

56 范銘如：〈空間、身分與敘事〉，《空間、文本、政治》（台北：聯經出版事業公司，二〇一五），頁七三—七四。

57 陳芳明：《典範的追求》（台北：聯合文學出版社，一九九八），頁二三五。

戒嚴體制在一九八七年解除之後，存在於社會內部的偏頗權力結構才逐漸暴露出來。原是屬於歷史失憶症範疇之類的女性、同志、眷村、原住民的種種議題，都在追求記憶重建之際得到了關切。女性、同志、眷村、原住民等等社群都不約而同注意到認同、身分與主體性的問題。要求權力的再分配，要求價值的多元化，一時蔚為解嚴後的普遍風氣。這種解嚴後的思維方式既是去中心的，更是去殖民的（decolonization）。[58]

本書所討論的這些小說家們的身分敘事，是台灣文學九〇年代以降的「後殖民」書寫中的一環，也可以視之為是一種「抵中心」寫作的呼應。只不過，身分問題永遠不會是絲光滑順的，這股力量在隨軍來台作家中，不是這麼具有一致性的「抵中心」，反而是會呈現出昔日的優勢論述在面對「中心」行將崩解的抗拒和調整。這些身分書寫是解嚴後對於身分位置的一種定位，目的在於達到在威權體制解放之後的「主體重構」[59]。

此主體重構的意義，我認為是正面的、也是積極的。身分的再現，儘管是一種與現存時空處

58 陳芳明：〈後現代或後殖民——戰後台灣文學史的一個解釋〉，《後殖民台灣：文學史論及其周邊》（台北：麥田出版，二〇〇二），頁四一。

59 陳芳明言：「在解放的過程中，各個弱勢族群採取的策略容或與後現代精神有不謀而合之處，但其終極目標絕對不是主體解構，而是主體重構。」見〈後現代或後殖民——戰後台灣文學史的一個解釋〉：《後殖民台灣：文學史論及其周邊》（台北：麥田出版，二〇〇二），頁四一。

境的呼應和對話，並不代表在時間的向度裡，它只向眼前開啟。學者蕭阿勤曾述及，人們體驗時間的方式，不是在感受秒、分、小時、日、月、年等一連串的精確計量單位，而是一種處身在現在、並且以覺察過去與未來的方式在經歷時間的變化。所以，敘事展現的，是人類對時間的特殊經驗方式和結果。[60]身分敘事不會只呼應現在，它同時向歷史開啟，也會往未來邁進。隨軍來台作家的解嚴後書寫時間，已是屬於他們人生中寫作時間上的後期，在這個時期的身分書寫，是他們與歷史和現存世界話語的對話，也是其生命經驗的總結、自我感受的表露，另外，還是作家自身，包含其族群如何在小說中被認識以面向未來的課題。

生命中的重要事件：故鄉生活、少小離家、渡海來台、從軍當兵、探親返鄉、從事文化活動、成為作家、在台灣落地生根等等階段與面向，同時是許多隨軍來台小說家生命的軌跡。在他們創作生命後期的時間裡，覺察台灣文化的轉型，遂而連結了他們的生命體驗開鑿了歷史、經驗與感覺的深層，再現身分敘事。我想要解決的問題便是，小說家們以什麼樣的敘事方式與內涵再現身分？其中或隱或顯的情感與感覺狀態，以及他們表現了何種他們對於生命與後期寫作的態度和思考？如何在和歷史、社會和文化對話的過程中，展現其身分思考？

本書的研究範圍為隨軍來台小說家在解嚴後攸關身分書寫的小說。解嚴後仍繼續維持創作的

---

60 參蕭阿勤：〈認同研究中的歷史〉，黃錦樹、張錦忠編：《重寫・台灣・文學史》（台北：麥田出版，二〇〇七），頁四五。

小說家人數有限，這除了是作家必須長壽到得以跨越一九八七之外，還要對寫作有強大熱誠和動力。

維持創作的隨軍來台小說家除了本書所要探討的小說家外，另還有小說家如楊念慈、段彩華、桑品載、梅遜、呼嘯、李冰、朱介凡等人。而我之所以僅選擇張放、王默人、舒暢、梅濟民、朱西甯、司馬中原這幾位作家為主要討論對象，主要的原因是因為他們在解嚴後的小說創作中，都以足夠的作品分量深刻地表現了他們對自身身分的思考。隨軍來台作家可以寫作的題材與主題繁多，並非所有的作家都會在小說中表現出攸關身分課題的思考。因此我選擇的研究小說範圍的共通性除在於作者本身為隨軍來台者之外，還在於他們的小說時空不管是以清末中國大陸為主軸，還是以台灣空間為重心，他們小說中的主角或是重要人物都曾顯示出是來台「外省人」此一身分。我將此一人物的設定視為是作者身分再現的思考，故以其小說文本為主要分析對象。

而其中較不同的是，我試圖加入身世成謎的作家梅濟民的討論。梅濟民因為在白色恐怖中入獄之故，外界對他的認識都相當模糊。從他本人與其妻的訪談中得知他是由祖父母帶來台灣，住在海軍眷區的他應為軍眷，和我們前述沒有親人、跟隨軍隊來台的作家不同。

梅濟民的代表作為懷鄉文學《北大荒》，於一九七〇年出版，是六〇年代發表作品的集結作。由於政治犯的身分梅濟民一直相當低調，所以從他的資料與訪談都無法得到全然真實的梅濟民，甚至於連他的出生時間都難以確認。關於他的生平資料常常出現不一致的情形。曾研究並拜訪梅濟民遺孀的研究者吳慕潔[61]，特別在訪問中提出梅濟民究竟於何時出生的問題，因根據《國史館現藏民國人物傳記史料彙編》第三十一輯的〈梅濟民小傳〉提到他在身分證上的出生年為一九二七年；不過吳慕潔和梅濟民妻子林秀淑女士訪談時則提出疑惑，林秀淑女士修正說他的出生年應為一九三七年。一九二七年是梅濟民祖父為了多領一份軍餉故謊報多了十歲。但奇怪的是，實際上不足歲的年紀，究竟是幾歲到幾歲就讀台大中文系實在難以推估，這其中的求學歷程，包括梅濟民的妻子自己在整理國史館小傳時也不清楚。也因此，吳慕潔在製作梅濟民年表的時候，在一九四五—一九五四的這段時間裡標註：「此段歷程目前僅有的資料只能知道梅濟民就讀台大中文系，畢業後曾受當時校長閻振興[62]留任助教，並利用課餘在研究所進修」。[63]而至一九五五年，梅濟民就已被判有期徒刑十七年。然若以梅濟民一九三七年出生來記，一九五五年時他不過十八歲而已。

除此之外，讓人覺得迷惑還有《北大荒》。梅濟民為一九三七年生，來台時則只有六歲，而

---

61 此本碩士論文為：吳慕潔：《梅濟民及其作品研究》（國立中央大學中國文學研究所碩士論文，二〇〇九）。由於獨特的機緣，吳慕潔得以拜訪梅濟民的遺孀林秀淑女士，其論文有許多珍貴的第一手資料，為研究者不可忽略的研究。

62 根據台灣大學「臺大校史」網站，閻振興擔任台灣大學校長的時間為一九七〇—一九八一，和年表所繫時間並不吻合。

63 吳慕潔：《梅濟民及其作品研究》（國立中央大學中國文學研究所碩士論文，二〇〇九），頁一二〇。

梅濟民追憶東北童年的散文《北大荒》中卻常常有超齡的經驗和記憶，所以若企圖要以他的散文作品來推斷生平，則很容易感到他的作品充滿想像的迷障，我們可以在作品中看見他本人的色彩，但是卻無法確定是否為他本人的經歷，究竟那是來自於他的祖父母？還是他自己？一如張泠〈這一代的鄉愁——訪梅濟民先生〉所說：「他有時真覺得自己是七老八十的人，和他說話會把人弄得迷糊了，因為他話中的『我』一忽兒是他祖父，一忽兒又回到了他自己。等他發覺，只好再加以解釋，然後訕訕地說：『我已經是三個人的化身了。』」[64]這使人弄不清梅濟民究竟是少年老成，亦或是他出生時間比一九三七年還要早都不能確定。

從梅濟民的經歷，我們可見來台作家在戰爭亂世與白色恐怖之中，可能的偽裝與生存之道，特別是在時空上的錯亂感，「傳奇」的背後，其實是荒謬和荒涼的綜合。由於其邊緣性、複雜性，梅濟民的世代和經歷看來雖和其他作家的年紀略有差距——但事實上也不能肯定，故我仍將他納入討論之中，以突顯其特殊的時代處境。

第四節　章節安排

本書共分八章，除了導論敘述研究背景、前行研究與研究方向等問題，其他各章的安排略述

64 張泠：〈這一代的鄉愁——訪梅濟民先生〉，《幼獅文藝》二九六期（一九七八・八），頁一七二。

如下。

第二章先對隨軍來台小說家解嚴後的身分書寫的精神結構所由來加以探析，並考察在什麼樣的脈絡下，身分會成為他們書寫的課題，並以此章做為之後各章小說家討論的基礎。身分屬性是有源頭又在變化中的，若要探討他們在解嚴後的身分敘事，那麼必須思及原鄉記憶、離散過程對他們的影響、還有來到台灣長期生活之後的經驗與情感基礎、面對解嚴後時空的歷史碰撞所引發的情感變化。本章藉由薩依德對於晚期風格的討論為開場，假道點出這群隨軍遷台的作家在晚期風格上充滿了不和諧的緊張，甚至是憤怒的風格傾向，隨後進一步追尋隨軍來台作家們晚期風格產生的精神結構。我將之分為三部分來觀察，分別是：作為社會背景探討的八〇年代末到九〇年代以降的社會變局與族群議題、他們遭逢兩岸隔絕又在近五十年兩岸隔絕後開放探親，如此的分斷體制下所造成的時空問題、最後是做為文學理想延續的民國文學課題。

第三章以後，則進入小說家的身分敘事探析。而在這群隨軍來台作家中，高度自覺身分問題而創作量最大的，非本章所要討論的張放莫屬。故本書討論張放的分量也最多。張放代表了一九四九來台外省人在台定居的一個典型，其文豪邁熱情，其人又深沉複雜，他有大時代的共性，也有他個人迷人的光采。本章分析張放小說中的身分敘事，理解他身分敘事內在和外緣的因素，並兼而闡述張放小說敘事的精神價值與主體建構的意義。本章先由張放創傷來源的探究出發，再進入張放所思的來台外省人的歷史命運，而勾勒出小說家敘事動力，最後再論述張放小說身分敘事上的形象特點，試圖分析小說敘事對張放本身的意義，並以此體現出隨軍來台小說家的複雜面向。

第四章探討張放與王默人在自傳小說中的身分敘事。張放與王默人一九四九來台，是戰爭的推動，以另一角度來說也是一種現代性的遷移。當初他們都是中學生，未能進入大學，如本章第一節所言，他們因為戰爭而中斷了可能的求學之路，這樣的「半知識分子」代表了一個龐大的群體。張放與王默人兩人都曾經被邊緣化，而在晚年他們都選擇了以書寫來顯露自我。透過自傳中所呈現的自我與人物形象，我們從他們的自我書寫中看到他們在亂世中的痛苦，也讀到他們在亂世中的堅持和判斷。他們或倚靠自學，或是從軍之後讀書，成為相對當代社會下非常特殊的一群知識群體。

第五章則以空間角度來透視身分問題，探討舒暢《那年在特約茶室》與梅濟民《火燒島系列風情》兩部作品。這兩部小說同樣發表在九〇年代初期，兩位作者也同樣是由自身經驗（軍人／新生）出發，分別書寫在戒嚴時期兩個異質空間「特約茶室」和「綠島監獄」中的身體。金門做為反共復國的堡壘、綠島成為監禁犯人的惡魔島，這兩個島嶼有著相對於台灣本島的符號性指涉。但是，創作主體面對無法主動加以扭轉的空間場域，也有其主觀感性和思想，他們的書寫在抗議扁平化的符號意義加諸他們的同時，也深度地展開了自身身分與存在課題的思考。

倫常的強調是早期反共小說的一個特點，倫常也是國民政府所強調的道統和法統中的重要內涵，皆為早期離散者小說身分建構中重要的一個面向。第六章所討論的是在解嚴之後倫常書寫變化的兩種方式：司馬中原《最後的反攻》和朱西甯的《華太平家傳》。這兩部作品不約而同的指向倫理道德的思考，但不再將法統和道統結合。司馬中原以戲謔狂歡的姿態，調侃當權者的道統內容，對滲透至日常行儀的僵化性政治話語充滿不耐，而將之荒謬化，表現出對官僚系統的欺騙和抗議。朱西甯則索性重回那更純粹的文化身分，表面看來是一種對於現實的迴避，實則以退為進、以復古為新生，讓情在日常處顯現，樹立起儒家倫理和諧的道統文化，合契於天道。

第七章探討墨人小說《紅塵》與《紅塵續集》的文化身分書寫。《紅塵》的誕生和完成，亦是墨人對自己一生記憶的交代。敘事是自我主體建構的重要方法。我們或可將主體視為存在的一種狀態，以及成為一個人所經歷的過程。當他再現此一自我主體的同時，並非是代表他對記憶的重塑，而是他在接收時代、環境與歷史後的辯證性成果。墨人在此一成果中，最為特出的身分書寫，便在於他念茲在茲的中國民族文化的思考。尤其是他特別強調儒釋道在中國文明中的位置，並認為由於中國未曾正視並運用此一文化寶庫，而導致近代中國連連敗亡。墨人的思考中包含著離散者對於中國文明的驕傲、也包含著對於中國文明消失的焦慮，他的身分思考在後現代台灣時空中，顯得既特異又頑固。

第八章結論，總結上述各章。

第二章　隨軍來台小說家解嚴後身分敘事的精神結構

本書各章節討論的隨軍來台小說家解嚴後小說中的身分書寫，主要對象分別為張放（一九三二—二〇一三）、王默人（一九三四）、舒暢（一九二八—二〇〇七）、梅濟民（一九三七—二〇〇二）、司馬中原（一九三三）、朱西甯（一九二六—一九九八）、墨人（一九二〇—二〇一九）。他們的作品出版時，作家年齡大部分分布在六十三—七十六歲，以作家的寫作生涯來看，都可以說是他們向晚階段的作品。這些作品分別是王默人七十六歲出版的《跳躍的地球》（二〇一〇）、舒暢六十三歲出版的《那年在特約茶室》（一九九一）、梅濟民五十六歲出版的《火燒島風情系列》（一九九三）、司馬中原七十六歲出版的《最後的反攻》（二〇〇九）、朱西甯過世後出版遺作《華太平家傳》（二〇〇二）、墨人七十二歲與七十三歲分別出版的《紅塵》（一九九二）、《紅塵續集》（一九九三）。而其中討論作品最多的是張放，由於他對於身分敘事有高度的自覺，解嚴後創作的作品數量比其他的作家都還多，到他過世之後仍還有兩本遺作出版，故不特別在此詳列。

薩依德曾在《論晚期風格》一書思考，當人生到了最後或晚期階段，隨著肉體衰老而不再健康，那些偉大的藝術家們人生漸近尾聲，他們的作品和思想如何在此時生出一種新的語法？這新語法，薩依德名之曰「晚期風格」。[1]

---

1 艾德華・薩伊德（Edward W. Said）：《論晚期風格：反常合道的音樂與文學》（台北：麥田出版，二〇一〇），頁八四。

「晚期」，此一不具有嚴格意義的時間指涉，乃是他借鏡阿多諾之說。阿多諾所說的「晚」是超越接受的、正常的而活下來；薩依德則再加以說明，「晚」，就是根本不可能在「晚」之後繼續發展，不可能超越「晚」，也不可能把自己從晚期裡提升出來，「沒有超越或統一這回事」。[2]

薩依德在《晚期風格》一書中提問，藝術家在生命晚期階段是不是會隨著年紀與智慧的增長，而有什麼樣獨特的感覺和形式特質？他將晚期風格分為兩種類型，一是「在一些最後的作品裡，我們遇到固有的年紀與智慧觀念，這些作品反映一種特殊的成熟、一種和解與靜穆精神，其表現方式每每使凡常的現實出現某種奇蹟似的變容（transfiguration）。」它有新的、青春的元氣，成為藝術創意和藝術力量達於極致的見證。而第二種晚期風格則是相反：「並非表現為和諧與解決，而是冥頑不化、難解，還有未解決的矛盾」。而這第二種充滿不和諧的緊張的晚期風格是薩依德關心的：年紀和衰頹產生的不是「成熟是一切」的靜穆，而是涉及一種刻意不具建設性的、逆反的創作。[3]

在這裡舉出「晚期風格」一詞，我想特別提出的是關於「晚期」的思考。和薩依德不同，他

2 艾德華・薩伊德（Edward W. Said）：《論晚期風格：反常合道的音樂與文學》（台北：麥田出版，二〇一〇），頁九二。

3 同上註。

所提出的晚期是與作家前期相較來說，在作品風格上產生了難以解讀的變化；不過我並非要著眼於藝術形式改變此一方面加以申述，我更想提出的疑問是，當隨軍來台作家們在台灣社會步入解嚴之際，也即將步入老年期，肉體老化，青春不再，經歷隨著年歲提升，智力卻無法再創高峰，作家仍然持續創作，表現為何？如何可能？這也是本書所要解決的課題。這個時期還在創作的作家們，顯然很難在這個時期裡面做更大的超越提升，即使他們相當長壽並且持續寫作，但若以一個作者的寫作階段來看，已經是他們最後一個階段。

放在台灣文學的場域來觀察，隨軍來台小說家這一特殊的群體在步入晚年之後，面臨生命終將面對的死亡終曲，亦在作品中叨叨絮絮。而這叨叨絮絮，卻也是他們念茲在茲的所在。他們所面對的寫作課題，其實也是生命中的身分課題。這樣子的身分課題影響了他們的寫作，也造成了他們作品呈現出一種共性來。他們早年的寫作回應了熱血沸騰的時代，晚年的寫作空間異變，他們以另一種堅毅回望人生，用滔滔不絕的方式再度回應、質疑時代，也回應自己。

觀察這群隨軍來台小說家解嚴後的身分敘事，正可借用薩依德所說的第二種晚期風格的描述：不是靜穆，而是表現了不和諧的緊張感。張放孜孜矻矻艱辛的寫下十多本關於外省人在台命運的小說，其中多數在揭露白色恐怖的壓迫，充滿長歌當哭的辛酸；王默人在《跳躍的地球》中憂憤回顧受到白色恐怖壓力而導致的離散人生；舒暢《那年在特約茶室》寫出禁婚令下進退兩難的軍人處境，辯證身體的禁錮和救贖；司馬中原《最後的反攻》嘻笑怒罵的以「性」為破口，嘲弄體制與命運；朱西甯《華太平家傳》背反時代潮流，以小說經營故鄉日常，寫出道德原鄉《華太平家傳》；墨人《紅塵》寫下中國近代百年來的命運，實則以文化民族主義的角度保守中華文化，間接地傳達不知該往何處去的離散者之思。整體來說，他們憤懣大於憂傷，焦慮大於憂愁，看來豪邁昂揚，但又難掩悲憤難解的情結。

這群隨軍來台作家在解嚴後寫作之中所呈現的矛盾狀態，其實正也體現出「開放的與保守的」、「中國大陸與台灣的」、「戰前的與戰後的」多種樣態奠基的精神結構。這樣子的現象不會是和諧，而是無法解決的矛盾。他們的晚期書寫，來自於他們特殊的精神結構。以下分為三個部分加以申述分析：

第一節　開放與封閉的衝突

一、開放：政治、社會、文化局勢的改變

一九四九的大遷徙，來台人數高達百萬人之多，對台灣所造成的衝擊不言可喻。遷台者和本土的居民之間，彼此原就會有許多的調適的問題，而這些在政治資源分配不均、政府治理失當而造成社會秩序的混亂下，使得問題變得愈加激烈，直至二二八事件的衝突爆發，終成為遷移者和本土居民之間的歷史傷痕。

來台遷移者和原來的本土民眾之間，本有光復前兩方歷史經驗所造成的文化差異，在政府採

行「中國化」策略而獨尊特定的中華文化的影響下，更造成省籍情結。戒嚴時期禁止族群間的衝突，在反共復國、恢復中華文化的意識中，強調國家社會的整體和諧，居住在眷村中的外省人在眷村中自成格局，欠缺和其他族群的深度來往，也因此缺乏相互理解不同族群文化的契機。民間的生活之中，外省居民和本土居民真誠往來，省籍情結隱沒，但不代表消失。

七〇代末期，國際、經濟、社會環境的改變下，黨外人士開始結盟爭取民主，近三十年來國民黨始終是一黨獨大的局面，黨外人士企圖要突破嚴峻的威權高牆，陸續發生了中壢事件、美麗島事件等衝突，促動了民眾對於執政者作法的思考。進入八〇年代，以美麗島大審判揭開新的時代序幕。一九八九年台灣股市首破萬點，錢潮滾滾，房地產業隨之蓬勃發展。南方朔如此形容八〇年代的後半期：「人們飆過政治，接踵的還有飆車、飆金錢、飆股票、飆大家樂、飆是一種狂歡與耽溺，八〇年代的後半，我們沈醉其中。只不過幾年的時間，台灣就全部變了樣，八八年一月蔣經國逝世，更確定的標誌著那個舊時代已不可阻攔的成了過去。」[4]不僅說明了當時台灣社會的集體氛圍，也呈現了時代的轉型面貌。

國民黨的法統位置早受質疑，至八〇年代，黨國的權威統治已經無法全然的說服民眾，社會上的抗議行動日多，它是台灣經濟狂飆的年代，也是民主關鍵性成長的一年。在台灣爭取民主的

4　南方朔：〈青山繞路疑無路〉，楊澤主編：《狂飆八〇——紀錄一個集體發聲的年代》（台北：時報文化出版企業公司，一九九九），頁二八。

歷程中，過往未曾正視的省籍問題一併浮上檯面。長期研究台灣族群的社會學者王甫昌認為台灣族群認同的發展，乃是在政治的競爭中建構而成的；他進一步說明在八〇年代前半期，反對運動陣營中強調「群眾運動」以及「台灣民族主義」意識形態路線的激進流派，因為較能夠在當時對民眾提出一個具有吸引力，並且提出可和國民黨的中國民族主義意識形態相抗衡的政治理想，所以逐漸地取得優勢。[5]王甫昌說明，歷經黨外雜誌以及群眾運動的奮鬥，黨外通過反覆的討論，遂漸漸出現比較清楚的主要論述：台灣人民在過去幾百年中受到不同外來政權的輪替統治，沒有政治權力決定自己的命運，因此他們要求「台灣人」站出來對抗外來政權，在政治上當家作主。[6]

王甫昌認為，雖然民進黨強調不分本省還是外省人，只要認同台灣這塊土地的都是台灣人。但是，台灣民族主義的內容主要還是根據本土居民的歷史和文化經驗為基礎的論述。[7]蕭阿勤在《解構台灣》一書中，即認同王甫昌的研究，台灣民族主義的發展，乃是反對運動對國民黨政府長期以來的抗爭結果，[8]群眾以台灣民族主義論述挑戰了以威權統治他們的黨國，此一論述下卻

5 另一位社會學家蕭阿勤也提到，民進黨成立以後，激進派在其中較占優勢，民進黨在八〇年代後半葉的反對運動方式主要在於發動群眾集會和街頭抗爭。台灣民族主義則是這些群眾運動主要的意識形態方針。蕭阿勤：《重構台灣》（台北：聯經出版事業公司，二〇一二），頁二〇五。

6 王甫昌：《當代台灣社會的族群想像》（新北市：群學出版公司，二〇〇三），頁九五—九六。

7 同上註，頁九五—九六。

8 蕭阿勤：《重構台灣》（台北：聯經出版事業公司，二〇一二），頁五二。

也隱含了過往未清楚言明的省籍問題，而替九〇年代隨著選舉之勢而起的省籍矛盾埋下伏筆。

王甫昌指出，到八〇年代末期，縱然本省籍民眾不一定都同意「台灣民族主義」的全部論述，但是此一論述觀點還是在一定程度上得到共鳴與認同。關於國民黨壟斷政治、不願意進行國會全面改選、長期強調中華文化、中國歷史，而忽略貶抑台灣本土歷史與文化的這些看法，逐漸的被許多民眾所接受。[9]隨著選舉，本土民眾的省籍情結有了抒發的出口以及發聲的機會，而因此被建構組織起來，透過選舉動員以及選票反應出來。觀察八〇年代末的各種選舉，民進黨平均大約獲得百分之三十左右的票。雖然民進黨否認本身是「本省人的政黨」，但民進黨以本土民眾支持者為多數。許多研究指出，只有不到百分之十的外省人會把選票投給民進黨。即使不是所有的本土人士都支持反對運動，但民進黨的得票率有百分之九十五來自於本土居民。[10]

另一方面，為對抗整體局勢的變化，國民黨內部則是自七〇年代開始漸漸本土化，期間歷經不少內部的政治爭鬥，是一個緩慢的台灣化過程。一九七二年蔣經國內閣開始，本省閣員人數倍增，台灣省主席首次由本省人（謝東閔）擔任。一九七八年蔣經國就任總統，一九八四年連任，李登輝任命為副總統。一九八八年蔣經國過世，由副總統李登輝繼任總統，一九九〇年經國民大會選出李登輝擔任總統。一九九三年時，本省人已經掌握國民黨中央常務委員會百分之五十七的

9　王甫昌：《當代台灣社會的族群想像》（新北市：群學出版公司，二〇〇三），頁九八。

10　蕭阿勤：《重構台灣》（台北：聯經出版事業公司，二〇一二），頁二〇七—二〇八。

席次。同年，連戰獲李登輝提名，取代郝柏村成為戰後第一位本省籍的行政院長。

政治環境的變化越來越大，一九九一年民進黨修訂黨綱，加入「建立主權獨立自主的台灣共和國」此一條文。李登輝自九〇年代開始積極推動憲政改革，先後完成終止動員戡亂時期、國會全面改選、地方自治法制化，台北高雄兩直轄市長及台灣省長直接民選、總統直接民選、精省等重大改革。[11]一連串的改革與事件都代表著中華民國台灣化的趨勢底定，中華民國代表全中國的法統實質上已經不存在。在這過程中出現許多反對聲音，一九九三年一月上旬台北街頭出現「中華民國各界救國護憲大同盟」、大陸各省同鄉會，與「中華民國愛國同心會」等支持郝柏村團體所舉辦的遊行。有些老兵每天到國民黨中央黨部前抗議李登輝，與警察發生衝突，[12]還是抵擋不住政治結構變革的走向。

一九九三年新黨脫離國民黨成立，主張反對台獨、捍衛中華民國、反對金權政治。一九九四年省市長選舉期間，新黨與民進黨支持者爆發嚴重的鬥毆、燒車等衝突，民進黨的支持者對新黨喊出「中國豬滾回去！」，傷害許多外省人的感情與尊嚴。[13]長期以來以正朔自居，而認為終歸

---

11 見中華民國總統府網站：https://www.president.gov.tw/Page/86。

12 若林正丈：《戰後台灣政治史——中華民國台灣化的歷程》（台北：國立台灣大學出版中心，二〇一四），頁二五〇。

13 見王甫昌：〈族群意識、民族主義與政黨支持：一九九〇年代台灣的族群政治〉，《台灣社會學研究》第二期。https://www.ios.sinica.edu.tw/ios/publish/2nd/wang_all.htm（中央研究院社會學研究所網站）。

回返神州大陸的王軍義師，本自認為是社會的中堅主流，長期以來也已經在台灣這片土地上辛苦耕耘，並未想到在本土化與民主化的過程中，本土人士長期受到壓抑的情緒，會在政治動員之中化約為全稱式（「外省人」）的攻擊修辭。昔日軍人保家衛國犧牲的、崇高的形象，在九〇年代之後徹底的拉下了神壇，而成為了「殘軍敗將」[14]，使得外省人隨之產生了弱勢以及污名化的感受。從李登輝政府時期到陳水扁政府時期，外省人一直在一種焦慮的狀態裡，而且越演越烈。陳水扁政府許多在文化象徵上的變更，使得外省人感到不安；尤其是隨著台灣民族主義的高張，更讓外省人感到被排擠而有尊嚴受損的心理。最具代表性的便是朱天心在〈古都〉中的那句著名的句子：「難道，你的記憶都不算數……」，道盡其惶惑不安的挫折心理。

我們從作家的雜文之中，便可以發現出這樣的例子。馬以工《老虎吃蝴蝶》一書開頭便敘述一九九四年選舉，民進黨「邊緣人」宣傳車上寫：「中國豬！滾回去！」赤裸的呈現反外省人情結一事，以及此事的相關效應，而巧妙的以蝴蝶遇到老虎來形容弱勢族群（外省人）遇到強勢族群（本省人）的無奈。[15]何飛鵬在替《老虎吃蝴蝶》一書所寫的序〈誰該對省籍情結負責〉中即

14　二〇〇四年，六月十五日，郝柏村等退役將領在台北市大安森林公園慶祝黃埔建軍，批評陳水扁總統。民主進步黨籍立委蔡啟芳、林進興和台灣團結聯盟籍立委何敏豪，在立法院舉行記者會，反穿俗稱「黃埔大內褲」的軍用內褲，嘲諷郝柏村等退役將領，說這群人的黃埔精神是轉進、「落跑」的精神。見 http://www.epochtimes.com/b5/4/6/15/n569148.htm。

15　此比喻的原文為：「弱勢族群面對強勢族群時，也有一種蝴蝶遇到老虎的無奈。當然蝴蝶會飛，老虎不一定

認為李登輝有意塑造「悲情本省人」的形象取得勝選，李登輝應對省籍問題負責。[16]一九九三年王幼華〈主客易位的外省族群〉一文也形容：「批評外省人的話隨處可見，慢慢的外省人、國民黨變成罪惡的代名詞。台灣今天的繁榮與他們的領導無關，台灣的成就完全來自台灣人的努力。他們飽受侵凌侮辱，要出怨氣的日子來臨了。在某些共識上，外省人和國民黨是台灣要更進步的阻礙」[17]因此，「外省人」身分是不是一個問題？在九〇年代的台灣，這些問題都在強烈的情感衝擊下，失去了歷史脈絡與語境的解讀和相互理解，成為外省人身分思考上一個明顯而尖銳的問題。

二、封閉：軍隊與榮民的養成

從上述可知台灣的族群問題自八〇年代到步入九〇年代以後呈現出激烈的衝突。而隨軍來台的作家們會如何面對九〇年代以降的身分課題呢？人的主體儘管會為當前環境做出相應的回應，回應與選擇的來源還是來自於過往的經驗源頭，包含歷史與文化的浸染。固然身分敘事會因為個

吃得到，真的吃下去，也沒什麼營養，還會嗆一鼻子粉，不也正是事件的真實。」馬以工：《老虎吃蝴蝶——從省籍情結到怨親平等》（台北：商周文化事業公司，一九九五），頁一〇。

16 何飛鵬：〈誰該對省籍情結負責〉，馬以工：《老虎吃蝴蝶——從省籍情結到怨親平等》（台北：商周文化事業公司，一九九五），頁五。

17 王幼華：〈主客易位的外省族群〉，《獨美集》（苗栗：苗栗縣文化局，二〇〇五），頁三四。

人的情性和經驗而有所差異，不過整體的心理結構仍無法脫離，所以我們必須將之放入歷史之中來看，理解軍人是一個特殊群體，特別是在中國近代歷史上有特別的養成脈絡。

關於中國國民黨軍人在上一世紀的養成，在王鼎鈞〈新兵是怎樣練成的〉一文中曾回顧自己自大陸來台的從軍經驗道：「新兵的訓練就是挨打」。而班長打人沒有準則，下手又狠，班長們常說，你的事到了我的手裡，要多輕鬆有多輕鬆，要多嚴重有多嚴重，這叫「提起千金，放下四兩」。[18]小兵故從此不確定之中衍生恐懼，最後終歸放棄掙扎、放棄自我，所以王鼎鈞說：「軍人所受的訓練，『老百姓』[19]很難了解。那時，建立軍隊的特殊性，要從人人挨打的時候甘之如飴開始。他要摧毀我們每個人的個性，掃蕩我們每個人的自尊……從自輕自賤中生出勇敢，萬眾一心，誓死如歸。我稱之為『無恥近乎勇』」[20]。王鼎鈞最後補充說明國民政府退守台灣之後，軍隊素質升高，才廢止了殘酷的打罵教育。

18　王鼎鈞：〈新兵是怎樣練成的（上）〉，《關山奪路——王鼎鈞回憶錄四部曲之三》（台北：爾雅出版社，二〇〇五），頁五六—五八。

19　王鼎鈞且說明：「『老百姓』，這一條是每個新兵的原罪。班長打一下，罵一聲活老百姓，打一下，罵一聲死老百姓，好像和老百姓有深仇大恨。」（頁五六）而他也進一步批評，如此作法教育出卑視、欺凌百姓的官兵來，而與百姓對立，以百姓為恥；如此軍隊自然不會得到百姓支持，一九四九年國民政府已經吞下苦果。見王鼎鈞：〈新兵是怎樣練成的（上）〉，《關山奪路——王鼎鈞回憶錄四部曲之三》（台北：爾雅出版社，二〇〇五）。

20　同上註，頁六二。

而同樣的，桑品載（一九三八）也在《小孩老人一張面孔》中也寫下了軍中的特殊生態。一九五〇年，十二歲隨軍來台的桑品載，在基隆流浪了三個多月，經過好心人的協助而進入軍中成為幼年兵。獨自離開舟山故鄉的他，以軍作家，才得以在陌生的台灣生存下來。他也曾回溯軍中生態：

> 我們在幼年兵營的訓練十分嚴格，打罵成為常態。罰站、罰跪，不需要理由，常常只是長官一種情緒發洩，甚至是展現威風。
>
> 嚴格情況當然不只對幼年兵如此，對入伍生總隊如此，不分軍種，都如此。幾十年後回想，覺得有此要求，源於最高統帥的焦慮；蔣介石來台灣後以「離此一步，即無死所」展現個人復仇意志，還剃了光頭，要求部隊快速練成「不敗金剛」……「一年準備，兩年反攻，三年掃蕩，五年成功」，他要抓緊時間，軍人就得加緊訓練。
>
> 帶領我們的幹部，連長、排長、班長、副班長，沒一個不是經過打罵訓練的。21

這是五〇年代的景況，而桑品載將之解釋為是領袖焦慮的表現。再加之長期以來軍中更有著特別

21 桑品載：〈一九五〇──台灣有群娃娃兵〉，《小孩老人一張面孔──鄉愁的生與死》（台北：爾雅出版社，二〇一三），頁八二。

的封閉性，張拓蕪的散文中這麼寫：「軍中三令五申的嚴禁軍人參加軍中以外的任何社團組織，其實我們絕大多數軍人，不但純潔得如一張白紙，並且堅貞得有如磐石，嚴密的好似鐵桶，任何外界的思想、風潮，都別想潑進一滴水，滲透一絲風。」[22]如此一來，這樣子的教育方式缺乏與外界的接觸，若非有高度的自覺，更是會將教條性的領袖意志頑固的深入精神之中，甚至形成一種依賴感。

大兵退伍而成為榮民，退伍後的生活問題，亦由政府來安排。胡台麗〈芋仔與番薯——台灣「榮民」的族群關係與認同〉一文，對於榮民生活與特殊的群體狀態有詳細的解釋與說明：從一九五四—一九六八年，先由行政院設「國軍退除役官兵就業輔導委員會」，用近四千兩百萬美援經費於安置計畫，安排低階士官兵在就業、就醫、就養上的去處；再由立法院通過「國軍退除役官兵輔導條例」，給予退輔會在就業輔導上的保障和優惠。之後輔導會亦訂定「國軍退役官兵就業安置順序」讓退休士官、軍官支領生活補助費。因此，政府在榮民照護上如同大家長一般，給予許多照顧和協助，使榮民能夠在台灣生活下來。榮民之家和眷村受到軍方從生到死的補助和照顧，榮家與眷村的管理人員都有其系統與組織，等於是吸納在一獨特的軍政組織系統內，因此和台灣外界多半隔絕而自成單位。而相對的，政府在管理上也很善用組織的力量，恩威並施的督導

22 張拓蕪：〈白頭宮女〉，《嬰拓荒蕪的大兵傳奇》（台北：九歌出版社，二〇〇四），頁六三。

他們以累積政治資源。[23]

故而從進入軍中到退伍成為榮民，由於長期以來意識型態的固著、軍政關係的親密、生存上的依賴、社會關係的單純、情感上的依附，他們既缺乏和本地居民的深刻互動，台灣社會在戒嚴狀態中資訊開放性亦不足，因此和外界社會隔絕形成了封閉狀態。胡台麗便在論文中提出其重要的觀點：

> 因為在台灣與家庭殘缺不全使他們對待他們來台是他們如子弟的政軍領袖老蔣總統及承繼其權位的兒子蔣經國先生產生如父兄之親情；再加上軍中長年革命軍人的效忠教育，他們對領袖（蔣總統）、國家（中華民國）、主義（三民主義）、黨（國民黨）視為一體之延伸，有如圖騰標誌物般崇敬，其中也夾有愛恨交織的矛盾圖騰情感。[24]

胡台麗以圖騰情感來形容他們對於領袖的特殊情感，以及和領袖信仰緊緊結合在一起的國家、主義、黨的信念是極具代表性的說法。不過我特別注意到的是關於「愛恨交織的矛盾」情感此一在

---

23 胡台麗：〈芋仔與番薯——台灣「榮民」的族群關係與認同〉，《族群關係與國家認同》（新北市：業強出版社，一九九三），頁二八七—三二三。

24 同上註。

研究中較未著墨之處。因為儘管老兵屬於一特殊性與共同性高的群體，但就主體的身分而言，在不同的歷史階段之中，會有著不同的相應變化。

他們也許存在著共同的情感意識、生存或身分策略，可是在另一方面當作家們再現自我身分之際，仍會出現和解嚴前相異的認知變化或者是個別差異。一是他們在個別經驗與性格的迥異可能會輻射出不同的身分敘事，二是作家本就是感受性和思考性都較一般人更為敏銳的人，三是在小說這一特別的文類之中，它所可以容納、表現的主體意識與潛意識可能更為深廣。所以，本書特別要指出，老兵的封閉狀態在開放社會之中受到了衝擊，而這衝擊將使得封閉的高牆有了裂縫。在這種情況下，若不是對於解嚴後的異議聲音感到困惑質疑、排斥厭惡，否則就是想要掙脫白色恐怖的陰影，希望能夠突破言論自由的障蔽，作誠實的自我陳述。因此，晚期書寫將視角放在解嚴之後，其顯著的意義便在於主體在特定時空還同時須適應解嚴後的勢力衝撞和兩難的矛盾，又或者是在於挖掘此前所禁忌、時空條件不允許，且又為現今時空所忽略的敘事。而這些都關涉了客體環境在主體形成之中所產生的影響問題。

若林正丈曾經以其觀點形容九〇年代的政爭到老兵站上街頭、新黨組織的過程：「可說是一直將自己視為台灣社會當然的主流而沒意識到自身『族群』的外省人，開始產生『族群意識』的過程。」[25]此一主張視族群為社會建構下的產物，另一方面也促使我們思考，當許多作家再現其

25　若林正丈：《戰後台灣政治史——中華民國台灣化的歷程》（台北：國立台灣大學出版中心，二〇一四），

過往的經歷，並在小說中把時間線沿伸至現在之時，重點並不只在於他想要呈現真實而已；更在於他如何在過去到現在的歷史性時空架構中，如何於目前的時空位置上去召喚過去、思考現在。

第二節　中國大陸與台灣：「分斷體制」與探親小說

「分斷體制」來自韓國學者白樂晴的說法，而之所以翻譯為「分斷」一詞，則是來自於陳映真。最早陳映真以「分斷」來形容兩岸分離隔絕的狀態，陳光興便也引用此一詞彙來引介白樂晴「分斷體制」的說法。白樂晴的「分斷體制」是用以指稱南北韓在美蘇冷戰架構下擁有不同社會體制的分隔狀態，他提出「分斷體制」的目的，不是在於將「分斷體制」作為一個修辭式的描述，而是將它作為一種分析概念。透過它「看清部分的與整體的動力場域，同時認清了這樣的事實」之後，並認為它是「一定要超克的對象，消除分斷體制韓民族才能取得公平的主體位置。」[26]而這裡所指的部分與整體的動力場域，便是包含著世界體系、分斷體制或兩韓各自的體制的複雜關係。

頁二五一。

26 陳光興：〈參照兩韓思想兩岸——白樂晴「分斷體制」論形成的軌跡〉，收錄於白樂晴等著，白永瑞、陳光興編，朱玫等譯，《白樂晴——分斷體制．民族文學》（台北：聯經出版事業公司，二〇一〇），頁三二。

白樂晴的「分斷體制」之說乃是針對南北韓而言，後來陳光興將此說進一步用以比喻兩岸的狀況，且以「分斷體制」分析陳映真筆下渡海外省人的情狀。陳光興〈陳映真的第三世界〉：

> 國家民族與黨派的爭戰踏實地坐落在這些人身上，不是透過個體對身處歷史洪流的認識就能夠解決結構性的矛盾；回不去的過去，回不去的家，這批外省人被監禁在凝固的時間與空間的牢籠中，沒法解脫。[27]

兩岸隔絕，數不盡的國仇家恨。「萬惡的共匪」竊占大陸，對岸的親人極待反攻「拯救」，仇恨的與盼望的是同一片土地，處國共內戰之中的軍人，站在第一線，即使日夜盼望重返故里，也無法渡海與家人親友團圓。「一年準備，兩年反攻，三年掃蕩，五年成功」的承諾沒有實現，收回來的拳頭成為一個凝固的姿勢，時間彷彿無盡延長。軍人的職責必須要枕戈待旦，做好準備，同時卻讓來台時正值青春年華的大兵，耗盡了人生最珍貴的歲月，再返家園更多的是陌生不識的感受。

數十年過去，跟隨著台灣八〇年代民主化的腳步，無黨籍立委余陳月瑛首於一九八四年左右

27　陳光興：〈陳映真的第三世界：瓦解「本／外省人」、「台灣人／中國人」、「美國人」、「歐洲人」……（上）〉，《台灣社會研究季刊》第一〇七期（二〇一七．八），頁一五一。

呼籲准予榮民和大陸親人聯繫，而後一九八七年三月許國泰和許榮淑等人發起「自由返鄉運動」，舉辦說明會；在黨外和各民間團體的努力推動下，終於在一九八七年七月台灣解嚴之後的同年十一月二日開放探親登記，離家來台四十年的「外省人」終於可以回返大陸故鄉，探尋親人。「分斷」固然來自於時空連續性的橫斷隔絕，可是情感仍需要溫暖、生活仍然要繼續，在四十年的時空「分斷」中，產生了在兩個不同體制下持續生活的歷史差距。

綜合來說，返鄉探親小說是觀察「分斷體制」狀態和影響的具體文本。之中最常見的兩岸差距是生活差距、情感差距以及意識型態上的差距。

一、生活差距

兩岸開放探親，正如前述是台灣正值經濟起飛狂飆的時刻。而相對的，廣大的中國農村則未及台灣工業化與現代化的腳步，相比之下公共建設的差異巨大，當已經習慣現代化設施的老兵回到鄉村去，面對的現實問題不在於和親人長期未見的生活習慣差距，在探親小說中最常表現的，是食衣住行是否現代化的適應問題。

張拓蕪的散文寫返鄉，便提到「家鄉屋內雞鴨鵝豬狗混合居住，滿地雞糞濃痰星羅棋布」，自己因為中風腿不聽使喚，「竟沒個下腳處」，所以回老家住頭四天，忍著不吃不喝不拉。讓他驚訝的是，家鄉裡的人很習慣，幾乎八成以上是赤腳，「這是我幼時都不曾有的，五十年了，卻是越過越原始，真讓我有些不能置信」。[28]大兵返鄉已成為老兵，生活便利性上的需求比年輕人更高，尤其像是張拓蕪中過風的身軀，更是要注意行動的方便與安全性。沒有廁所乾脆忍著不吃，突出作者已經無法適應不具現代化設施的生活了。

或例如張放〈情繫江家峪〉[29]便細寫衛浴設備這樣的生活細節。主角于成龍返鄉，解手得要出門上茅房，白日還可以，到晚上村中沒有街燈，漆黑一片、又無衛生紙可用，只有黃草紙，不小心手上沾了糞便，又要再從水缸舀水，請人倒水搓肥皂洗手；或又提及于成龍自己不僅回鄉數日都未洗澡，更不用說昔日情人四十年後仍像是以前一樣，在缺水的北方大陸藉著暴雨洗澡。（頁二三五—二三七）這些看起來微小但是卻切身的問題，也會影響老兵日後是否返鄉定居的決定，根據黃克先《原鄉‧居地與天家：外省第一代的流亡經驗與改宗歷程》便提到這是根於生存原則的考量（如身體、醫療設備、生活水準等），而其考量並非由情感因素左右。[30]

二、情感差距

不論是基於拋家棄子的負疚感或是協助家庭改善生活，老兵返鄉往往都會給予故鄉親友經濟

---

28 張拓蕪：〈祇緣身在此山中〉，《我家有個混小子》（台北：九歌出版社，一九九二），頁二〇七。

29 張放：《情繫江家峪》（台北：文史哲出版社，一九九六）。

30 黃克先：《原鄉‧居地與天家：外省第一代的流亡經驗與改宗歷程》（台北：稻鄉出版社，二〇〇七），頁一九六—二〇二。

上的奧援。在這過程中，有一心幫對方著想省錢的家人；卻也有斤斤計較誰給多給寡，最終為錢反目，不顧情面的撕破臉告終的親人。或是在台已經另有妻小，兩岸婚姻不知道如何安置，甚至有著情感糾紛的問題。這些都是較明顯的現實問題，也是返鄉探親小說中較普遍並顯著地被表現出來的。

然而，另外一方面，還有因個人遭遇或者歷史經驗上的差異，造成性格上的改變與隔膜。張放《春水桃林》[31]〈鴨子〉中主角的弟弟鴨子，原是充滿浪漫主義的文藝青年，後因海峽兩隔分開多年失了音訊，原以為凶多吉少，但三十八年後自海外收到了鴨子的信。鴨子信中寫著自己在反右運動中犯了錯誤，到大青山麓進行勞改，三十年來丟下了筆，連報紙也不看，反右運動使他對於文化、政治又恨又怕乃至於心死，「活著已嚐不出海鹹河淡、生離死別的滋味」。於是，第一封信也成了最後一封信，鴨子不願再和兄長聯絡。張放〈情繫江家峪〉中的成聖和成龍是一對兄弟，少年時感情融洽，成龍對於哥哥成聖非常仰慕。少年成聖是思想前進的文學青年，領袖型人物。可是因為成龍去了台灣，成聖在文革時期曾經受到牽連，本是縣委宣傳部副部長，遭到停職兩年，平反後恢復黨籍；姪子長源也因為成分不乾淨，因此在組織中不受信任，無法升遷。成龍難以理解成聖的性格為何四十年後會從慷慨變得吝嗇至極，也不滿成聖在文革中為了和老一代劃清界線，將父親照片焚毀。成龍滿腔熱情本想回鄉定居，但哥哥表現冷漠，且一直問成龍何時

31 張放：《春水桃林》（台北：中央日報社，一九八九）。

回台灣？成聖不願意整修房屋、添置新家具等設備，對照自己大風大浪，他反覆地說成龍非常天真，又說成龍帶來的太陽眼鏡是資產階級玩意，卻是對成龍帶來的錢緊握不放。本篇小說以于成龍為觀點人物，因此我們只能側面的理解成聖。成聖對於是否有官職，能否受到重用相當重視，在成龍的眼中他成為一位功利主義者，然相對的也是長期鬱鬱不得志，受到傷害的性格轉變。

三、意識形態差距

最明顯的就是在國共戰爭、黑白兩分的架構之中，各持不同的意識形態、歷史詮釋或者敵意。差異不會因為兩岸開放而變得無關緊要。除在多部小說中都提到老兵回鄉探親，統戰部官員便會掌握行蹤，進行談話外，政治更深入老兵們的日常情感與判斷。

朱西甯的《黃粱夢》[32]寫於一九八七年。寫通信科出身的老軍人馬亮華回鄉探親的過程。主角在中國大陸已經結婚，逃難離亂的亂世之中，少年夫妻聚少離多，之後主角便隨軍隊來到台灣，也不知道原來妻子已經懷孕。如同薛寶釵守寡一般，數十年來獨自帶著兒子長大、娶媳婦。這篇探親小說寫得較早，主角與妻子、兒子、親族相處的情形和情感互動固然是重要的情節線索，不過幾乎和此一情節線同等重要的，是馬亮華以較量的眼光來觀察共產主義統治下的中國，時時和台灣加以比較，而認為台灣的經濟建設與統治結果優於中國大陸。從作者的安排看來，情

32 朱西甯：《黃粱夢》（台北：三三書坊，一九八七）。

感互動和政治互動的觀察同等重要，小說中不厭其煩的說理，表現中國大陸的現代化或是組織制度遠遠不及台灣的程度。和副縣長、市長共餐時，馬妻則被交代要向丈夫提出政治問題，讓丈夫表態是否贊成葉九條。不僅是大陸官員深怕馬亮華批評社會主義中國，而滿懷戒心；相對的，馬亮華不由自主的比較批評，也呈現出對立的矛盾情緒。

段彩華《北歸南回》[33]中，一開放返鄉探親，昔日在「抗美援朝」中被美軍俘虜，手臂刺青表達投奔自由的愛國心志的老兵趙立和便感受到巨大壓力，想盡辦法的要把刺青洗去以返鄉，昔日光榮與壯志都成為虛幻。當到了大陸，電視上播放著「抗美援朝」，表現共軍勇敢、強韌的電視劇，趙立和更是想起自己的刺青與過往而感到食不下嚥。就像是于家的奶奶被炸死，隨著流亡學校到台灣的于思屏說奶奶是被共軍的砲彈震死；而在中國大陸的于思原卻說是國民黨的飛機扔炸彈炸死的，從大歷史到個人的歷史根據國／共而有不同說法，但在戰爭中所受到的傷害卻同樣難以抹去。

這樣子的差異深入生活的細節裡，《北歸南回》其中一名老兵返鄉，不知道大陸的火車分為上下層，解手後走錯車廂，發現行李架上的東西和另一位榮民朋友都不見，急著大喊：「騙人！騙人！……解放區到現在還在實行欺騙啊？我的那位朋友，是不是被公安抓去！」（頁八六）小說中一方面將之營造為返鄉的趣事，但另一方面，卻也體現出長期以來在國共內戰的架構之下，

33 段彩華：《北歸南回》（台北：聯合文學出版社，二〇〇二）。

將「共匪」營造為邪惡的對立形象，老兵雖然是返回家鄉，精神上卻十分緊張，不會想到自己走錯車廂，而是大喊受到欺騙、友人被公安帶走。如此的差異架構已經深入無意識之中，成為一種日常的判斷。

返鄉之後，正如白樂晴「分斷體制」所述及的：

> 一個「體制」代表著一種社會現實，而且無論如何，在某種程度上都根植於生活在該體制下人民的日常生活。當我們說分斷的社會現實一直有一種體制性的特質時，意思是說，由於該分斷本身的鞏固，這種特定社會結構已經實實在在地根植在兩方韓國人的日常生活中，並因此獲得相當高的自我再生產力量。[34]

我們正可從這三方面的差距看出，在分斷體制之下塑造出不同的社會體制，而這社會體制產生了不同的認識差距，更穩固了彼此在日常生活中的差異感。回到《北歸南回》一書中的情境裡，最末小說不談統獨、不談體制、不談差距，完全由庶民的角度來看，榮民方信成說道：「那邊有人來，這邊有人去，來來去去的時間長了，自然就和平了。」（頁三二〇）經歷過戰爭、離亂、隔

34　白樂晴著，林佳瑄、朱玫譯：〈使超克分斷體制運動成為一種日常生活實踐〉，見白永瑞、陳光興編：《白樂晴——分斷體制・民族文學》（台北：聯經出版事業公司，二〇一〇），頁八三—八四。

絕、孤寂，就這樣盡了一生的老兵，最終的盼望是和平，而方法是：回到日常生活去。

第三節　「民國文學」的課題

一、「民國文學」在台灣的思考

討論「民國文學」相當深入的李怡，曾提出了「民國機制」的看法。他說明「民國機制」，就是從清王朝覆滅開始，在新的社會體制下，逐步形成推動社會文化與文學發展的諸種社會力量的結合。國家型態的變遷和社會文化的發展賦予新文化得以誕生的一系列基本條件：包括知識分子生存的物質基礎的奠定、新知識新文化創造和傳播的基本管道、新型知識人的交流圈的形成及思想對話慣例、社會法律體制對基本民權的維護。[35]簡單的說，便是透過民國種種的社會力量的結合，產生出適合現代知識分子精神成長的空間，培養出具有豐富、自由、多元內涵的人文傳統。

李怡追溯台灣傳承了「民國文學」的文學傳統，將之分為五方面來說，一是以胡適、林語堂等為代表的民國時期的自由主義傳統繼續在台灣延續、發展。二是作為「民國風範」——對自由的憧憬、嚮往的延續。三是部分遷台作家如臺靜農、林語堂、姜貴、陳紀瀅等……在政治傾向上

35　李怡：《問題與方法：民國文學研究》（台北：文史哲出版社，二〇一六），頁七四—七五。

靠近國民黨，但也曾是民國時期中國文壇的見證人和不同程度的參與者，也擁有對五四傳統的敬意和熱情。四是與台灣連繫密切，或從台灣跨入西方社會後，仍繼續研究民國時期文學的學者。五是作為民國多元格局的殘餘，雖受到政治專制的打壓依然倔強生長的文學，包括一批軍旅出身的作家，走向了「橫的移植」，撐開文學的空間。[36]

李怡嘗試指出「民國文學」在台灣的積極性影響，的確很具啟示性也值得重視。另外，我觀察到幾個李怡所強調的面相還可以再思考的是，他所強調的乃是民國文學中「正面的」精神價值，並且將正面價值加以擴充至台灣理解。民國文學對台灣所產生的影響性上，主要還是針對從大陸遷台的作家來說，遷台作家有的本身即是五四運動中的風雲人物，有的則是自五四以後受到啟蒙或是影響者。而台灣的新文學作家所繼承的文學傳統因和遷台作家頗有差異，故不在其中。以隨軍來台的「軍中作家」而言，多數是來到台灣才開始進入文壇。詩為主要文類的創作者固然走向了「橫的移植」的道路，小說家卻不盡然；而且在時代的氛圍中，戒嚴之前特別是五〇年代，他們多創作過反共的篇章，他們所胸懷的自由不是多元化的自由，所塑造的文學作品某個程度來說反而具有相當的雷同性，我們若是認同李怡所強調的民國文學的正面價值，或是丁帆所說的「民國風範」，但在五〇年代時期台灣的民國文學傳承上，非全然是李怡所呈現的面貌。

再者，特別是這一代隨軍來的小說家，少年來台，應是如同海綿般持續吸收新知的年紀。白

36 同上註，頁一九八—二〇〇。

色荒蕪的年代，獲取知識的方法相當有限，且國民黨政府來台後，對於五四價值的繼承和中國大陸亦有差異。蔣中正認為五四造成馬克思主義思想在中國大陸的傳播，台灣固然強調民主與科學的知識啟蒙，卻未強調馬克思主義的崛起。[37]台灣清華大學台文所吳文的碩士論文也曾提出，五〇年代的台灣文學是否適用於「民國文學」的框架仍有再思考的空間，其原因之一便是一九四九後的台灣並非完全地繼承了民國學術，至少民國時期的左翼文人及其文化成果留在了對岸。[38]

尤其是蔣中正在五四所談的民主與科學之外，另加上了「倫理」，成為「倫理」、「民主」與「科學」，用以說明三民主義。而倫理此一德目，卻常常是五四文人常反思、檢討的課題。也因此，對受到領袖意志或是國家機制強烈影響的軍人而言，一九四九年前的民國文學的影響性與其所展現的中國民族主義型態，便必然不是四九年前的樣貌。隨軍來台的小說家們在他們小說中強調倫理價值，雖然不見得是黨國的附庸，可是不能說完全沒有受到黨國意識形態的影響。

不過李怡在論及「辛亥革命與中國文學『民國體制』的國體承諾」時，我認為還是能夠延伸到隨軍來台作家的思考上。李怡提到，儘管在中國大陸的歷史評價中辛亥革命是未竟全功的革命，但是此一革命對於中國的國家體制能從「君主專制」到「民主政治」具有根本性意義。[39]李

---

37 陳芳明：〈民國文學的史觀建構〉，《中國現代文學》第二六期（二〇一四．十二），頁五四。

38 吳文：《女性、戲劇與戰爭：五〇年代台灣小說中的女演員形象分析——以潘人木、彭歌、司馬桑敦作品為例》（國立清華大學台灣文學研究所碩士論文，二〇一八．七），頁三〇。

39 李怡：《問題與方法：民國文學研究》（台北：文史哲出版社，二〇一六），頁一一六—一二三。

怡便也以魯迅為例來說明，魯迅對辛亥革命批評得厲害，乃來自於他對革命理想的尊重與堅持，正如魯迅在〈因太炎先生而想起的二三事〉中所說：「我的愛護中華民國，焦唇敝舌，恐其衰微，大半正為了使我們得有剪辮的自由」[40]，可見辛亥革命的重大意義與價值。而它與民國的建立自然飽含著知識分子的期盼與理想，李怡以「國體承諾」一詞來標明，很能體現其重量。

國民政府來到台灣，以中央軍為正統之師，強調蔣介石承繼孫中山的理想，有著法統與道統的傳承關係，所以更重視推翻滿清、黃花崗精神、武昌起義、辛亥革命。而這樣的歷史情感的呼喚轉移到隨軍來台者的時候，便化為身分建構中重要的歷史成分，對於建立民國的斑斑血淚、對於「炎黃世胄，東亞稱雄」的民族復興，懷抱著強烈而濃厚的情感。在某個程度上來說，這與李怡所提到「作為國家體制對廣大國民的最初的承諾和理想設計無疑是激動人心的」[41]這一革命理想來說，有著基礎上的雷同性。此一情感基礎擴大來說，便不是唯領袖蔣介石一人所能概括。換句話說，他們對領袖可能有獨特的情感，但是不能將蔣介石與民國的價值意義等同起來。即如研究者尚道明曾透過眷村的田野調查研究指出「眷村居民強烈的中華民國認同，不全然等同支持蔣家政權。對許多眷村老一輩來說，在蔣介石或蔣家政權之上，有著他們更為濃烈的國家情

40　魯迅：〈因太炎先生而想起的二三事〉，《魯迅全集》第六卷（北京：人民文學出版社，二〇〇五），頁五五六—五五七。

41　李怡：《問題與方法：民國文學研究》（台北：文史哲出版社，二〇一六），頁一二三。

感。」[42]他們對於民國的情感，實超越了實際政權，成為一種堅定的信仰。故而即便他們之中有些人曾經在戒嚴時期受到白色恐怖的迫害，這都沒有使他們放棄對於中華民國的熱愛。

二、「民國文學」理想的續航

文學影響脈絡的追尋，有時或長或短、或深或淺，往往不易判斷，特別無法忽略的是「民國文學」在一九四九年之後有一個「改造」的過程。如同陳芳明所提出的，一九四九年之後中華民國在台灣所牽涉的是一「轉型史觀」，是指兩種不同的歷史融合在一起，經過怎樣的過程。特別在台灣經歷了民主化與在地化，使得兩種不同的時間性質，在共同的空間得到恰當融合。[43]

懷抱著民國的「理想」與「嚮往」的知識分子進入台灣之後，同樣遭遇了相當顛簸的過程。混亂的民國空間，使他們經歷了外族侵略的欺辱、兩岸的中隔斷絕、白色恐怖的沉重壓力、家庭分崩離析的痛苦、親友同袍間的離與死，正如黃錦樹形容第一代外省人心靈創傷時一段相當刻骨的描述：

---

42 尚道明：〈眷村居民的國家認同〉，張茂桂主編：《國家與認同觀點——一些外省人的觀點》（新北市：群學出版公司，二〇一〇），頁六。

43 陳芳明：〈民國文學的史觀建構〉，《中國現代文學》第二六期（二〇一四・十二），頁五三。

移民有時或竟如諸國帝制時代改朝換代時的遺民——遺民不世襲——斷裂及傷痛也及身而絕，所有國仇家恨，似乎都是及身必須清償的情感債務。在第一代，那樣的背景甚至是血色猙獰的，是巨大的傷口，甚至嵌至親好友「音容宛在」的屍首，那樣的記憶說是切膚不為過，寄生於倖存者意識最深的處所，「與子偕亡」。44

人們的情感在生活與歷史的遭遇之中感受到了各種喜怒哀樂，經過時間的沉澱，即使在歷數十年後，光陰走向晚年，也終將成為他們重要的心靈結構，無法逃脫，甚至以此加以自我辨識。社會學者黃克先在田野調查後便指出：

這一群在一九八〇年代後被外界冠以「外省第一代」的一群事實上的確自覺是同一群體，然而卻不是以「省籍」，而是以流亡與戰爭經驗，自許是歷經苦難戰亂而來的「那一代人」，他們必須在其敘事裡突顯或主述這些內容，以化界出自己乃從不安定的環境（一九四〇年代的中國大陸）裡茁壯的一群，區別出當前生存的一代。45

44　黃錦樹：〈身世，背景，與斯文——《華太平家傳》與中國現代性〉，《紀念朱西甯先生文學研討會論文集》（台北：行政院文化建設委員會，二〇〇三，頁一一六。

45　黃克先：《原鄉・居地與天家：外省第一代的流亡經驗與改宗歷程》（台北：稻鄉出版社，二〇〇七），頁

來台的外省人來自五湖四海、省籍各異，八〇年代仍然健在的外省人，多數離家的時間都相當早。在台灣長期生活下來，彼此之間對於省籍的強調已經降低，反而是因為共同時期的來源和離散經歷，而成為一個認同的群體。而在解嚴開放後又因為接觸到不同的政治意識光譜，他們的身分認同基礎便更為清楚：一個充滿國仇家恨的離亂民國。同時，如此的身分認同資源，也必然的成為他們文學重要的精神養分。

八〇年代後的台灣經濟快速發展，隨解嚴後資訊增多、資訊交換也變得快速，在商品邏輯之下，人們變得更加善於遺忘。對於隨軍來台的作家而言，四九年以前的民國文學對他們的影響各異，表現出來的面向也頗具差異。[46]不過他們都一個共同點在於：他們仍頑強的採取寫實主義創作。更重要的是，和後現代的遊戲精神遙遙相對——他們依舊相信文學本身的價值。張放寫作直到生命的最後一刻、墨人和衰老的身體戰鬥，維持體力寫作、王默人在自傳小說〈跳躍的地

一〇二。不過在這段話中，黃克先同時接著說，他們以此區別出「像我、他們的子孫輩、當前的政治人物——進而占取一個道德位置，可評論目前因為過度享受、安定而道德敗壞或是利益薰心的情況，反襯出自己的過往是優越的」，指出了外省第一代身分敘事的一個現象。

46 舒暢與張放早年便曾閱讀過三〇年代左翼文學，被號稱為「最後一位民國小說家」朱西甯受到張愛玲與胡蘭成的影響已經被深入的討論過。（二〇一八年十月朱西甯小說《鐵漿》和《旱魃》首次在中國大陸出版，理想國出版社在其作品發表的首發式裡稱朱西甯為「最後一位民國小說家」。見 http://www.sohu.com/a/270575693_100152450。）

球〉[47]寫就後寫下「二〇〇六年十月八日開始寫起　日夜執筆」的紀錄。巨大的歷史重荷，使得他們無法輕盈寫作，這些長篇小說是他們暮年的最後一擲，一如司馬中原的晚期寫作的小說書名：「最後的反攻」。

他們在薄暮之年的書寫中把握時間，和時間競跑，目的是為了寫下作品。早年他們寫作反共文學，走過將文學視為戰鬥一環的年代，文學成為了政治工具，之後歷史的進程又殘酷地證明了戰爭本身的荒謬與虛妄。時至九〇年代，文學似乎無所用；但具有強烈的民族情操的晚期書寫者們，懷抱著理想，遠遠繼承了民國與民國文學的理想層面。

儘管一方面憂嘆稿費降低，一方面又認同文學具有崇高性，將之放諸未來，得以超越時間與肉身的限制。他們將之視為一種個人的或大眾的歷史紀錄、甚至是一種史傳，只是這樣的歷史紀錄或是史傳未必被主流歷史或價值所接受。張放的《濁水溪傳》[48]裡面敘述：

> 于老師是教歷史的，他總認為書本上的「歷史」，不見得真實；小說上的「歷史」，不見得都是虛構。（頁九）

47　王默人：《王默人小說全集一、跳躍的地球》（新竹：國立清華大學出版社，二〇一七・四），頁一六三。

48　張放：《濁水溪傳》（新北市：詩藝文出版社，二〇一〇）。

或者是墨人的《紅塵》說朝廷科舉只要聽話的讀書人，因此敘述者藉由日本漢學家之口提出重視小說的說法：

「你們的積弱不振，從這兩部小說（金瓶梅和儒林外史）中就可以找到正確答案」加藤說。「從正史裡面，反而不容易看出真相來。」（頁七四〇）

側面的透露了隨軍來台作家們為什麼都要苦心孤詣的繼續小說的創作。他們想表達的真實，不是主流歷史中所會留存下來的記憶，也不是主流價值所會青睞的看法，但他們卻認為那是歷史上的真相，並且想要藉由小說敘事尋求因果、理解自身從何所來，去至何所。

同樣書寫歷史，他們和外省第二代的創作者立基點是不同的。例如張大春和林燿德，他們在解嚴後初期的後現代思維中，作品表現出「迴避國家認同和歷史記憶議題」的姿態，「標舉多元異質、身分流動、去歷史深度、懷疑論，擺出『後國家』的姿態，藉此解構主體性」[49]。他們書寫歷史時採行去中心的敘述策略，對後殖民與多元身分認同抱著觀望、猶疑的態度。[50]然而，相

49 劉亮雅：〈後現代與後殖民——論解嚴以來的台灣小說〉，《後殖民與後現代：解嚴以來台灣小說專論》（台北：麥田出版，二〇〇六．六），頁五五—五六。

50 劉亮雅：〈後現代與後殖民——論解嚴以來的台灣小說〉，《後殖民與後現代：解嚴以來台灣小說專論》（台北：麥田出版，二〇〇六．六），頁八四—八五。

對隨軍來台作家們，他們輕盈不起來，因為時代的重壓與情感負荷難以逃脫；且更重要的是，從他們的經歷裡面走來，他們是有著自民國以來理想、價值和信念的一代。

朱西甯的遺作《華太平家傳》從一九八〇起稿，前後花費時間十年，數度易稿，期間遭逢天災（白蟻蛀蝕），第十次撰寫後出版。朱西甯化身《華太平家傳》中的華太平，以稟賦獨特的記憶，替華家上溯數代的盛衰滄桑。華太平一如親歷其境，記得又多、又真、又細，而被祖母說是沒有喝下迷魂湯的孩子。《華太平家傳》的起點便在於：

> 眼前這個世代雖則全人類都在抗拒甚至棄絕文字，我可還是堅信文字會比人壽長久。（頁四三）

《華太平家傳》也因此成為作為離散者最終的「懷鄉」書寫。沒有晚清，便沒有民國。作者遠遠將時間退至清末，一個民國前史，朱西甯書中大量地使用山東方言俗語，比他以前所寫的鄉土作品更甚、更深，這種不顧讀者的「陌生化」，執意演示另一片「本土」，表層看似保守的復古風景書寫，其實從另一個角度觀之，它的內在卻是一種對抗記憶流逝的激越反說。對此曠時費力的書寫工程，其女朱天文曾經這麼說：

> 如同手稿裡充滿了實物實事和細節，它們經常離題，蔓生。……父親似乎像是卡爾維諾一

> 樣清楚，離題是一種策略，為繁衍作品中的時間，拖延結局。是一種永不停止的躲避，和逃逸，躲避什麼呢？當然是死亡。[51]

朱西甯依憑文字，將時間暫留，躲避了現世的匱乏、死亡的侷限，朱西甯自他的晚期書寫中重建了另一種延伸時間，並藉此達到永恆。當然，這終歸在他對於文字有一基本的信念，而這也是隨軍來台小說家們的共同信念。

第四節 小結

綜合上述三部分的觀察可知，對隨軍來台的軍人來說，跨越了一九四九年來到台灣，所面對的是榮譽的冠冕、也是對忠誠的要求、卻也可能是理想的背叛；至解嚴初期近十餘年左右，政治開放與鬆動之後，或者是陡然被邊緣化的被辜負感，卻也可能是對過往經驗與現實碰撞的憤怒；老年返回故鄉，分隔斷絕的兩岸，由探親確認出差距，使得故鄉成異鄉。生命走向終曲，萬象難以歷然，矛盾不能解決，成為他們晚期身分敘事的風格與心理結構。

這樣的一個群體經驗，在邁入解嚴之後，從敘事中產生出值得注意的情感糾葛和價值取向，

---

51 朱天文：〈做小金魚的人——讀《華太平家傳》〉（台北：聯合文學，二〇〇二），頁八七八—八七九。

豐富我們對他們身分敘事的認識。他們晚期寫作的「晚」，是肉體衰朽的時刻、是時移事往的時刻。在還來不及理清複雜的歷史情感之前，又遇到價值多元紛亂的消費時代，面臨這樣的價值挑戰，從文學傳承以及身分記憶的角度來看，他們的民國理想持續燃燒，選擇以寫實主義的方式留下歷史紀錄，傳遞他們認為被忽略的真實。

所謂的主流歷史／價值，在戒嚴的時空中是黨國主導的意識形態、在解嚴後十年左右的時空中，則是在商業經濟發展蓬勃、民進黨崛起與國民黨政權相互競爭的時候。然而，文學作品傳達了人們的情感，文學固然受到政治巨大的影響，但也並不必然只有政治。小說並不是一面鏡子，它是多稜鏡，透過他們的書寫，我們讀到的不只是來自於「真相」的歷史照相，而是在這兩個時空環境之中，那「真相」為何被隱蔽而感到焦慮、憂愁與格格不入的憤懣。在他們的晚期階段書寫中，充滿了來自於實像與虛像、有限和無限之間的辯證思考。

隨軍來台的外省作家擁有三重的時空向度[52]。第一重是來自「原鄉」的民國時間，不同於外省第二代，他們有確切的故鄉過往，曾經在神州大陸那片土地成長，擁有青春與溫馨鄉土經驗，也有軍隊與離亂的慘痛戰爭經驗；第二重是「現在」時間，來到台灣之後開始的台灣「民國」。

52　三重時空向度，乃是引申自黃錦樹「三重時間性」的說法。黃錦樹：〈身世，背景，與斯文——《華太平家傳》與中國現代性〉，見王德威編：《紀念朱西甯先生文學研討會論文集》（台北：聯合文學出版社，二〇〇三），頁一〇二。

離散來台之後至解嚴，渡過近四十年以上的台灣時光，其中許多人在此地娶妻生子、成家立業。然後到得以返鄉探親、台灣政治版圖得以變動的光景。而第三重，則是在第一重和第二重之間被拉開的時空，由於兩岸長期隔絕的特殊性，離散者不能返鄉，原鄉只能在回憶之中不斷返回。時間繼續在走，故鄉在數十年的時間中已然經過天翻地覆變化，在這漫長的絕斷時空限制裡，為了彌補無法返回的遺憾，離散者於是在記憶中不斷回望、修補、乃至於美化故鄉[53]。當他們在解嚴前後紛紛返鄉，親友的死亡、人際關係的改變、故鄉空間的變化，其失落之感也已不僅僅是今非昔比所能形容。時空分斷的錯落、記憶與現實的差距，而使得外省第一代的離散者有著再難回返故鄉，必須重整對現實的理解的概歎。也因此敞開了第三個時空向度，它既根基於故鄉，但又以現在為參照對舉所構築，它生存在小說裡，捕捉靈光，與流動時間對抗，寄託文字，超越實存空間。這在歷史性的碰撞下，擠壓出的虛擬的小說時空，便是本書所要關照的對象。

---

53 第一代外省人和他們下一代敘述故鄉記憶時，常常有「美化家鄉」的現象。如外省第二代作家郝譽翔、朱天心、苦苓等人皆曾不約而同的在小說述及外省父親美化或誇大故鄉之美的語言。

第三章　身分敘事的必要與艱難

——張放解嚴後小說的敘事動力

解嚴後隨軍來台的小說家們減少創作，張放[1]則與他們相反，屬這群小說家中的異類，他在解嚴後仍持續寫作維持龐大的創作量。光是小說此一文類，從一九五四年出版小說《奔流》至二〇一三年，他便發表過四十餘部作品；[2]筆耕不輟的張放，忍受寂寞，四十年如一日，解嚴之後發表小說二十七部、散文與評論數十本。幾乎是以一年一本的速度發表小說集，維持著豐沛的創作能量直到過世，其中《台北茶館》[3]與《艷陽天》[4]甚至是張放逝世那年（二〇一三）出版。

張放從二十歲寫到八十歲，早年張放有許多得獎紀錄，晚年寫作卻相當孤獨。應鳳凰〈書話張放〉[5]一文描述張放，「無論讀者與同行如何冷淡以待」，也「不自卑不放棄」的寫作堅持到

1　張放，山東省平陰縣人，一九三二年生，卒於二〇一三年。十七歲時捲入國共內戰，一九四九年登上濟和輪，抵達澎湖漁翁島，和五千餘名山東聯合中學學生，非自願被編入陸軍三十九師，在澎湖七一三事件中成為職業軍人。

2　根據張放《水長流》（二〇〇三）和《放齋書話》（二〇〇五）附錄的〈張放文學創作年表〉都列張放第一本出版的小說集為長篇小說《奔流》（一九五四）。《新地文學》編輯室所編：〈張放先生著作目錄〉，《新地文學》第二四期（二〇一三・六），頁二九三—二九六。雖為張放逝世後首度所作書目最為詳盡者，不過第一本小說著作是列一九五八年的中篇小說《野火》，和〈張放文學創作年表〉有別，可見張放的著作目錄還需要更詳盡的校訂。

3　張放：《台北茶館》（台北：秀威資訊科技公司，二〇一三）。

4　張放：《艷陽天》（台北：秀威資訊科技公司，二〇一三）。

5　應鳳凰：〈書話張放〉，《新地文學》第二四期（二〇一三・六），頁二七二—二七九。

底，就這角度來看作家張放，實是「台灣文壇一位奇人」。她考察張放前二十年作品，多在非主流出版社出版；二〇〇四年之後小說相對寫的少，雜文多，除少數幾本從公家出版機構出版外，大多數自費出版。雖未言明，但暗指同行或讀者對其創作的冷淡，表現了作家的孤獨之處。不過綜觀〈張放先生著作書目〉，其小說作品創作量於二〇〇四年後一樣非常多。此出版狀況更呼應了應鳳凰所說，七十多歲八十歲的文人，不論有沒有人叫好鼓掌，直到最後一刻除了創作還是創作，怎麼能不說是台灣文壇一位奇人？

本章便企圖要考察何以當許多第一代遷台作家紛紛停筆，張放仍寫作不輟，創作數量遠勝於其他老作家？彭瑞金在〈我怎樣遇見王默人〉一文論及自己文學史觀的立場形成，提及的葉石濤忠告頗讓人再思：

> 我還記得葉老給我的私房忠告是，外省人的事非常複雜，誰也理不清他們背後錯綜複雜的關係，千萬不要去碰他們的東西。[6]

彭瑞金敘述，他當然理解葉石濤說這些話時仍受到白色恐怖陰影籠罩的語境，而葉石濤自己也有

6 彭瑞金：〈我怎樣遇見王默人〉，收錄於王默人：《王默人小說全集1、跳躍的地球》（新竹：國立清華大學出版社，二〇一七），頁四一七。

許多外省人文友，不處理當然不是出自族群間的隔閡。從這裡來說，我們也正可觀察到在外省族群的內部也有著緊張的矛盾，這矛盾恐怕得要透過解嚴，碰觸新的時空環境後，他們的身分敘事方能漸漸地顯露出來。然而僅管比較能夠暢其所言，這種情況仍是複雜的，我們在張放小說的身分敘事中尤其可見。本章便是由張放經歷與其小說的分析，理解其大量創作的內在和外緣的因素，並闡述張放小說身分敘事的精神價值與主體建構的意義，從其敘事動力的理解，挖掘出隨軍來台小說家解嚴後身分書寫的複雜面向。

第一節　歷史創傷的來源與歷史揭露

一九八七年解嚴時，張放已經將近六十歲。從六十歲直到他晚年的書寫，大量集中在寫一九四九來台外省人的身分敘事，體現他們一代人的喜怒哀樂，這是張放晚年寫作最突出的題材、也是作者本身念茲在茲的主題。

而我們若自創傷心理的需求來理解，將不難體會他為何要持續的寫，以下則就三個部分來論及其心理創傷的來源。

一、白色恐怖中的冤案、假案與錯案

一九四五年五月，台灣實施戒嚴統治。一九四九年下半年，國民黨退守台灣。同年，山東省

主席兼國防部次長秦德純和教育部長成天放向東南行政長官陳誠申請，獲得批准，讓七千多名山東流亡學生來台。這七千多名流亡學生送往澎湖，年滿十六歲男生照軍隊編組，上午實施軍事教育，下午讀書。但至七月十三日，三十九師師長韓鳳儀毀諾將流亡學生強行編入軍隊，煙台聯合中學校長張敏之不服，為爭取學生權利而引發衝突。之後張敏之校長以及鄒鑑校長與其他五名學生劉永祥、譚茂基、明同樂、張世能、王光耀以「匪諜」罪名在台北馬場町槍決，而此一冤案的牽連者眾多，多達百人。[7]

一九五〇年至一九八七年這段白色恐怖期間，台灣共出現兩萬九千多件的政治案件，有十四萬人受難，三千至四千人遭到處決。[8]這樁冤案事件，乃是長達四十餘年的戒嚴白色恐怖中眾多

7 張放《大海作證》中敘述：「當時的國防部次長，山東省主席秦德純，和教育部長程天放像當時東南行政長官陳誠申請，把這八千名山東青年送往澎湖，年滿十六歲男生照軍隊編組，上午實施軍事教育，下午繼續讀書。當時我們聽了非常高興。誰想到這都是一個史無前例的政治騙局呢？」、「煙台聯合中學的張敏之校長不服，為八千名山東青年請命，提出交涉。澎湖防衛司令李振清，三十九師師長韓鳳儀，找了一批特務爪牙，製造冤獄，將張敏之等師生一百多人拘捕入獄。最後透過台北保安司令部，迫使七位煙台聯合中學的師生俯首認罪，於一九四九年十二月十一日被執行槍決……這是公開處決的七位煙台聯中師生，其他病死牢房的王子彝等人，秘密用麻袋填海處死的，以及因遭受白色恐怖自殺、精神分裂者，更是無法統計」此為張放對是山東流亡學校煙台聯合中學匪諜組織案（即澎湖事件）的大略敘述。（台北：獨家出版社，一九九七），頁三—八。張放所言「八千」子弟應為概稱，實際人數為七千多名。關於張放與澎湖七一三事件的詳細討論，請參看本書第四章。

8 李筱峰：〈台灣戒嚴時期政治案件的類型〉，來源：http://www.jimlee.idv.tw，上網日期：二〇〇五年十月四日。

冤、假、錯案之一，株連者雖多，但澎湖七一三事件（即山東流亡師生冤獄案又稱澎湖事件）在台灣戰後歷史的能見度卻低。郝譽翔具自傳性質的小說《逆旅》中提及曾經歷此一事件的父親，在一九九九年拿到《山東流亡學校史》一書時的激動：「這是我的歷史啊，居然如今我才知道。」[9]而在過去數十年來，當郝父反覆對人述說這段歷史時，對方總是難以理解的當作談資罷了。這段情節，儘管出自於小說，但是仍勾畫出這段歷史的不被認識，乃至於當事者也對此一相隔久遠又人證難尋的昔日往事產生是否真實經歷的虛幻感。在現實生活中，曾在二〇一四年參與台北市長選舉候選的七十八歲趙衍慶即為山東流亡學生。他曾就讀澎湖防衛司令部子弟學校四年，但在一次訪談中卻表示不知道澎湖七一三事件，甚還以為張敏之校長安享晚年[10]，可見澎湖事件在公領域上被遺漏的程度，甚至在群體的內部也會有所障蔽。

張放也經歷了澎湖事件，在他的散文〈海是來時路〉中曾紀錄張放尚未來台前與張敏之校長的互動：

> 早在一九四三年張敏之任山東臨時中學校長時，我便是他的學生。雖然他不認識我，但對

9 郝譽翔：《逆旅》（台北：聯合文學出版社，二〇〇六），頁七九。

10 陶曉嫚：〈穿越台灣近代史的老兵趙衍慶〉，來源：《蘋果即時》二〇一四・十一・二十一，http://www.appledaily.com.tw/realtimenews/article/new/20141121/510676/（二〇一六・九・二十七查詢）。

> 我的名字印象極深。……為了向學校請長假，我寫了一只情文並茂的請假單，最後呈到張敏之校長手中。……他像一隻暖水壺，外貌冷若冰霜，內心卻非常溫暖。他看了我的長假單，用毛筆批了一行字。雖過了半個多世紀，但我依然能夠背誦而出：准病假，癒後返校。送高梁麵五十斤作路費。[11]

在抗日戰爭的艱苦年代，五十斤高粱麵能養活一家三口人，一個月不至於餓死。張敏之校長對貧窮且同時罹病請假的張放母子伸出援手，這恩惠張放經歷了半個世紀仍然清楚記得。平時工作認真、生活簡樸、不苟言笑的張校長，對學生充滿慈愛，這樣的溫暖張放銘刻在心。張敏之校長為爭取學生權利而死，受人恩惠無法報答，甚至不能伸張，張放因此沉痛說道：「我是隨山東煙台聯合中學來的，我親身目睹的這段血淚的史實，如果不將它寫出來，我是死不瞑目的。」[12]張敏之、鄒鑑以匪諜名義被槍決，慘死於自己同志之手，他說：「這是永遠讓我們難以服氣的事，只要這件冤案錯案假案一日不公開平反，我們一日不能心安……」[13]這是張放創作的重要動力之一。早在一九七九年張放即曾計劃以山東流亡學生作為背景，寫一部自傳體小說。因題材敏感，

11 張放：〈海是來時路〉，《大海作證》（台北：獨家出版社，一九九七），頁八—九。

12 張放：〈漏船載酒泛中流——寫長篇小說《天譴》的隨想〉，《文訊》第一六五期（一九九九・七），頁七四。

13 同上註。

妻子淚訴：「你寫這種東西作什麼？你想給兒女留下禍根，讓他們受到政治干擾麼？」[14]張放思前想後，默聲啜泣，也感嘆中國人對待政治異己自相殘殺的殘忍。

王鼎鈞在《文學江湖》〈匪諜是怎樣做成的〉一文中提到：

> （澎湖七一三事件）尤其使山東人痛苦，歷經五十年代、六十年代進入七十年代，山東人一律「失語」，和本省之於「二二八」相同。我的弟弟和妹妹都是那「八千子弟」中的一分子，我們也從不忍拿這段歷史做談話的材料。有一位山東籍的小說家對我說過，他幾次想把冤案經過寫成小說，只是念及「身家性命」無法落筆，「每一次想起來就覺得自己很無恥」他的心情也是我的心情。[15]

14 同上註，頁七五。

15 見王鼎鈞：《文學江湖》（台北：爾雅出版社，二〇〇九），頁三二。一九九四張放赴美，哈佛大學考古人類學者張光直便已鼓勵張放寫出澎湖的白色恐怖事件，為歷史留下紀錄；而張放以此山東流亡學生冤獄案為創作背景的作品《天譴》實則到一九九八年才創作發表。筆者所指導的市立大學中國語文學系碩士專班的張文竹同學認為，立委高惠宇、葛雨琴、謝聰敏提出澎湖事件平反案為一九九八年，該年《天譴》亦發表，此代表著政治威權的鬆綁，可使張放創作發表較無後顧之憂。筆者大致贊同此一說法，不敢掠美，特此紀錄。平反案的提出與《天譴》的發表雖無法具體肯定其間的直接關係，然這的確代表著政治風向的改變和接受程度，有助於揭露與寫作白色恐怖期間的冤案與歷史。

我們無法確認王鼎鈞這段話中所說的小說家是否為張放，但可確定的是，這是具有道德良知的知識分子在受到白色恐怖壓迫下的共同心理。張放在解嚴之後噙著熱淚寫下一系列的邊緣人小說[16]，小說中重複相同或者類似的白色恐怖，其原因便來自於這種倖存者的罪惡感。張放自己曾經背上匪諜罪名，挨過扁擔、受過電刑，但最終逃過一劫；然而張敏之校長、以及那些無聲失蹤、投海的同學等等卻不清不白的失去了生命。活下來的人無法為喪失生命的人說話、不論是「死不瞑目」或是「無恥」，都是懷有強烈的歉疚以及負罪感，張放寫作不輟，可由此一視角來思考。

二、思想控制與知識分子的恐懼

來台的少年張放是喜歡閱讀文藝的小知識分子，面對澎湖事件與長期戒嚴下的白色恐怖，無法正直的說出歷史事實，無法直面真實說出實話，長久下來的失語壓抑是對知識分子的良心是畢生的傷害。張放在小說中一再地強調知識分子的處境，塑造出這並非是張放個人現象而是一種集體情境的印象。

他曾在《海魂》[17]中以自己的朋友C為藍本訴說了四九年來台知識分子的悲哀。山東蓬萊籍

16 「邊緣人三部曲」為《海魂：邊緣人三部曲之一》、《漲潮時：邊緣人三部曲之二》、《與海有約：邊緣人三部曲之三》皆由台北昭明出版社出版。

17 張放：《海魂》（台北：昭明出版社，二〇〇一）。

C和張放一起在澎湖，他是業餘話劇演員，曾向張放懊悔跑來荒島，像蘇武牧羊，有家歸不得。C後來竟患了失語症，原因竟是「假裝啞巴」，因為「他想離開澎湖，脫掉二尺半！」C其後在野戰醫院潛逃，軍方不知去向，但張放聽到高雄民營廣播電台，知道他當了播音員。脫下了軍服，C又從「啞巴」變成了廣播員，不正說明了體制的荒謬？

何以要採取「裝啞巴」如此極端的手段呢？《海魂》中以罹患失語症的人物任勛來陳述，他和當時因共諜案被調查的蕭熙是同學，因此受到監控的行動限制。任勛認識的蕭熙是忠貞的國民黨員，蕭熙案自然為冤案。任勛因此心中憤憤不平，加上思鄉情切、行動受限，故成為逃兵冒充失語，演員變啞巴。

張放的小說中屢屢可見白色恐怖的政治陰影，軍中情治單位時時注意「可疑」以及「不可疑」的人物。知識分子們對現實無力於是裝聾作啞，更有甚者，為隱藏自己混世生活。《海燕》[18]敘述人物何為霖：「對於白色恐怖策略非常瞭解，欲是埋首書房，努力勤奮的人，欲是惹人懷疑，注意。早期大陸來台的知識分子遭受政治冤獄，多半是這種人。凡是遊手好閒，狂嫖爛賭，昏天黑地混日子的，絕對安全可靠」（頁七八、七九）失語、裝瘋賣傻、莫談是非才是硬道理，對知識分子是何等諷刺。

張放的小說裡只要是熱愛文藝的，在軍中便是倍受懷疑的對象。判斷誰是匪諜的時候並不具

18 張放：《海燕》（新北市：詩藝文出版社，二〇〇六）。

理性，喜好文藝的閱讀者便在情治人員監察之列。國民黨在遷台後檢討丟失大陸的原因，認為和文藝工作的失敗有很大的關係，因此在戒嚴時期著手加強文化思想的控制。《海魂》中的安全室主任語帶威脅向主角于光說：「抗日時期，我的大學同學不少跑去了延安，他們也像你倆一樣愛藝術，會演戲，愛文學。不過，你們要提高警覺喲。」（頁二七）表現的便是國民黨政權對於知識分子的不信任與不安心理。對於左翼文藝作品稍有認識者，便成為被注意的目標——即使他們自己並不知道究竟是如何抵觸了反共目標。

《海燕》中杜誠偷偷摸摸的寫下《海燕》表現反內戰思想，記錄歷史悲劇，並無宣揚共產思想的意圖，杜曾把《海燕》給同事何維霖讀，何一次在牌桌上講出來，引得後來杜誠被押往綠島，最後落得自殺的命運，這使得小說人物感嘆「在沒有民主自由的社會，搞文藝還不如當強盜安全。」[19]

不只杜誠身亡，何維霖也因此內疚陷入長期的痛苦：「在當年白色恐怖的籠罩下，知識分子之間交往，猶如麻桿兒打狼——兩頭兒怕」（頁一三五）且事後何維霖一直在想麻將桌上誰是告密者？「暗自佩服台灣訓練的情治人員，比希特勒的蓋世太保還高竿兒」（頁七九）——但事實上，重點並非誰是告密者，小說根本性的指出這些牌友對他的活動瞭若指掌，從戶政事務所、電信郵政機構，都可以查到蹤跡，而「這些情況，我們局外人茫然不曉。」（頁八〇）張放批判國

19 張放：《海魂》，頁六八。

民黨思想控制的黑暗與嚴密十分明顯，對於知識分子流露強烈的同情之感。《海燕》中直陳：「國民黨根本不了解知識分子的熱情啊」（頁一八二），批判了政權的腐敗也為知識分子的際遇而痛惜。

三、兩岸隔絕的心靈傷害

從一九四九年到一九八七年開放探親，國共內戰造成海峽兩岸的隔絕與斷裂，是黑髮至白頭的痛苦等待。所以在探親的血淚故事之外，張放更痛批國共之間的鬥爭，和張放同行代的作家司馬中原也同在小說《最後的反攻》[20]中藉由人物之口說那是場「混仗」、「烏龍仗」，不知目的何在，是自己人打自己人。

戒嚴時期，國共內戰被塑造為一場正義的戰爭、是漢賊不兩立的道德聖戰，反攻大陸是為了拯救處於水深火熱的同胞。然而，解嚴之後，他們開始重新評價歷史。張放將這一段歷史詮釋為是師出無名的戰鬥，他的「邊緣人三部曲」之一《海魂》的序中道：「通過于光的愛情生活，我對五〇年代海峽兩岸的政治領導人，進行溫和的批評與歷史評價：也許你倆為了千秋事業做出貢獻，但你倆卻沒有照顧同情可憐我們這一百萬因內戰渡海來台的知識分子、商人、教師、公務員和軍人！讓我們站在海岸眺望滾滾蕩蕩台灣海峽的海浪，流了四十多年相思淚」。「沒有照顧、

---

20 司馬中原：《最後的反攻》（台北：風雲時代出版社，二〇〇九）。

同情與可憐」這樣的自白，因來台外省族群中的階級差異所可能產生的差別對待，論述上還有待爭議；但是，重點在於此番言論的後半段所言——台海嚴厲隔絕「四十年的相思淚卻無可償」卻正是第一代來台外省人的共同寫照。

張放《天河》[21]中藉由人物之口感嘆：「日本帝國主義侵華八年，人民還可以通信，但是國共內戰幾十年海峽兩岸不准通信來往，這是他媽的什麼政策？這不是迫害老百姓是什麼！」（頁八四）所以張放小說屢屢重複他們想要偷渡回鄉的情節，如《山妻》[22]〈病中月〉的秦鵬為返回福州家鄉，自澎湖偷渡出海、《水長流》[23]〈榕樹下〉宮寡婦大罵蔣、毛不讓通信，也想偷渡回福建、〈酒逢知己〉馮立達偷渡回大陸見母親、或者是想盡辦法藉由第三地回大陸的《海魂》任勛等等，張放作品中的人物大部分皆為軍人或軍眷，接受敵我之辨、反共教育訓練的第一線士兵尚且如此，更遑論一般民眾。

親人、愛人與朋友等等，因為身陷「敵營」都不可連繫，為了突破兩岸隔絕的禁制，他們不計一切的偷渡，存錢請漁民渡船去閩江口上岸。海峽隔絕所帶來的情感痛苦，這些情節在解嚴之前的外省小說家筆下早有沉痛地呈現，五〇年代就被書寫的懷鄉主題，隨著時間流逝益發凸顯它

---

21 張放：《天河》（新北市：詩藝文出版社，二〇〇七）。

22 張放：《山妻》（台北：巨龍文化事業公司，一九九三）。

23 張放：《水長流》（新北市：新北市政府文化局，二〇〇三）。

的矛盾：懷鄉的投射之處，卻也是漢賊不兩立的敵營。懷鄉的沉與痛早見於柏楊《掙扎》、即便是最為溫柔敦厚的琦君也曾寫出如〈鐘〉般無可排遣的懷鄉之苦的小說，主角飽嚐疾病、貧窮、孤獨、衰老，最後在得知老妻死亡後自殺。24

解嚴後張放在作品中則直指造成懷鄉痛苦的源頭所在——罔顧人民的統治者蔣介石與毛澤東。我們懷疑如此直接作歷史的批評而放棄了隱喻與暗示的寫作手法，是否降低了其作在文學美學上的價值；然而，張放直爽的個性卻不待言。我們未曾在外省作家的小說中見到如此直接的指控，解嚴前張放的小說也幾無碰觸此議題，但在邁入九〇年代後，走向六十歲的張放便直言不諱作歷史性的控訴。他未曾將此歸因於命運、理想之類或是玄虛、超然的觀點，不過這並不代表他沒有信念，而是他對務實的人間生活，尤其是普遍大眾的生命情境更為關注與熱愛，他代表的不只於他自己，還在於他們這一代人生命的詮釋，這一方面的課題我們將在後面再行探討。

第二節　歷史失憶的恐懼與歷史的使命感

第一代外省人在探親開放與解嚴之後開始清楚覺知、或開始在文字中呈露國共內戰、白色恐怖與兩岸隔絕所帶來的惡性結果。張放小說的敘事動力除來自於心理創傷之外，更進一步思索走

24　琦君：〈鐘〉，收於《菁姐》（台北：爾雅出版社，二〇〇四），頁二五三—二七四。

入解嚴之後他們這一代人在他人的記憶中如何被認識與記憶。以下分別就兩個面向來論述張放對於一九四九來台外省人在歷史中如何被記憶的隱憂：

一、難以被了解的離散遷台者

張放很清楚時間的意義；《天河》中便曾敘述離開戰爭的年代愈遠，人民的災難印象愈加模糊，何況在資本主義社會之下，過著緊張忙碌的生活，人們對這一百多萬隨著戰敗撤退來台的人，缺乏了解與同情。（頁九二）第一代外省人的經歷，從饑荒戰爭到流亡台灣，自懷鄉到白色恐怖陰影，國共內戰的刻骨經驗未必能夠言說讓人充分理解，本質上是虛空而落寞的，因此陷入無言的痛苦中。

無法使人充分理解的生命情狀，恐怕是連他們下一代能予以了解體會都是困難的。父老子幼的世代差距，或是原因之一。由於一九四九年初來台灣的外省人懷抱著返鄉的希望，沒有預期會長期的居留台灣；也可能因為他們有情人、妻子留居家鄉，初期他們並未考量結婚。希望能成家者，也有現實問題的困難。當時軍人待遇低，積蓄有限，且在當地人眼中的「外省人」，不是讓當地人信任的結婚對象，所以待到結婚之時，年紀上已經較當時一般結婚年齡來的長。上下兩代生命經驗迥異，下一代因為兩岸隔絕對於山河故鄉難以了解外，生活中相異的文化情調與感覺結構，也使得他們無法真正進入上一代長期創傷的心理內核。這並非只是無法溝通的問題而已，而是在於創傷的不能理解。

尤其來台外省人的離散具有歷史特殊性，他們的懷鄉除欲返而不能回外，尚斷絕一切訊息，長期生活在「反攻復國」的虛言之中，因此小說家筆下的人物最後常常瘋狂或是瀕於崩潰。他們所面臨的是理性所不能解釋的情境，故張放在《春潮》[25]〈後記〉中便寫：

三四十年的離鄉背井，用「鄉愁」兩字能夠概括了麼？這豈不是「瞞和騙」的鬼話！……是的，我們懷念故鄉，但懷鄉之情矛盾而複雜。……韋莊寫出「未老莫還鄉，還鄉須斷腸」的詞句，他們懂；但是海峽對峙四十載，互不通信、斷絕往來，這種反人道主義的決策，帶給我們心靈的創痛，像長出一顆惡性腫瘤，永遠無法切除或治療。海峽對岸「台灣文學評論家」是永遠摸不清、感受不到的創傷。（頁二五四—二五六）

外省人的「懷鄉」不只是在於鄉念故鄉的當下處境，海峽隔絕四十載之後，雙親已逝、情人已老，內心的遺憾和負疚無法彌補。原來的認識重新洗刷，就算還能再相逢，兩岸造成的情感、經歷、生活習慣與思想差異的落差與距離，卻再難用餘生彌補和連接。張放《情繫江家峪》[26]中收錄兩篇「探親小說」，除如上一章所述及的〈情繫江家峪〉外，還有〈淚灑相思地〉。〈淚灑相

25　張放：《春潮》（新北市：詩藝文出版社，二〇〇八）。
26　張放：《情繫江家峪》（台北：文史哲出版社，一九九六）。

思地〉中江源隱瞞自己在台重婚身分返鄉，再見結髮妻子于小英，小英刻苦生活，守節未嫁，但心繫妻女孫兒和台灣生活的他，情感上拋不開台灣家庭，又對髮妻有思念、有責任，兩難的拉扯使得江源既疲倦又愧疚。

難以兩全的此與彼，最後的隔絕悲劇變成難以跨越的「天河」，這不是「返鄉探親」所能解決。〈情繫江家峪〉中的哥哥雖然吝嗇苛刻，但張放不是把探親的重點放在金錢關係，他畢竟沒有把大陸親友塑造成見錢眼開的吸血蟲，他更著眼於時間差距所引申而來無可跨越的距離。

張放的筆力粗曠，在情節上往往是大塊的揮灑塗抹，甚至忽略結構的完整性，但是在兩岸隔絕所引申的差距問題中的情感細節沒有放過，《天河》中一樣有類似情節，老兵李彥得以返鄉再見髮妻、兒子，但卻無法長久定居煙台。他想念髮妻，但也受不了內心的沉痛、傷感和痛苦；長久的兩岸隔絕，他和台灣的妻子情感與生活都相互依賴，無法割捨。李彥拒絕再返大陸定居，如同髮妻菊花拒絕來台，兩岸情最後的結果停留在朋友對李彥的勸告：

> 長痛不如短痛，你去電信局把電話號碼更換，以後就別再扯那些牛郎織女的遊戲了。記住，李彥，牛郎織女相會不是真事，它是神話。（《天河》，頁一七八）

時空的隔絕，能夠再見親人雖然已屬難能可貴，但是錯失長期共同生活基礎，日久人變、價值觀產生差異，缺乏往來的結果，難以再拾起數十年的差距，除了張放，幾乎沒有作家直面這樣的現實。

張放更進一步的論及兩岸在意識形態上的差異，形成不同的價值認識。《天河》寫李彥數十年後再和留在大陸的妻兒聯繫，匯錢過去卻遭到「反對資本主義的痛斥」，李彥在感嘆之中便不無隱喻的指出，「兩個社會的意識形態、風俗習慣不同，也許咱們的好心，他們卻視為歹意。海峽兩岸分裂數十載，若想統一，那大抵不單是民族感情的問題吧？」（頁一二三）即便是想盡了四十年的親人，再相見時依舊難以跨越時間的天河，殘酷的面臨難以溝通、無法被理解的現實。張放曾在九〇年代小說《與山有約》[27]中提及對民族共同情感的重視，但是也並不將民族情感認為是萬事可解的萬靈丹；透過小說張放傳達出國家最應該重視的還是在於人民本身，這也是他在多部小說重複提起不認同發動國共內戰的兩位領導人的原因。

作為一九四九來台外省人群體中的一員，張放此一想法所流露的意識形態並不討喜。我當然不認為隨軍來台的外省人都是想法一致的群體，毫無差異性，不過他們與國民黨政權之間普遍的具有複雜的依存關係。為了在台灣生存，他們對於國民黨政府雖頗多怨言，可同時和政權的存附關係也不得不然。這除了在於來台外省人服務於黨國機關者眾多之外，還在於這也是帶著他們來台、長期以來唯一可以依賴照顧，並且承諾返鄉的政權。張放的小說《寒流過境》[28]〈壽宴〉即

27　張放：《與山有約》（台北：獨家出版社，一九九七）。
28　張放：《寒流過境》（高雄：春暉出版社，二〇〇九）。

提到張楠因為看羅曼・羅蘭小說被誣為政治立場有誤，但即使在多年退伍後，還是去參加了昔日師長的壽宴，因為「五十師是我的親娘，離開了娘，我去台灣舉目無親，誰會照料我的生活？」（頁一八七）

張放的小說常常出現主角因為熱愛文藝或是國共內戰中被俘虜而在軍中被認定成分不佳，無法升遷或是終身受到祕密調查的情節，這無疑是對國民黨政權的批判；可偏偏主角在軍中所受到的照護與同袍之間的情誼，卻也讓主角難以脫離對於軍隊的情感束縛。軍隊作為國家機器的一環，無疑不可能將軍隊與黨國一體的政權分而觀之，這種愛恨雜揉的情感，不僅外界難以理解，他們自己也很難面對。張放是唯一一位會直率地批判政策錯誤，乃至於直言決策者的殘酷與揭露其後的歷史性後果的第一代外省小說家；自張放作品觀之，我們一方面更體會了來台外省人命運的沉鬱頓挫與孤獨感傷，另一方面也因此突顯了張放的孤鳥性格，與注定成為難以被了解的孤獨者命運。

二、歷史性的邊緣化

張放對於國民黨政權給予知識分子的思想壓迫滿是憤慨、痛恨乃至於怨恨國民黨官僚；可是相對的，張放也不信任共產黨。早在解嚴前他得到國軍文藝獎榮譽的長篇小說《遠天的風沙》[29]

29 張放：《遠天的風沙》（台北：黎明文化事業公司，一九八二）。

中，便描述抗日戰爭期間共黨兩面滑溜的發展手段，對其批判。

張放藉由主角表現不認同共黨手法的思考，表面看來這部小說彷彿代表「反共」的政治正確，不同的是小說在人物塑造上並非反共小說常見的善惡兩分法；張放所寫初期為中共所效力的知識分子中，仍有品格高尚、貫徹始終者，為了黨國，九死猶未悔。只是這樣的人物，在小說中一樣不得善終。

到了解嚴之後，張放沒有改變他對於共黨政權的失望看法，且持續的寫出像是《春水桃林》[30]中的〈鴨子〉，在反右運動後受了勞改，此後對生命哀莫大於心死，選擇孤絕生活的故事。不論是國民黨政權下的知識分子，還是共產黨政權下的知識分子，在張放的筆下都遭受了極大的挫傷，張放同情近代中國的知識分子，而自己更是其中的一分子。張放筆下的知識分子有強烈的民族情感，不論他們所效力的是哪一政黨，都是懷抱著熱愛國家民族的信念奮鬥，而黨國對待他們的卻是流放、離散甚至是拘禁、死亡。

同時，張放也在《春潮》也表示了對於毛澤東「宜將剩勇追窮寇」一語的觀感和批判。他認為這是毛澤東對國民黨軍人缺乏同情的理解，這些毛澤東眼下的「流寇」，也是懷抱著滿腔愛國熱血，犧牲奮鬥，希望把祖國建設成富強樂的國家。毛澤東卻只將他們放在成王敗寇的敵／我架構中理解，張放因此說出受辱者的心理：「既然毛主席稱他們是流寇，地老天荒，海枯石爛，他

30 張放：《春水桃林》（台北：中央日報社，一九八九）。

們也不會再和你握手，更別說俯首稱臣了！」（頁一四七－一四八）這種價值與尊嚴的抹殺，可能引來消極的抵抗，而無益於民族發展，此一發言可視為對當權者的國族諍言。

共產黨如此，國民黨亦不可信賴。張放小說中的人物在不同地方重複著「你愛國家，國家不愛你」的吶喊。諸如〈明月〉老于痛苦吶喊，「我千辛萬苦跑出來，追隨政府……可是咱的國並不稀罕我這種人啊！」（《水長流》，頁一六七）、《海魂》西門慶：「你愛國家，國家不見得愛你」（頁一六七）、同樣的話又見《與山有約》黃鐵嘴：「我愛這個政府啊，可是政府並不疼惜我啊！」（頁二一六）、或者是〈走出白雲山〉的孟國忍「我把中華民國當作親娘……可她從來不疼我。」（《山妻》，頁一六）等等。如前所述，來台外省人對於政府的照顧固然心懷感激，但是實際上前述政權所造成的傷害也難以彌補，張放在小說中重複抒情，彷若不如此反覆不足以表達傷痛。

張放筆下的人物，對國民黨政權充滿了沉痛且糾葛的情感。《與山有約》中的主角杜小甫，十七歲遭到抓兵，離開故鄉，理應他該憎恨當初將他抓兵來台的段喚，不過來台後段喚在軍隊中誠摯對待杜小甫，反使得杜小甫心存感激。段喚死去多年，杜小甫仍一心想在公園中修築段喚半身銅像紀念他。而《與山有約》的情治人員歐陽身和軍人朱之道尤其尷尬；朱之道因為私藏普希金與魯迅兩冊書，被押解綠島關了三年，特務打斷七根扁擔沒死的朱，一夜被喚醒後受山東同鄉歐陽身逼供，竟然因聽到鄉音嚎啕大哭，簽了「自新書」。朱之道日後再見歐陽身，感恩歐陽的照顧，讓他活下來；另一方面，歐陽身對共諜案的枉屈心知肚明，「所謂照顧山東同鄉，是沒有用扁擔把朱之道打成殘廢」（頁二二五—二二六）。

該愛無法愛，該恨不能恨，是張放筆下來台外省人對國民黨政權矛盾的情感寫照。《水長流》中的〈守門人〉中的晁仁即是一個這樣的例子，他曾發言誇獎共軍而身陷囹圄，從此不關心國事。退伍後，晁仁雖不受黨部同鄉影響，投票時還是會投給國民黨員或無黨無派的候選人，從不投給反對黨民進黨。解嚴前受到白色恐怖迫害，解嚴後又無法託付反對黨，張放並未於文中明白剖析其心理，卻指出了第一代外省人的情感取向。

來台外省人與政權難捨難分的矛盾，使得他們彷如處於歷史的隙縫之中。《與山有約》的朱之道被刑求、押解三年後，被分派沿海小島當反共救國軍，陰濕的碉堡磨難身體，之後又寒傖退伍。折磨大半生涯，他以文藝創作當作自我救贖，謹記普希金之語：「任何權勢、任何統治也禁不住印刷的砲彈摧毀一切力量」（頁二三五），耗費心力寫下紀錄四〇年代末期中國知識分子悲劇的小說，最後落得無法出版的窘境。解嚴前的台灣因為政治不正確無法出版，解嚴後期待在中國出版，又受到退稿。退稿信件是：

> 你在長篇小說中所寫的白色恐怖事件，雖非虛構，但已成過眼雲煙。在當前改革大潮中，這種題材小說毫無通路。謹將大作璧還。並請你擦乾眼淚向前看，為祖國統一大業貢獻力量。（頁二三七—二三八）

朱之道因此氣得精神崩潰而瘋狂。表面上是全心付出的文學創作無人重視，實則是朱之道最後一道救贖的防線崩毀。如果苦難成就文學，文學有超越政權者的力量，那麼沒有讀者的作品又如何產生力量？朱之道一生信仰因此無可託付。在另一層次上，也可看出張放將文學創作的出版問題簡化，突出的不僅在於朱之道作品不合時宜，更在於他們這一批受白色恐怖之禍的來台外省人的不合時宜，兩岸都不被了解的邊緣化處境。不論是「改革大潮」還是「祖國統一大業」，這種充滿民族主義式的官僚語言，一樣忽略他們的命運，僅把他們當作過眼雲煙般輕輕掠過，是不必要正視的歷史；或說是無法被納入當時中國民族重建的敘事之中。

第三節　「老芋仔」[31]的故事：外省人如何邁向未來？

作為走過澎湖事件的一員，若張放解嚴後撰寫的小說意圖僅是翻案式的為澎湖事件中的受害

31 「老芋仔」一般是台灣本地人對於一九四九隨國民政府來台外省兵的稱呼。「芋仔」和「番薯」相對，番薯是指本地台灣人，芋仔就是「外省人」，在語氣上有歧視的貶抑之意。胡台麗在〈芋仔與番薯——台灣「榮民」的族群關係與認同〉一文，曾說明開始使用「芋仔」此一稱呼時，台灣兵沒有輕視外省兵之意，而後來「退伍進入社會謀生的低階外省士官兵大多停留在台灣社會的底層，本省兵最初使用『老芋仔』這個稱謂時即使沒有看輕的意思，卻因為不少低階退役外省老兵社會地位低微，無形中給『老芋仔』這名稱附加上社會評價」。見張茂桂編：《族群關係與國家認同》（新北市：業強出版社，一九九三），頁二八四。張放解嚴

者代言，那麼他在其自傳性質的小說《天譴》裡即可說出並凸顯他們共同的遭遇。可是不論是《天譴》、《海魂》或是《春潮》，即使是以澎湖為背景，卻不一定是對於山東流亡學生的匪諜組織冤案做鉅細靡遺的描寫。也就是說，張放如此的寫法並非是聚焦特定歷史事件的小說寫法，使得對事件本身歷史性的控訴力道減弱許多。我認為他對於龐大的一九四九前後來台外省人敘事的重視，更甚於把對冤案始末作歷史控訴。特別是自上面的論述我們得知，不論是在創傷來源的內在敘事動力，還是面臨外在世界邊緣化、不被理解處境的擠壓揭露，他在解嚴之後的小說敘事，都試圖展現了身為遷台離散老兵群體的思索與矛盾、創傷和尊嚴，而此對於張放的價值和意義更甚於澎湖事件的再現。

張放雖不間斷的寫作，然無可諱言的，他的小說具有高度的重複性。[32] 比張放更年長的作家

後的小說中常稱呼隨軍來台的外省人為「老芋仔」，尤其是他們的「本省」妻子。此一「老芋仔」身分，在張放的小說中沒有貶抑只有自豪。如張放小說〈水長流〉中的人物白杲，蛙人退伍，善泳，娶小他十四歲的台灣本地人為妻，夫妻感情和睦。一直到近八十歲，他還會對崇山峻嶺吼叫「口令」：「立正稍息向右看齊」，一派軍人作風。晚年仍精神奕奕地以熱愛民眾的精神參加山難救助隊，九二一大地震時亦參與救難貢獻心力，死後骨灰灑於南投荖濃溪。一般民眾對於「老芋仔」此一稱呼所代表的貶意在此反而成為一種親切的調侃，代表他們從軍以來的獨特經歷，而此一經歷則形成他們雄邁熱情的精神特質。

32 張放小說人物塑造的重複情形高；在情節結構安排方面，脈絡亦不甚明晰。尤其二〇一〇年之後的作品，情節更顯雜蕪。晚年長篇小說中往往出現眾多人物，使得支線龐雜、主從不清。筆者認為他重視人物呈現的集體性意義更甚於單一人物，甚至是情節經營，如此自然也影響了作品的文學表現。

裡面，同樣有一位高度重複自己創作的作家——琦君。琦君的小說中，往往高度重複幾個常見的人物、情節以及主題，藉由此在心靈上不斷的重返家園、合乎傳統倫理道德以展顯崇高理想，安頓離散者漂泊的心靈。而張放的重複敘事，對於他本身而言，則有著自我敘事重構、寄託理想的意義。張放之女張雪媃[33]曾經敘述張放小說的重複之處：

> 他青年時代就愛寫的小說，也多半以自己那麼一個一九四九年隨國民黨來到台灣的流亡學生為主人公。這個人，早年有肺病……後來，他的世界有了一個美麗的黑蝴蝶，健康、熱情、沒有太高學歷，最好是原住民，而男主角就和這麼一個性感的年輕女子大談戀愛，結婚生子。相伴的是幾個朋友，不是共同開茶館，就是經營果園，或是辦學校，喜孜孜的忙得不亦樂乎。無論小說還是散文，爸的筆下，是一個勞動人民化了的他自己。他愛勞動人民，甚至把他們理想化了。必須是樸實、健康、率性，為愛不顧一切，才可以是他故事中的主角。[34]

33 張雪媃教授為威斯康辛大學東亞語文與文學系博士，專長為中國現代文學史與女性文學，現任教於世新大學中文系。有《當代華文女作家論》（台北：秀威資訊科技公司，二〇一三）、《天地之女——二十世紀華文女作家心靈圖像》（台北：正中書局，二〇〇五）、《唐傳奇中的「異人傳」》（台北：文史哲出版社，二〇〇一）等著作。

34 張雪媃以〈不斷寫作的人〉一文紀念父親張放，也以此題目標誌自己的父親戮力寫作的精神。其悼念父親的張放晚年創作的文類包含散文、評論、小說，其中以小說的創作數量最大。張放對小說心心念念，晚年傾全力創作小說，張放重複寫作的小說人物並非真實的他。一九五〇年張放進入政治作戰學校影劇系，畢業之後分發到海軍「海訊月報」，歷記者、副社長，一九七三年退伍。六〇年代曾出任「中國電影製片廠」編導，也曾任中央廣播電台編撰，又任文建會研究委員。一九九一年任菲律賓民答那峨中華中學校長四年，並同時完成雅典耀大學藝術碩士學位。返台後任「獨家出版社」顧問、總編輯。從經歷看來，張放絕非他筆下那些老兵與勞動人民。

尤其自女兒的描述，張放晚年長時間照顧行動不便的病妻，小說中與「黑蝴蝶」[35]的情感生活卻十分激情熱烈；他在書齋中長時間的耕耘小說，可是小說中的老年人，開茶館、果園、出版社，生活飽滿有活力，張放可說是躲在與真實相左的創作天堂裡，小說的虛構，正提供了張放暫時脫離現實的管道，自其中得到精神的昇華以及補償。

當然張放的作品不只安頓了他在現實生活中的困局，晚年寫作的他，面對國共內戰的傷害與兩岸隔絕的沉痛，可說是以那些「老芋仔」——底層老兵來重建其敘事。張放在面臨歷史創傷與

文章既有女兒的孺慕深情，又融有專業學術眼光所做的判斷，見張雪媃：〈不斷寫作的人——記我的爸爸張放〉，《新地文學》第二四期（二〇一三・六），頁二九〇。

35　黑蝴蝶為張放小說〈黑蝴蝶〉的女主角，是一名原住民身分的女護士。形象健美、輕快、多情，是張放小說中女主角的原型。從張放散文〈大海作證〉和〈海是來時路〉看來，其妻青春時正也是一名多情的護士，如同張放現實世界中的「黑蝴蝶」。此兩篇散文接收錄於《大海作證》（台北：獨家出版社，一九九七）。

邊緣化時，選擇了一種「形象」來代表自己的內在精神。如上兩節所述，張放呈現了來台外省人身分的悲情之處；然觀察張放解嚴後的小說，我們可發現他並不認為要以此來尋求建立外省人邁向未來的形象。我們或許可從敘事治療的方式中來找到一種關於「替代故事」[36]的說法來理解此一問題。

「替代故事」是治療師替前來諮商者確定的、想要依其生活的故事。治療師想要在對話中尋找、創造自我認同的故事，以協助人從問題的影響之中脫身而出，創造生活的新可能。在新故事中，人會活出新的自我形象，具有新關係的可能性和未來。放在張放的情境來理解，若是創傷已經造成、歷史的無語和邊緣性也已然形成，那麼又該如何尋求未來的可能性？以下便藉由張放解嚴後的長篇小說《與山有約》為代表，分析出兩個以「替代故事」角度理解後值得重視的精神形象：

一、熱愛台灣的第一代外省人

張放以台灣為背景的小說，場景多是台灣的小城鎮、或是偏鄉，甚至遠至澎湖的小島。九〇年代台灣文學的重要特色之一，在於都市生活的書寫；張放小說缺乏大都市的繁華，鄉土才是情

36 見艾莉絲・摩根（Alice Morgan）著，陳阿月譯：《從故事到療癒——敘事治療入門》（台北：心靈工坊，二〇〇八），頁三四—三五。

感的寄託所在。《與山有約》一書以老兵杜小甫為主角，居住在台灣西北部的「麻里鎮」。麻里鎮在山海之間，近有麻里灣、後有麻里山，杜小甫就在麻里山灣之間度過他的大半生。

小說中的「麻里鎮」地方描寫本於台灣西北岸海邊小鎮。杜小甫年輕時曾在麻里山構築防禦工事，三十年過去，退伍後他在麻里灣蓋了一間克難平房，住在濱海小屋中，寒流來時在屋內打哆嗦。儘管先天條件不佳，杜小甫熱愛這濱海的小鎮，對它有想望、有期待，不同於一般老兵文學中所看到的悲苦老兵，對未來只有無奈，杜小甫懷抱願望，充滿活力。他期待女人、戀情、婚姻，滋養他的人生，精彩的愛情故事都在這一地方完成。

張放在小說中熱烈的表達他對台灣的熱愛，常常有告白式的「愛台灣」語言出現。以《與山有約》而論，河南佳十六年，台灣四十年的杜小甫會直言對台灣「人親土親」的情感；包括另一人物王師凱，重病時亦仍說「飲淡水河水……喫濁水溪米……我深愛這塊土地啊。」（頁一七六）張放一直到晚年的作品《豔陽天》寫居於社會底層的外省人開果園、賣水果仍是如此態度。九〇年代張放的態度放在我們一般對第一代外省人的認知中有一定程度的差異。

小說人物的塑造上張放強調外省人在台灣人親土親與踏實生活的一面，主角杜小甫對於台灣北部路況的熟悉使他當了計程車司機，因為「從十七歲起穿破了二十多雙黑色膠底鞋，從麻里鎮到礁溪、頭城，沿途的高地、河流，甚至高大的數目和具有史蹟性的碑石、廟宇，即使閉上眼睛也能背誦出來」（頁一七〇）。像是杜小甫這樣的退伍老兵，沒有資產、缺乏和上層的社會關係、沒有好的知識水平，小說中的工作不是做小生意賣槓子頭就是打雜勞役工作。社會學家趙剛進行田野調查，眷村中的子弟曾經提到，專修班或士校的職業軍人退伍，最常見的職業是開計程車或擺攤了。特別是開計程車，因為不會福佬話「語言不通」，無法進入如服務業一般的行業，所以從事開計程車，不是非會台語不可。[37]然而，小說所呈現的重點不在控訴老兵能謀生的工作有限、或者是語言能力的問題，而是反過來突出杜小甫「優點」，因為他對於生活環境的熟悉，使他選擇了開計程車的工作。

所以藉由開計程車，張放展開了他理想的圖景。載著形形色色的客人，當計程車司機開拓了杜小甫的視野。他從不固執己見，因此懵懂的有了看法和理解，交上肝膽相照朋友；但同時卻也能壓著脾氣站在溝通的角色，和不了解豫劇的年輕客人溝通，使年輕人能接受聽不懂的豫劇。杜小甫是作者理想下塑造的人，杜小甫性格上寬容、誠篤，使他更能夠接納本土的人情事物；在接納的同時，也能將自己的文化理解帶給他人。這種族群間彼此溝通、融合、相互理解、和諧相處的面貌，一樣投射在小說中其他重要人物朱之道和黃河清身上，他們和杜小甫一樣都是娶台灣本地人為妻子，並且夫妻感情甜蜜、相處融洽。反而是另外兩名外省籍身分的人物溫玉棠和歐陽身，娶的都是外省妻子，不是家暴就是貌合神離，而本省妻子的篤實、勤勞、懂得如何過生活，

37 見趙剛：〈認同政治的代罪羔羊：父權體制及論述下的眷村女性〉，《告別妒恨：民主危機與出路的探索》（台北：唐山出版社，一九九八），頁六〇。朱天心〈想我眷村的兄弟們〉便曾提到眷村人因為不會說台語而無法進入本土企業工作，語言能力影響謀職的情形，收於朱天心：《想我眷村的兄弟們》（台北：麥田出版社，一九九八），頁八四—八五。

反而是最佳伴侶。

由於對於台灣認同，所以雖然朱之道、杜小甫不見得認同小說中台灣青年陳天保「台獨」的政治理念，但是他們採取現實態度，而將選票投給陳天保。朱之道認為投給陳天保就是「投給春天投給光明投給青春投給希望」，因為：「他和咱們坐在一條船上，同生共死，比兄弟還親」（頁二二七），這無異是強調政治上的世代交替與本土價值，不分彼此方能給這塊土地帶來新的契機與面貌。張放小說中的小人物雖然固執、實心眼，但是意識上並非沒有變化的可能。

循著這樣的思考，張放在二〇一三年最後一本創作的小說中《艷陽天》中寫道：「台灣的老芋仔，並不是老共的俘虜；台灣跟中國大陸早已分裂成兩個獨立國家了。只是台灣小了一點兒，慚愧。」（頁二〇九）清楚的表明其政治思考。只不過這裡的敘述未必能夠以我們現今政黨政治中喧擾的「統／獨」光譜來理解，一如《與山有約》的杜小甫，對於台灣長期養育了他新的生活充滿感激、其後的《濁水溪傳》（二〇一〇）也提到：「吃西螺米，喝濁水溪水，娶眉埔鎮女孩，相親相愛，度過數十春秋，這兒是家，你能不愛？」（頁一二八）皆重複的敘述他對台灣本土家園的熱愛。《濁水溪傳》中的主角之一山東人于瑞，晚年發出囈語：「什麼獨派、統派，我是濁派，濁水溪派！」（頁二〇〇）就像張放小說中常藉由精神失常的瘋言瘋語，吐露不被主流論述所接納的真心話，表明不願被政治歸類的心聲。他真正的歸向是人民與土地，不是任何政治黨派。

一九九八年姜穆曾在〈張放的文學天地〉一文評論張放時，論及「鄉土文學論戰」時張放的冷眼旁觀，並述及其民族主義態度：

張放讀書博雜，精於近代文史……近代史，事關及身，不可不知，這是他的民族主義自然形成的過程。鴉片戰爭以後，中國的苦難，就已在血液裡流淌，最近又碰到一些民族的叛徒，要建立台灣民族，激起張放強烈的中華民族的認同，乃是極其自然也是必然的事。在加上台灣接受的外來文化，由博而約，這種民族大愛，於焉形成。張放是在這種矛盾荒謬的世界中委身立命。38

自姜穆論述來看，其所形容的「荒謬」與「矛盾」，正是潛藏許久，漸漸在九〇年代以後獲得發言權的台灣民族主義論述。關照其他隨軍來台的外省作家評論時，我們可將之作為一種世界觀的參照來理解，其措詞中可見堅定的中國民族主義信念以及對台灣民族主義的看法。姜穆或為張放友人，以強烈的中華認同來詮釋張放；我們實自張放的作品讀到不同的可能性。九〇年代的他在態度上或不盡然認同走向獨立的台灣民族主義，他卻也並不以為此是「荒謬」，未必講求純粹的大中國文化。小說中的人物和陳天保站在一起，不是對於台灣民族主義的「妥協」，而是情感上的契合與對現存官僚和權力的不滿。陳天保和杜小甫與朱之道，跨越不同族群歷史經驗，彼此相知相惜，同樣是站在要求正義的理想性位置，那麼不同族群即使在統獨問題上看法不同，也能為了在台灣的共同未來而連結，證明了作者在愛與包容上的和諧理想。

38 姜穆：〈張放的文學天地〉，《更生日報》第二三八期（一九九八・二・八），第二十版。

二、踏實可愛的老兵

張放在人物塑造上有明顯的喜好，他對於底層群眾有偏愛，如《與山有約》的主角杜小甫，是粗魯無文的莊稼漢，具有堅毅、勤奮、耿直的品格；相反的，許多活在過去，彷如得了官癌的投機者、官僚、上層階級則是張放所厭惡的。

小說中批判最力的對比人物為鎮公所兵役課課長歐陽身。早年歐陽身曾審訊逼供朱之道，他深知朱非共產黨人，為求晉升仍施以刑求，在他手下屈死的冤魂眾多，而如此人物反而受到最高統帥表揚，張放有意諷刺上層官員如何顢頇，可見一斑。又歐陽身晚年接任「長青聯誼會」，乃為了選舉和勢力擴充編制，杜小甫一再痛聲批評：「什麼時代了，歐陽身這個老官僚還想撈一票，真他娘丟人現眼！」、「吊死鬼搽粉——死不要臉麼！」、「這些老不死的官僚就是不甘寂寞」或是「他從心底瞧不起這些飄洋過海來台的官僚政客，他們在毛澤東、朱德、林彪面前是軟腳蝦、落水狗，但是站在自己同胞面前卻驕傲自滿，彷彿高人一等。狗日的！」（頁一八四）接著又透過敘事者補充評論歐陽身，「他思維與健康情況已和現實社會脫節」、「歐陽身是外省人，他具有打腫臉充胖子死要面子活受罪的性格特點」（頁二一二）等等，藉由杜小甫與敘述者之口，作者渴求正義、批判舊官僚的形象已經呼之欲出。張放過海從軍，長期在軍中系統服務，如此直率爽明的痛斥官僚政客嘴臉，在同時期的其他隨軍來台小說家中可說獨樹一格。

所以，張放也給予歐陽身「應有的」報應，使他生前不能人道，死後被三個兒子福、祿、禧棄之不顧。相反的，張放在形塑杜小甫時，一反社會現實景況中老兵在婚姻狀態上的弱勢，作家將所崇敬的底層英雄杜小甫——英雄配美人，杜小甫自有許多女人愛著他；他充滿男性「雄風」，性能力強，對小說中的女性有「致命的吸引力」。杜小甫生前充滿活力，死後讓朋友妻子無限懷念，可知對這兩樣人物作者在形象塑造上的喜好與善惡分明，也可見作者對道德價值的固守和肯定。

張放肯定底層群眾的樸實與直樸，肯定他們踏實生活與土地間親切的關係。張放筆下的底層人民知勞苦、具韌性，他們擁有磨難的生命，同時也有苦難生命得來最質樸的智慧、最豐沛的愛與關懷。他們知道務實，也曉得感恩，杜小甫心繫營長段喚的照顧、妻子阿春的柔情、受麻里山（台灣的象徵）的養護便就努力回報，生死以之。[39]也因此，張放寫出的是老兵的精神、尊嚴與光輝。他們忠誠，但並不愚昧；他們雖然年老，可是還有活力，有解決事情的能力。他們心知政權的欺罔與僵化，更清楚了解自己力量的渺小，服從是身為軍人長期以來的訓練，不過也有自生命經驗得來的智慧。所以杜小甫縱然「愚忠」，敘述者評判他的角度卻很特別：

39 最具體表露此一想法的是張放《水長流》中的小說〈台北第一味〉。〈台北第一味〉小說敘述在三張犁開設牛肉麵館而生意興隆的山東老芋仔賈開沂，在九二一地震的時候以「范倫」之名捐助兩千萬元。文中敘述賈開沂不求名聲的捐出巨款「是為了回饋這個讓他終身難忘的海島」、「用范倫是為了思念提攜他的長官」。（見《水長流》（新北市：新北市政府文化局，二〇〇三），頁二六三。）而賈開沂在人格的塑造上與杜小甫也有所雷同。

老杜的最大缺點，除了老牛筋固執，另外就是順毛驢：你說他胖他就喘，你誇獎他工作賣力，他會夜以繼日不眠不休即使累出肝病肺病風濕關節炎也樂此不疲。老營長對他的讚美，雖帶有玩笑性質，杜小甫卻下決心，堅守崗位，高舉主義領袖國家責任榮譽的五大信念旗幟，為實現鞏固台灣光復大陸而奮鬥。（頁一二五）

由於過度的質樸執著，反而生出讓人景仰的個人品格，而超越了被意識形態所操弄的底層形象。故而，麻里鎮長簡添木將建設山頂公園的任務託付於杜小甫，杜小甫憑著當工兵的技術與對麻里山的熟悉，他便也就公而忘私、不計利益的全然付出，而這種默默無名、崇實、感恩的人生態度，才是張放讚揚的。然而如此的人物張放也悲觀的認為他們不可能在歷史中被認識，張放在寫《與山有約》的前一年，已寫有長篇小說《海兮》。《海兮》中便這麼形容：

大陸來台灣一百多萬人，龍蛇混雜。確實也有不少埋頭工作、默默無聞的人，可這些好人卻像土撥鼠，永遠埋藏在地層下，露不了頭。（頁一九〇）

在以底層知識分子為主角的《海兮》中，有為有守的知識分子不被了解，反而人格卑劣者平步青雲。張放小說多採善惡分明的人物寫作方式，從呈現方式來看，張放對於官僚系統可說是厭惡且灰心至極，隨著歷史浪濤，一代新人換舊人，這些底層的小人物又將被輕易遺忘。張放晚年的寫作仍貫徹此一思考，他所出版的「海峽三部曲」[40]、「邊緣三部曲」正是為歷史的補遺，也是對掙扎於底層的外省人的致敬。

與張放年紀相近的作家，近幾年來紛紛以大部頭的自傳或是散文來敘寫自己的生命，如齊邦媛、王鼎鈞、桑品載、尉天驄等人，而張放則是選擇以「小說」來寫。「自傳」的寫作力求真實，儘管有時也因為個人主觀的隱蔽或是傳主有意規避難堪或不願提及的往事，而有某種程度的虛假，不過「自傳」此一文學類型仍是被要求內容應與傳主生平合一，要有真實誠懇的寫作態度。相對的小說則以「虛構」作為小說文類重要的特徵，即便有些小說可能與作者本身的真實人生經驗高度重合，虛構卻仍是小說的當行本事。我們允許小說作假捏造，但對於自傳的造假，卻會感到違背作品的倫理，覺得不甚道德。

敘事必然具有開始、中間與結束，它是一連串事件組織成獨特解釋意義的過程。引入敘事治療的角度來說，敘事者對於故事情節和角色具有主導性，並推論出事件的因果關係，使人將混亂的生活現狀，組織出秩序，並賦予意義。李克爾（Paul Ricoeur）把這種恢復秩序的和歷程稱之

40 「海峽三部曲」為《海燕》、《天河》、《海客》皆由新北市詩藝文出版社出版。不過《海魂》內容是一九九六年曾出版的《海兮》、《與海有約》是一九九七曾出版的《與山有約》，如此將之作為系列作品出版，自有強調、突出底層外省人命運的效果。

為「情節化」，就是把這一連串事件組織進情節之中。[41]

我們以小說研究的角度來說，小說創作的過程雷同於敘事治療的過程。作者將宇宙中紛雜的創作材料進入創作視野之中，將之成為寫作素材，進一步選擇、陶融之後成為創作的題材，當作者給與題材因果、組織秩序與情節結構、主題價值的時候，則成為了小說。不同作家對自己的生命經驗有不同的處理方法，有創作者的小說內容完全離開自己的生活場域；但也有些創作者的小說內容與自己的生命經驗具高度重合。張放將生命中的重要事件，故鄉的生活、少小離家、隨著學校渡海來台、從軍當兵、探親返鄉、從事文化與教育活動、在台灣落地生根等等都融入小說中寫作，很顯然屬於後者。而這當然也不只是他個人，同時是許多一九四九年離鄉來台的人的軌跡，他對自己的創作具有紀錄他們一代人共同命運的道德使命感。

同中有異的，張放所呈現的遷台後勞動者身分和自己長期從事文化工作仍有所距離。不僅如此，甚至與社會學者透過田野調查所尋訪的老兵樣貌也是有距離的。根據吳明季進入田野調查的經驗論述花蓮外省老兵的流亡處境時，曾指出老兵失落話語有三重處境：第一重失落話語是老兵處在「與瘋子、白癡、腐敗垃圾為伍」的象徵性位置；第二重失落話語是老兵所遭遇的流亡處境無法言說；第三重失落話語是台灣社會偏遠鄉下老人普遍的處境。而其中以第二重失落話語的結

41 黃素菲：〈敘事治療的本質與精神〉，收錄於艾莉絲・摩根（Alice Morgan）著，陳阿月譯：《從故事到療癒——敘事治療入門》（台北：心靈工坊，二〇〇八），頁一三。

構性失聲最為複雜，部分原因是流亡經驗受政治語言干擾，另一部分牽涉到流亡者本身篩選過的記憶與遺忘，最後一部分則在流亡的虛空本質。42

一如段彩華《北歸南回》老榮民在八〇年代末期聽到廣播中的歌曲：「三百六十五里路／年年的度過／過一日行一程／……三百六十五里路喑／從故鄉到異鄉／三百六十五里路喑／從少年到白頭」心裡想的是：「這不是渙散人心、打擊士氣的灰色音樂嗎？三十多年來，他聽慣了軍歌和戰鬥樂曲……難道廣播電台被人滲透了嗎？連這樣污染心靈的調子都播送出來？」（頁八）還想打給有關單位，檢舉作詞作曲者，以求查禁。明明是唱盡老榮民身世的歌曲，得到的第一印象卻不是共鳴，而是靡靡之音會使士氣消沉。長期以來軍人所受的教育與訓練，使其意識形態深入內心，主體性喪失，所思所想盡是統治者話語，如此也使得他們真實的人性與情感被隱蔽、甚至扭曲。

老兵長期意識上籠罩在反共的大纛之下，口號、教條，成為深入意識的行動準則。當然，另一方面這同時也呈現了老兵「退一步即無死所」的恐懼縮影，而因此變得黑影處處。於是，他們的掙扎被封存在政治一致性的話語假象之中，對黨國的長期依存下，主體在意識形態上與之作某個程度的認同，而在抗爭能力上鈍化與失語。

42　吳明季：〈三重失落的話語——花蓮外省老兵的流亡處境及其論述〉，《離與苦——戰爭的延續》（新北市：群學出版公司，二〇一〇），頁一—四七。

社會學家汪宏倫曾於〈理解當代中國民族主義〉一文指出戰爭本身有其框架性。他在該文說明了「戰爭之框」的概念，詮釋戰爭之框有兩種意義，一是指戰爭所創造出來的認識框架，二是指人們藉以界定、理解、詮釋戰爭及其遺緒的認知框架。在現代的戰爭之框經常涉及國族框架；並非所有的成員都被動員直接參與戰爭，但是「戰爭之框」卻提供了國民全體理解與詮釋戰爭的框架。即使是平民百姓也會被廣泛的動員涉入戰爭之中。戰爭之框不僅是區分敵我、建立主體、鞏固內部，還必須提供救贖，對戰爭的任意性賦予意義。歌頌暴力、表彰烈士英雄、鼓吹犧牲生命，都是戰爭之框所必須樹立的價值觀。43

自汪宏倫指「戰爭之框」來理解的話，來台老兵長期以來都在國共內戰的戰爭框架之中認知自我、界定自己。然而，從一九九一年總統李登輝廢止了「動員戡亂時期臨時條款」終止兩岸對戰狀態，間接代表承認了中共政權之後，這也表示著原有戰爭之框不再有充分的詮釋功能。國民全體尚且要經歷一段調適過程，更何況是像是張放等來台的外省軍人？走過國共內戰，如何在已漸失效的戰爭框架之後重新尋找主體價值，跳出如朱之道的悲劇，恐怕是張放所著意的事。

從上兩節的分析，我們的確見到由於流亡過程本身的虛空本質，而導致張放小說中人物的無告；但是非常不同的是，我們自《與山有約》也可以看到杜小甫的形象既非如田野調查所述，是

43　汪宏倫：〈理解當代中國民族主義：制度、情節結構與認識框架〉，蕭阿勤、汪宏倫主編：《族群、民族與現代國家——經驗與理論的反思》（台北：中央研究院社會學研究所，二〇一六），頁三八八—三八九。

處在「與瘋子、白癡、腐敗垃圾為伍」的象徵性位置，也不是強烈受到政治語言干擾，而導致失語的樣貌。杜小甫質樸、熱忱、讓人喜愛，熱愛台灣人、事、物，熱愛台灣鄉土，和台灣具有和諧融洽的關係。張放在人物形象上有其不「寫實」的一部分，而呈現濃厚的理想性，比起一味的表現底層的有多麼失落、老兵有多麼黑暗悲傷，呼喚群眾對他們的關懷，張放反是去呈現底層的外省老兵自身的光彩。

他筆下的主要人物在意識上的自覺或說是反叛國民黨的程度偏高，且擁有滿滿的活力，對台灣情感的表露異常明顯，他們在台灣不論是經商、開工廠、辦學校、種果樹、從事文化活動或基礎建設工程等等，以不同的方式豐富台灣本土。

和我們對於第一代外省人的普遍性認識不同，從他解嚴後的作品中我們可以讀到他對外省官僚人物的批判；可是相對的，小說裡卻讀不到他對本土派的批評。我並不認為這表示張放對於本土派毫無批判，而是對於本土的愛護而忽略可能的衝突。

「沒有根，生命是需要勇氣的」——這是張放生平常說的話。[44] 而他卻也試圖在敘事中種下新的根，展現了他面對生命與未來的勇氣。九〇年代以降第一代外省作家紛紛出版自傳，回顧過往；張放則在寫實主義小說中重託理想，來面向政治現實。張放小說的光采，在於身為一名一九四九年離散來台的中國人，既無力改變現實，卻勇於走向將來的精神形象。如同杜小甫般，張放

44 張雪婇：〈不斷寫作的人——記我的爸爸張放〉，《新地文學》第二四期（二〇一三・六），頁二九一。

筆下的人物形象似讓人覺得理想太過，但此一「替代故事」解釋了一代人由大陸至台的歷史經驗，以及這個歷史經驗與現階段的關連，成為一種邁向未來的實踐。

張放的小說〈斷頭河〉曾經以「斷頭河」譬喻離散來台的外省人。斷頭河是小說中林紹臣的研究，他自大陸來台後研究河口學，迷上花蓮溪，研究出花蓮溪是一條「斷頭河」。所謂斷頭河，就是被奪河在襲奪灣以下的河段，因它上游被奪改道，形成源頭截斷現象。它流向不變，但水量減少，流速緩慢。[45]張放便是以「斷頭河」來比喻大陸來台灣的人。

小說一方面敘述他們的生命猶如「斷頭河」不能再驚起波瀾，但一方面又在林紹臣的形象上給予積極的特質。林紹臣重視眼前的責任，小說敘述他熱愛花蓮溪，熱愛溪岸的自然景物，更熱愛生活在花蓮的人民。他認為嚴重的懷鄉心理將導致精神分裂，曾說：「再過十年、二十年，我還真會忘記黃河，那也怪不了我」（頁二五八），在台娶妻生子。張放這樣子重視現實意義，積極、務實的觀點，便類似於杜小甫。透過敘事，張放在人物形象上，因此重複的塑造出充滿活力、坦率質樸的「老芋仔」「替代故事」取代全然悲情的無希望形象。這並非代表他們真的忘卻家鄉，或者是他們不再寂寥、邊緣，只是無奈中生活仍有許多不能取代與忘卻的真實情感與價值，他們活得有滋有味。從小說中我們讀出張放不願人們對於外省人的理解只存在平面的象徵位置中，也不願因此簡單的落入離散的虛空裡，而走入「替代故事」的新形象裡。

45　張放：〈斷頭河〉，《斷頭河》（台北縣：詩藝文出版社，二〇〇三），頁二六五。

第四節 小結

張放反覆寫作的，不是單一事件；若說他著意於事件，不如說他關注的是一九四九遷台外省人的集體命運——特別是居於底層的知識分子以及老兵。小說中反覆的出現他們自一九四九年渡台之後，陷入國共內戰的漩渦，在白色恐怖下所受到的政治傷害與影響。他把澎湖山東流亡學生冤案放入海峽兩岸的中國人命運來思索，涉及的不只是冤案、假案、錯案，更還有戒嚴下兩岸隔絕、思想控制、言論查禁，而這些都是國共內戰下的結果。

台灣歷經長時間的戒嚴統治，張放在白色恐怖的籠罩下，不因為來台外省人的軍人身分倖免於難，而分外痛恨威權的統治手段，直接的揭露知識分子受挫而悲慘的命運，控訴兩岸隔絕造成的心靈毒瘤。同時他也因此覺察到，第一代外省人難以被了解的命運，而顯露一代人命運在歷史長河中被遺忘的憂懼。

張雪媃曾經描述自己父親張放的創作心理：

> （他）致力於寫這個「邊緣人」的故事，以一種為這批老芋頭請命的姿態，寫得發癡。他為這批一九四九來台，當時小青年，如今老死凋零的老兵作傳，而且是權勢之外的無名小卒作傳，必然是因為，他是其中之一。他們，少小離家，在台灣生活了一輩子，但是，內

心深處，永遠是邊緣人。[46]

四九年來台外省人在探親開放與解嚴之後開始清楚覺知、或是開始在文字中呈露國共內戰、白色恐怖與兩岸隔絕所帶來的惡性結果，戰爭框架的瓦解失靈，使得張放重新思索他們一代的外省人如何被認識與記憶的歷史課題，其中充滿不被理解的憂愁，也暗藏空虛落寞的邊緣人心理。

在容許虛構的小說文體中，張放方能勾畫一代人的命運和心理。但另一方面，他的晚年寫作不僅是出自於心理創傷與負疚的揭露和歷史檢討，也是為包含自己在內的一代外省人尋求解答，並自敘事中重建了「老芋仔」熱情、樸實的形象，朝向未來。他有淚要流，有話要說；心繫中國，也珍惜台灣。積極、勤奮、感恩的「替代故事」，成為張放的桃花源，也幫助他找到了永恆的心靈王國。[47]

46　張雪媃：〈不斷寫作的人——記我的爸爸張放〉，《新地文學》第二四期（二〇一三・六），頁二九〇—二九一。

47　張雪媃曾敘述父親晚年掛念小說的情形：「我的爸爸張放，寫了一輩子，臨終還在寫。呼吸照護中心的最後幾日，他用顫抖的手在白紙上寫，五萬元交張姐。我們困惑，張姐是誰？後來才知道，張姐是他的小說人物。他早已把小說和現實混在一起，我可憐又可愛的爸爸！我相信他是快樂的，他在文字中找到了自己的桃花源，這就是圓滿了。」見張雪媃：〈不斷寫作的人——記我的爸爸張放〉，《新地文學》第二四期（二〇一三・六），頁二九二。

第四章　流亡者的自我書寫

——張放與王默人自傳小說中的人物形象與身分敘事

四九年來台的軍人，長期以來往往被視為是一個無異質性的整體。本書在前一章中，已經由張放解嚴後身分敘事動力的探析，理解一九四九年來台群體在以軍隊與黨國為依歸、號召下的不穩定性。而本章再由張放與王默人的自傳小說中的人物塑造，觀察他們在戰亂與白色恐怖的壓迫下，如何懷抱理想、自我定位。

〈跳躍的地球〉[1]（二〇一〇）這篇小說是王默人（一九三四）的自傳小說。從他在中國大陸的少年生活，到政治逃難來台、在台謀生、工作、娶妻，然後再度因為政治迫害而離開台灣到美國。地理上跨越大陸、台灣、美國，時間上橫跨數十年，結束在主角心臟病發，幾乎是經歷了一生。〈跳躍的地球〉的主角王可仁即是王默人的化身，根據訪談，他曾說小說中在台灣的段落幾乎都是真實的，大陸和美國的敘述則夾雜真實和虛構。[2]而自言：「這本書也是我整個的生命和寫作過程的一個交代」。[3]

---

1 本書採用版本為清華大學出版社所出版的《王默人全集》。此全集依次分別為《跳躍的地球》、《留不住的腳步》、《地層下》、《沒有翅膀的鳥》（新竹：國立清華大學出版社，二〇一七．四）。

2 見李勝吉訪談：〈狷介耿直，關懷人道，堅持創作的記者作家——王默人〉，《勞動人民與小人物的關懷者：王默人及其社會寫實小說研究》（國立清華大學台灣研究教師在職進修碩士學位班碩士論文，二〇一一），頁一一七。這裡的「真實」所指的是人物和作者在生命經歷的相同性，也就是自傳色彩的程度，而非是指藝術的真實性與否。

3 同上註，頁一〇八。

張放（一九三二—二〇一三）寫《天讁》[4]（一九九八），其自序中表明四十九年前，「我所親身經歷的澎湖流亡學校師生冤案」，而內容則以于祥生為本，寫澎湖流亡學校師生冤案以及案件對他們人生的影響。直到《春潮》[5]（二〇〇八）前言中自述創作動機，則仍寫作此一冤案，因晚年思想漸趨成熟，「寫出澎湖白色恐怖的史實，以及我親身目睹的悲劇人物」[6]雖未能如〈跳躍的地球〉般被視為是自傳小說，不過兩度強調「親身經歷」、「親眼目睹」，而小說主角皆和張放相同，都是一九四九隨著煙台聯合中學，搭乘濟和號到澎湖，一同被編入陸軍三十九師當兵。尤其是《春潮》中的張小鳴出身背景和入濟南聯中經歷和張放多有重疊，也看出這兩部著作與作者自身的重疊性。

楊儒賓《一九四九禮讚》一書重視一九四九年遷移帶來的文化貢獻，提出大陸遷台知識分子對台灣文化與學術圈貢獻的論點；[7]而王默人與張放倆人則是不同視角的敘述了另一個層面。張放一九四九年以流亡學生身分到澎湖，在澎湖被迫入伍；王默人一九四八年隨著國民政府軍隊來台，兩人分別是十七歲和十四歲流亡來台，都是中等學校青年。他們同樣受到台灣白色恐怖之害，影響一生，在巨大的陰影下壓抑自我，一直到解嚴後成為無解的創傷。

4 張放：《天讁》（台北：三民書局，一九九八）。
5 張放：《春潮》（新北市：詩藝文出版社，二〇〇八）。
6 同上註，頁八。
7 楊儒賓：《一九四九禮讚》（台北：聯經出版事業公司，二〇一五）。

本章以探討張放《春潮》（二〇〇八）與王默人〈跳躍的地球〉（二〇一〇）兩部小說為主。這兩部作品皆是兩人暮年之作，再將時間推的更早些，他們也曾有與自身緊密相關，以一九四九來台流亡少年成長為題材的作品《天讇》（一九九八）、和〈外鄉〉[8]（一九六二）。這兩本創作和《春潮》與〈跳躍的地球〉都距離十年以上，筆者除了做互文性的閱讀，以得出作家所形塑的流亡少年整體形象外，也自文本的時間距離中觀察作家思考上的變與不變。最後再以歷史和社會學領域的研究成果參照作家所塑造的流亡者形象，思考其中的差異和意義。

第一節　張放：知識分子的差異型態折射

如上一章所述，張放是澎湖七一三事件的倖存者。一九四九年中秋，張放曾被疑為中共南下工作團團員[9]，在夜半時被特務帶到內垵海灣談話，特務用手槍指著張放胸膛審問，差一點遭到

8　王默人〈外鄉〉於一九六二寫就，一九七二年發表。

9　關於南下工作團，張放《春潮》曾經這麼寫：「澎湖流亡師生案被槍決的七人，都是『南下工作團』的幹部。看來它是中共建檔史上重要的組織名稱之一。但是，三十年來，我翻遍了十幾部中共黨史辭典和書籍，卻從未發現過這個組織名稱，這種自編自導的滑稽歷史劇，豈不是笑掉了人家的大牙！」其語氣既嘲諷又憤怒，指出了白色恐怖的荒謬性。見張放：《春潮》（新北市：詩藝文出版社，二〇〇八），頁九五。

秘密處死，後來奇蹟式地和死亡擦肩而過。[10]

日後張放脫離軍隊，考取學校，一九五〇年進入政治作戰學校影劇系，畢業後分發到海軍的《海訓月報》，後來升至副社長，已脫離原來低階軍人的階層。[11]但是，他從未忘記自己的出身與生命經驗。因此他以年近七旬的高齡寫了自傳體的長篇小說《天讀》，接著十年後又出版同樣是寫澎湖事件的《春潮》，足見白色恐怖帶給他的深遠影響。以下將借由其人物形象的塑造，分析其敘事特質。

10 見張放：〈海是來時路〉，《大海作證》（台北：獨家出版社，一九九七），頁一一。然而，後來社會學領域的研究者楊穎超、吳秀玲：〈由澎湖山東流亡學生案重估台灣白色「恐怖」統治〉一文提出，關於投海、失蹤、甚至被特務凌虐、強暴這樣子的傷害，至今仍未有具體實證的論點。另一方面，我們卻在張放的散文、小說，或是管恩然（管仁健父）的口述自傳中都提到「政工不斷整肅這批學生兵，天一亮起來，周圍的同學不見了，被收押、被管訓、被發配、被丟包，沒一個敢問。」見管仁健訪談整理：〈一個山東基督徒的離家、想家到回家〉，《外省新頭殼》（新北市：方舟文化出版社，二〇一六），頁三一六。兩相對照，更顯出澎湖事件尚未完全解密或是評價相異的未定性。

11 六〇年代張放曾任「中國電影製片廠」編導，不久接任〈文藝月刊〉總編輯，半年後到文建會，主管文學輔導，一九九一年擔任菲律賓三寶顏中華中學校長，四年後返台，出任「獨家出版社」顧問。見姜穆：〈張放的文學世界〉《更新日報》第二十版，一九九八・二・八。

一、《天譴》中的知識分子類型

《天譴》以山東流亡學生于祥生為主軸，連繫出山東流亡學生的澎湖事件，以及事件之後的餘波和事件對他們的影響。《天譴》一如張放其他的小說，人物多而複雜。《天譴》以山東流亡學生冤案為情節重點，同時也塑造出台灣知識分子的不同類型形象。我們大概可以將他們劃分為山東流亡學生、流亡來台的大學生，以及台灣的知識分子。小說以澎湖事件為核心，故重點也在於展現知識分子遭受台灣白色恐陰影所帶來的影響。以下依照他們在此一險峻的時代局勢中的反應，而區分出以下的類型：

(一)理想受挫型

此一形象類型有主角于祥生、和于的初戀情人呂娟，和來到台灣前已經完成學業的知識分子胡凱、孫佛潛，以及台灣本土知識分子楊恩禮、楊恩同。

于祥生是煙台聯中高二學生，被編入三十九師，擔任一等兵。親眼目睹張敏之、鄒鑑與劉永祥等七位同學，以共諜罪名押赴台北執行槍決。也親眼見到不少同學深夜被特務拉走，趁夜投海；或是受不了虐待，蹈海自殺。于熱愛文藝，閱讀許多中國現代作家作品，陷於共諜案受到刑求，又因私怨被師部寧安特務小組列為清除對象，後來死裡逃生，在軍中晉升到上尉。就讀師範大學期間，又捲入叛亂案，囚於泰源監獄。

而他的初戀情人呂娟卻不那麼幸運。她因為持有于祥生所贈的李廣田《引力》而被打為共諜，甚至慘遭輪姦，自殺獲救後則受躁症所苦。精神疾病治癒後，又再度因為叛亂罪監禁綠島。出獄之後的呂娟則為爭取民主自由加入「台灣民主社會黨」，多次選舉失利後自殺。

于祥生花蓮師院的老師胡凱，原是北大的風雲人物，來台後因為未婚妻為共產黨員而受到調查。後來亦因為購買大陸書籍而陷共諜案，出獄後仍受特務監控。在綠島因為郭廷亮共諜案而對政府完全絕望，最後孤老而終。為救國愛國而考國防醫學院成為醫官的孫佛潛，曾被懷疑立場問題，始終未入國民黨，後因思鄉逃回大陸。

以上皆藉由大陸來台知識分子的遭遇，讀者看到是非不明、內部腐敗的黑暗政府，使得知識分子有志難伸、遭受冤案錯案，九死一生。于祥生和呂娟同為熱愛文藝的青年，而據張放的小說，不只一次的提到，熱愛文藝則代表著在國民黨特務的眼中是左派、可疑，此一特質在澎湖事件中更是遭到懷疑的對象。《天讀》中張放固然理解為國家是在反共的愛國思想下掃除可疑分子，可同時表現特務的學養私德皆差，檢舉共匪卻也分不清哪些書可疑與否，乃至只要俄國作家全是共產黨。見有姿色的女性就想佔有，得不到則極盡折磨能事。[12]這不只是秀才遇到兵，而更

12　小說中寫特務魔爪下遭到輪姦的女性不只是呂娟此一角色。《春潮》之中張小鳴所暗戀的女性「孔雀」，後來也因為頗具姿色而遭到覬覦，對方控訴孔雀是潛入澎湖的女間諜，唱一些思鄉歌曲瓦解軍心，最後將之逮捕姦污。而荒謬的是，張小鳴在「海光話劇社」時把該故事置換成共軍，老紅軍幹部姦污了解放軍文工隊團員。（頁一五六）這對早期寫作反共小說的張放來說，實在是一種嘲弄的反置。

是讓讀者思考這為非作歹的，究竟是什麼樣的恐怖集團？也因此可見作者對於國民黨政權的憎恨之情。

而與于祥生等人對應的，是屬於台灣本土的知識分子：楊恩禮、楊恩同。楊恩禮早年留學日本帝國大學，想貢獻鄉里。後來看不慣國民政府抵台官員的傲慢嘴臉，和謝雪紅為盟友，串聯留日同學進行反抗鬥爭。二二八事件後以叛亂罪判無期徒刑，死於綠島。富有理想，被判終生監禁，還在獄中勸勉于祥生要有積極態度。兩人從魯迅談到楊逵，竟樂不思蜀，被監視者起疑，導致于在該案中最慢被釋放。楊恩同為觀海精神病院院長，光復初和上海來的衛生官員發生糾紛，從此痛恨外省官僚。主張台獨，不得自日返台。

楊恩禮和楊恩同雖在小說中屬次要腳色，不過也看出張放的視野不止於外省人。而同時關懷島上不同族群，在同一黨國的治理下，島上沒有知識分子可以置身事外。張放沒有因為自己曾是澎湖事件的受害者而放大的自己的痛苦，以為自身是最苦命的受害者；儘管因為小說重心的緣故，只能片面的呈現楊恩禮，但也可看出張放嘗試著理解不同路線的本土知識分子的際遇。于祥生和楊恩禮的相知相惜，看出不同族群理解、相互溝通的可能。

呂娟最後加入了具有台獨主張的「台灣民主社會黨」，認為「改變同胞精神面貌，應該組織反對黨，為大眾爭取民主自由幸福環境」（頁二二一）。在青春如花的歲月中遭受虐待、污辱、拘禁，飽受精神疾病困擾，最後又奮力爬起的呂娟，最後仍為了群眾逆流而行。她具有抗爭的韌性，可是她的自殺代表著她難以忍受不被理解支持的孤獨。張放在九〇年代尚未表露其政治傾向，不過自呂娟敘述中透露，台獨者亦應有堅持主張的權力，張放所堅守的乃是民主自由的理想。

(二)放棄型

于祥生在「新生隊」認識軍中詩人劉雲，乃是屬於小說中的放棄型。後來他擔任譯電員，文學根基又好，于祥生對他相當尊敬。劉雲熱愛文藝和詩歌，但在個性上和具有浪漫氣息的于祥生有根本的差異，從小說中的幾個細節可知：如劉雲從未告知于便早早入黨、在情感上只願意浪談愛情，不願結婚，而訝異于祥生一心想要結婚，尤其是娶妓女。從于祥生的眼光中，劉雲寫詩、追女孩、讀英文補習班，是染上庸俗氣息；實是于祥生不能體會劉雲衡量事物都是採取功利態度，他不願受婚姻拘綁又同時學習外語，因為台灣只是流亡者的跳板，他的天地在海外。所以當劉雲成功到了海外定居，便全然拋棄了文藝。

劉雲說「蹲在台灣，只有死路一條」，于祥生不以為然：「台灣是咱的家鄉」，「把台灣看作狹窄的鴿籠，把台灣看作暫時過渡的客棧，那是多麼卑鄙的心態？」（頁一一七）作者藉于祥生描寫劉雲此種型態的知識分子，同時也批判這種過客心態的知識分子功利性性格。

(三)卑劣型

張放小說常有重複性，若熟讀晚期張放的小說，必對放棄型與卑劣型兩種類型的人物分類不陌生，尤其是最後一種「卑劣型」可說張放最為厭惡的。這種類型的人物通常是海外歸國學人或是學院中人，徒有學歷而缺乏人格或內涵，而被作者所厭惡。《天譴》中的楊伯山家世好，在大學中任教，性好漁色，私德甚差。和社會完全隔絕，「只在教室、圖書館轉悠」，是校園中的「銀鼠」「潔白光滑而漂亮」，「絕不能沾染一粒灰塵」（頁一〇五）。可見張放所肯定的是關懷現實、參與社會的知識分子，他痛恨讀死書、死教書的學人，因此他將楊伯山譏諷為「銀鼠」，更將他塑造的相當低俗。

相對的，楊恩禮即便作為政治犯，也告訴于祥生：「知識分子要以國家興亡為己任。你對現實政治不聞不問怎麼行，知識分子不能作隱士，那是最恥辱的稱號！」（頁一七一）強調積極向前、介入現實。而這自然不是指出將入相的當官，反而官僚系統是張放最厭惡的，他建立的是一種現代知識分子的形象標竿，不以隱為高潔，重視公共意見表達和參與。

張放透過不同型態的知識分子折射，直言並突出他所肯定與否定的知識分子。他厭惡崇洋媚外的投機型知識分子、厭惡不關懷本土，而從未懷感恩之心的知識分子，而相對肯定具有韌性、熱愛民眾、有是非價值信念的知識分子。以人物經營塑造來說，正面與負面形象的二分法其實影響了文學作品形象塑造上的藝術性，也因此見出張放執意要突出正面的知識分子形象下激切的情感，幾乎已經使他沒有耐心細細經營。以往反共小說以明確的是非劃分為手段，清楚的分出國與共、敵與我的善惡形象，強調絕對價值；而張放卻挪移了這個方法，寫出受到國民黨白色恐怖下被壓迫的具有良心的知識分子。黨國不再是善的象徵，而是格外的昏庸，不信任也無法理解流亡少年的愛國熱情，如此一來，張放筆下的善惡兩分法反而成為了對於往昔反共寫作的巨大的諷刺。

二、《春潮》的自我超越

《天讞》的于祥生最末回到澎湖教書、生活，為鄉里所稱道，最後卻依然走上蹈海自絕之路。論者黃錦珠的書評中提到于祥生的自殺之舉令人惋惜：「于祥生，在經歷重重難關之後，應該可以，也已經擁有一片平靜天地，卻仍走上自盡之路……，呂、秦、蔡、李等人皆有其『無明』，或許于祥生也有其『無明』吧！」[13]黃錦珠以佛家思考來為于祥生尋找原因，在困惱中無法清明，在大千世界中執迷。于祥生終歸是不能斷念的凡人，而擾亂他的究竟是什麼？另外，若我們以作者的層面來思考，張放究竟是想要藉由于祥生的自殺來表達什麼？

張放自言，按照原來的計畫，「我是安排男主角于祥生在這塊番薯形狀的海島上，戀愛、結婚、養育兒女，他有不少的少年夥伴成為企業家、將軍、學者、工程師，也有些病死冤死甚至自殺，做了異鄉孤魂野鬼……四十多年來，于祥生流了汗汁，洒在這座海島上。飲水思源，他最後怎麼還跳海自盡呢？」[14]張放思考此一結局躊躇了半個月之久，最後決定這悲慘的結局：

---

13 黃錦珠：〈鴨嘴崖上的生死及其他——評張放《天讞》〉，《文訊》第一六一期（一九九九・一），頁二七。

14 張放：〈漏船載酒泛中流——寫長篇小說《天讞》的隨想〉，《文訊》第一六五期（一九九九・七），頁七三。

這不是悲劇，這是他和我向歷史所做的無言的抗議！15

按照張放原來計畫的情節走向，實是歷澎湖事件的山東流亡學生日後在台灣社會中的不同發展。小說畢竟不是歷史的反射，張放最後沒有將重點放在山東流亡學生的出路，而是主觀的安排了角色的結局：凡是特務都走向自殺，一如小說之名「天譴」、像是呂娟與于祥生等，這樣飽受折磨的知識分子，則無法承擔生命的傷痕、希望的幻滅而最末也走向自盡，《天譴》一書恐怕是張放在解嚴後的小說中人物結局安排最多自殺的。山東流亡學生冤案事件雖涉案者相當廣泛，但在九〇年代的台灣能見度上的確相當不足。于祥生的投海固然有角色自身無法承受的生命重荷；對一影響張放終生，而成為他難以平復心靈傷口的歷史事件來說，更是一種抗議的心象投影、是替那些無法公開平反的受難者，或者是默默而死的那些青年學生們的吶喊。

時至二〇〇八年的《春潮》，同樣寫澎湖事件，張放的筆下不再有悲憤自殺的事件倖存者。《春潮》的主角張小鳴，一九四九年乘濟和號貨輪入澎湖，澎湖事件後被編入三十九師。曾和澎湖流亡師生案被槍決的七人一樣，都被列為「南下工作團」的嫌疑犯，此後因為澎湖案被懷疑忠貞一直無法在軍中升遷。和《天譴》有所不同，《天譴》中的人物或入獄或是最終選擇自殺，終生都無法擺脫白色恐怖的陰影。《春潮》中的知識分子則否，澎湖事件之後進入軍隊，之後離開

15 同上註，頁七五。

澎湖、脫去軍職，在其他領域上獲得成績，晚年安居台灣。

張小鳴、郭文泰和馬達三人是《春潮》中的主要角色，他們各有際遇，也有共通處。而這共通處，像是一重複播放的旋律在小說中反覆播放，讓讀者不得不記憶，如此也看出這正是作者打不開的情意結。

張小鳴父親為抗日軍人，父親長期身分隱密，家庭生活窮困。國共內戰時張小鳴原已經高中畢業，南京考大學落榜，濟南已經淪陷，故在首都流蕩，經過父親友人介紹，「降級」進煙台聯合中學當流亡學生。然而，「在老兵的心目中，流亡學生來歷不明，不少共產黨混在中間，隨時有顛覆造反的事情發生」（頁一四二）因此流亡學生們內心多有計畫，就是遇到軍事院校招生，不論何種單位，一定搶先報名，只要能離開三十九師，渡海到台灣，先脫下軍服，再謀生路。

張小鳴日後先考取駕駛訓練班，任駕駛兵時，因為考績資料有共諜嫌疑，故不能為軍區司令開車。後考取航海學校，軍方又因為此原因怕他投共，調到海光話劇社。不會演戲的張小鳴，入海光籃球隊打籃球，若非在球賽中大出鋒頭，否則已被列入黑名單，情治機構等待著要捕送他進綠島。退伍之後先是航海，而後經商，成為成功的茶葉商人。

和張小鳴同為海光話劇團的團員郭文泰，一樣是裡面的冗員。中學時家鄉內戰，參加政工隊，原為陸軍軍官，徐蚌會戰被俘，此後成為政治缺陷，處處遭疑，和張小鳴二人只要總司令視察就被隔離。後來為了退伍而「當啞巴」、「裝癡呆」，被判定罹患失語症退伍。16 退伍後先在香港電影圈發展，而後到新加坡發展為富商。

張小鳴的教練馬達，原交通大學航海系三年級，對日戰爭末期放棄大學報考「赴美接艦參戰學兵總隊」。一九四九年一月調到重慶艦，二月中旬急性盲腸炎住進上海醫院開刀，未料出院時才發現重慶號投共。馬達在重慶號服役一個半月，便成為共嫌分子，航海技術出類拔萃，卻再也不得晉升。退伍之後發揮專長擔任民間商船的船長。

他們三人在戰爭時滿懷愛國的熱忱，在自願或半自願的情況下選擇了國民黨，成為國民黨政權結構中的一員。他們並非自己有過錯而招罪，在意外中背負著共諜的陰影而在軍隊中被排斥。三人共同的際遇代表了張放對官僚系統的抗議，只要曾經淪為共諜嫌疑分子，便是倍受懷疑或是單位急欲清除的分子。這種共諜記錄不只是影響了升遷，還如《春潮》敘述者論馬達在重慶艦服役的短暫經歷：「像長在他肝臟上的一顆毒瘤，使他終身無法抬頭挺胸，即使割掉這顆毒瘤也不能恢復他的健康」（頁一八三）。懷疑軍人的忠誠是尊嚴的傷害，更何況如他們三人從少年時期即跟隨／依附著黨國，如此宛如內臟毒瘤，即便馬達退伍，理應事過境遷，馬達晚年仍不停地覆訴他的際遇，無法忘懷被懷疑乃至於被辜負的大半生。小說敘述他們退伍之後不是有海外關係便是有遠洋航海經驗，而他們即便有機會回到大陸，也未曾「投共」到大陸去，事實證明軍中的懷

16 為了退伍而裝啞巴的安排，亦同於前一章所述另一部小說《海魂》中的人物任勛。

疑和歧視是不理解自己的部屬，政策不合理。

《春潮》中直言：「這個政府不垮台，還有什麼天理！」（頁一三七）張放指控國民黨政府的昏庸荒唐，然而潛藏在其下的，更是生命際遇本身的荒謬。命運往往在某個奇妙的時刻裡轉動了方向，在受命運唆使的巧合中，他們究竟是被命運所拋棄，還是劫後餘生者？張小鳴若不是有了介紹信、降級成為了流亡生，千辛萬苦的來到台灣，不會成為特務監視的對象、郭文泰在徐蚌會戰差點凍死餓死，受俘反而救回了他的性命，卻也背上共諜汙名、當重慶艦艦長領鑑投共，若沒有巧合患上盲腸炎的馬達處在其中又將會是如何？時運不濟的人生，卻也伴隨著禍福相倚的機遇。

暨《天譴》之後十年後的《春潮》，張放並沒有把情節僅放在悲憤的指控。退伍後的道路更加寬廣，張小鳴先是當了計程車司機、貨車司機，接著開始批發農產品、從事茶葉批發。爾後開始開茶莊、買茶園、設茶廠，拓產茶葉業務至海外。正大茶莊經營成功後，遂擴大經營為遊樂園，再轉型為養老院型態的「正大長壽村」。晚年糾集好友們合辦歷史性刊物《春潮》，揭發內幕性的史料，獲得成功。讀者一路看著張小鳴的創業、轉行、成功、年老、辦刊物，節奏快速。密集敘述的商場之路，便走到了老年。張小鳴一路走務實的經濟路線，並且和員工共享利益：

過去，我常和秋萍說：「我是光著屁股來台灣的。」他正眼望著我：「小鳴，你這話少跟別人說。人家不會同情你。」可是，這段自己的經歷卻促使我關懷窮人，同情靠體力勞動

的人，讓他們獲得溫飽的生活，我做商人才感到快樂。……我們經營茶葉生意，確是為民生問題做了一件大事。（頁二一〇）

張小鳴的經歷已經成了正面積極的意義，讓他根基於群眾，也造福群眾。即使旁人不理解他，或即便在獲利變低、股東反對之際，他還是堅持和職工們共享盈餘。

回顧張放的生平，他終身從事媒體或文教工作，未曾從商。特別是賣茶葉、開茶館又或是開麵食餐館、種果樹，在他晚年著作中重複這些人物職業與生涯，都不是實際上張放畢生所從事的工作。甚至小說中的人物與他一樣已經是退休古稀之年，他們便一起風風火火的辦養老院、辦歷史雜誌，得到成功的回響，我們似乎容易覺得其敘述缺乏深刻和現實性，但也可視為作家由此表現了他對老年生活的一種盼望。他寫《春潮》已經高齡七十三歲，人生走到了晚年，他的小說已經是他理想的王國，寫作對他不僅僅是自傳的價值，而似乎更在於他認為文學應該給予讀者光明的希望，但另一方面更多的原因在於他對人世的盼望。

茶文化負載了豐富的精神意涵，品茗、敬茶等等，都具有悠閒的雅趣。不過在《春潮》未曾有泡茶、喝茶、飲茶等等細節體現茶的精神或是物質文化，茶葉在《春潮》中所出現的層面是，開門七件事中的「茶」，是日常的、生活的、平民的。《春潮》中他將茶葉生意視為民生問題的解決，不是文人雅士的文化，但也非純然經濟效益的商品導向。他不是以商人的眼光，而更是現代知識分子的關懷和理想來看待商業經營。這不是儒家的經世致用，也不是書生救國，而是他認同勤懇實用的務實路線，知識分子不可自以為高，商人也不必以求財為低，尤其是獲了利的商人更不能忘了自我忘了本，忘了勞工的功勞。一日之所需，百工斯為備，人群給予我們，我們也將自己奉獻給人群，在張放晚年作品中所見的盡是他期望泯除階級的理想境界。

植根與土地與人民的想法，使得張放對飲水思源的詮釋和一般所認知的四九年遷台者大不相同：

> 我向他報以苦笑，我離不開這個海島，雖然時常發生地震、颱風以及自然災害，但是我深愛著它；這就像別人眼裡，認為我媽長得醜，因為她臉上有麻子，但母親在我張小鳴的心中，她卻是世上最慈祥而美麗的女人。（頁九八）

張放作品的語言向來粗曠雄邁，坦白直率，愛恨分明。土地與母親的連結往往是國族認同所使用的隱喻，張放鮮明直白的陳述台灣對於自我生命的意義。他以張小鳴本，跨越了《天譴》中的迷惘和自毀。《天譴》中鴨嘴崖的死亡呼喚不再：

> 秋萍走後，使我思想感情產生了變化，對於澎湖的山東流亡學生冤案，宛如月淡風清，已經沒有怨恨，相反的我對那些以政治手段迫害我們的軍閥充滿同情與無邊的愛。（頁九八）

張小嗚和二二八的受難家屬秋萍少年夫妻，只遺憾未能老來相伴。他們的結合代表族群的和解，夫妻同甘共苦，妻子處處為丈夫著想，獲得了愛的張小嗚，也因此在島嶼台灣立足生根。如此，他不是逃避式的忘卻過往，而是他能夠以超越的眼光看待且包容過往。澎湖七一三事件與流亡學生的際遇，成為張小嗚生命中的一部分，他與過去搏鬥，但也和現實共同成長，體會到個人與群體間的歷史責任。

第二節　王默人：常懷千歲憂的愛潔型知識分子

一、從外鄉到本土

王默人一九八五年離台赴美定居，從此和文壇失去聯繫，二〇一〇年再度發表〈跳躍的地球〉，已經間隔二十餘年。〈跳躍的地球〉是以他自身為藍本的小說，也代表了一九四九年至台的流亡者命運。然在此之前，王默人於六〇年代開始即大量的書寫底層遷台者。

閱讀王默人的基調是憂鬱的、孤獨的。他的作品堅守現實主義的寫法，內容多揭露人生的黑暗和苦悶。他早期寫作底層遷台者的代表作為長篇小說〈外鄉〉，其命運便很能夠表現出他在文壇的刻苦與堅持。〈外鄉〉早在一九六二年就已經完稿，但是四處投稿都碰壁而未能刊載，一直到一九七二年才由皇冠文化出版公司出版。根據王默人自己的敘述，〈外鄉〉在長達十年的時間未能發表，是因在專權高壓的手段下，各家雜誌報社都會自我設限，因此〈外鄉〉只好先「化整為零」的分開發表。而除王默人的描述之外，以〈外鄉〉的內容看來，大概還在於當時台灣文壇盛行著現代主義，〈外鄉〉不僅沒有至抽象虛幻的精神世界裡面，還以過度陰暗的寫實讓人難以忍受，其寫作題材和手法都不合乎主流。

〈外鄉〉中的主角何練達在大陸時是小地主之子。有青梅竹馬的戀人，慈愛的親人，離開了家族的親愛保護，在戰亂之中千辛萬苦逃難來台，原有的人際架構崩潰，社會階級一下摔落至底層。在台灣生活困苦不堪，僧多粥少，難以生存。何練達為「半知識分子」，曾就讀高中，因戰亂而中斷學業，在缺乏學歷的情況下，無法擔任代課老師、也不能無法任職企業中的文書工作，所以只好從事以往沒有做過的勞力工作，打煤球、做苦力以謀生，走投無路時甚至賣血。和何練達相同的，還有另一位拉著三輪車的老胡，他和何練達一樣「讀過幾年書」，前途茫茫。老胡的自傷身世代表著他們身處時代夾縫的尷尬：

> 咱們要是早生二十年就是沒書讀，不識字，只要肯撞，也能撞出一條路來；要是晚生二十年，只要不偷懶，混上一頂方帽子，也就不愁找不到飯碗。
>
> 如今咱們落在中間，幹什麼都不成；就是靠賣體力換晚飯吃，也被擠得沒處安身！（《留不住的腳步》，頁六〇）

除了時不我予的感慨外，我們也看到如何練達、老胡相同一類的「半知識分子」不上不下的苦境，學歷不高不受人重視、往年走了讀書的路又不擅勞力，因此落得無傍身之技。戰亂的漂流、時代的離散，更使他們感到自己無法掌握、保全自己的未來，即使在島嶼有了相對安穩的日子，〈外鄉〉中仍通篇流淌著抑鬱迷惘的情緒：「該奔向哪裡去呢？」「什麼東西都抓不牢；一樣東西也保不住」（頁六〇）而使人物身陷黑暗無邊的精神痛苦中。

因為「讀過幾年書」，王默人小說中的人物敏感、細膩，他們的精神主體複雜，感受力強。他們善良、同情他人、富有人性，卻在戰亂之中經歷最不堪的人性底層。小說透過細節展顯了何練達的矛盾；何練達在競爭工作時，為他人的艱困感到悲傷、賣番薯時，能夠不計自己的貧苦，動了惻隱之心將不及價錢的番薯給小女孩，都是具有同情心的表現。但另一方面戰爭、逃亡的苦難，這些記憶時刻折磨著他。逃難時何練達隨著人潮推湧，人們彼此踩踏，身後就是炮彈，眼看著人們或倒下、或摔落海中、或掙扎上船。他自己也擠著抓上船旁懸吊的繩梯，頭上是砲彈，身下即是滾滾海水，一名婦人背著孩子，倉皇之中抱住何練達的腿，眼看何練達的腿都也要被拉斷了；何練達兩眼發黑，兩腿搖擺下婦人的手，只聽婦人慘叫，隨後他也終於攀上了大船。逃亡中顧不得人命，有人將船舷外面的繩梯割斷，就像抖下滿網的活魚，滾撞著掉入海裡。聽著狂呼的悲慘喊叫，何練達咬著嘴唇、和著鮮血流淚。

小說中驚心動魄的寫下何練達死亡陰影的回憶，殘酷的流亡傷害也成為他性格形成的一部分，在小說中大部分時候的他總是顯得抑鬱而冷酷，他把生命中的痛苦絕望傳遞給妻子，對待妻子近乎苛毒。偶爾同情妻子，也無法擠壓多一點的情感給她。傷害不會因為他九死一生的存活下來而消失，他甚至不願妻子懷孕，因為：

> 自己是從生死的窄門中擠出來的，擠得頭破血流；是咬著牙骨一步一步地向前爬著，爬得上氣不接下氣。自己還要讓一個新的生命，跟著再從生死的窄門中擠一趟；也要讓他咬著牙骨一步一步地向前爬著，向前掙扎著麼？（《留不住的腳步》，頁八七）

流亡戰爭的傷害，深入骨髓的成為流亡少年的感覺結構之一，求生的痛苦、生活的壓力，即便已經離散十餘年仍使他拒絕新生命。王默人將這一段話於同一篇小說重複了兩次，強調了何練達生存旋律的淒苦與低沉。何練達對於不留子嗣的堅持異於平常，妻子意外懷孕，他也沒有隨著時間過去而開心起來，甚至和妻子有所爭執，對未來毫無家庭和樂的想像。和七〇年代以降的外省作家會在小說中將生命賡續作為對未來的期待和寄託相當不同；另外也異於實際經濟上「養不養得起」的考量。不願複製苦難的方式就是沒有下一代，何練達近乎自棄，表現出一種精神上消極的執拗，甚至可以視為是對於悲愴荒涼的生命一種無言反對。

從對日戰爭到國共內戰，這種流亡之苦在王默人的早期小說中反覆出現，〈留不住的腳步〉

隨著戰火逃離家庭的小栓子：「想到那流亡的腳步，那飢餓的恐怖和死亡的陰暗」[17]、「那種桎梏的鬱悶卻仍然充滿在自己的心田……還要逃到哪裡呢」[18]、〈劫後餘生〉的槍砲聲、〈圈裡圈外〉的青年被無情的炮火粉碎一切，「在匆遽的腳步聲中，在哭嚷與呻吟地慘叫裡；他夾在逃亡的人潮中，拼命地向前奔竄著」[19]，流亡者不時的會在回憶中憶起流亡情景的悲慘，逃亡成為難以逃開的痛苦枷鎖與生命沉疴。面對如此的困頓，王默人有無解答呢？

從小說中人物的選擇看來，王默人指向的是「土地」。王默人筆下的人物相信，實際的勞作，更能夠感受生命的實在感，而不再有生命茫茫飄忽無邊之感。土地隱含著「鄉土」的意義，〈外鄉〉中邱老伯心心念念對何練達說：「外鄉再好……也沒有故鄉的泥土親切」（頁一五四），故鄉的泥土發熱發黑，怎麼忘得了？泥土是家鄉的隱喻，是故鄉的呼喚，也是農民所懷抱的烏托邦夢想。所以即使故鄉不能回歸，何練達更願意有田地耕作，把它視為回歸自我、精神上不再漂泊的方法。

這一點曾被評論家南亭（本名王杏慶，後筆名南方朔）以「土地之夢」來詮釋。他將「土地之夢」分成三個層次來延伸探討，一是農民對土地產生歸屬感，土地對農民具有神聖意義，土地

---

17 王默人：《留不住的腳步》（新竹：國立清華大學出版社，二〇一七），頁一九〇。
18 同上註，頁一九四。
19 同上註，頁三六七。

也是農民一種烏托邦心理的折射。二是類比延伸觀之，它是一社群成員被迫離開原社群，社會經濟和親屬紐帶被摧毀，因而困頓絕望，所產生之認同原社群，並美化原社群的反應。三是視「土地之夢」是人類追求最低限度生活，而又能滿足自我參與感的「基型」，人類的經濟生活除達最低標準外，必需還有自我參與的滿足在內。在〈外鄉〉中如何練達、邱老伯、開計程車的阿玉前任丈夫等，這些遷台的卑微者，都是屬於第一層次的人物，潛意識中認定自己的不幸是失去泥土。但是，南亭進一步分析，有了泥土就能解決問題嗎？自王默人小說中看來不然，因此南亭批判了「土地之夢」的存在使得自身更加拙於體認現實，造成與生存環境疏離，並且在面臨了資本主義為基調的工商社會中顯示出消極特性，無法對事物做本質上的關照。

南亭認為王默人以何練達提示了一個方向。從第二個層次來看，何練達原是嫌惡他的本省妻阿玉。而後在妻子懷孕、難產到母子平安這樣的過程經歷中，轉變了他的人生觀，兩人最後雙手緊握，「這就是新生，一種與『土地之夢』告別的神聖祭典。」[20]接著，南亭再進一步進入「土地之夢」的第三個層次，指出人在生產過程中必須不使「生產外在化」。「由此推衍，工廠工人不使『生產外在化』發生，必須實行『分紅入股』。領薪水的公務員，由於其工作等於生產，不使『工作外在化』只有實行『普遍參與』。」[21]他於是以王默人〈那雙潤濕的眼眶〉為例，自工

20 南亭：〈土地之夢的幻滅〉，《沒有翅膀的鳥》（新竹：國立清華大學出版社，二〇一七），頁一八四。

21 同上註，頁一八五—一八六。

廠廠主和工人的相互合作、共同參與中看到一個沒有階級區分、沒有社會凌壓的社會縮影，一種社會民主的理念。

由王默人的作品的分析，南亭最後以為它：「顯示了一個解決上述『土地之夢』困境的方法，那就是人要由人與人的相互背負關係，群體意識和共同參與中，獲得問題的疏解。」[22]賦予王默人作品積極進取的意義。

南亭這篇重要評論以「土地之夢的幻滅」為名，文中固然肯定了土地之夢的積極意義，但是顯然更著意於「土地之夢」的批判。不過筆者認為對於「土地之夢」，王默人未必具有南亭所提出的批判之意，畢竟他在另一篇小說〈老班頭〉中敘述一老兵在他人的嘲笑中義無反顧的開墾荒山，在開墾的過程中得到充實的喜悅，堅毅的精神讓人感佩，未必有困頓毀滅之感。

南亭在這篇評論中藉由王默人寫出他的批判，實則借他人之酒杯澆胸中之塊壘。他大膽地在其中揭露出幾個問題包括離散者心理、工會、民主等，在一九七九年的時空中有評論者介入當代文化思考的價值和意義。

特別是在王默人尚未到美國之前的小說中，其實未曾提到組織工會、或者是民主參與之事。王默人和陳映真與楊青矗所寫的小說相當不同，王默人小說中的工廠規模都很小，老闆和勞工僅有數人，不具有龐大的組織體系，也未曾提到加入工會一事。資方固然在對待勞工福利上十分苛

22 同上註，頁一八八。

刻，但是勞方沒有相對的組織意識，而只能夠回到最消極的抗議：離職。相對來說，陳映真和楊青矗所寫的都是大型工廠公司，內部便有工人組織工會活動。王默人小說中的資方和勞方的合作主要是基於長期共同合作的情誼相互幫助，人物的去留是本於人間道義。王默人或許嚮往著重視情感、不分階級彼此尊重、互助的人間社會，這不能不說是高度具有理想性的，但同時在資本主義下的現代化社會中卻很難達成，因為依賴人心，便有很大的隨意性。所以不論是南亭所提到的「分紅入股」或是公務員的「普遍參與」，如此訴諸民主法治的方法，王默人的小說人物裡並沒有這樣鮮明的意識。

那種執著於原鄉泥土的「土地之夢」是應該摒棄的。王默人的確肯定勞動的人生，何練達在小說中後半部的行動導向是理念的，他拒絕了辦公室的工作而去大樓挑碎石。六〇年代開始至七〇年代，王默人的小說即呈現對於土地／勞動的執著。何練達同樣渴望回到家鄉耕田，但想法又更為擴大。他把勞動和生命結合在一起，希望能夠有塊土地讓自己耕種：「奔向田園；奔向充實！」、「要讓自己的生活與生命完全融合在一起；要讓自己的血汗與生命完全結合在一起」（頁一五五），所以，比起在大樓中刻鋼板，他自覺的選擇進工廠、去工地、下礦工、出勞力。想自勞動獲得生命的實存價值，將肉體與與精神價值相連結，將肉體勞動神聖化。當對土地付出勞力時，那麼也是一種建設，如同南亭所言，是承擔人與人之間相互背負的責任，是將個體投向群體的參與，筆者認為王默人所強調的是這樣的一種層面，重視人與鄉土的關係，重視人對所居住地的投入和付出，勇於承擔責任。

如此關懷鄉土的性格，相對的使他小說中寫到出國、移民，離開本鄉本土、留下衰老雙親的人物，便著重於表現他們雙親的孤獨和寂寞，他們雖然可能會因為兒女的出國，流露出媚外的短暫喜悅和自豪，但事實上卻只是更添空虛而已，很顯然王默人的作品中並不認為離開本土是好的選擇，也因此，日後王默人離開台灣到美國去的傷痕，對王默人影響甚鉅。

二、愛潔的知識分子

如果我們能從上述的分析體會土地與接觸土地對王默人的巨大意義，那麼就該能了解去國千里對他來說有多沉痛，以及對其人格的傷害。閱讀王默人的小說，我們可以說能夠得到一個整體的作者形象，這形象便是堅毅、不願流俗、堅持自我，知其不可為而為之的人格。

早期王默人的小說即會出現一熱愛寫作，不迎俗、孤獨寫作的主角。〈未完成的著作〉（一九六六）的主角幼時即看著父親窮盡一生要寫出自己滿意的著作，刻苦的模樣深印在主角腦海，成年後的自己又追隨著父親的腳步；〈老古的小屋〉（一九六八）主角振寰生活困苦也不願改變自己的寫作風格，在經濟壓力下找另一位作家朋友老古談話，而老古彷如另一個意志堅定的王默人，他分析著：

> 這個時代最大的病症是虛偽，抹殺真實，消滅個性，要每個人的思想和意志都從一個模子倒出來，不願意跟在後面跑的都會受到冷落；東西也是一樣，如果需要什麼就寫什麼，不

管是低級趣味，還是八股口號，包管會名利雙收！如果你要那樣，也會得到那些；可是你會願意麼？——一個真正的文藝工作者，應該默默地忍受煎熬！……（《留不住的腳步》，頁三五二）

〈未完成的著作〉中的父親如同附魔般投入寫作，幾乎發癡發狂、〈老古的小屋〉以黑暗簡陋的小木屋象徵內心真正的聲音。在王默人的筆下，堅毅的創作者與世俗和庸眾對抗，獨行於主流價值之外，九死而無悔，其精神不僅代代相傳、在同行之中亦有同輩中人而證明吾道不孤。王默人相對世俗有其價值信仰，他堅守知識分子的價值與角色，〈老古的小屋〉寫在六〇年代尤具針對性，對反共八股創作以獲取獎金不以為然。他在不同小說裡以不同人物鼓勵主角對於創作堅持，不能說沒有自我砥礪的意義，一如上所述〈外鄉〉一文的出版際遇，便可看出王默人在創作道路上的艱辛與堅持，一直到〈跳躍的地球〉他以黃可仁回顧自己半生，依舊是表現自己在寫作上的韌性和近乎信仰式的虔誠。

同樣的形象，放在王默人小說中的其他場景，不論是文壇、商業圈甚至是歡場，也同樣都出現堅毅的特質。我認為其中最具代表性的是〈阿蓮回到峽溪谷〉（一九八三）中的礦工之女阿蓮，她因父親礦災亡故，為負家計而入歡場，潔身自愛，即便期間因故失身，但也未因此就賣身求財，在母親身體復原後隨即回到故鄉峽溪谷，對於聲色錢財毫不留戀，遠離塵囂平靜的到電子工廠當女工，當青梅竹馬的男友礦區工傷時，仍義無反顧的再度接受了他的愛。小說中以峽溪谷的另一入歡場的女子鳳姐為對照，勸告阿蓮「經過那個關口，再也無法還原」、「不如狠心多賺幾個」（《地層下》，頁二二八），而阿蓮不僅被迫失身也不拿一分一毫，猶堅持維持家用便可。她拒絕以身體為商品出賣尊嚴，不因為他人評價而左右，進退有節，以意志力贏得鳳姐對她的敬愛。這種耿介、正直、勇敢、堅持尊嚴的性格，是即便在生活艱困之際也不願在命運之前輕易低頭的傲骨之人，不論男女，從六〇年代到八〇年代，一直在王默人的作品中作為一種典型而存在。

他的小說中如此「不為也，非不能也」的形象，放在知識分子的身上，在他人的評價中便是孤傲，一如〈外鄉〉中何練達的女友谷慕嬌認為他不願隨和。如此典型到了〈跳躍的地球〉中則化身主角黃可仁。

黃可仁流亡時尚未成年，在火車站時看到賣紅豆湯的小販想要喝紅豆湯，小說在情節重點的選擇上讓人意外。他寫一對夫婦拮据的共喝一碗紅豆湯，之後的敘述重心便在小販只用抹布將碗勺擦一下就賣，使他怯步而不敢下肚。一口渴的流亡少年，竟然還會注意不願意與人共碗乾淨與否的問題，可見其愛乾淨的程度。這樣的一種習慣和形象，一直到黃可仁老年退休，小說中仍敘述他喜歡乾淨，花很多時間清理家庭，不清洗擦抹，心裡就會發毛。怕灰塵揚起，清理地毯不用吸塵器、掃把、拖把，而是蹲在地上用擦布。生活上的愛潔，象徵了品格上的高潔。這樣子的形象塑造，呼應了中國自古即以《楚辭》屈原中以「香草美人」以喻愛潔好修，不願意紆尊降貴以迎合群小的品格。

黃沒有背景、無經濟條件，作者細數般寫出他前後從事記者的、出入四家媒體的過程。他前後在四家媒體擔任記者，在戒嚴的時空中站在勞方立場報導而屢屢被刪文。工作單位中因為立場問題先後不快，先是在黨務機構附屬報社中工作，因未入國民黨而遭關切；之後電子工廠採訪女工，特稿中報導工廠環境與女工強迫加班問題，導致報導未被報社刊登；接著到民營報社去，一次報導礦災，特寫報導又僅被刊出一半，最後掛冠求去；加入另一家媒體，議員選舉的實情報導，一樣又被刪減得含糊不清。黃可仁秉持實情報導，多次的報導被刪，在戒嚴的時空中，他不會不知道主管的脾胃，在新聞工作上始終不願虛偽放鬆，固守真實。最後一次是報社的電梯爆炸案，隨後特勤單位到可仁家中搜索，方知黃可仁早就成為情治單位注意的對象，黃和妻子決議後為了安危只好忍痛出走。

黃可仁是王默人一生的寫照，也是王默人精神的自我照相。當敘述者在敘述人物性格時，有自我表白的意味：不平則鳴、嫉惡如仇，認為社會應該尊重他人，否則便應該改革，「已經進入中年，徹頭徹尾沒有做過一樁暗中與人勾結的事」（頁一〇八），因此當他被情治人員搜索時，「比災難悲憤、，比憂慮還絞痛」（頁一一一）。王默人所塑造的知識分子，強烈表現出其性格與社會的矛盾、個性和命運的對抗，以及在兩相衝擊下的堅持。

在王默人的訪談紀錄中，有一頗引人注意的插曲。李勝吉採訪時提到他曾經查詢資料時看到張拓蕪指稱王默人乃是「買官」退伍，甚至「羞於承認自己曾經是軍人」。李勝吉向王默人查證此事，王默人說自己絕無買「假證明」一事，更確定這是國民黨有關單位的「人身攻擊」。而至於自己是否曾為軍人，王默人在第一次訪談中並未答覆；第二次訪談李勝吉再度追問，王默人則說：

> 我是跟隨軍隊「上船」來台。我不喜歡蔣家軍，但又無可奈何！[23]

綜觀〈跳躍的地球〉中他對於黃可仁少年時期所知所感的描述，不論是國民黨或是共產黨他都不予認同。尤其是國民黨的游擊隊，軍紀不佳，看起來像是無賴漢；國共內戰時期，描述看到國民黨拉伕逃兵等等的殘酷情況，可見他帶有的惡感。王默人並未正面回答是否曾為軍人，而跟隨著軍隊上船，的確也不一定就是軍人。例如另一位作家桑品載，即是跟隨國民黨軍隊上船來台，一開始並未加入軍隊，後來為了求生存方才成為軍人。或者，我們也可以猜測，王默人確實曾為軍人，但時間並不長，而王默人對此的自我解釋是「跟隨軍隊上船」，在自我認知上他並不以為自己應該在文壇上被貼上軍人的標籤。至於脫掉軍服的方法，當然更不只有購買假證明一途而已。[24]王默人畢竟沒有直接回答他「是」或「不是」軍人，這樣的回答有著保留的意味；且在〈跳躍

23 同註2，頁一一六。

24 李勝吉訪談：〈狷介耿直，關懷人道，堅持創作的記者作家——王默人〉，《勞動人民與小人物的關懷者：王默人及其社會寫實小說研究》（國立清華大學台灣研究教師在職進修碩士學位班碩士論文，二〇一一），頁一〇九。不過根據張拓蕪〈我所知道的無職軍官及其他〉一文則對此事寫得很清楚。他寫道：「因為當了

的地球〉中他也未曾細述他如何來台、初到台灣時如何度過舉目無親的異鄉生活。這樣的省略，和他敘述他成年後獲得知識、從事創作、記者工作的詳細程度相當不同。王默人似要忽略、或至少是不願意提起，這段和國民黨軍隊有過關係的經歷。我們自王默人的經歷以及前述作品的分析中，他的確是相當擇善固執的。他不願意輕易地鬆口他和「蔣家軍」的任何關係，恐怕正與他「愛潔」而近於執拗的性格有關。既是無可奈何，也是難以面對，兩難的尷尬卻正也可看出在命運之神下保全靈魂的艱難。

〈跳躍的地球〉中黃可仁最末因為一篇小說創作的結局和妻子僵持不下，妻子堅持悲劇的結

官就容易退伍，所以各個個爭先卯上。當不到官的弄張假的罷，不是稱了過癮，而是為了早日退伍當老百姓。」（頁一四四）於是為求即早退伍，張拓蕪便提到他的老友王默人便曾經做過「買證件」一事。然而，這裡若以「買官」稱之，並不明確，未能清楚這事情的脈絡。嚴格來說，應該是買假證件「冒充軍官」，以求退伍。張拓蕪敘述秉性節儉的好友王默人，花了在當時士兵心中的天大數字一百五十元，向一上尉買了軍職。張拓蕪說道自己也想買，但是因為錢不夠，交易未成。並說王默人：「他在市政府時，我還和他碰過面，他說他機關裡同事、報社同事都不知道他的出身，別人問起他也不願作答，他不願意提及過去，提到過去便想到『買官』的羞恥。我說那種羞恥每一個士兵都夢想得到，當年我若湊得出那筆錢，我會毫無愧汗地揹上這段『羞恥』！……如今事已過去三十餘年，默人已在美國生根落戶，或許早已忘了這段『羞恥』，而且我雖指名道姓，卻無損於這老友的人格品德於分毫。」（頁一四九—一五○）見張拓蕪《我家有個渾小子》（台北：九歌出版社，一九九二）。可見王默人對於此事非常在意，但是性格豪曠的張拓蕪對此事的認知和王默人卻有差異，若真有其事，可說是兩人在性格上差異所引起的認知誤會。

局讀者不習慣，他應該要改，可仁激動駁斥：

> 不改就是不改，我連一個字也不願意改！我是很固執！（《跳躍的地球》，頁一六二）

最後黃可仁竟在這樣的爭執中心臟病發過世。王默人以此情節安排來表露他創作至死不悔的堅持，尤其是他不願討好讀者的剛直，擴大來說，這也成為他一生行止的準則。與世俗對抗得到的結果卻是死亡，王默人自己似認知到如此堅持的悲劇性；但另一方面，小說最末可仁的靈魂看到的是廣闊的天地、爭奇鬥艷的花朵，又象徵了唯有堅持才能得到自由的靈魂與美麗的奇景，呼應了王默人對於精神超越的終極理想。

第三節　這不是一個是非分明的世界

一、小說人物形象與威權政府

我們從上述張放藉由「理想受挫型」、「放棄型」與「卑劣型」三種不同型態以代表不同人格傾向與行動邏輯的知識分子。在這三種類型中，張放以放棄型和卑劣型兩種知識分子，映襯了具理想性的知識分子。「理想受挫型」的知識分子具備社會意識、關懷群眾、熱愛文藝真理，皆同樣受到當權者的壓迫。其中最有代表性的是主角于祥生與楊恩禮，兩人在獄中談論文學社會，竟因此沉浸在獲取知識的心靈喜悅中，而忘卻深陷囹圄，是作者較為肯定的人物。

人物安排上，我們可發現「放棄型」和「卑劣型」的知識分子在世俗上取得成功，過的富裕滿足，甚至受人景仰，可是相對的「理想受挫型」的人生則是殘破不堪，不僅無法取得社會一般價值中的成功，也逃不過長期以來的心理創傷。這樣的結果，暗示著在白色恐怖的世道中能夠過得如意的人，都是沒有信念的人。如此一來，只要是稍具品格的知識分子便有了一種悲劇性，因為他們無法在黑暗的威權下生存。

在這樣的邏輯下，《天譴》最終只能落入惡有惡報的傳統民間觀點，以投射作者在道德上的盼望。不過這種盼望是一種無力的呼喚，只能獲得心理上報復式的滿足，一直到《春潮》我們才看到作者積極的規劃主角人生，實踐理想。小說藉由秋萍之口，敘述了張小鳴的個性：「你是值得同情的人，但是你卻不需要別人同情」，勇於面對現實；然而另一方面讀者也發現，自張小鳴、馬達與郭文泰的共通際遇中，不斷重複的情意結，其實作者無法從傷害中脫出。在積極向上與黑暗傷害中拉扯，方更近於現實人生。張放的晚期小說一直出現這樣的調性，小說人物活的熱烈、積極而精彩，可是另一方面卻無法徹底解決內心的黑暗。

相較張放，王默人較顯沉鬱。張放曾以邊緣人自喻，而王默人則近於屈原式的傷懷，在〈外鄉〉中我們看到王默人似乎找到了出路和解答，不過在白色恐怖的壓力下，一九八五年他再次的離開鄉土到美國去，多年不再創作，其原因在於：

當我被迫離台來到美國之後，最初幾年，我內心的確充滿了氣憤與懊惱，生活極其煩躁與不安，很難再平靜下來寫作。這當然是主要的原因之一。但最重要的不是這個。我自寫小說開始，我就不知不覺，也是自然而然地成為我寫作最基本的信念，也可以說是我寫作的源頭。那就是我寫的內涵與我生活的土地和廣大的同胞人民血脈融合在一起了，無法分開。[25]

從上述的分析，我們可以知悉離鄉對王默人的衝擊有多麼巨大。對比另一位因白色恐怖的壓力，而遠走他鄉的作家同樣還有王鼎鈞。王鼎鈞在國共內戰時受共軍俘虜，後來被國軍疑為間諜，一如張放小說筆下的郭文泰。[26]王鼎鈞在台灣的三十年，都被特務所監視。王鼎鈞一九七八年赴美，而他自言：「移民美國，走進海關，我的感覺像死亡」[27]王鼎鈞在訪問中曾自述到美國之後

25 李勝吉訪談：〈狷介耿直，關懷人道，堅持創作的記者作家——王默人〉，《勞動人民與小人物的關懷者：王默人及其社會寫實小說研究》（國立清華大學台灣研究教師在職進修碩士學位班碩士論文，二〇一一），頁一〇七。

26 赴美之後三十年，王鼎鈞寫下四本回憶錄，從一九四九寫至一九七八，他說：「我到美國，就是為了寫四本書！」王鼎鈞到美國後寫作的不只於這四本回憶錄，但是很顯然回憶錄是他重要的代表作，也是他自己認為非常重要的作品。

27 姚嘉為：〈走盡天涯，歌盡桃花——王鼎鈞訪問記〉，見 http://blog.udn.com/chiaweiyao/2988481。二〇一七・十一・二十一查詢。

對他的寫作造成困難，「好像在太空艙裡，處於無重力狀態」，更遑論寫作，其情感狀態可為王默人的參照。後來王鼎鈞透過佛教領悟冤親平等，終於恢復創作能力，[28]而王默人不僅無法靜心寫作，對於向來創作寫實小說的他而言更失去重要的寫作土壤，〈跳躍的地球〉中他懷疑宗教，似也無法從宗教中解脫。王默人在小說利用他與傳道者的對話表示他無法接受不經思考辯證，即對宗教採取純粹信仰，不能質疑宗教的態度。理性是王默人的核心精神，然而存在的荒謬往往來自自我無法以理性去判斷或理解的世界。

張放與王默人的小說中都強烈的表示對於國民黨的厭惡，在小說中的主角都是在威權傾軋下的理想者。尤其是王默人，更是盡力與權威政府畫開距離，他們力量薄弱，依舊努力維持人格上的獨立，傲然挺立。然回溯歷史，作為一大遷移下的流亡青年，現實上其實難以拒絕和國民黨權威的關係甚至依附。

在我們以張放創作中重要的歷史事件「澎湖七一三事件」來思考之前，先藉由黃翔瑜〈山東流亡師生冤獄案的發生及處理經過（一九四九－一九五五）〉回顧此冤案。

山東流亡學校共八所[29]師生，當年約有七千餘名[30]抵達澎湖，五千餘名學生被編入軍隊，餘

28 同上註。
29 分別為濟南第一、二、三、四、五聯中、煙台聯中、昌濰臨中、海岱臨中八校。
30 張放在小說中言為八千多名山東流亡學生，而根據黃翔瑜的計算判斷，為七千多人。在此取黃翔瑜之說。

下女性和年幼男性兩千餘名，另立「澎湖防衛司令部子弟學校」安置入學。黃翔瑜指出此一案件共歷時十二年，將之劃分為三階段的發展：一是前文所提到，軍方強行將學生編入軍隊，引起師生反抗的「七一三澎湖事件」；再次是同年（一九四九）九月起，所連串爆發的冤獄案，至十一月初累計逮捕師生已逾百人，當月作出判決，宣布張敏之等七人叛亂罪、死刑，並於十二月槍決。其他除病死之外，則多數於一九五〇年三月交「內湖新生總隊」感化，另居留澎湖五十五名學生入該師新生隊，就地感化，這些學生都在隔年後重回軍中服役。第三階段為學兵們在五年行伍後，發現退伍無期，於是爭取退伍復學。一九五五年四月二十五日，數百名學兵在台中火車站前集結絕食，即「四二五台中事件」。此一事件逮捕之學生三十九名，除四名遭判重刑，餘三十五名七個月後釋放。

黃翔瑜根據訪談與回憶錄，述及冤案殘酷的審判經過，一九四九年十一月初止，涉案情節重者四十五人，已於十月解往台灣保安司令部保安處，餘五十五位情節輕者續押三十九師聽候處置。這五十五位師生後即分配馬公、漁翁、桶盤等島，私刑套供，以羅織張敏之、鄒鑑罪刑。對不合作的學生私用電刑、掌嘴、吊刑、鞭打或強行灌水等手段套供，迫其認罪，不少不堪刑罰的學生簽下自白書，承認自己是潛伏的匪諜。另外對頑抗不從、牢騷特多的學生，或是槍斃或是投海。[31]

31 以上冤案始末之敘述，皆為黃翔瑜：〈山東流亡師生冤獄案的發生及處理經過（一九四九—一九五五）〉，

然而，政府也並非是全然的鐵板一塊，毫無彈性。楊穎超、吳秀玲〈由澎湖山東流亡學生案重估台灣白色「恐怖」統治〉一文則重新透過口述與訪談資料，重估政府與人民的關係。例如經抗議請願後，一九五九年國防部開始同意學生退伍復學，凡在澎湖被編兵的山東流亡學生，准尉下可報請退伍復學。程度較好的直接參加大專聯考，享有加分優待，凡錄取學生由教育部給予公費待遇；否則以考試鑑別程度，進入花蓮師範代辦的輔導特師班，如果考不上，再分發進入員林實驗學特師科就讀。[32]這中間不乏對學生的特殊安排，可見其政府官員對此事件的補救態度，政府官員並非是全然的邪惡暴虐。在其研究中，大部分的事件經歷者也會體諒政府，而非仇視政府。

該文特別觀察受訪者的職業之路，以反思恐怖統治論述裡面全面監視、走極端的看法。由於政府恩威並濟，有殘酷有溫情，受難者的反應也相當多元。論者整理訪談者紀錄裡受難者職業進路資料，可見有的人生從此轉彎，也有看來毫無影響者。例如有人官至憲兵少將；或負責部隊文宣；或通過軍隊安全查核，赴美受訓；甚至是被派往澎防部司令李振清[33]辦公室任文書上士，日

《台灣文獻》第六〇卷第二期（二〇〇九．六），頁二八八—二八九。

32 楊穎超、吳秀玲：〈由澎湖山東流亡學生案重估台灣白色「恐怖」統治〉，《政治科學論叢》第七一期（二〇一七．三），頁九一。

33 根據「財團法人戒嚴時期不當叛亂暨匪諜審判案件補償基金會」針對山東流亡學生冤案的補償理由的開頭即敘明：「本案係由當時澎湖防守區司令李振清之報告展開調查」，可見李振清為該案關鍵人物。見黃翔瑜：

後還加入負責共諜的調查局，加害者甚至容許受害者同在一屋簷下辦公，因此本篇論文推論兩者關係並不如其言緊張。

若熟讀張放的小說，我們對此關係並不陌生。自一九五九年國防部同意流亡學生退伍後，剩下在部隊當兵的大約三千人。《天譴》于祥生即為其中一員，從一等兵晉升到上尉，白天在軍隊上班，夜間在花蓮師範進修。師人事部門官員幫于祥生生涯規劃，勸說退伍。于祥生依額退伍又捨不得軍隊，作者描述他複雜的心情寫照：

> 驟然離開軍隊的戰士，好像離家出走的遊子，茫然失措，六神無主，猶如一片隨波逐流的浮萍。當年在澎湖被迫從軍，他受盡白色恐怖與牢獄煎熬，當兵原非心甘情願的事；他在陸軍混了十三年，結識不少肝膽相照的袍澤弟兄，也認清了一些官僚的虛偽面孔，他愛軍隊，因為他和軍隊同志同甘苦共患難，他對軍隊有血濃於水的感情，而且他對軍隊確也付出不少汗水與勞動。……軍隊是一個大家庭，如兄如弟如手如足，這是口號，也是事實。（《天譴》，頁一一一五）

〈山東流亡師生冤獄案的發生及處理經過（一九四九—一九五五）〉，《台灣文獻》第六〇卷第二期（二〇〇九．六），頁二九八。

于祥生從流亡學生成為軍人，對於在台灣六親無靠的他，軍隊成為了他的家庭，同袍成了他的手足，于祥生在野戰醫院時，甚至還照顧當初在獄中看管山東流亡學生政治犯的老兵陸泰南；曾經審訊拘捕流亡學生有功的秦鴻範，甚至出席于祥生婚禮並致詞。陸泰南不解于祥生的寬容，于祥生也難以作答，他思考一九四九大陸淪陷的危機情境，他能理解政府的殘酷政策；他繼而湧起想起張敏之校長的命運，想到自己——「畢竟是幸運兒」。（頁七四）

威權政府與流亡學生的關係難捨難分，所謂的「關係並不緊張」，實則滿是心酸。長期以來的離亂苦厄，使得標準退到了最底，張放在人物心理的剖析上三分嘲弄，七分苦澀，如同只要擁有一些恩惠，便應該惜福知福，充滿無告命運的悲哀。更進一步來說，陸泰南作為執行者，知曉學生是冤案後內心充滿困惑；秦鴻範在上層確定山東流亡學生案為冤案後，最高當局遂冷凍當初抓共諜的兇手，秦鴻範自認遵照層峰辦事，消滅共匪有功，不平只讓執行者負擔罪名，後遂自殺。秦鴻範不覺得他有錯，一如漢娜・鄂蘭所說的平庸的邪惡，而現代社會的官僚型態，也正成為極權主義者遂行意志的溫床。同為白色恐怖下受害者的張放將批判的矛頭指向領導者，在小說中透過另一名知識分子劉雲解釋：「秦鴻範是獅子，咱們是猴子，獅子雖然看起來比猴子雄壯威武，照樣也挨馬戲團主的鞭子。」（頁一一六－一一七）如此一來，在官僚系統下的執行者，甚至高層官員也有可悲之處，張放的思考顯現了他的寬容與悲憫。

二、底層離散者與眾多的流亡學生

所以小說中不論是呂娟還是于祥生皆似乎忘卻了加害者的壓迫，不懷恨反而同情，如此寬大的「不計前仇」，來自於張放對於現代官僚的結構性理解，同時也是來自於同為流亡者的憐憫同情。張放小說或是訪談中都提起的俗諺「大水沖散了龍王廟，自家人不認自家人」，時代的洪水衝擊流亡離亂者，受害者與加害者同一屋簷，命運上不容流亡者有多樣選擇，以下我將再一步的以客觀的社會處境來理解此一問題。

一九四九的大撤退使得大量人口離開原有的鄉土親人，懷抱著勝利後便返鄉的心態，完全沒有想到就此和親友天人永隔，終老台灣。來台初期的生活異常艱辛，我曾歸納論述過離散者的生存困境包括：一、失去官職或生活不易，二、居住空間與適應問題，三、失婚與婚姻問題，四、對於「反攻大陸」的等待和無奈，[34]其問題包含生存、適應、情感依附、等待煎熬各面向。而生存上的掙扎困境，對中低階層的離散者尤為劇烈，楊孟軒〈五〇年代外省中下階層軍民在台灣的社會史初探〉的論文中指出外省人大遷徙是一個有很高比例下階級窮困單身男性的政治移民群體。而其中佔有遷台人數二分之一的軍人，是人類遷移史上的獨特情況。戰後早期許多貧困的底層外省人流亡異鄉，社會網路斷絕後走投無路，根據台北市社會局每年「行旅病人」[35]死亡收埋

34 詳見侯如綺：《雙鄉之間》（台北：聯經出版事業公司，二〇一四），頁九八—一二〇。

35 所謂的「行旅病人」就是在街上或是醫院中去世，沒有親友替其收屍和埋葬的情況。楊孟軒：〈五〇年代外

的人士，外省籍人口相對於本省人高出許多，直至六〇年代中期後才漸漸比例下降。且透過警政與司法機關的犯罪統計，楊孟軒也發現五〇年代外省籍人口在總體的犯罪率、刑事重罪法院槍決的人數上，甚至是精神病與自殺的比例都比本省人高出很多。[36]面對原有人際連結的斷裂、情感依附的缺失、以及社會秩序的重組，容易使得離散者走向死亡、犯罪、精神異常等極端狀態。

這群龐大的青年軍人，從大批的遷移人口中，我們因此看出一獨特的生態來。這一批青年嚴格來說算不上是現代眼光下的知識階層，如同〈外鄉〉中所形容的「半知識分子」，無法得到體系完整的教育。〈外鄉〉中的青年何練達隻身來台，應付生存尚且吃力，更何況是進入學校。即如〈跳躍的地球〉的黃可仁，因為對於知識與文學的愛好廣聽演講、旁聽課程、閱讀，但要準備考試進入學校學習為了顧及溫飽，則是相對困難。大量的青壯年離散入台，若是非隨父母來台，在經濟條件變動快速的台灣，缺乏親人提攜照拂，生存艱苦。台灣本地人的生活條件本就已經相當刻苦，更何況是人生地不熟，缺乏關係的外省青年。又因為戰亂而錯過求學的機會，沒有學歷要進入當時對外省人來說較有利的官僚系統也有困難，沒有足夠的經濟條件或人際關係，因此便生活在社會底層。進入軍中其實反而能夠使得他們取得最低程度的溫飽，所以會有如《天譴》于

省中下階層軍民在台灣的社會史初探——黨國、階級、身分流動、社會脈絡，兼論外省大遷徙在「離散研究」diaspora studies 中的定位〉，見台灣教授協會編：《中華民國流亡台灣六十年暨戰後台灣國際處境》（台北：前衛出版社，二〇一〇），頁五五六。

36 同上註，頁五五一—五六三。

祥生的狀況：

一個混身髒兮兮連一雙襪子也買不起的流亡學生，所有的同學被迫編進軍隊怨聲載道淚流滿面，而他卻沾沾自喜，因為當兵領到蚊帳軍毯毛巾肥皂和薪餉，他的舊棉被在湖南衡陽遺失，每夜像乞丐般用破毛巾捆裹起來睡覺。（頁一〇二）

青年們中斷學業，有不得不然的因素。根據林桶法《一九四九大撤退》一書，早自抗戰期間，教育部便命令一般公立、私立大專院校南遷西移，保護教授與學生。至抗戰勝利後，各校好不容易遷回，一九四九年後又出現遷校潮。隨著戰局的發展和國民黨政府的政策安置，又再度遷移。大學是政府鼓勵遷移的重點，但是中學不然。中學生的遷移大都享受不到公費待遇，只憑校長關係到處找人解決學生食宿問題。一般民眾遷移已經不易，學校和學生的集體遷移更加困難，流亡學生是國民黨的一大負擔，能夠像是山東地區流亡學校如此由大陸到澎湖，是唯一個案。[37]張放便曾經以自己的經歷敘述：

當年這些蜉蝣般的流亡學生，在大時代洪流中，實在微不足道。國共兩黨領導人，關心國

37　林桶法：《一九四九大撤退》（台北：聯經出版事業公司，二〇〇九），頁三一二—三一八。

際輿論，內戰局勢，誰也沒把這群「食之無味，棄之可惜」的雞肋看在眼裡。[38]林桶法指出這時期的遷移已不再像是抗戰時期，政府也無全盤安置措施，許多學校的學生都等到快被戰火波及才遷移而淪為「乞食團」。青年學生無法集體遷台，又得不到正常管道來台，只得臨時進入軍隊服務或是隨其他團體來台。[39]戰亂流亡使他們原來受教育的可能遭到中斷，即使進入學校也不代表能夠完成學業。《天譴》中胡凱在大陸能在大學教書，初到台灣，在花蓮一所中學教國文：

> 在戰火紛飛年代湧進台灣，普遍降級，這是眾所周知的事實。譬如有些在大陸掛少將階級，來台後核為上校；有些在大陸地方政府的薦任官，到了台灣降為委任官；胡凱從一名大學講師改任中學教員，有宿舍住，有工資，也能參加伙食團，他已經心滿意足了。
> （《天譴》，頁一二三）

張放以胡凱表現了一九四九大遷徙階級洗牌的混亂狀況，這種現象在時代洪流中亦非孤例；可想

38 張放：《春潮》（新北市：詩藝文出版社，二〇〇八），頁八。

39 林桶法：《一九四九大撤退》（台北：聯經出版事業公司，二〇〇九），頁三四七。

像的是，更何況是正值中學年齡的少年，他們非學界中人，也不是和官方密切的文教群體，故不是政府積極要爭取的對象，這些還沒「養成」的知識分子，也絕非國共重視搶救的對象。尤其黃翔瑜更指出他們的問題：從相關檔案顯示，這些出走的「流亡學校」或「流亡學生」常淪為動亂的柴火，因其四處流亡，易受各種勢力侵入，若經鼓動，往往成為祭品。[40]相對的，在張放《天譴》的前言中也曾說煙台聯合中學往南遷徙，向貴州申請入境，古正倫主席因為流亡學校分子複雜，沒有批准，可見流亡學生在生存處境上的困難。

三、以自由戀愛彰顯主體性

黃翔瑜評論此案是因為部分軍人專斷性格與知識分子自由觀念相衝突所生的結果，係源於彼此立場不同、認知及作為差異所引發的爭執，[41]其言甚是。澎湖防衛司令李振清的回憶提到當時澎湖的部隊都是由三十八年撤退來台各種機構人員混編，分子複雜。他為搶救山東流亡學生，解決其生活問題、充實澎湖軍政幹部，故將十八歲以上男女學生編入部隊，充實戰力。[42]

所以要進一步補充的是，黃翔瑜所指的知識分子應不能只是兩位校長或是教員。流亡學生雖

40　黃翔瑜：〈山東流亡師生冤獄案的發生及處理經過（一九四九—一九五五）〉，《台灣文獻》第六〇卷第二期（二〇〇九．六），頁二七一。

41　同上註，頁二九九。

42　李振清口述、王全吉筆記，吳延環編輯：《李振清將軍行述》（自刊本，一九七七），頁一四八。

為中學生，知識程度實仍高於澎湖當地駐軍，根據口述歷史，曾受案牽連的欒秉傑描述當時澎湖駐軍三十九師大多是河南一代子弟，且多為不識字的文盲；[43]或是提及司令官仍存有軍閥思想，四個排長中有三個不識字，學生對軍官多所不服。[44]因為知識階層所造成的差異，這種衝突我們不該忽視。

如此一來，我們反過來說，在濁世之中要維持知識分子的主體性有多麼艱困。不論張放還是王默人，早期他們小說中具有理想的知識分子都是悲劇性的，他們對現實不滿，又無法改變現實。或者也可以說，在和威權政權難捨難分的複雜關係下，我們更應理解在小說敘事上予以再現人格獨立的自我的必要性，如此和威權體制斷開了界線，因為在結構內部的掙扎、艱辛、傷害不可被抹滅，否則不是變成無聲的隨眾，便是親愛精誠的整體。

與封建專制對抗，在自由戀愛上取得成功，是轉向另一種挑戰威權結構的方式。早從五四時期知識青年便把自由戀愛看成是主體精神的發揚，是對於封建勢力的一種對抗。楊聯芬的〈「戀愛」之發生與現代文學觀念變遷〉一文，便曾提到「戀愛」在五四時期中的意義：

43 見許文堂：《澎湖煙台聯中冤獄案口述歷史》（台北：中央研究院近代史研究所，二〇一二），頁四一。

44 此一資料轉引楊穎超、吳秀玲：〈由澎湖山東流亡學生案重估台灣白色「恐怖」統治〉，頁八八。原見宋子廉：《戎馬半生塵與土》（台北：作者自印，二〇〇三），頁二一一。

> 戀愛既處於「家庭問題」、「婦女問題」、「婚姻問題」、「教育問題」的交叉地帶，又是「人生觀」和「新舊文化」選擇的直接體現，是介於思想與行動、形上與形下、意識形態與日常生活之間最直接和普遍的「文化現象」，又因為「戀愛」關涉的是全體青年／學生，因此，五四時期的「新舊」衝突、「中西碰撞」，無不直接、敏感地呈現在「戀愛問題」上。[45]

可見戀愛問題在現代文學中不僅僅是單純你情我愛的個人問題。它在五四時期便是一種值得觀察的文化現象，是意識形態和日常生活間的交會之處。當然另一方面，對於初期來台的外省族群來說也是一社會性的問題。我在《雙鄉之間》的研究中曾指出外省族群來台覓偶的困難，以及在《戡亂時期軍人婚姻條例》約束下，適婚年齡仍未結婚的現象。外省族群遷台之際便呈現男多女少的狀態，若外省男性想要覓得外省女性為婚姻伴侶，勢必相對困難。根據林桶法的研究，一九四六年男女比例為一〇一．〇〇，一九五〇年則為一〇四．一四，可見遷台者的男性人口多於女性。一九五六年外省男女的比例更高達一五六：一〇〇。林桶法進一步指出在男多女少的情況下，所呈現的幾個婚姻狀況：一、外省人內婚中，教育程度較高者的比例最高，外省人外婚，夫

45 楊聯芬：〈「戀愛」之發生與現代文學觀念變遷〉見 http://www.cssn.cn/wx/wx_xdwx/201406/t20140623_1222471.shtml。

妻教育程度都低的比例超過百分之五十。二、由於來台外省人的男性比例大於女性，因此必須對外找尋對象。三、由於一般士兵教育程度不高，加上剛到台灣來期盼很快回到大陸，沒有立即結婚的準備，晚婚者多。後來找對象遇見困難，只得經過各種媒介，找尋教育程度不高的台籍女性結婚。[46]也因此，我們可以在戰後的老兵文學的寫作中，常見畸零女子與老兵婚配，並衍生出相關問題的小說。

王默人和張放的早期小說在自由戀愛上多半遭遇挫折。他們的小說不會突顯省籍問題，可是作為身無長物的流亡青年而言，經濟卻是他們在戀愛中的最大敗因。尤其是王默人，在〈跳躍的地球〉以前的小說，自由戀愛的結果往往是失敗。早期的台灣社會自由戀愛並不普遍，王默人小說中的男女雙方情投意合的相戀卻皆是自由戀愛。自由戀愛的女方會受到家庭的反對，男方因為離亂經濟條件差而被家長以強硬的態度拆散，女孩或服從家庭安排、或以努力反抗，最終還是另嫁經濟能力較佳的人。相反的，跟隨著父母從大陸來台的外省女性，他們卻往往能在婚姻市場上容易找到經濟力較強的對象，放棄和貧窮男友的感情，而女方家庭甚至可以因為嫁了金龜婿而鹹魚翻身。[47]嫌貧愛富與父母作主的封建婚姻導致戀情失敗的情節在王默人小說重複出現，其批判

46 林桶法：《一九四九大撤退》（台北：聯經出版事業公司，二〇〇九），頁四〇五。

47 相關小說可參看王默人〈外鄉〉（一九六二）、〈在狹窄的馬路上〉（一九六六）、〈沒有翅膀的鳥〉（一九六九）、〈彎曲的岔路〉（一九七〇）。

接續了中國文學長期以來對於專制家長以及重利社會的批判，然這樣的情況也一定程度的表現了當時處於中下階級的流亡青年在戀愛上的困境。自由戀愛在現代社會固然相對開放，封建家庭的黑暗陰影實則未曾遠離，即便是現代受過知識的男女亦然。

直至王默人以自己為藍本〈跳躍的地球〉才出現了不同的戀愛結局。〈跳躍的地球〉是王默人生命的重要塑形，意義不同，情節安排上亦有異於他以往的作品。黃可仁和報社同事鄒晏麗相戀，相差十一歲、男方身影飄零，一樣遭到了女方父母的阻止。性格倔強的晏麗選擇了私奔，兩人公證結婚，但也此丟了工作。兩人不曾低聲下氣懇求主管，最後另謀高就。女性有獨立的經濟條件，以個人之愛衝破藩籬，這是封建傳統控制下女性的成長。反觀晏麗的家長到他們工作單位吵鬧，上司以此理由辭退他們，頗有認為其違反善良風俗之意。專制家長認為自己有權左右女兒意志，上司受家長（輿論）影響就辭退，展現了專制力量的結合，透過社會網絡可左右個人選擇。然而他們與之對抗，相守一生，自然代表了對封建群體的抗爭力量。

至於張放，解嚴前的《心隨明月》也還多是失敗的、未能確定的戀愛關係。可到了解嚴後，張放小說裡中低階層的外省男性主角卻處處桃花，左右逢源。張放一反台灣文學中慣常以畸零女性婚配老兵的組合，改寫並重建了外省中低階層男性的形象。突出老兵質樸誠懇、值得尊敬的可愛可親形象，充滿吸引女性的魅力。而張放小說中外省男性的婚姻對象，往往是本省女性，本省女性重情重義，會經營、懂生活，使得花果飄零的外省流亡青年得到安穩的生活。《春潮》張小鳴妻子秋萍，考上師範後因為白色恐怖而輟學，學習工作都受到監視和限制，後為了家計進海軍聯誼社當舞女。秋萍知道張小鳴有共諜嫌疑，難以出頭，仍然嫁給他。兩人共結倫理時還未至軍中規定可申報結婚的年紀，便先行同居。同是天涯淪落人的患難夫妻，生活清苦相互扶持，感情和睦。就實際層面來說，通婚是融入本土最快最直接的方式。兩人自由戀愛，情投意合，自小說中看出張放相信透過情感的灌溉滋養，能夠重新給予人性尊嚴與價值，給予人踏實平穩的生活，也因此能勾連起離散者與遷移地的關係。

不論是〈跳躍的地球〉還是《春潮》，黃可仁和張小鳴的伴侶都是與主角的人格情性相互吸引而交往結合。鄒晏麗與黃可仁性情類似，熱愛藝術，倔強而不易妥協，才能相當，以堅毅的性格與黃可仁一同度過白色恐怖的壓迫。黃和鄒自由戀愛到公證結婚，個人有自由結婚的權利，乃是現代性精神的展現。張放晚期的作品，開始由本省女性的身世勾連出台灣的歷史經驗，秋萍是謝雪紅的姪女，父親也因二二八遇難而和張小鳴一樣身陷白色恐怖。他們的結合具有象徵意義，透過秋萍的包容和愛，張小鳴不再怨恨過去。張放似有意以秋萍的形象象徵台灣，具有韌性又勇敢，與張小鳴一同創造共同未來。

不論是張放還是王默人，他們不約而同的在他們的小說中以相當筆墨來寫他們自由戀愛的經過，他們也同樣都以愛情的追求當作主體精神的發揚，他們的伴侶對愛不求回報，他們同時也是患難夫妻，休戚與共、共創家園。由自由戀愛而結婚，是一種日常生活的實踐，是私領域的；但在戒嚴時代下以威權為代表的群體意志是壓迫而巨大的，被壓迫的個人難以追求自我，自由戀愛則相對的突顯了個體的崇高，而非受困於現實成為無由展現自我情感與意志的青年，戀愛也因此有了顯示知識分子主體價值的意義。

第四節　小　結

張放在《天譴》中以山東流亡學生冤案為寫作題材，創作流亡學生從強迫入伍、備受白色恐怖壓迫過程，到後來仍難逃特務告罪入獄，劫後餘生，傷害難平，終究選擇自殺。在主角的身邊皆是知識分子，張放藉由這些知識分子的形象，以明確的喜好形塑了他肯定與唾棄的知識分子，也藉此批判了隻手遮天的黨國。十年後的《春潮》張放雖仍批評黨國的過失，但並不執著於此，而是以理想性的情節創造了流亡者在台灣的貢獻與生活，以包容的態度面對經歷。

王默人〈外鄉〉中形塑憂鬱、黑暗的流亡青年形象，體現「半知識分子」生存的掙扎與精神的痛苦，滿佈死亡的流亡陰影，使得主角抑鬱而迷惘，小說最末他從承擔人與人的責任裡面重建了和鄉土的關係，而閃現一絲光明；在王默人赴美二十五年後再度拾筆的〈跳躍的地球〉中則以愛潔、孤傲而堅持的知識分子塑像來強調作者的人生價值，也因此更突顯了他性格與社會的矛盾。若從〈外鄉〉連貫觀之，則當可理解流亡者王默人能夠在台灣思考和認同人與群眾、土地的關係後，因白色恐怖的壓力而將之強行拔離家國對於他的傷害。尤其是在〈跳躍的地球〉中那並未說出的來台經歷與作者自身與蔣軍關係的迴避，更暗示了他個性和命運的衝突，保全自我靈魂的艱難。

不管是張放堅持知識分子的品格與關懷，或是王默人筆下嫉惡如仇的知識分子，他們同樣對於黨國政府表示厭惡批判，對於權力不感信任。然以山東流亡學生冤案為例，透過歷史與社會學的研究成果，我們所看見的黨國威權其實並非那麼「萬惡」的鐵板一塊，尤其它與這群半知識分子的關係更是難捨難分。黨國政府的巨大身影，操作著、指導著尊敬／鄙視它的人、壓迫著、籠罩著受到它迫害／庇護的人，彼此之間的關係並不絕對，真實的世界並非是非分明。而相對的，他們在權威體制下受挫，在愛情此一領域上則取得了勝利。〈跳躍的地球〉由愛情強調了生命與意志的自由，《春潮》挑戰世俗價值，由愛情建立了流亡少年與本土的關係。王默人用愛情挑戰權威、張放以愛情修復傷害，愛情彰顯以及重建了知識分子最後的主體價值。

我們因此可理解，成長後的流亡少年、步入暮年的離散者，回顧一生那不只是與威權的抵抗，更是與傷害、與自我厭惡的對抗。張放和王默人由他們所形塑的知識分子形象，傳達了個體的價值，毋寧說是對自我的期待，更是他們給予自己定位的解答，其知識分子書寫，正代表了他們自身所認同的形象。

第五章

禁錮與救贖——舒暢《那年在特約茶室》與梅濟民《火燒島風情系列》空間中的身分敘事

舒暢《那年在特約茶室》與梅濟民《火燒島風景系列》作品所發表的時間皆為九〇年代初期，而這時期正是外省族群經驗書寫正熱烈的時刻。這不僅是在「發現台灣」也是在贖回歷史，從八〇年代末期到多元發聲的九〇年代，眾多的外省第二代作家嶄露頭角，書寫其身分經驗，例如朱天心、苦苓、張啓疆、蘇偉貞、李渝、林燿德、袁瓊瓊、蕭颯、張大春、孫瑋芒等等。相較於這些外省的第二代作家，舒暢與梅濟民屬於他們的上一代，他們的這兩部作品，在文壇上的光芒顯然暗淡許多，但是也和他們的差異性高出許多。

舒暢一九四八年入伍，一九四九年隨著軍隊來台，一九六三年退役，退役後便獨居在陸軍安排的單身宿舍，專事寫作。一九八一年發表的《院中故事》以他所住的軍部大院為背景，寫出一群四九年遷台者的孤獨與邊緣。開始寫作《那年在特約茶室》時他六十歲，該作品原為一九九一年一月十五日至六月五日於《中央副刊》連載的小說，[1]內容敘述一群駐防在金門的官兵與當地特約茶室的故事。同樣是根據其自身經歷寫作，一樣寫出了大時代下外省軍人的荒謬處境，只不過《院中故事》寫的是退役後，《那年在特約茶室》則是在役時。

《那年在特約茶室》的背景模糊，此書對戰事本身毫不關心，情節重在鋪陳特約茶室所引發

1　原為短篇小說〈嗨，妳幾號？〉，後於一九八八年九月改寫為長篇小說《那年在特約茶室》，並於一九九一．一．十五—六．五在《中央副刊》連載，同年由九歌出版社出版。本文使用版本為舒暢：《那年在特約茶室》（台北：九歌出版社，一九九一．九）。

的一系列事件。軍中生活的描繪以及人物的存在處境才是本書重點，書中所呈現的軍人生活荒謬、虛無，全然沒有大兵身處戰場上的雄渾英勇，取而代之的是在特約茶室的調情說笑，突顯了軍人在反共大旗下的無奈和空洞。「這些與官方宣傳截然相左的軍中圖像，才是歷史的真實」，[2]解嚴前的時空環境自然容不下舒暢筆下的特約茶室，如楊照所說，解嚴後的《那》因此「重建了台灣『軍中文學』的一條大路」。[3]

本書自序便清楚的定位本書：

> 對軍人來說，最殘忍的不是戰爭本身，或者死亡；而是在「等待戰爭」的那種莫名的煎熬。也不比尋常可以一走了之，軍人對戰爭的等待是放下一切，要等下去。自大陸來台的一批——不，幾十萬人中絕大多數的光桿軍人，一直就活在舉目無親的「等待戰爭」中，那不是一年兩年的等待（當時流行一句自嘲的話：我們是無「妻」徒刑），這恐怕是空前絕後的一場悲劇。[4]

2 楊照：〈重返離亂時代——評舒暢的《那年在特約茶室》〉，《文學的原像》（台北：聯合文學出版社，一九九五．二），頁一〇五。

3 同上註。

4 舒暢「無『妻』徒刑」之語，主要來自於軍中的「限婚令」。管仁健〈戒嚴時代的軍人「限婚令」初探〉一文指出：政府為維持戰力、減輕財政負擔與防範奸宄的三方面考量下，制定了《戡亂時期陸海空軍軍人婚姻根據范銘如的研究，五〇、六〇年代文藝創作，乃是不斷創造所謂「軍愛民民敬軍」、「大無畏」的金門精神，甚至當地人也一同參與了戰地神話的塑造。[5]時至九〇年代，以當地駐軍身分所寫作的本書與前期寫作的金門作品大相逕庭，書中呈現的是戰地神話的「背面」，指出跟隨著國民政府離散來台軍人們不得結婚、難以覓偶又無法逃脫、不得返鄉的困境。特約茶室在戰地金門成為了「那天地中的天堂」（《那年在特約茶室》，頁二），成為身體乃至於心靈的救贖之地。此間所寫出的焦慮以及殘酷的精神磨損，很顯然迥異於此前強調奮起的精神力量的作家。

一九四三年隨祖父母來台的梅濟民，一九五五年因「以文字為有利於叛徒之宣導等」罪名入獄，判有期徒刑十七年，服刑二十年。期間監禁綠島，出獄後撰寫《荒島血淚》、《荒島玫瑰》、《荒島流雲》、《荒島幽秘》（簡稱《火燒島風情系列》[6]）（一九九三），以自己為藍

條例》，其中第三條規定「軍人訂婚及結婚應於一個月前繕具婚姻報告，承請所隸長官核准或轉呈核准後行之」，與第八條規定「陸海空軍士兵除第二條規定者外，現役在營期間不准結婚」。此即俗稱軍人的「限婚令」。（此文見國立台北教育大學台灣文化研究所主辦之「民主、文化與認同暨李筱峰教授榮退學術研討會」會議手冊。二〇一八・五・四）軍人戍守金門的問題複雜不只來自於限婚令，故關於老兵限婚與婚姻問題，將在第六章中再申論之。

5 見范銘如：〈後山與前哨——東部與離島書寫〉，《空間／文本／政治》（台北：聯經出版事業公司，二〇一五・七），頁二一〇。而她的論述也指出至八〇年代以降，陳長慶、吳鈞堯、黃克全等金門作家才大幅度地展開了新的金門書寫向度。

6 梅濟民：《荒島血淚》、《荒島玫瑰》、《荒島流雲》、《荒島幽秘》（台北：當代文學研究社，一九九九

本，書寫白色恐怖的歷史。儘管梅濟民的《北大荒》受到廣大讀者歡迎，也被列為中學生的輔助刊物，一九八一年時《北大荒》已經是第十二版，但學界對梅濟民仍舊非常陌生。截至目前為止，唯一一本以他為研究對象所撰寫的《梅濟民及其作品研究》（二〇〇九）即指出梅濟民的文學史上的位置是「沒記名」，突顯他受到忽略的情況。[7]

梅濟民一九五五年入獄，開始發表是在監獄中投稿，他的創作大部分刊登於《中央副刊》，《暢流》次之。投稿得到的稿費對於四〇年代由祖父母帶來台灣，沒有親人周濟的梅濟民來說有很大的幫助。作品集結之後，梅濟民出版了他第一本作品集《北大荒》，一九六九年梅濟民替《北大荒》寫序時他仍在獄中，序中只寫自己在台東，六年前「生活在太平洋中一個寂寞的小島」，但實際上這兩個地方分別是泰源監獄以及綠島監獄。我們很難想像，在他失去自由的時光裡，他替《北大荒》所寫的序仍寫下了這樣的句子：「我把整個的生命都看成是一片美的律動，人生的苦樂是全靠自己安排的；這是一門重要的生活藝術」[8]這又該是如何令人悲傷的心靈風景？而他又是如何能自生命中的苦境被救贖？一直到他發表了《火燒島風情系列》四書，才表露了他白色恐怖中莫名遭囚禁二十年的經歷，其時已是一九九三年。

三・六），梅濟民亦為發行人。

7 此本碩士論文為：吳慕潔：《梅濟民及其作品研究》（國立中央大學中國文學研究所碩士論文，二〇〇九）。

8 梅濟民：〈我寫《北大荒》〉，《北大荒》（台北：旗品文化出版社，二〇〇四・八），頁八。

舒暢一九四九隨國民政府軍隊來台，解嚴後出版《那年在特約茶室》（一九九一），寫下戰地孤島中「特約茶室」的特殊歷史；梅濟民一九四三年隨祖父母來台，青年時期成為政治犯前往火燒島，寫下以綠島監獄為背景的《火燒島風情系列》作品。「火燒島」的存在來自於戒嚴時期的政治控制，「特約茶室」乃是來自於「等待戰爭」的無「妻」徒刑，兩者都是一種肉體的禁錮與操控。本章放在兩岸分斷、全球冷戰的時空之中，乃試圖彰顯離島空間特殊性，以觸及當時的歷史情境，並探究兩位外省作家藉由空間的重寫，所呈現的心理辯證過程與生存力量，從而表現存在主體的創造力。

第一節　「島」與「孤絕」：金門與綠島的任務

舒暢《那年在特約茶室》與梅濟民的《火燒島風情系列》同樣發生在台灣本島以外的場景：金門與綠島。這兩座海島邊陲的孤島，並非是作家所創造的獨特場景，而是台灣有獨特歷史意義的地方。戰地金門被賦予「反共復國、保衛台灣」的目的，火燒島是替台灣本島隔離了政治犯，他們都拋去了本身的自然意義，成為威權時代下具有示範和象徵意義的島嶼。軍隊與監獄，是現代國家機器操作其意識形態的特殊場域。其中成員的行動都會受到特殊的制約，以下便分別敘述兩位作家筆下的島嶼：

一、舒暢筆下的「島」與「軍事化管理」

金門介於台灣與大陸之間，也陷於冷戰結構和國共內戰間，由於時空的因素，造就它在兩岸以及國際位置中具有獨特的重要性。而金門也如此產生了它的「價值」，擺脫不了「工具性」的孤獨命運。

根據宋怡明的研究，金門是中華人民共和國與中華民國的衝突戰爭期間反共復國的前哨站，故高度軍事化。金門的軍人人數多於當地住民，其軍事化深入民眾生活，甚至包含女人的身體都在控管之列。而此所指「女人的身體」，特別值得注意的是「特約茶室」中的女性。[9]金門特約茶室的辦理，乃是來自於大批軍人進入金門之後對當地治安的影響。軍人駐守金門而失去家庭的慰藉和約束，當地休閒娛樂稀少，軍旅生活枯燥寂寞，軍人騷擾甚至強暴當地居民婦女時有所聞，為求安定軍心，降低犯罪，因此由金門防衛司令部司令官胡璉將軍同意策畫設立「特約茶室」。特約茶室的女侍應生是來自台灣的自願者，在金門工作兩年後返台。「特約茶室」的出入狀態和侍應生都有所規定，例如非軍人不得入內、購票須出示軍人身分補給證、不得攜帶武器、每張娛樂票限定三十分鐘，違反規定或滋事者移送軍法論處等。而侍應生則是規定不得接待非軍

9 宋怡明：《前線島嶼：冷戰下的金門》（台北：國立台灣大學出版中心，二〇一六・八），頁五。

人、不得洩密、不得擅自離室、每星期需接受軍醫抹片檢查，定期抽血檢查等等。10這些都是將身體建制化，納入管訓的系統。茶室的「特約」之名標誌了其特殊性質，私領域在金門亦是公權力操作的一環。

然儘管如此被管制、規範、約束，舒暢的《那年在特約茶室》仍指出了這樣的矛盾：「這些人性纏捲的世界，和那些單調沒有生命的戰爭意識是不能相容的」（《那年在特約茶室》，頁一〇五）當我們進一步的將金門和舒暢筆下的遷台士兵們對照在一起時，我們也發現他們所呈現的特殊隱喻性意義。舒暢的作品不多，此前的作品多有超現實主義色彩，後來的《院中故事》和《那年在特約茶室》則是回歸歷史現實的作品。《那年在特約茶室》是他在解嚴後追溯昔日戰地生活所撰寫，駐守金門的軍人當然還有許多來自本島的「本省人」，不過舒暢的重點集中在他所寫的那幾位軍人：連長、副連長、痲子、許立功和未曾真正出場的王禿子。他強調這些四九年遷台的軍人們，都是在「等待戰爭」中磨損、痛苦和消耗生命，舒暢以自身為藍本的身分再現書寫，無疑是一種指控。

當初由於一位兄弟，用刀片割掉生殖器，作為一種無言的抗議，這才成立茶室解決「性」

10 關於特約茶室的相關規定，皆參考陳長慶：《金門特約茶室》（金門：金門縣文化局，二〇〇六．十二），頁一一五。

的問題。其實「性」只是問題的一部分，過去的軍隊比現在要多上十倍，何以那時不成立特約茶室呢？……眼前沒有妻兒子女，家鄉音訊斷絕，你也聽過大家自嘲「前無古人後不見來者」的傷心話。手中除了那支槍外是一無所有，等到放下那支槍，鬢髮斑白時，仍兩手空空。大家面對的是一整無奈的絕望。……大家慢慢感到那些空泛的宣傳，對待那種絕望無能為力時，只好——（頁二一〇）

兩岸對峙的戒嚴情境下，外省軍人以全副的身心奉獻軍隊等待戰爭，只能是他們唯一的選擇。在以「勿忘在莒」為號召的金門政治環境中，他們感受到的是身與心的違逆，一方面想要回返原鄉，承受思念和孤獨；一方面又勞動操練，服從命令指示，隨時準備反攻。若如此情形只有一天兩天，那麼身心的壓力交迫還可以忍耐，但是在不知盡頭的年月中，這便成為一種難以排遣的焦慮、使人發狂的折磨。

更進一步的來說，早在一九五〇晚期，美國的台海中立化政策已經使得金門無法作為反攻大陸的跳板。從純軍事的角度來看，金門不再是戰略要地，它的重要性實在於政治意義上。[11]宋怡明指出，為了維繫台灣和大陸的象徵性連結，讓金門成為防衛台灣的必要之地，蔣介石故意把大量的部隊部屬在金門，若中共成功攻下金門也將重創國軍，嚴重傷害台灣的民心士氣，故蔣介石

11 宋怡明：《前線島嶼：冷戰下的金門》（台北：國立台灣大學出版中心，二〇一六・八），頁一〇四。

在金門大量駐軍的安排，是為了迫使美國防衛金門而做的決策，由是之故金門也因此成為了全球冷戰的一環。[12]

金門的政治性象徵意義，進而影響金門當地的軍事化生活，五〇、六〇年代金門民眾被併入武裝民防隊之中，從監視、防衛、勞務、情報收集到宣傳、照顧傷患等後勤活動都被體制化，同時也必須要給予民眾政治教育和軍事操練。七〇年代推動戰鬥村，民防隊甚至因此要予以武裝，並配合軍事作戰展開建設工作以達成作戰要求。然而對照六〇年代中期以後，中華民國的國際地位逐漸動搖，七〇年代中共加入聯合國，美國總統尼克森訪問中國，鄧小平上台著意於改革開放和經濟發展，相對金門的軍事威脅降低。相較於台灣本島因遭受國際外交重創擠壓出內部的政治反省，台灣政壇在革新保台的口號下風起雲湧，但我們卻在金門看到背道而馳的政治軍事光景。何以要加強金門軍事戰鬥化？宋怡明指出一是為誇大中華人民共和國對台的威脅，以穩定逐漸動搖的國際支持，一是建立國民黨政府國內統治的正當性，[13]故而動員大批的民力軍力，以支持全球冷戰下的政治角力。在政治角力的張弛之間，金門因此既重要又孤獨，它的重要來自於它在國府冷戰視野下確立了重要的操作性位置，孤獨乃是因為被定位為「第一線」的前哨，也因此「身不由己」的無法被納入台灣七〇年代的政治反省；而《那年在特約茶室》中人物作為政治性操作

12 同上註，頁五八。
13 同上註，頁一四五。

的一環，自和金門的處境相互隱喻。

二、梅濟民筆下的「島」與「監獄控制」

另一島嶼火燒島，同樣具有特殊性的位置。火燒島從日治時期便是一個整肅流氓的牢獄。後國府來台經歷了不同階段的監獄時期，一是一九五一—一九六五的「新生之家」，二是一九七二—一九八七的「綠洲山莊」。一九六七—一九八七則加入流氓管訓及「自強營區」。[14]梅濟民被監禁的時間為一九五五—一九七四，第一階段關到第二階段，正和《火燒島風情系列》王銀的移動相符。小說開始是主角王銀移監到火燒島開始，中間再度到台東泰源監獄，後歷經泰源監獄事件[15]，再度回到火燒島，彼時火燒島已經改變為不只監禁政治犯的「綠洲山莊」，與綠島的監獄史正相符合。

14 陳玉峯：《綠島解說文本》（台北：前衛出版社，二〇一五．十二），頁八四。

15 根據陳玉峯《綠島解說文本》中提到，一九六七年之後新生離開綠島，政治犯的監獄被警備總部改設為「第三職訓總隊」，開始管訓流氓，綠島成為「大哥島」。然而，在綠島人權園區展示牌說明文敘述，「一九七〇年彭明敏成功逃亡瑞典的消息，鼓舞了長期在泰源監獄中，醞釀武裝革命的年輕政治犯。同年的舊曆年初三，鄭金河等人奪取槍枝並刺殺一名獄方人員，卻不及佔領通信站台與車輛，行動失敗。逃亡山區的他們受到軍憲警圍剿，不久被捕」。因此事件之刺激，一九七二年，綠島再次成為囚禁政治犯的惡魔島，政治犯移監回綠島。見註14，頁一〇五—一〇六。

綠島管理政治犯的新生訓導處稱政治犯為「新生」。台東和綠島之間的黑潮[16]是火燒島天然的圍牆，不僅新生要進入便已經曠日廢時，家屬探監也要費盡千辛萬苦。[17]波滔洶湧的海浪形成的防衛隔離了罪犯的自由，也使得台灣本島隔絕了這些具有「危險性」的罪犯。使得綠島成為一「集中營」，方便軍管、改造、監控。

感訓工作是誘導和威嚇並重，一方面鼓勵表現、監察言行思想，給予減刑的承諾，一方面又依獄中表現給予處罰。違反「正確」思想，不夠服從者關禁閉處分，進入牢中之牢。為求改造危及統治權的「不正確」思想，採取思想控制以及勞動操練各半的雙重手法。思想感訓是以討論、上課、考試、考核言行等方式灌輸反共抗俄思想；身體勞動的內容則是建設綠島、維持生活。[18]

16 黑潮在台灣東部與綠島之間，是偏在綠島西側的最大流速線，在古代或非動力船時代，遇上強風便易形成船難，見陳玉峯：《綠島解說文本》（台北：前衛出版社，二〇一五）。

17 被監禁十二年的政治犯張振騰回憶錄中便寫出自己家人探監的經驗，由於五〇年代台灣西部到東部的交通未開發，自台中經由高雄到台東，轉班次就需花費六七個小時，到台東的成功漁港進入綠島，要經過水流快速的黑潮，坐漁船要花費三小時以上時間。綠島只有一家在南寮的旅行社，到新生訓導處需要步行兩個小時才能探監。因此，探監往返約要花上三天的時間。張振騰、張翠梧著：《綠島集中營》（台北：前衛出版社，二〇一一・七），頁五二。在梅濟民《荒島血淚》中甚至提及，「有年邁的父母來看孩子，小漁船在海上漂搖一半，年邁的老母親就因受不住暈船氣絕身亡。」而感嘆殘酷的太平洋，竟做了時代政治的幫兇（頁一九一）。

18 曾為綠島新生的張振騰，追憶自己初到綠島的勞動工作包括建築圍牆、蓋克難房、整理營舍、美化環境、搬早期的新生甚至必須負擔綠島的基礎建設，後來的勞動還有包含砍材、種菜、養牲口等，勞力的沉重使得他們無法再多做思考。

火燒島和一般監獄最大不同在於活動空間。火燒島除有層層防哨之外，驚險的海流便是它天然的障防，躍海逃亡將會葬生海窟，比之銅牆鐵壁更難逃跑。天然險惡的自然環境，也是新生勞動中需要克服的生活場所。所以新生勞務繁多，勞動時的活動區域廣大寬闊，相對一般台灣島內的監獄較為「自由」。然遼闊靈秀的海洋，對以監禁為任務的惡魔島來說，意義卻僅在於它是可以禁閉的圍牆，讓人感覺恐怖統治監禁的冷峻與殘酷。

白色恐怖中枉曲入獄者眾多，在「寧可錯殺一千，也不可漏掉一人」的信條下，梅濟民是其中一例。關於梅濟民所涉入的案件說法也和他的出生時間一樣頗有差異，吳慕潔訪問梅濟民遺孀林秀淑女士時，她提到梅濟民在當兵時有一天在軍中宿舍的牆面上出現了「打倒蔣中正」五個字，經查和梅濟民的字跡很像，梅因此入獄。而根據林傳凱〈「白色文學」上——梅濟民、火燒島，與他的《北大荒》〉調查梅濟民案應是因為涉及「空軍四四一六部隊趙星吾叛亂案」。趙星吾為湖南衡山人，因為對國民黨在台統治不滿，常常偷聽對岸廣播，批判政治，甚至煽動空軍同

運補給品等。由於交通不便，苦行搬運沉重的物品，在炙陽下煎蒸，非常辛苦，而勞動活動便也使得「新生」沒有時間再做腦力思考。見張振騰、張翠梧著：《綠島集中營》（台北：前衛出版社，二〇一一．七），頁二九。

袍投共。判決書上提到，趙星吾把這些想法講給同袍梅濟民聽，而梅濟民知情不報，後來趙星吾判處死刑槍決，他則因「明知匪徒卻不檢舉」和「以不實文字為匪宣傳」判處十七年有期徒刑。所以，不管兩者中的哪一項，都是無辜的池魚之殃。如此投射到小說中的主角遭遇便頗為類似，王銀原在台南空軍基地充任機械人員，當初以為總部談話後就能歸來，最後卻被判了二十年徒刑；原本在替國家培養空軍，卻不明不白的落得了叛國罪名。心想著為何不當初就死了的王銀，心中憤恨難平，常處於精神失常的崩潰邊緣。

精神的壓迫不只在於橫遭牢災的痛苦。在孤島中生死由「天」，聯外消息阻絕，一切都不能以常規邏輯判斷，犯人在監獄之中每每有所變動，移監還是槍斃都不可知。小說中敘述風聲鶴唳的傳聞在難友之間流傳：新生伙食委員遭到政工密告把魚排成了五星狀是為和大陸國慶隔海同歡，因此被押回台灣判處死刑（《荒島血淚》，頁一〇九）、或甚是荒謬的謠言著「國民黨要把火燒島的政治犯偷偷遣送大陸，交換早年被俘的軍隊」（《荒島血淚》，頁一八九）等等，飽受朝不保夕的恐嚇。加上新生們每逢十月還要籌劃舉辦相關慶祝活動，以向領袖祝壽。歡樂的背後潛藏恐怖，因為「誰敢不笑、誰敢拒絕表演」。（《荒島血淚》，頁一一二）孤島中這些恐怖矛盾的生態滿是荒謬，不能以理性判斷，往往又更形加重了新生的精神負荷。

另一方面，也因火燒島地處孤絕，對官兵來說也是具有獨特生態的場所。小說藉由張班長之口透露：「除了一部分政戰人員是真正的骨幹，哪一個不是經過『政治篩子』篩下來的二等貨」（《荒島血淚》，頁五三），因此在這天高皇帝遠的小島上得過且過。小說且敘述行為卑劣的士兵，要求伙食新生「納貢」給食，回台灣本島又向新生家屬勒索；隊長兼輔導官的長官握有大權，能處罰新生，或是會向家屬收賄。官員的卑劣，對於和外界音訊隔絕的神祕火燒島新生來說毋寧是雪上加霜。

外在的環境如此惡劣，還有一些來自個人的特殊原因讓梅濟民陷於孤絕之中。一九五五年入獄，十七年後梅濟民刑期已滿，因沒有保人不得釋放，硬是關到二十年才由當地教會牧師保其出獄。根據梅濟民妻子的訪談透露，「因為那個年代梅濟民的祖父身分、地位均不容許梅濟民是政治犯，所以躲都來不及，梅濟民說：他的祖父母怕被沾染到，所以不敢來保釋，之後就帶著所有的錢到泰國去了」。[19]梅濟民由祖父母帶來台灣，在梅濟民〈這一代的鄉愁〉的訪談中看來他與祖母的感情應是十分親密。不過他沒有親人安慰探視甚至到刑期已滿都無法出獄，如此的遭遇已經超乎我們對於人情的理解和判斷。他在小說中寫下：「『匪諜』在這個高唱反共的時代裡，是人群中最卑微的一些。甚至連他們的親友朋友都遺棄他們，惟恐沾到一點兒邊」（《荒島血淚》，頁八）又該是多麼沉痛的自我告白。

在綠島監獄中的新生們政治成分複雜，也有不同的政治身分選擇。或共產黨、或台獨分子、

19 吳慕潔：〈附錄二：梅太太林秀淑女士訪談錄・二〇〇九年四月五日第二次訪談紀錄〉，《梅濟民及其作品研究》（國立中央大學中國文學研究所碩士論文，二〇〇九），頁一二八。

或忠貞的國民黨員、或韓戰的「反共義士」[20]、或是沒有特定政治主張而無辜牽連者等等。王銀自言「窮又來自軍中」（《荒島流雲》，頁一九）的身分，成為一種「獄中階級」，使他在政治犯群體中被隔絕。再者監獄之中也有黨派規分，成分相當複雜，獄中的人際關係一樣逃不開告密與排擠。從《火燒島風情系列》中看來王銀有強烈的中國民族主義情操，但不屬於任一種政治選擇裡，而他的孤獨也在於此。自林傳凱，〈「白色文學」上——梅濟民、火燒島，與他的《北大荒》〉一文中其他受刑人的訪談中可得知梅濟民在綠島監獄中的確是相當憂鬱、安靜而低調，似能當作一佐證。

不論是《那年在特約茶室》中的金門還是《火燒島風情系列》中的綠島，作為政治動員場所的島嶼，都和小說中主角身不由己的無奈相互隱喻。身分是複雜的，他們是軍人／政治犯，也是思鄉的離散者，孤絕的島嶼、孤絕的心靈，拘束或囚禁於這「海疆深處殘酷的精神屠場」，孤獨的靈魂又如何尋找靈魂逃逸的管道得到救贖，則為下節所探討。

20 張振騰的《綠島集中營》中曾回憶：「韓戰之後在中共俘虜中，經台灣與美國互相配合下，成功達成所謂『反共義士投奔自由』的戲碼。有一萬四千名俘虜選擇『棄暗投明』要求來台灣。使國民黨在國際上贏回大面子。這些俘虜抵達台灣後，分發到各部隊服役，但結果這些俘虜，發現與當時所言出入甚大而在軍中大發牢騷甚至抗議。國民黨當然不能容忍這種舉動，而將這些所謂『頑劣分子』，集中到綠島接受感訓。人數約有五百餘人。他們在綠島時說感訓，我們從來沒有看到他們上課或其他活動，更嚴禁與新生說話，嚴密控制言行，除了洗澡外很少到營舍以外地走動，等於監禁在比較寬鬆的監獄罷了。」（頁四六）

第二節　逃離孤絕而渾沌的禁錮陰影

段義孚的《逃避主義》一書曾指出人類逃避的對象，有自然、文化、混沌與人類自身的動物性與獸性。以文化一項言，如逃避苛政、嚴厲宗教等；以混沌一項言，則是因人們對於渾沌、不清晰的狀態感到困惑費解，試圖尋找清晰和明朗。[21]

不管是《那年在特約茶室》的「等待戰爭」或是《火燒島風情系列》的「等待釋放」，都是生命陷入長期的困頓，不知何時停止，進無可進，退無可退的混沌狀態，這是我觀察這兩部小說的第一個層次。

而金門和綠島兩個荒陬之島，是人物實際的生存空間，同時也是兩位作者生命狀態的象徵。當我們把時間的跨度再推寬廣些，那混沌的狀態實不止於舒暢於金門、梅濟民在綠島的時空，更成為他們生命中的重大事件與自身生命經驗上極待詮釋的陰影和傷害，而這是我所觀察的第二個層次。

就如段義孚的主張，混沌的狀態使人們寧願採納抽象的模型，也不願意接受毫無頭緒的現實。清晰與明朗，會給人「真實存在」的感覺，但是也正由於人類內心與生俱來的逃避心理，才

21 周尚意：〈譯者序〉，段義孚著，周尚意、張春梅譯，《逃避主義》（台北：立緒文化事業公司，二〇〇六・四），頁一二。

推動了人類文化的創造。[22]我們若以此來體會舒暢與梅濟民，那麼也能理解這樣來自生命的書寫。

一、逃離戰爭的混沌陰影——肉體性愛的麻醉、無法收編的人性

前文已提及，舒暢於一九六三年退役，早在一九八一年他就寫下以榮民為主體的《院中故事》，清楚的表現出老兵身分在台灣社會中的邊緣化困局。在該書序中舒暢說明了《院中故事》的背景，其文字流露濃厚的憤懣以及無奈之情：「社會上對這些人漸漸遺忘了，就像當年的垃圾場一樣……他們喊這裡是精神病院，或者木乃伊陳列館；但是他們遺忘了，這裡面的人都是從社會的參與中（甚至拋頭顱灑熱血），撤退下來的。」[23]這一段話突出兩個問題，一是軍人長期的鄉愁和在軍隊意識形態的重壓控制下空轉青春歲月，導致精神無法穩定；二是軍隊生活與現實社會長期隔絕，他們和社會有隔閡、群眾對他們亦不甚了解。舒暢特別以括號說出軍人的犧牲，以強調群眾甚至遺忘了他們對於國家的貢獻。而低階退伍軍人在經濟方面的弱勢，在重利的工商社會中難以被尊重。故從序言中我們可知舒暢對榮民問題的觀察相當早，且他恐怕也早已經了解這

22 周尚意：〈譯者序〉，段義孚著，周尚意、張春梅譯，《逃避主義》（台北：立緒文化事業公司，二〇〇六．四），頁一二。

23 舒暢：〈像上下車的乘客不斷演出（代序）——院中故事的背景說明〉，《院中故事》（台北：九歌出版社，二〇〇八．五），頁六—七。

種情況隨著時間流逝、榮民衰老，只會更為變本加厲。

陳長慶在金門的田野調查記錄曾如此分析駐守金門老兵的真實困境：

> 一些對反攻大陸失去信心、又長期在台灣本島服役的軍、士官，已經在台灣找到婚姻對象。而那些長久在野戰部隊服務，每隔一段時間便必須隨部隊移防駐守外島的將士，多數則伴侶難尋。[24]

失去親人的外省軍人們缺乏現實伴侶的安慰與鼓舞，支持他們度過混沌、無法數盡的等待；而職業軍人更因為長期與台灣本土社會的隔絕，增加他們退伍後融入現實社會的困難。將所有期待盡數拋擲在軍營之中，最後便是由失望以至絕望。舒暢因此寫出老兵虛空的等待戰爭，心靈上宛如一片無盡荒野的景況：

> 多數的人，在長期口號的疲憊下，發覺全是虛無飄渺的空中閣樓，在幾十年的獻身中，對「人」所需要的現實面，是一無所獲的幻滅。（《那年在特約茶室》，頁二一二）

24　陳長慶：《金門特約茶室》（金門：金門縣文化局，二〇〇六・十二），頁一五、頁一九四。

在《院中故事》之後，我們更能體會舒暢的心境，也看出舒暢已經體會到老兵一生的殘酷耗擲和代價。國共戰爭的歷史性因素造成了老兵的獨特命運，一如副連長所說：

> 軍中的老兵包括你我在內，不死於戰場，也會遭淘汰。繼來的如不是職業兵，他們服滿兵役就會回到家庭，以及原先崗位上，他們的希望在社會上不是在營盤裡，也就不會出現那種絕望。（《那年在特約茶室》，頁二一三）

當老兵消失，茶室也會消失。本於真實生活的體會，舒暢在小說中透過敘述者的清明之眼，預示了老兵們退伍後的狀況。老兵的情感無法整編、人類最底層的需求無法整編，愛既無處投遞，只好朝向慾來噴洩，舒暢就此突出了戰爭的陰影，也重新定義、理解了長期以反攻復國為號召的戰爭的殘忍。故《那年在特約茶室》可視為是八〇年代末的舒暢重新站在人性的角度，清晰明朗的評價戰爭對於老兵的傷害。

且更進一步的，八〇年代末已經確認兩岸隔絕四十年後，逝去的已經無法返回的事實。回顧舒暢《那年在特約茶室》所寫作的八〇年代末期，老兵已經能夠返鄉探親，然而探親之後的人事全非，往往給老兵更深的嘆息，他們已經成為故鄉的異鄉人。這樣悲絕的幻滅感甚至一直到二〇〇五年舒暢的詩作仍可看出：

> 只不過會飛的緣故／卻遭拒絕回到記憶之外的故土／落葉歸根……
> 不得不背負一身不必鄉愁的鄉愁。25

返鄉的結果是證明自己永遠無法「返鄉」，他只能將自己裝成一片枯葉，悄悄傾聽泥土（死亡）的呼喚，〈癟〉吐露出成為「永遠的異鄉人」的那種難以避逃的荒茫哀情，令人傷痛。

因此無怪乎八〇年代末期的舒暢寫下五〇年代軍中歲月，所看到的荒涼必然更甚於奉獻與光榮；也如此，我們方可以理解舒暢所體會到的戰爭陰影是多麼巨大。這個陰影不僅是來自於《那年在特約茶室》中同袍的犧牲或是戍守離島的精神壓力，更在於持續四十年來國共內戰兩岸對峙下，永遠返回不了記憶中的故鄉與親人的無盡折磨。

舒暢早在六〇年代初期就提早退伍，五〇到六〇年代初期的台海局勢與軍人思考恐怕還沒有他在《那年在特約茶室》裡所呈現的那麼明晰。舒暢寫下「特約茶室」的特殊場景不僅僅是作者記憶的剪影，或是戰地「特約茶室」的再現，而是以此指出了戰爭背後無盡的空虛與幻滅，這是戰爭的荒謬也是人類自身的荒謬。於是舒暢《那年在特約茶室》藉由肉體慾望的展演突出軍人的絕望感。他描繪赤裸裸的肉體景觀，以失去文明的動物意象來表現軍人們急欲到特約茶室去：「四周的人群，彷彿一片螞蟻，蠕擠在一隻蚱蜢的屍體上」（《那年在特約茶室》，頁三一）。

25 舒暢：〈癟〉，《焚詩祭路》（台北：九歌出版社，二〇〇八．五），頁五二—五三。

或是寫特約茶室即將撤銷時，引起大排長龍的消費，姑娘們還來不及起床便接連接客，進行中的、後面等待的客人，便權當春宮劇的演員和觀眾。舒暢用人性中的原始獸性寫出絕望，全然赤裸的身體性交，突顯國家軍隊雖想要整頓軍紀，卻也不能處理的慾望。不能逃脫的戰地空間，只能給予特約茶室的肉體痲醉；在舒暢的筆下，人們回到食色性也的人性底層，原始而荒蠻，所謂的文明、口號和訓練，都因此而變得無謂荒唐。無包裹的原始慾望，使得敘述者感到想要嘔吐，最無法控制與理解的終究是人性。

舒暢在其小傳〈也算傳說〉中說「有點像萬里尋親那樣，尋尋覓覓找小說，也找自己」[26]，表現了他寫小說、也是尋找自己的創作態度，《那年在特約茶室》便是他在八〇年代末期時空中的自我抒情、尋找和理解。一如一九九八舒暢寫同袍開闢險峻的橫貫公路，幾句話彷如寫出自己的形象：「解甲異鄉不授田／處處拾荒的飢老漢／聞聲著魔／扔褸衫襤席　舞之蹈之／袒出紋刺誓言未退的／胸膛　頂起雪的頭顱」[27]面對自我，舒暢不以鋤頭、斧頭，而是以自己的健筆，傲然的寫出洪荒之中人的生命與批判。

《那年在特約茶室》的書寫廓清並解釋了其時舒暢對此一影響四九年來台軍人們一生的戰爭的理解。無法收編的情感和人性，終究和無情殘酷的戰爭相對；而人性本身使然，卻依然會重複

26 舒暢：〈也是傳說〉，《舒暢自選集》（台北：黎明文化事業公司，一九七五・五），頁四。

27 舒暢：〈焚詩祭路〉，《焚詩祭路》（台北：九歌出版社，二〇〇八・五），頁九六。

歷史。《那年在特約茶室》中副連長思考：

「戰爭」又在哪裡呢？這個有人類以來的公敵，永遠沒有發言權為自己辯護，也沒有誰代一句說：製造戰爭的又是誰呢？只好黑鍋揹到底，認罪的默默承擔了。可笑的是，相信後世的跟我們現在一樣，站在砲口前來批判歷史，而不能自救。（《那年在特約茶室》，頁一五四）

舒暢固然抗議戰爭，重寫國共內戰的意義，不過他也藉此暗示了人性本身帶著盲目和愚昧，自陷危險，卻又無法自我拯救。人類的命運因為人性內在的驅動而循環，人類自身是如此的荒謬，這是舒暢對於戰爭的詮釋，也是一種歷史性的詮釋。

二、逃避冤獄的痛苦——跨越監禁的愛慾、逃離現實的幻想

梅濟民出獄時已經是一九七五年，當時台灣尚未解嚴。從五〇年代監禁到七〇年代，梅濟民和文壇自然不可能有所互動；到梅濟民出獄之後，政治犯的經歷和身分，更使得他相當低調，和獄友通訊留下的是通訊信箱[28]，七〇年代末之後的十四本創作皆由自己的出版社出版。解嚴前一

28 林傳凱：〈「白色文學」上——梅濟民、火燒島，與他的《北大荒》〉，《人本教育札記》第三一二期（二

九七八年接受張泠訪談〈這一代的鄉愁〉中，提到他體驗各式各樣的生活以幫助寫作，包括「請求到監獄裡去和犯人們共同生活」，或者是「沒有固定的寫作環境」[29]，若不是在解嚴後知道他是白色恐怖的受難者，否則很難明了這都是源自於他真實的政治犯牢獄經驗。且根據九〇年代以降的台灣政治犯訪談，出獄後的政治犯並未得到真正的自由，他們往往受到情治系統的監視跟蹤。梅濟民的寫作之中雖未曾言及，但可揣測他在出獄之後仍會受到的壓力。

渡過了解嚴，梅濟民終於不再隱瞞他白色恐怖受難者的身分，九〇年代梅濟民描述監獄的景況，有向世人撥開迷霧，揭露黑暗的作用。回望新生歲月，新生訓導處要使政治犯「新生」，如此真能夠「改造」新生精神，讓他們「重新做人」嗎？實際上在禁錮下的新生只會感受到憤怒和痛苦；尤其是政治犯的主體意識高而難以左右，不能「改造」而是更加「痛恨」。《火燒島風情系列》裡常常痛罵國共兩黨，表現監獄的恐怖生態，指出當權者的荒誕殘忍，人物王銀曾將自我命運的理解放在「政治標本」的警示作用中，而扁平化的乾枯標本，自然是指控牢獄監禁對豐富生命的扼殺以及突顯政治犯在社會上殺雞儆猴的作用。

然對照七〇年代的「回歸鄉土」浪潮、八〇到九〇年代政治結構的鬆動，梅濟民所創造的王銀雖為政治犯，實際政治態度上卻頗為明哲保身。在小說之中很難判斷王銀的政治理念，或也可

〇一五・六・一），頁九六。

29 張泠：〈這一代的鄉愁——訪梅濟民先生〉，《幼獅文藝》第二九六期（一九七八），頁一七六。

說他並不相信任何政治信仰或傾向（共產黨／台獨），和權力保持距離。他傾向於人道精神，所以他會幫助同為難友的精神病患（教悔堂）、替孤兒院募捐、替窮困的政治犯家屬募款、號召替失血過多的產婦輸血。懷抱對於人性的基本信念，相信美與善，對窮困者予以幫助、對骯髒受苦者加以安慰、對危難者伸手救援，不論身分與階級，朝向一種宗教式的情懷。小說中王銀或也有幾次以情操號召、感動了其他獄友，可是他始終不是領袖型的人物，更不會結眾串聯。

在應該是充滿陽剛之氣的綠島小說裡，梅濟民反而以黑色羅曼史[30]的方式，用蘭妮、金鳳、玉蘭三位女性為主要情節開展出王銀的情感世界，而這也是小說裡最突出的表現。王銀多沉溺在個人的情海與思索之中，掙扎和三位女性情和慾的修羅場，敘事上幾乎朝向通俗小說的寫法。《火燒島風情系列》在九〇年代政治文學勃興的時空中卻是波瀾不興，其原因恐怕和他的寫法有很大的關係。本書的序雖說明這是「真實故事」，是「千真萬確的事實」，但小說裡人物的塑造、情節的走向以及語言表達的方式，大大降低了讀者對該書真實性的信任態度。我們實在很難理解為什麼這部應該寫實控訴他二十年政治犯生涯的白色恐怖小說，何以會成為一部黑色羅曼史，讓主角和三女性大談戀愛。

30 此說為林傳凱〈「白色文學」上——梅濟民、火燒島，與他的《北大荒》〉一文所提出，我認為用來形容總括《火燒島風情系列》的特質非常適合。閱讀梅濟民的作品，他的創作風格與思考方式和出自學院的同時期作家有很大的差異。

根據社會學家趙彥寧的研究，女性在外省流亡者的口中，常具有特殊的表現身分和心理慰藉。他曾透過榮民訪查指出，對不少抓伕來台的男性中國流亡者而言，母親早已無法接觸，或甚至難以再現。女性可在他們來台後的生命過程裡面與其社會能動性互相建構，故而創發出多元且往往矛盾衝突的日常生活倫理實作。[31]這樣的解釋觀點啟發我對梅濟民作品的思考——但我並不以實際生活層面的實作來理解虛構的文學作品，而是將小說中蘭妮、金鳳、玉蘭三位女性，當作是個人心理、生理以及社會政治結構間的象徵性媒介。

小說中的女性幾乎都是熱愛王銀的，她們三位尤為代表。從前期入獄時女友蘭妮成為沒有親人的王銀活下去的力量、到中期金鳳彌補了王銀在親情和愛情上的缺陷、後期玉蘭強勢的出現使得他終能出獄。周旋於蘭妮、金鳳和玉蘭間羅曼史般的情節裡，我們看到他們自愛欲中產生存活下去、不斷向上攀升的力量。

王銀小說中第一次想要尋死時，獄友小伊以獄外女友蘭妮的等待為開導他的理由，蘭妮是王銀情感上的安慰。後來王銀拯救了溺水的金鳳，金鳳稱王銀為哥哥，照護王銀，成為他的親人。之後在王銀的教導下，原來目不識丁的金鳳取得哈佛博士學位，完成王銀對於知識救國的抱負。如此傳奇性的情節使得本書的寫實性降到更低，不過這樣的傳奇卻是王銀理念的實踐；或不如說

31　趙彥寧：〈親密關係倫理實作：以戰爭遺緒的男性流亡主體為研究案例〉，《戰爭與社會：理論、歷史、主體經驗》（台北：聯經出版事業公司，二〇一四．七），頁五四一。

是梅濟民理想藍圖的完成。因為在小說中雖然一再的突出知識的重要性，但事實上知識所帶來的力量並不能使他在獄中「換得中國的未來」。如此一來，知識除了自我修養的意義之外，便沒有其他條路可走。然而金鳳以自由身突破了獄中限制，如金鳳所言「我要把你（王銀）的愛回報給世界」，她彷彿完成了王銀的理念，因此表現王銀的價值；可是她卻也僅止於學成歸國，並未在小說中有何具體的社會性功業。故金鳳的形象反而相當單一，徒留下安慰王銀、完成王銀理想的象徵性的價值。

而第三位女性是身分最奇特的李玉蘭，她是連指揮官都懼怕的特務身分。一方面他滿足了王銀的愛與慾，一方面又「監視」他，她傾倒於王銀的魅力之下，最後協助他找到保人離開綠島。梅濟民的小說對於「特權分子」的態度頗為曖昧，他們位高權重，能在黨國時代有特殊資源和關係，有正義感，能突破黨國的操控幫助弱勢的主角。也因如此他們和當權者權益相違背，有遭到殺身之禍的危險。梅濟民的小說不相信底層百姓本身的力量，反而會認為特權分子才能在亂世之中行人所不能行、發人所未發，而對於構成特權者的結構問題避而不談。李玉蘭的強權便是特權者一例，蘭妮和金鳳對於王銀深陷囹圄束手無策，充滿傳奇感的角色李玉蘭，卻可以拿出手槍和政治官僚「溝通」。

蘭妮、金鳳和玉蘭三個女性角色便代表了三種象徵性媒介，一是獄外的等待、二是親情的慰藉、三是權威的力量。她們兼具了心理、生理以及社會性的象徵功能，使受監獄禁錮的王銀完整了自我。不論是梅濟民小說所寫的三位女性情感與權威兼具的象徵，或是王銀在小說中自我要求的理性以及對愛的重視，實則和他所處的真實際遇相反。從梅濟民的訪談看來，愛國的空軍在白色恐怖遭受無妄之災，難以用常理來判斷；帶他來台的祖父母因為畏於災禍及身而遠走他鄉，梅濟民刑滿仍不得出獄。因此綠島監獄反而是人間理性與感情的極度挑戰，梅濟民在解嚴後不專以控訴者的面貌在書中呈現，而用三位女性成為情節推進的主軸，乃是以虛構跨越綠島監獄的殘酷和自身際遇的殘忍。

不過如此一來，不論是個人的情緒式的發洩或是個人際遇的象徵性投射轉換，都弱化了對國民黨戒嚴體制的總檢討，而是著重在個人的修為與解脫。梅濟民長期存在特殊的孤絕處境裡，幻想與想像自《北大荒》開始，一直以來都是他逃離現實的途徑。梅濟民所創作的小說裡，除了寫自身戀情的中篇小說《楓紅》外，《火燒島風情系列》恐怕已經是他最貼近真實空間的一部小說。然而這並非指所有具政治犯經歷的作家都必須投入當代實際的政治活動，或是積極參與任何想像共同體的建造工程；而是我們應當注意到，當一個人在面臨二十年牢獄的人生幻滅，而能突破時空限制而存活下來的堅毅精神力與創作的力量。

第三節　水的想像與原始情感的呼喚

透過上述，我們知道金門和綠島在兩位作家的一生中，都是非常重要的場景空間。自五〇年代到九〇年代，從堅定反共到空洞耗擲，他們穿越了從肯定到渾沌的過程。在金門以及綠島的空間中，舒暢與梅濟民只能以駐軍／政治犯的身分被認識，代表著國家的集體意志，且不管他們願意與否，他們同時也是權力再製的一部分。不過對個體來說，空間本身的意義和集體的要求並不一致。[32]背於透過國家意志所形塑的金門以及綠島，他們回歸了原始情感，從基本的情感之中汲取力量。

巴舍拉透過空間的物質想像，進入意象的層次，捕捉想像主體和意象同構的原初感知狀態。此節我們以水為主題，連串出相關意象：水、船、貝殼、海濱小屋這四種意象，探究作者主體的感知狀態、心理情緒和心靈反應，並進一步發現主體透過書寫以在現實情境上逃避並取得平衡，如上一節中段義孚所言人在「逃避」之後展現豐富的創造性，他們也從文學意象中脫去島嶼扁平的符號意義，在自然的物質力量中呼喚出存在主體的內在想像，創造豐富的詩篇。

一、海：生命的呼喚

這兩部小說的空間場景都是海中島嶼，因此與海的關係相對親近。《那年在特約茶室》一開始，即點出海水的場景：

> 一片海水遠處那一方，薄霧紗帳上，模糊黑色的山影，以及連綿的海岸線，那在後方就是

32　參考見范銘如：《空間／文本／政治》（台北：聯經出版事業公司，二〇一五．七），頁七〇—一〇〇。

無根的大地——我們出生和成長的地方。（《那年在特約茶室》，頁五）

標誌出本書的人物身分，以及不得返鄉的生存困境。霧籠海水的寂寥，與人物戍守金門前線的憂愁相呼應，在戰爭與思鄉的煎熬下顯得黑暗沉鬱。然而，我們除了將之視為是現實的場景，卻也可以視之為意象的詩意空間。海具有孕育生命的特質，也象徵了母性。《那年在特約茶室》的二十二號戲言「我們祖先不是海鳥就是魚蝦，因為地球上先有水……」（《那年在特約茶室》，頁二九三），便暗示了海水的象徵特質。

茶室位在叫「梅花澳」的小澳口。「澳」，是可停泊船舶的天然港灣，或也可做岸邊水流彎曲之處。是廣闊、流動的海水與人可以在安穩範圍中接觸的可棲之處。巴舍拉曾提出，自然界是母親的一種投影，尤其是「大海」，它對於所有人而言，是最偉大、最持久的母性象徵之一。[33] 大海是女性的身體想像，水是乳汁，大地在其子宮裡準備著溫暖而豐富的事物，乳房在岸邊鼓起，給予各種造物原子。[34] 這種女性身體的想像與暗示，正接合著在梅花澳中以肉身溫暖給予思鄉者撫慰的茶室姑娘們。

33 加斯東・巴什拉著，顧嘉琛譯：《水與夢：論物質的想像》（鄭州：河南大學出版社，二〇一七・一），頁一九五。

34 同上註，頁二〇〇。

如舒暢所言，她們冒著隨時可能葬身砲火的危險，默默到前線和戰士生死與共，已是屬於一種奉獻。九號為和未婚夫買南山，以自己的肉體賺錢，不願意接受連長資助；三十三號願意為了副連長可以自戰地平安歸來而守節；二十五號和許立功無條件扶養三十七號和痲子的遺孤等等，因為她們的奉獻和情義，那鳥不語花不香，如大戈壁般的彈丸孤島[35]，才因此讓老兵戰士們得以承受「等待戰爭」的長期煎熬。以身體穩定軍心不於潰散的茶室，在小說中成為了救贖與安慰的象徵，也正如水深刻的母性特質生長、滋潤著萬物。

海水意象也跟隨著小說中的情節變化。當九號瞞著未婚夫洪福財到茶室工作，事情未解決之時「海邊和低窪地帶，瀰漫起一層薄霧氣」（《那年在特約茶室》，頁四一）；三十三號牽著情人副連長的手，靜靜望向海上，「一片湛藍的海水上，跳閃著金穗般的陽光」（《那年在特約茶室》，頁一五三）；為在砲戰中死亡的查如龍舉行海葬，「海上瀰漫著濃濃的稠霧」（《那年在特約茶室》，頁二三五）；一直到砲戰發生，昔日頑固的連長因為查如龍之死，而放棄對茶室姑娘的固執偏見，擁有新的生命視野時，則是「霧已經褪盡了，藍色的海水上，撒上了一片片金色的陽光」（《那年在特約茶室》，頁二五二）。主體進入靜觀之中，海水亦承擔起人物的各種感

35 這是舒暢對於戰地金門的形容。環境的惡劣不只是一種客觀的情境，透過舒暢的形容，我們也可了解在當時戰士的眼裡心中金門是如何的面貌。同註1，頁三。

覺，海水是情感的財富，飽含了人物的心靈。[36]

當小說人物愁悒之時，海洋則漫起霧茫；當人物感到溫暖與清明之際，海洋便迷霧散去，湛藍寬廣。我們自海水意象的變化除觀察到海洋跟著情節的走向而有不同的面貌之外，且藉由士兵們與茶室女性的互動中，發現了女性堅毅、包容、重視情義的面貌。[37]沙灘畔的茶室，海水包容的、沖刷海岸的特質，也嶄新了老兵們的心靈，呼喚他們的生命力量，或是對於生命的重新認識。

《火燒島風情系列》小說中，海亦是最重要的背景。禁錮在監獄的心靈，因為大自然而開放，受到洗滌。綠島監獄是開放式營區，三面環山，一面向海。海洋「會賦與人一種奇異的慰藉」（《荒島血淚》，頁一八）、把悲傷「寄與浩瀚的海天」（《荒島血淚》，頁二一），「雪白的浪花就像環繞岸濱漂浮的牛奶」（《荒島血淚》，頁一一八）……作者不斷的在小說中描繪海洋意象，並重複敘述海洋給予王銀的心靈治療。

36　加斯東・巴什拉著，顧嘉琛譯：《水與夢：論物質的想像》（鄭州：河南大學出版社，二〇一七・一），頁八八—八九。

37　關於《那年在特約茶室》女性形象的分析，可參考徐薇雅：《舒暢及其小說研究》（國立台灣大學台灣文學研究所碩士論文，二〇一三），在該論文中她給予《那年在特約茶室》中的女性高度的評價，請參看頁七五—八三。

> 大自然的慈母呵！美感的賞賜，是支持他生命堅強存活的最大源動。滲透靈魂的美的慰藉，是平衡他無限苦難最偉大的慈祥力量。
>
> 大自然的美，以一種神秘超然的力量在拯救他。
>
> 他真的感受到，這荒島好像有一股力量在背後支持無助的他。
>
> 注望一下碧晶的晴空。
>
> 掃視一眼柔藍的大海。
>
> 他就會獲得無法言說的心靈安慰。……
>
> 浪濤的洴濺聲，山鳥的鳴叫聲，好像四周的一切都在關懷他，勸慰他。（《荒島血淚》，頁二二——二四）

王銀因莫須有的罪狀遭到囚禁，判刑二十年，由青年而壯年，正是他人生最重要的精華期。被丟入備受歧視的政治黑牢，如此非常理所能判斷的際遇，若沒有很大的精神力量超越自我，便會理性潰堤。《荒島流雲》中描述的泰源監獄的精神病患專用病房，便提示了政治患面臨精神壓力的另一個「出口」——瘋狂。由於現實所受到的侷限，心靈向非現實開放、擴張。憑著和大自然接觸的知覺，馳騁想像力，因此而支持自我的存在，加強意志。由自然的遼闊意象進入內在使之澄澈，由此得到安慰和支持，開啟新的視野。

如同巴舍拉所說的浩瀚感，不僅是面對宏偉景象的一種沉思，也是一種內在的感覺。私密領域理的浩瀚感是一種高張感，是一個存有在私密的浩瀚、遼闊景觀裡醞釀發展的高張狀態。這便是「感通」的原則，感通力量是不同的感官印象透過混合的力量進入了彼此感動的境界，是一個深刻而幽冥的整合體。感通接收了世界的浩瀚感，並將它轉化為我們內在私密的高張感受。[38]自然意象給予王銀神秘超然的力量，便是來自於這種浩瀚感。並且這種自然感受會內化昇華；日後王銀在四坪大、居住三十二人的泰源監獄監房中，他敘述自己竟也能入定似地進入想像「聆聽海濤」、「仰觀藍天」，在靈境中的「夢之島」逍遙，而平安度過死亡呼喚。由幻想自然產生動力，達到私密的心靈整合，面對生命的苦厄，已經成為王銀獨特的昇華之道。

海的母性意象並且與人物蔡金鳳結合。金鳳是小說中三位女性中最特別的，她具備母性特質，也彷佛是母親之愛的延續。當王銀從海中成功拯救了瀕死的金鳳，他的反應是滿心感動的面海跪在山道上傾訴：「親愛的母親！有生以來您這笨兒子終於救了第一個人」（《荒島血淚》，頁一四五）王銀跳入海中拯救溺水的金鳳，小說不止一次的被強調是王銀從海中撈出來的珍寶。金鳳是綠島當地女性，小說中且曾解開衣襟，擠出奶水為碰到毒樹的人物擦抹患部，這荒島土方突出了金鳳的土地性與母性特質。[39]王銀形容金鳳「無知而美艷」，義無反顧地獻身政治犯王

38 加斯東・巴舍拉著，龔卓軍、王靜慧譯：《空間詩學》（台北：張老師文化事業公司，二〇〇三・七），頁二八八—二八九。

39 人奶可治癒毒樹並非是梅濟民所虛構，在胡子丹的回憶錄《跨世紀的糾葛——我在綠島三二一二天》中即有提起人奶可以治好吃人樹，非常有效。小說中的毒樹，或是胡子丹所說的吃人樹，胡子丹解釋為麵包樹和漆

銀，王銀最後以傳授知識來提升金鳳，讓金鳳成為「荒島玫瑰」。這看似男性「施恩」女性的關係，被拯救的彷佛是女性，但實則是在女性拯救了男性。除了沒有家屬的王銀多年來由金鳳給予愛的安慰、幫忙打點關係外，王銀也曾想尋死，他總是在思及金鳳的付出與愛後，度過死亡的誘惑，金鳳有撫慰也有激勵的特質。

二、舢舨與船：生命的渡者

巴舍拉認為，人在自身的深處具有流水的命運，水是過渡的本源。水的實體是流逝的，不斷流淌著的，對於水的物質化想像來說，水每分鐘都在死亡，水的苦難是無止境的。[40] 當舢舨三度出現在《那年在特約茶室》，若非分離即為死別。一是查如龍的喪禮，渡舢舨海葬。另兩次則都是姑娘們返回後方，乘坐舢舨搭船。搭乘舢舨代表了離別，從此岸到彼岸，查如龍從生者的世界過渡到死亡的世界；姑娘們離開戰地，回到有名字的後方。

島嶼和大陸之間的交通，莫不要透過舢舨，船是此彼之間溝通的橋樑，它代表了移動與交

樹，以人奶醫治為當地居民土方。梅濟民小說特別安排這樣的「土方」，無疑強調了綠島的地方性。見胡子丹：《跨世紀的糾葛——我在綠島三二一二天》（台北：國際翻譯社，二〇〇九・二），頁一一六—一一七。

40 加斯東・巴什拉著，顧嘉琛譯：《水與夢：論物質的想像》（鄭州：河南大學出版社，二〇一七・一），頁一〇。

流。而查如龍的死亡與姑娘們的來去，則溝通了連長或說是對於娼妓的世俗性觀點。

連長篤信基督教，視嫖妓為邪淫罪惡。和連長親如父子，由他從故鄉帶來台灣的王建邦，因為娶了茶室的婦女，他氣的斷絕往來，可見其固執與成見。宗教的禁慾與操守，到了前線金門的非常處境格外困難，敘述者更調侃到了島上恐怕除了連長外跑教堂的都去跑茶室了。特約茶室設立在連長的營區，來自三教九流的人士與勾連著慾望的嫖賭，容易因龍蛇雜匯的複雜關係和人類的原始慾望而起紛爭，因此連長將之視為一個棘手的毒瘤。由於自身的「潔癖」，使得連長對這些人事糾纏束手無策。能游刃有餘溝通這黑白兩道，只好是出入賭場，知曉黑幫規矩的士官長查如龍。查在副連長的形容是：「好人中的好人，奸詐人中的奸詐人」（《那年在特約茶室》，頁九五），但也因為他的義氣協助才有辦法解決這些紛爭。

因此好與壞、是與非、黑與白、聖潔與汙穢，在舒暢的筆下沒有絕對的界線。特約茶室乃至於金門戰地，其人間情義並非世俗以為的金錢關係所可解釋。查如龍之死讓連長領悟到「查兄弟」是在行神的旨意，並以他自己的死亡轉變了連長視茶室為淫邪的觀念，接納茶室的姑娘、老鴇。連長悟出聖經的真義，必須通過入世，在生活中去印證，否則只是理念。查的死亡啟示了連長，而啟示是以肉身來證成。從一開始的固著拒斥到尊重接受，是自查如龍與茶室姑娘們來的轉變，載著他們的舢舨突出了他們由「渡」到「化」的意義。舒暢在〈另一座教堂〉中提到：「我在小說中，對她們只說號碼不提姓名，也是一份敬重，就像如來和觀音，也不是佛的名字。」（《那年在特約茶室》，頁四）正也呼應了將他們宗教化的象徵意涵。水的流逝如同生命，也是人的命運。

綠島海流、氣候的嚴峻以及海岸的礁石密佈，常使得綠島和外界斷絕往來，成為封閉的海外之島。加之為禁閉政治犯的場地，更使得綠島成為恐怖難以親近的孤絕島嶼。在梅濟民的筆下，則以不同的船，如軍艦、郵輪、探潛艇，象徵這座孤島以及王銀與外界接觸的渴望。

例如軍艦帶青年學子參觀島嶼，也帶來難友的家眷探望；對來歷不明的探潛艇，王銀一看到便興奮直覺的揮搖雙手，殊不知那可能是敵軍的探測。親人的探視使得船艦是親情安慰的象徵、未知的潛水艇是冷戰時代的暗示，連接特殊歷史情境下政治犯的悲劇性。

而其中最特殊的是《荒島流雲》中被暴風雨吹上岸的希臘蒂摩斯號。豪華的蒂摩斯號因為被吹上岩礁，全船竟然相當完整，不過因為無法下岸也只能放棄。船上的設備豪華，甚至還有快艇、圖書室等等現代化的設施。王銀利用蒂摩斯號中的設施架設遊艇水道帶來便利。又蒂摩斯的藏書是歐洲出版品，也有政治性論述。新生訓導處因為缺乏外文作業人才，因此未曾檢查，和外界資訊隔絕的政治犯和金鳳都可以藉由這批書打開視野。王銀進一步將蒂摩斯號所拆卸的物品替金鳳蓋了收藏書籍的小屋，一是當作金鳳的書房，由閱讀而提升金鳳，二是此一小屋後來也成為王銀如「世外桃源」般的精神避風港。在暴風雨中，流動無邊的海水推送了蒂摩斯號，它讓現代設備進入荒僻的島嶼，它偶然且神奇地成為了新知與家屋的仲介者，滿足了孤島中王銀的生命渴求。《荒島流雲》中的船未有《那年在特約茶室》中渡化他人的生命境界，可是奇蹟似的海濤竟載送著「禮物」滋潤新生乾涸的精神，從另一方面也由船隻傳達出他們期待著被滋潤的盼望。

三、貝殼與海濱小屋：愛慾的渴求與救贖

《那年在特約茶室》的茶室靠海，海岸淺狹，沒有石洞，因此貝殼便被沖上沙灘。小說中後來才到茶室，喜歡「使性子」的二十二號，在小說中最顯著的行動便是蒐集貝殼。

小說中對於二十二號的形象敘述是不成熟、孩子氣的女性。她在茶室不加票、不住夜、常常掛休息，似乎無目的般的不經心。常和當地茶館的張老爹一同談笑散步，在沙灘找尋貝殼，作為敘述者的副連長認為是一種營造父女親情的假象。

貝殼屬於「介殼」一類，對軟體動物有保護性作用；以物質形象而言，它又如同雙唇、有張口說話的形象，表現出溝通的渴望。就生物來說，甲殼是保護自我，一方面又有著期待傾訴，寄託情感的形象，如此也和二十二號重疊一處。二十二號在《那年在特約茶室》中的角色相當特別，一開始和副連長有誤會，到後來副連長酒後亂性強暴了二十二號，而二十二號後便以「露水姻緣」解釋了這樣子的關係。在打了副連長巴掌消氣後，兩人又有親密的肢體互動，反而顯得柔情蜜意，二十二號也並不深入加以追究惡行。如此扯不斷理還亂，也暗示了未來她與副連長可能的情愛糾葛。這樣子的情節發展，幾乎讓人以為舒暢是男性中心主義者，對於強暴關係竟至默許，而沒有給人物應有的處分。

不過我們也不能忽略本書的敘述者為副連長（我），副連長醉後的所有行為他一概都是記不得的，因此醉後到二十二號送副連長回營發生強暴，這些都是透過二十二號陳述，敘述者（我／

副連長）才知情。所以二十二號是否有隱藏還是編造，讀者其實並不清楚。因此舒暢似更想透過兩人的關係，強調那些情感的曖昧之處，理性所不能駕馳的非理性疆域。透過痲子（查如龍）與三十三號之口，大概都可知副連長有著自己都不清楚的「女人緣」，他雖是君子形象，情感上並不是屬於死心眼一類。

二十二號使性子的樣子彷彿是對情感的一種自我保護，卻也期待著愛。和張老爹一起聊天撿拾貝殼，對彼此來說都是一種親情的慰藉；離開金門要回到後方之際，還叮囑著副連長要幫她「找貝殼」，舒暢在此雖一貫的保持著他在小說創作上的留白，但顯然暗喻著她情感上的渴望。而副連長點頭答應，兩人相互凝視道別，隨後又將二十二和三十三號的臉影在印象中交相重疊；可回顧副連長才在前不久和三十三號起誓盟約，隨即情感上似乎又要把持不住，也顯現愛的飄忽難料。副連長酒醉後對二十二號非禮的潛意識，二十二號從拒絕到接受的情感轉折，那開啟的貝殼雙唇正告訴我們舒暢所強調的愛的渴望、騷動與非理性處。

綠島的貝殼在《火燒島風情系列》中未有愛的象徵高度，是更實際的作為商品而存在。金鳳的孩子渴望著王銀和他們一同撿拾貝殼的願望始終沒有實現，貝殼對缺乏自由的政治犯是奢侈悠閒的浪漫。貝殼實際的用途是由綠島新生們製作成貝殼畫，這是他們的生財之道。《荒島幽密》敘述綠島有四十幾位舉目無親的待保外省人，刑期已滿不得自由，半數已經精神失常，一些則是拼命製作貝殼畫，企圖在火燒島當地買保人。[41]貝殼如間接的回歸到原始的貨幣功能，以交換理該得到的自由。尤其如王銀等，政治感訓考核未通過仍無法出獄，這些受刑人只得秘密行賄考核人。服滿刑期還不釋放受刑人，維護國家尊嚴的法律蕩然無存，一如黑幫擄人勒索隨意監禁[42]，現代的民主法治成為虛偽的口號，貝殼可視為借喻式反諷，遙遙嘲諷了原始般野蠻非理的政治手段。

貝殼在《火燒島風情系列》中沒有保護、溫暖或是愛等作用的象徵意涵，能隱喻這些作用的在於小屋與山洞。前文已經提到，金鳳居住濱海小村庄的小屋是王銀的精神避風港：

> 這個小小的「世外桃源」，是西太平洋這荒寒海域最溫馨的一個去處，王銀每次來這的感受，都覺得好像承受著無限的溫暖，從身心一直到溫暖到冰冷的靈魂。……王銀每次來到這裡，就好像進入一個溫馨的夢境。（《荒島流雲》，頁一五〇）

41　政治犯獲釋必須由官員考核合格並有保人作保。在白色恐怖之下，一般民眾對政治犯避之惟恐不及，找保人成為難題。本省人政治犯尚可找親人當保人，舉目無親的外省人政治犯只好用錢買保人。《荒島幽秘》即敘述：「很多官兵都在祕密中想法為他們牽線，買一個保人兩萬圓，有些士兵在島上一些窮困家庭中，只以八千圓就能找到，另外壹萬兩千圓都是牽線人淨賺的。」（頁六四）

42　此出自《荒島幽秘》中王銀氣憤地思考與批判。（頁四八）

有著食物、冰箱、洗衣機、發電機、廚具、家具等配備的小屋，並非是小屋內涵的真義。小屋由王銀所打造，金鳳給予王銀的安慰，讓小屋如家般的安慰著他受難的冰冷靈魂。對政治犯來說家是奢侈的，更尤其如王銀這樣的離散者。小說中王銀除了愛人蘭妮，沒有其他親屬的探訪，屢屢在山間小徑呼喊想念山海隔岸的母親和弟妹，王銀失去的不只是身體的庇護，還是心靈的庇護，金鳳的小屋正調整了王銀的靈魂狀態。

巴舍拉談即家屋時提到，人類的價值不僅只有思維和經驗，日夢的價值，標誌了人性深層的價值。日夢甚至擁有自我調整價值的殊榮，他從自身的存在獲得樂趣。因此我們在新的日夢中，重新構成那些我們體驗日夢的處所。[43]金鳳那如夢境般的小屋，幾乎可說是作者抵禦困厄命運的幻想，如巴舍拉所言：「家屋是人類思維、記憶與夢想的最偉大的整合力量之一。這種整合中的基本原理，就是日夢。」[44]當金鳳出國後，李玉蘭代替了金鳳打掃小屋，也取代了金鳳給予感情的角色，並會和王銀在小屋中偷情：

下到那水光嵐影的濱海小村莊去。

43 加斯東・巴舍拉著，龔卓軍、王靜慧譯：《空間詩學》（台北：張老師文化事業公司，二〇〇三・七），頁六八。

44 同上註，頁二八八—二八九。

一走進金鳳白色小木屋，就像走進一個浪漫的夢。

窗外是一片藍色的夏日海洋，隱隱傳來陣陣濤聲，優美，安詳，寧宜。

「親愛的，就讓我們永遠住在這裡吧！」坐在化妝台前她一邊對鏡補妝一邊輕嘆的說。

「這是夢！」他回答她。

「是一個煙樣不著邊際的夢呵！」她接著深深嘆息說。（《荒島幽秘》，頁一二八—一二九）

王銀和李玉蘭的結合，很顯然比之同樣是有夫之婦的金鳳幾乎近十年情慾掙扎快上許多。王銀和李玉蘭的情慾關係，敘述者不無解釋的說李玉蘭站在參謀官妻子權勢的強者地位，奪取了王銀的愛。李玉蘭如惡狼般的醉心情慾挑逗，人格上近於王銀的敘述者說是「卑下嗜好」、「渴求貪婪的色魔」（《荒島幽秘》，頁九四）；但事實上小說中李玉蘭卻如一位性愛導師，在小屋中解放了王銀。他們在越過相思樹林後在金鳳小屋性愛，「她的饑渴放浪和主動，立刻掃除他的懦怯恐懼，一次狂熱的愛的結合美滿的形成了」、「一再的，一再的，在瘋狂中，讓他滿足再滿足，在激烈的繾綣中讓他把多年情慾的饑渴，都滿足在這銷魂的一瞬」（《荒島幽秘》，頁八八—八九），海濱小屋成為他們固定偷情的場所，成為另一層意義的「世外桃源」。

梅濟民的小說雖然從來不避諱性愛在人生與男女愛情中的必然性和重要性，卻很少正面而深入的表現性慾對王銀的意義。王銀的形象高潔超然，長達二十年的監禁，他在小說中不停自白提醒自己要保持免於瘋狂和同流合汙的強大理性。他內在情感澎拜，外在則在理性的節制中顯得平和。小說中的性慾都是跟著情感而來，跟隨著愛情結合，他強調愛而不彰顯性。梅濟民的筆下提高理性與愛的高度，且理性會戰勝情感，或是比情感更為重要。理智在情感壓抑的過程中加以彰顯，如此代表著人格高尚與知識分子的崇高性。反抗和行動力不能彰顯主體，反而是壓抑、控制自我可以，這種內在風暴的平衡，在監禁的過程中變成一種內在性的處世之道。這使得梅濟民在寫及李玉蘭情慾的解放時充滿矛盾，小說中絕口未及王銀可能對李玉蘭所有的身體渴求，而甚是「為金鳳難過，她所苦苦渴慕的境界，竟被膽大放蕩的李玉蘭搶先佔有」，在李玉蘭權勢的壟斷下，「王銀敢不滿足李玉蘭的渴慕嗎」（《荒島幽秘》，頁九三），王銀在李玉蘭的情慾場中彷彿是一個無辜的人，這樣的描述保全了王銀的理性高度。

觀察王銀和李玉蘭的接近已經是王銀刑期已滿，不得釋放，再度回到綠島監獄之時。王銀雖表現平和，內心卻不可能平靜，李玉蘭在此時實是成為衝擊王銀理性界線的缺口，走進小屋如走進浪漫的夢，看來在以幽靜寧和的浪濤聲包裹著的小屋，情慾在隱密而安全的狀態下發洩，他和李玉蘭在巫山雲雨中如夢似幻，海濱小屋包容著王銀的愛欲滿足他、解放他，是以完成生命缺陷的姿態回應命運，呼應人性深層的呼喚，調整自我的價值。

人能接受既有的空間，也能對空間從事意象的再創造。《那年在特約茶室》藉由海的母性渲染出期待救贖的渴望，渡船隱喻著生命境界的提升，再自貝殼傳達騷動的情慾和對愛的渴盼，在人物和空間意象的互動過程中突出存在主體的非理性和超越現存狀態的期待，對戰爭之下的人性扼殺提出控訴。相反的，《火燒島風情系列》中的人物則強調情感的壓抑，人物用理性來抵抗非理性能判斷的冤獄，以海水洗滌受創傷的憤怒情感，舒擴胸懷。在荒蠻的海上島嶼由船隻寄託和外界接觸的情感渴求與對知識的盼望，並於小屋的日夢中安慰潛藏在理性下的情慾。即便空間是靜止的，人卻是流動的，個體在空間中累積生命經驗，從「逃避」到創造，他們改造了原來扼殺生命的空間，重寫空間對其意義和價值。

二〇〇一年梅濟民寫信給當時的副總統呂秀蓮，懇請呂副總統向綠島鄉請示允許他死後能葬在火燒島專葬政治犯的新生公墓：

> 我愛火燒島，火燒島的優美曾化解過我，二十年「白色恐怖」幽禁的心靈苦痛，我已把這詩樣畫樣的小島，當作自己的第二故鄉。……
>
> 我愛那片山海，我醉心那小島上的優美風情。我能在我最喜愛的這片碧海藍天下永久安眠，連我死也成了首美極的詩篇！
>
> 懇請崇敬的　呂副總統千萬幫我完成這心願，這將成我泉下永恆的喜悅！[45]

45 梅濟民：〈梅濟民致呂秀蓮副總統信函〉，見吳慕潔：《梅濟民及其作品研究》（國立中央大學中國文學研究所碩士論文，二〇〇九），頁一五四。

梅濟民在《火燒島風情系列》小說形容王銀的命運是「悲愴之美」，沒有人像是梅濟民一樣在無辜的忍受了二十年的監禁，竟還能說那是「美」。生命經驗的美感化與精神價值的極大化，也使得空間重新被詮釋和認同。梅濟民在不可解釋、不能以邏輯判斷的災禍中，所堅持的仍是心靈上的提升，儘管是藉由個人的修為、甚至是遁入回憶與玄想來達到超越，但那又是多麼強大的精神力量。不論是自然環境、其中的物質意象、或是三女性的象徵性形象，他將自我經驗、感知、渴望美感化，使得他最終找到可安居的精神家園。

第四節　小　結

金門與綠島兩離島，在兩岸分斷的冷戰體制之下，有其特殊的歷史處境。舒暢與梅濟民，他們以「特約茶室」和「綠島監獄」兩個異質空間來彰顯其歷史的特殊性外，也隱喻他們自身身捲內戰結構下孤絕的生命處境。當八〇至九〇年代以降的外省第二代眷村書寫，重新思考或是質疑以忠黨愛國為號召的價值框架，舒暢與梅濟民早已用他們的身體感受到更深刻的殘酷背叛。《那年在特約茶室》寫出四九年遷台外省人與親人隔絕的離散命運，進退兩難的軍人身分，老兵們面臨孤寂虛空，乃至於瘋狂崩潰的精神狀態；《火燒島風情系列》寫出白色恐怖受難者的孤絕悲哀，政治犯無辜入獄，內外煎熬的精神壓迫，刑滿不得出獄的荒謬處境。他們都受到威權政體的隱瞞與擠壓，但是和它的關係又難捨難分。未來的輪廓渾沌難明，他們同樣透過文學的創造，重新思考了自我與生命的意義。

人類根據自己的需要改造自然環境，並賦予其意義。金門成為反共復國的堡壘、綠島成為監禁犯人的惡魔島，都是其寫照。我們從這兩個島嶼，看到國家機器和意識型態的相互結合，使得它們有了相對於台灣本島的符號性指涉。但是，創作者飽含情感的主體面對無法主動加以扭轉的場域，也有其主觀感性和思想。舒暢與梅濟民用語言的力量扭轉或是抗議原來扁平的符號意義，並深度的挖掘出自身的存在課題。正如巴舍拉所提示，「想像的自然實現著原生的自然，和所生的自然的統一。當詩人經歷了自己的夢和自己的詩歌創作，他就實現了這種自然的統一」[46]。筆者分析這兩部中以水為核心的意象群，自水的原始物質意象的呼喚中，闡釋了他們對於自由、慾望、知識、生命的渴望，並且突出了作者那些無法忘懷的，溫暖的愛。

舒暢和梅濟民正是由創造中統一了來自水本身的原始特質以及他們不得不身處環水島嶼的無奈處境，面對嚴厲的身體禁錮，小說中的人物同樣展現生存的意志，以空間為基礎，自身體與心靈的辯證中尋找出口。他們以己身的真實經驗為藍本寫作小說，同時也改寫了國家機器將空間符號化的詮釋方式，那是來自於水的呼喚，也是呼應自然的呼喚，通過想像主體與意象的同構，在意象世界中暫時的平息了人世間的不幸。

---

46 加斯東・巴舍拉著，龔卓軍、王靜慧譯：《空間詩學》（台北：張老師文化事業公司，二〇〇三・七），頁五〇。

第六章

書寫倫常的兩種方式——司馬中原《最後的反攻》與朱西甯《華太平家傳》中的倫常與文化身分書寫

老兵文學度過最盛行的八〇年代發展至今，如今以老兵為主要人物的小說已經隨著老兵的衰老與凋零漸漸減少。司馬中原《最後的反攻》（二〇〇九）從國共內戰國民黨失勢、撤退寫起，一路自浙東島嶼戰役、一江山島戰役、孫立人案、八二三砲戰寫到退役投入公共建設、探親返鄉，勾連出主角老湯等一群自壯年而老年的大兵的一生。如將本書放在老兵文學的系譜之中，實有為老兵作史並替老兵一代作結的意味。

司馬中原以老兵為寫作主體，軍官、將軍都不是寫作的重點，因此本書有大量讀來污穢鄙俗的鄉俗語言。就如同鄉俗之中的男性團體，愛開生殖器的玩笑、或以有關生殖器的用語罵人甚或是讚嘆，本書中的角色也慣常使用這樣的語言作為對話。

生殖和性皆是人類身體最原始、根本的慾望。不論是「食色性也」或「飲食男女，人之大欲存焉」的經典教訓，早就告訴人們生殖的欲力、性的渴望是人類不管如何演化、禮教如何控制束縛都無法拋開的底層欲望。不過，如上一章在論及舒暢《那年在特約茶室》所言，獨特的歷史環境中所具有的特殊戰爭型態下，軍人們一直處於備戰的狀態和禁婚令的約束之中，從根本上來說，既不見了五倫中的「夫婦之倫」、更未見八目之中的「齊家」，慾望得不到安頓，這無疑是倫常的缺失。

《最後的反攻》直接的省思並批判了這樣的倫常缺失，而《華太平家傳》則走了另外一條路徑。

朱西甯是在這群隨軍來台作家之中，最常、甚至是最喜言「倫理」的作家。在鄉土文學論戰之中，朱西甯曾發表了〈回歸何處與如何回歸〉一文。朱西甯早年和鄉土作家文友也有所交遊，他和鄉土作家在立場上的相左，主要除了朱西甯認為過度的強調鄉土，是一種「地域性」的文學，而憂其忘卻中華民族文化之外，另外還在於鄉土文學之中多是關懷工農兵的社會問題。這兩個問題前者是中國與台灣民族主義的差異，後者是揭露台灣內部階級差異，而這都是屬於當時官方意識形態最不願意提起的。朱西甯提出了「正統」的文學觀，其方法是應要回歸「民族文學」。「民族文學」之中的重要內涵之一，便在於體現民族文化的倫理關係。朱西甯在他的倫理道德觀之中，也談「中華文化復興」，其方式內涵卻和官方所言的不甚相同。朱西甯倡議的是「大自然基本法則」：

> 中華文化復興，宜是歷史季節的喜逢春暖花開，此與文藝的回歸民族文化，自都無可異議。因識得循環律，自然就從枝葉花實仰靠根幹來育養，以及枝葉吸收陽光空氣的報本根幹、和花實的傳宗接代等處，體認到形而上和父慈子孝君君臣臣的人世倫常，不至僅限於西方精密的細胞學、品種學，或只知光合作用，而仍孤立來看，不感天道的至理在。又自然從新枝葉、新花實，體認到天地的生生不息。[1]

1 朱西甯：〈回歸何處與如何回歸〉，《日月長新花長生》（台北：皇冠文化出版公司，一九七八），頁一七三。

認為中國人的倫常是一種合乎天道自然、生生不息的至理。他不是一種科學或是用途性的判斷，而是一種感性的體悟，這其中自然亦無階級問題。而此一觀點更貫徹並且體現在他最後的作品《華太平家傳》之中。〈回歸何處與如何回歸〉一文在七〇年代的時空之中，是對鄉土派的一種回應；到了九〇年代的時空之中，他仍以此回應當時的時空，只不過在他不再強調忠君思想，而回歸一種純粹的農民生活與日常，從日常之中表現他道德倫理的理想圖景。本章乃自解嚴前文化道統的話語論述與實施方式開始，觀察司馬中原《最後的反攻》和朱西甯《華太平家傳》兩種倫常道德的思考方式。

第一節　道統與法統的結合

本於國共內戰的架構，國民黨治理台灣一直著力於形塑民族主義、塑造「正統中國」的形象，而倫常道德在其中佔有很重要的位置。我亦曾經論述過解嚴前官方「正統中國」的形象與道德文化信仰的提出，是與一九四九遷台者的離散心理相互建構、綰合的論點。[2]倫常道德對於遷台離散者而言的需求與重視來自兩個方面，一是來自於離散者內在的心理需

2　詳見侯如綺：《雙鄉之間》、第三章〈文化斷裂的危機——離散者的道德文化信仰與敘事策略〉（台北：聯經出版事業公司，二〇一四），頁一二五—一三九。

求，在面臨亡國滅絕、花果飄零的危厄處境下，需要有一更大的價值和力量來安慰、支持他們惶惑而驚魂未定的內心狀態，而強調「固有」的道德文化，以達到離散者與原鄉的內在聯繫。

另一是來自於爭取「正統中國」的代表而與官方意識形態相結合。共產黨是毀壞中國固有倫理道德的政權，而為建立起和共產黨政權相對的民族文化堡壘，特別強調禮義廉恥、四維八德的道德訓誡，以穩定政權。由於本土族群對於共產黨普遍缺乏接觸，故建立起共黨的「萬惡」形象以理解共黨，從而創造出台灣內部群眾的一體感，達成上下一心的目的，確立出國共不兩立的敵對狀態。在這樣的意識形態架構下，倫理道德亦成為國民政府建立起「正統中國」形象的象徵體系下的一環。

黃俊傑便曾提出，從儒家戰後的發展趨勢來看，儒家思想在戰後台灣基本上是作為官方價值系統而存在的。四十多年來，儒家思想中的某些面向如忠勇、愛國、孝順，常由政府透過統一的教科書而加以推廣。從中學教科書的內容來看，倫理道德方面的主題，親情、自制、仁愛、進取是較受重視的項目。和政治主題間的關係，便是親情與進取等可以引導出愛國情操，仁愛則常和政治領袖相伴出現，自制是與政治價值有關。[3]可見在對儒家思想的重視上，特別挑選出可以強調愛國思想、尊敬領袖與重視家庭凝聚力的面向。

3 黃俊傑：〈儒家傳統與廿一世紀台灣的展望〉，《戰後台灣的轉型與展望》（台北：正中書局，一九九五），頁一七五。

另外再從一九六六年開始的中華文化復興運動來觀察。此運動上承國民黨三〇年代新生活運動、五〇年代「文化改造運動」、「文化清潔運動」、「戰鬥文藝運動」等，主要是為對抗中國大陸的文化大革命所實施的文化復興運動。自一九六六年開始，至一九七五年蔣介石過世，蔣介石為中華文化復興委員會的會長。一九六六年國父誕辰紀念日（十一月十二日），其時蔣介石總統發表紀念文即說：「倫理、民主、科學乃三民主義思想之本質，亦即為中華民族傳統文化之基石也」[4]，強調倫理為三民主義與中華文化基本的重要內涵。

而中華文化復興運動，既是對抗大陸「文化大革命」而來，故也是國共鬥爭中精神架構的一環。蔣介石便提到此運動在己是以民族道德反躬自省、以身作則，擴而充之，便是要促成反攻復國的精神總動員。我們「對毛共的鬥爭」，「根本就是文明對野蠻、道德對罪惡、光明對黑暗、人性對獸性的鬥爭」。[5]將道德選擇出來，做為中華文化的重要特質，又將共黨作為對立面，衍伸成為民族文化的保衛之戰。文化復興節周年蔣介石的紀念詞就提到，當人民能夠將此化為思想、信仰、付諸於行動之中，那麼就可以「達成我們復國建國的大業，光大中華民族文化的新生

4 蔣介石：〈國父一百晉一誕辰暨中山樓落成紀念文〉，見中華文化復興運動推行委員會編：《總統　蔣公倡導中華文化復興運動十周年紀念專輯》（出版社不詳），頁五。

5 蔣介石：〈國父一百晉二誕辰暨文化復興節紀念詞〉，見譚竟成主編：《中華文化復興運動論叢》（高雄縣：復興文化出版事業公司，一九六八．一），頁一三三。

命，開拓三民主義世紀的新時代，以為我們　國父千秋萬歲壽」[6]——倫理道德、三民主義、中華文化、建國復國、國父傳承這幾個命題在中華文化復興運動中密切連結，不論是蔣介石的講話、訓詞還是運動的推行人員，皆時時出現、反覆聲明。

從新生活運動以來，蔣便將自己作為是堯、舜、禹、湯、文、武、周公到孫中山此一系儒家道統的繼承者，塑造出自身合於道統的聖人形象，統治中華民族。因此利用儒家的倫理道德，除了成為威權時代鞏固社會秩序與政權的話語之外，亦化為父權意志的展現。例如領袖的崇拜是來自於道統的繼承、或是對於領袖品德的學習等等，政治話語都具有了道德性。李亦園便曾經評述此一運動一方面是要重整固有倫理道德，一方面是以重整倫理道德的精神以對抗共產政權，所以在本質上政治意義大於文化意義。[7]它綰合了文化道統與政治正統，讓中華傳統文化、三民主義、國民黨政權緊密的勾連在一起。

根據林果顯《「中華文化復興運動推行委員會」之研究（一九六六—一九七五）》的研究整理，文復會的活動包含：一、在各級學校中大量加強民族精神的教育，其民族精神的內涵為傳授三民主義、反共、愛國、擁護領袖等思想。二、加強台灣與大陸的連結關係，推行國語教育。

---

6 同上註，頁一三四。

7 李亦園：〈文化建設工作的若干檢討〉，收入於中國論壇編輯委員會主編：《台灣地區社會變遷及文化發展》（台北：聯經出版事業公司，一九八五），頁三〇九。

三、實施以儒家經典為主的學術研究、經典譯註。四、呈現「中華文化」的文化復興展覽。五、重視日常生活的行為舉止，推廣理想生活的規範，從而制定了《國民生活須知》和《國民禮儀範例》。[8]

其中除了之前就提到的，受到標舉的中華文化具有特定的內涵，以配合其政治意圖之外，特別令人重視的還有進入日常生活之中的實踐方式。將道德深入於日用之中的方法，還配合了《國民生活須知》以及《國民禮儀範例》的制定與實行。以《國民生活須知》為例，《國民生活須知》於一九六八年出版，分為六章，有一般守則、食、衣、住、行、育樂。其目的為「積極推行新生活運動，使國民生活在固有文化四維八德之薰陶下，走向現代化與合理化，使中外人士均能體認我為禮儀之邦。」[9]內容大處至「國父遺教」的傳承、對領袖的尊敬，小處至出門不赤膊、見人傾倒不可譁笑、行車走路不能爭先等等細節。一直到八〇年代初期，文復會仍訂定〈糾正社會惡劣風氣實施綱要〉有意讓黨、政、軍部門仿效古代的禮部，教化國民，然後提倡「現代化國民生活運動」，足見國民黨政權的「秩序情結」。[10]

---

8 林果顯：《「中華文化復興運動推行委員會」之研究（一九六六—一九七五）——統治正當性的建立與轉變》（新北市：稻鄉出版社，二〇〇五・四），頁一三一—一六八。

9 見中華文化總會網站 https://www.gacc.org.tw/events/life-in-taiwan。

10 蕭阿勤：《國民黨政權的文化與道德論述（一九三四—一九九一）——一個知識社會學的分析》（國立台灣大學社會學研究所碩士論文，一九九一），頁九六。

「國民生活須知」在理想型態上，被視為是如同孔子「制禮作樂」，透過合宜的「禮」的外在表現，而進而至「克己復禮為仁」境界。[11]然而，它以標語式的宣導方式，大量的在教育單位與大眾生活之中出現，也被林果顯不無嘲弄的形容為不論在公領域或私領域，「只要拿出人手一本的小冊子，馬上就能使國民不悖於現代社會，表現先進國家風範」。[12]文復會的用意自然在藉由倫常道德的教化，規範社會秩序，傳承民族文化，然而至此已淪為形式上的意義而成為教條化主張。

如此的象徵體系在七〇年代退出聯合國、中美建交、台美斷交之後開始鬆動。解嚴前後的身分政治還未及激越的程度，到經歷一九九〇「野百合」運動、一九九一國會全面改選、陸續修憲、到一九九四年當時總統李登輝在與司馬遼太郎對談中將國民黨定位為「外來政權」、一九九九年李登輝提出「特殊兩國論」，「正統中國」的道統傳承位置已經受到顛覆。時至九〇年代的中後期，黨國一直以來的意識型態已經轉而向本土化前進。此外，九〇年代的文化場域中更流行的是後現代去中心、反權威，具商品化和遊戲性的文化性格，對照昔日官方的倫理道德論述自然顯得陳舊、僵化，失去吸引力，更不用說標語化的指導日用禮儀的倫理實踐方式。到了一九九七

11 見國家教育研究院，教育大辭書「國民生活須知」（蘇永明）：http://terms.naer.edu.tw/detail/1309279/?index=3。

12 林果顯：《「中華文化復興運動推行委員會」之研究（一九六六－一九七五）——統治正當性的建立與轉變》（新北市：稻鄉出版社，二〇〇五・四），頁一五四。

年，台北地區肩負指導國民生活更趨現代化的國民生活須知實施計畫終行廢止。倫理道德價值的強調，對離散者而言，有其必要性也有正面的意義。五〇年代反共文學的寫作，慣常的以善／惡的二元論和基本的人性判斷來寫作，而被學者陳康芬指出是一種「擬宗教」的價值世界觀。[13]然如此的價值判斷在去中心化的後現代時空中，完全失去了崇高性的光環，而被認為是一種應該被重新反省檢討的思考。更殘酷的是，對於離散者本身，他們也或早或晚的開始發現政治話語的虛空。以往論述多論及倫理道德在黨國政權中佔有鞏固政權或是穩定社會的角色；但是卻往往忽略了，跟隨政府來台、堅守軍人崗位以反攻大陸職志的青年，他們的熱情與信任並不虛假。對外，軍人以保衛國家為榮譽和責任；在內在心理上，亦有賴於一套價值信仰以安撫內心對離亂混亂的驚惶失措，並藉以保持對未來希望的心理需求。

對離散者而言，宗教或文化本是離散群體內凝聚力的連接劑，也是精神寄託之處。我認為對於長久以來一直被黨國教育所籠罩的隨軍來台者來說，九〇年代後他們的思考遂與這些倫常道德思維產生一種新的關係，或正或反的影響他們對於文化身分的思考。本章所要討論的，便是在九〇年代中期之後才完成、出版的巨型長篇作品《最後的反攻》與《華太平家傳》，自他們呈現倫理道德的兩種傾向上如何呈現其文化身分的思考。

13 陳康芬：《斷列與生成——台灣五〇年代的反共／戰鬥文藝》（台南：台灣文學館，二〇一二．十），頁一六六。

第二節　自「性」的抗議書寫直指倫常的缺失

司馬中原《最後的反攻》赤裸裸的揭露人物的性需求，通篇充滿對於生殖器、慾望、性交的相關書寫，其寫作已經超越了一般純然模仿鄉俗用語的層次，而指向對於倫常缺失予以控訴的象徵層次，從最原始的欲望入手，以個人身體抗議龐大的政治象徵系統。我自上一章即探討，跟隨著國民黨政府撤退來台的軍隊成員，他們在離開家鄉的時候，並沒有意識到這樣的分離是一種長期的離別，這代表的不只是在地理空間上的距離，同時也是和親人摯友長期的身體隔離與精神隔絕。而這其後衍生的問題，便成為了《最後的反攻》的主調。

《最後的反攻》藉由大量關於「性」的書寫現象：包含陽痿男性以及生殖器相關玩笑、俏皮話和性交書寫，瓦解前述「擬宗教」的價值，自「性」的抗議書寫直指國家秩序下的倫常缺失，在辯證性的身體與情慾關係中，再現人的價值意義。

一、倫常的缺失與身體的控制——陽痿男性

台灣的女作家常以性交的書寫作為抵抗男性權威論述的切入點。如李昂《殺夫》運用身體書寫指出男女之間的權力關係，女性對於男性的屈從和順服。主角林市的母親被士兵強暴以索食，其女林市一樣以滿足陳江水的性需求以換取三餐溫飽，李昂殘酷的指出女人運用性交換生存所需以延續生存，性不是根基於一般的生殖需求而是權力關係的體現。女性的身體不只要有生殖、生

育的功能，還被要求必須滿足男性欲望以及征服感。性交不是一種單純的物種延續行為，更是體現社會性別建構的產物。

九〇年代以後，女作家更以身體空間象徵國族空間。一如施叔青的「香港三部曲」以女性的身體隱喻香港。[14]主角黃得雲受到洋人買辦史密斯的依戀，象徵著殖民權力的佔領和支配。而黃得雲最末走出自己的命運，不再依戀男性，才帶來真正的解放。女作家在性的書寫中展現性的政治以批判父權結構與父權制度，也強調女性生命的自覺和自主性，脫離被壓迫的兩性關係，重新尋找自我的定位。

為表現女性在父權擠壓下屈從順服、扭曲變形以符合父權的需要的樣態，性的書寫成為挑戰父權象徵的切入點。和女作家一樣，司馬中原以性交作為批判倫理道德的思考點。只是在《最後的反攻》陽剛、權威的軍隊中，大量攸關性的書寫不但不是要一展「男性雄風」，小說中的男性反而是一再重複的暴露自己陽痿和不堪，由此作為面對無法與之對抗的國家威權時的反思和控訴：

14 邱貴芬於〈性別／權力／殖民論述：鄉土文學中的去勢男人〉一文簡要爬梳女性主義批評和抵殖民論述，指出在殖民與被殖民的關係中，土地往往被女性化，蹂躪被殖民者的土地和蹂躪被殖民者的女人經常同時進行。在殖民暴力裡，「性」因而被富予強烈的權力象徵。見邱貴芬：《仲介台灣・女人》（台北：元尊文化企業公司，一九九七），頁一八二—一八四。

（一）、個人：國共對戰的無奈與無止境的思鄉

配合五〇年代的反共國策，大兵文學的寫作曾經成為時代的特色文學之一。司馬中原曾於七〇年代指出大兵文學的創作者是：「因其本身生活的特殊性、作為創作的背景，兵寫兵的作品，展現特殊的生活」，同時也「以雄渾的、赤裸的筆觸，透過特殊的戰鬥人生，表現人性」[15]。大兵文學表現國家的戰禍與苦難，有反共仇共的時代色彩；然而時間往後漫漫推移，如此特殊的戰鬥人生反而成了一種人生苦澀的煎熬。從抗日開始，這群軍人即離鄉背井，展開漫長的軍旅生涯，無法隨意返鄉；到了台灣之後，又面臨長期國共分立的戒嚴狀態，更是斷絕和故鄉的任何音訊。

司馬中原有意將本書的主要人物老湯塑造為老兵的典型。老湯在歷史的洪流之中投入對日抗戰為國效力，本有些理想色彩。他卻沒想過打完抗戰還不能回家，「剿匪」接連抗戰而來，身不由己的他鄉愁一日日的加深。

老湯一心擔心的是老家的媳婦，似為了表現對妻子的忠誠般，即便是上土窯也從來不辦事，只是抱著窯姐兒痛哭流涕，直喊親娘。酒醉加痛哭，全吐在窯姐兒胸上，讓老湯成為窯姐以及同袍嘲笑對象。

長期以來無法回鄉的軍旅生活造成老湯陽痿，老湯想不通這場「自己人打自己人」的戰爭的合理性，過度思念的結果使得他逛娼寮也只是陷落於囈語和哭泣之中。

15 司馬中原：〈大兵文學在中國二〉，《出版家》第五二期（一九七六・十一），頁一〇二。

國共內戰的延續，使得老湯和老家斷絕音訊，只能以想像妻子和幼子如何度日。然而小說表示即使是遙想，依照以往的生存經驗，老湯所能想像出的生活也只能是妻和子飽受饑荒與困苦，心中便更加擔心。不思念是痛苦，思念之後還是痛苦，反覆想念家鄉親人自然造成心理的壓抑以及生理障礙，於是小說家運用性的無能來表現老湯對妻子的忠心和只能徒然思念的無奈。

吳復華研究指出，在吶喊反共懷鄉的年代裡，反共與懷鄉這兩大命題本身就有著不合理的矛盾性，反共教育的內容是仇共、恨共，但是共產黨所在之處卻同時也是懷念的對象，反共與懷鄉朝向的是同一個地理空間，故而反共與懷鄉之間因此有著扞格的相違性。[16] 即如桑品載的《岸與岸》〈父子會〉一文就曾講述一段六〇年代兩岸父子相會的真實故事。父親為福建漁民，因在一次打漁中被國軍帶回東引島作「心理戰」，軍中管理人員卻意外發現其子在那裡當兵。兩人一屬「匪區」、一屬國軍，同在東引卻礙於軍紀而相會困難。軍紀和情感之間的矛盾，正凸顯了反共與鄉愁之間的矛盾。

由於戰爭必須要建構出一種強勢的分類秩序，國共不能言和，敵我必須分明，故儘管在軍隊之中滿是懷鄉苦悶的人，早期的大兵文學也少有懷鄉表現。桑品載表示那是連〈四郎探母〉都禁唱的年代，懷鄉是十分嚴重的「政治偏差」，甚至會被引申為反共意識不堅而肇禍，進火燒

16　吳復華：《反共／懷鄉：戰爭中國家對分類秩序（集體認同）的重構——以一九四九年版中央日報台灣版為分析對象》（東海大學社會學研究所碩士論文，一九九九），頁一三。

島。[17]但兩岸的隔絕、相互仇恨的教育，仍無法絕斷對家鄉的思念以及對親人的渴望，無奈這股強烈的情感在嚴峻的戒嚴體制以及軍紀之下只能成為隱流，能想而不能說。

故以人物的陽痿來凸顯對國共對戰無奈與無止盡的思鄉，是本書的第一個象徵層次；而陽痿是一個表徵，用來表現來台軍人思鄉、無以歸家、齊家的熾熱與苦悶。

(二)、國家對軍人的婚姻限制與身體要求

對政府盡忠、服從，是國家對軍人的基本要求。「服從」在國家話語中被賦與天職的道德化神聖意義，沒有服從，就沒有戰爭的勝利。在國家之眼下的軍人，身體不屬於個人，除了他必須完全投入戰爭之外，在反攻備戰的狀態中為求得勝，也不可以讓結婚、家累拖垮了軍人移防、求勝的決心。故當苦悶的士兵無法回鄉轉而要求親情的安慰而希望成立家庭時，此願望同樣也是難以達成的。

「戡亂時期陸海空軍軍人結婚條例」即規定，未婚來台的士官兵早期在部隊裡不得結婚。至一九五六年，只有滿二十八歲的軍官才可結婚。一九五六年起允許有技術滿二十八歲的士官結婚。一九五九年起所有的士官滿二十八歲皆可結婚。至於士兵則要等到一九六一年以後年滿二十八歲才可成婚。俟一九六一年，大多數的士官兵都已經三、四十歲以上，已經較正常結婚年齡超

17 桑品載：〈父子會〉，《岸與岸》（台北：九歌出版社，二〇〇一），頁一八一－一九三。

出許多了。且除了國家的強制規定之外，另有其他因素影響當時軍人的婚姻狀況。一是軍中待遇極低，積蓄有限，無財力成家立業、二是低階士官兵本身因為期待成功的反攻大陸，不想結婚、三是人地生疏，找對象困難。故多年下來未婚的比例偏高，從一九四九來台至一九九〇年未婚者，估計就有十一．二萬人。[18]這龐大的未婚人口，自然造成社會問題。為彌補失婚缺家的狀態，蔣介石曾以消滅竊據在大陸的「共匪」為終極目的，在軍中推行「以軍作家運動」。一九五九年時即對致敬官兵代表講話：

> 我提出國民革命軍人「以軍作家」的口號以後，立即得到三軍袍澤的熱烈響應，這是我來台以後第一件最高興的事。我深信「以軍作家」運動的成功，一就是消滅共匪朱毛、完成

18　參考胡台麗：〈芋仔與番薯——台灣「榮民」的族群關係與認同〉，收錄於張茂桂等著：《族群關係與國家認同》（新北市：業強出版社，一九九三），頁三〇二。與黃宣範：《語言、社會與族群意識》（台北：文鶴出版公司，二〇〇四），頁二四。又根據管仁健的分析，限婚令的原因除在於當時國家財政困難，軍人待遇極低，養活自己已經困難，何況養家？二是在於防範奸宄，以杜絕軍人家眷洩露軍情或秘密。管仁健進一步指出，限婚令是司法規定，而且另有一「軍民分籍」的行政手段。在台外省軍人，除非是退伍，否則沒有國民身分證、不能在戶政機關登錄戶口。這導致外省軍人即使是違法私婚，妻子和兒女也只能單獨設籍，領不到眷補、子女在戶政上為私生子，可見當時外省軍人的婚姻處境。（見管仁健：〈戒嚴時代的軍人限婚令初探〉，見國立台北教育大學台灣文化研究所主辦之「民主、文化與認同暨李筱峰教授榮退學術研討會」會議手冊。二〇一八．五．四，頁一七—一九。）

國民革命第三任務的開始。[19]

「以軍作家」表面是消滅敵人、贏得成功的光環，在它的背後則是將無法結婚的非常態成為常態。然軍人也是人，在威權統治長期備戰的狀態下，戰爭漸漸成為一種社會內部的展演，衍生而出的是士兵失去親情倫理的撫慰、性欲無從發洩的基本生理問題。《最後的反攻》對此直接的加以批判：

> 於今擱在這兒乾耗著，光喊「以軍作家」也沒啥大用，人的上半截空的慌，下半截空又會作怪，既不能「霍然去病」，倒不如及早成家。（頁一九二）

或者是藉由「聖人」的稱謂，提高軍人的地位或榮譽感。小說中便假由李上校之口痛斥荒謬：

> 「我們部隊裡有些『天才』的政戰長官，可真會搞新花樣，出歪點子，把軍人加上一種可笑之極的封號，叫『今日聖人』，這簡直太糟蹋孔老夫子了！……我們六十萬大軍，抱頭鼠竄一路敗逃來台灣，有些高官顯爵的，自殺還來不及，這好？一下子都變成聖人了！……

19 秦孝儀編：《先總統　蔣公思想言論總集・卷二七演講》〈中華民國四十八年八月八日對「以軍作家運動」致敬官兵代表講〉（台北：中國國民黨黨史會，一九七八），頁三四三。

你造神運動一個也就夠了，一造就造了六十萬，誰會心服？」（頁三七四—三七五）

「以軍作家」乃是彌補家的匱乏、「聖人」之稱為假借儒家文化資源以提高軍人地位。將近五十年過去，司馬中原重新檢討這種明明扭曲人性又塗妝抹粉的口號下的道德缺失和自我欺騙，直斥其虛假可笑。然而，如此下來，也傳達出未來社會的另一層隱憂，因為當軍人在長期教育下而對於自我的身分感到榮譽、崇高時，一旦走出軍隊、面臨一般老百姓，自我形象不如想像中的良好時，便也可能造成老兵認為社會對之有所虧欠的心理。

《最後的反攻》中老湯便以一段充滿象徵性的演出來批判此一妄圖以「君臣之倫」替換「夫婦之倫」的荒謬，而此一「君臣」關係又是以「領袖崇拜」來代替的狀況。

其表演場地為本地里長辦公室，而那辦公室又是娼園。里長為「大茶壺」，而他的長房子則隔成許多小房間方便娼妓接客。一號小姐的接客房間後面的板壁，就掛著總統神采奕奕的戎裝玉照。每進去一個客人，板壁就格吱格喳的響，總統肖像也就跟著發抖。

老湯的朋友掛毛兒因為總統肖像之故使他「老半天翹不起來！」（頁一三三）而向老湯抱怨。老湯為解決同袍不舉問題和里長溝通，里長自言因為規定必須放照片，並說總統「把足多阿兵哥運來台灣」，娼園生意才好，不願意拿下總統照片。

於是老湯買票進一號小姐房間穿著衣褲玩起騎馬遊戲，猛搖猛晃，一面唱起當時流行的軍歌：「保衛大東南」、「保衛大台灣」、「反攻大陸去」，一心要把總統肖像震下來。巨響捉弄的里長只好以雙手扶住照片，允諾更改照片位置。

中華文化復興運動即在「國民生活須知」中規定：「國旗、國父遺像、元首玉照均應敬謹使用、妥善保管」。[20]這段情節明顯的是對里長一類拍馬屁、陽奉陰違者的嘲諷，老湯的有意捉弄，表示他對此一類人物的不滿。然而進一步的看，崇高的領袖竟然與不舉連接起來，消解了領袖的崇高性之外，也代表對其象徵話語的質疑。

家家戶戶幾乎都有的領袖照片，如同鋪天蓋地的監控，掛毛兒因領袖而不舉，暗示了對於黨國權威的恐懼；掛毛兒沒有正常的性生活，來自於無法有正常婚姻，透過法律條文論述而約束了的身體形成一種自我的紀律，領袖相片的聲響如同暮鼓晨鐘式的提醒，如此象徵了領袖權威對身體控制的陰影無處不在，主體喪失。一如預示了掛毛兒日後流連娼戶簡直成為宿妓狂，到處尋找身體的慰藉，在娼園中大嘆自己如同娼妓，只不過他是將身體賣給了國家。

故陽痿除了是指向實際現實狀況的批判之外，同時也使得性成為主體意識的借喻，性的挫敗與不能，都象徵著失去主體，無法遂行自我意志、上下離心的狀態。同時，猥瑣和不堪也貶抑了國共戰爭乃是存亡續絕的神聖之戰的政治宣傳；因為，實際的狀態乃是軍人失婚、結婚困難，如此不正與「續絕」的政治宣傳相互違背？

老湯企圖抖落相片的同時大唱宣揚政治話語的反共歌曲，佯裝性交，實則不能。如此裝腔作

20 中華文化復興運動推行委員會編訂，《國民生活須知》（台北：中央文物供應社，一九六八），頁一。

勢的大聲歌唱反共歌曲，明裡表示對於國家權威話語的認同和讚揚，暗裡卻是以歌曲戲擬國家話語加以諷刺，司馬中原的書寫策略在於把神聖的粗俗化、把崇高的卑下化，藉由他人話語的展現和其分道揚鑣，體現了對於社會內在展演式的反共宣言不耐和批判。

二、狂歡的遁逃——性的玩笑

一九五四年，為響應以蔣中正《民生主義育樂兩篇補述》為依歸的「文化清潔運動」，中國文藝協會常務理事陳紀瀅提出「籲請各界人士一致奮起撲滅赤色、黃色、黑色三害」的「除三害」宣言，宣傳清除「赤色的毒，黃色的害，黑色的罪」。若我們考察《最後的反攻》小說的背景，必定走過這樣一個年代。

寫於解嚴之後十餘年的《最後的反攻》回顧往昔，卻恰恰選擇了一個與當時政治意志相違背的象徵，對於生殖器所鬧的笑話大書特書。笑話所展現的力量類似於巴赫金所指出的狂歡節活動。在狂歡節中人們暫時從現實的倫理與道德秩序中解脫出來，半現實半遊戲的形式讓人和人之間的關係形成一種新的相互關係。這種關係同強大的社會等級關係相反，人的行為、姿態、語言會從日常生活裡左右著人們一切的種種等級地位，如階層、官銜等解放出來。[21]而司馬中原正是

21 Milkhail Bakhtin，白春仁、顧亞鈴等譯：《巴赫金全集第五卷》（石家莊：河北教育出版社，一九九八），頁一六一—一六二。

透過此減緩或是移轉戰爭、威權所帶來的傷害和創傷。

（一）、軍隊內部的政治課：政訓課

一九四九年之後，國民黨政府為了將自身建設成有別於「異端中共」的「正統中國」，相當強調民族精神與黨化教育。為求在國共戰爭的架構下能夠延續戰鬥的意志，隨時為了反共復國而待命，故在軍隊中亦相當重視精神訓練，反覆加強反攻意志。

因此作者運用主角聽政訓課程一段情節大作嘲諷，其中敘述老湯聽起「加強心理建設課」特別專心，因為他認為自己「沒事空舉，臨陣不舉的毛病，準是它娘的『心理』上有了毛病，這個心理，非它娘好生建設建設不可」（頁八五）。將失去大陸戰場無法舉槍上陣換喻為陽痿的症狀。

然而，課程越是強調卻越是空洞，課堂上除了老湯直率的抗議：「你講的這套，咱們都懂，那些掛將星、拿高薪的王八蛋，有的被俘，有的投共，當年他們都對部下講過這門課」。（頁八五）他更是對著政訓課文少尉開黃腔：

> 「……講到『心理建設』，不光是建設腦殼殼！要它娘『上下貫通』，我是上硬下軟，硬是貫不通，該它娘怎麼辦吶？！」
>
> 他這麼一說，台下上百個伙伕都笑得前俯後仰……有一個從地上爬起來，指著老湯說：

> 「咱們湯老大他帳篷搭不起來了！五指山也塌了！嗳，這你也聽不懂嗎？他老人家鋼筆壞了！」
>
> 「哎呀，」另一個說，「鋼筆壞了，他還算漢子嗎？他就是找你做『心理建設』啊！」
>
> 「湯頭兒，你找錯對象啦，——你喜歡走『旱』路嗎？」有人越說越邪，簡直鬧得不像話了。
>
> 那個文少尉是提前下課，摀著臉跑掉的，他回去打報告，指老湯存心鬧堂，滿口三字經，弄得政工單位傳訊老湯。（頁八六）

老湯長期的軍隊生活，自不可能搞不清所謂「心理建設課」的內容，老湯假裝不知，讓自己成為小丑遊走於國家和民間兩套話語之中。其他人索性隨著老湯帶著面具起舞同歡，拼命歪曲政訓課中所說的「心理建設」。

同是「心理建設」之稱，但是老湯與文少尉所言的內部取向是不一致、甚至對立的狀態。因為確立敵我位置而需心理建設，和因為不舉而需心理建設自然不同。雖則一是國家，一是私情，然而個人需要心理建設的障礙，卻是來自於上一節所述——國家操作和個人欲望的違背。老湯以自己的語言滲透進入代表著國家機器的道德教育話語，然後大大揶揄。如同戲劇之中的衝突，因為有老湯的佯裝不知和文少尉的刻板無聊，才激盪出這一段妙趣橫生的情節。作者故意以文少尉突顯政治敘述一再重複的荒謬，曝現其刻版和僵化，而善於遊戲的老湯和他的同袍們這群「老兵油子」，便循此打開喘息的空間。

司馬中原以原始身體生殖力相關的淫辭穢語狂歡嬉戲，動搖其權威性和上層階級的優越感，突破軍隊的秩序。從象徵性的低級狂歡笑聲之中尋找趣味，彌補老兵欲望的失落。他一方面藉由老湯演出大鬧政訓課來戲謔及嘲諷國府的道德政治話語，另一方面也以此重新表現長期反共復國的政治論述下老兵的處境。

（二）、台灣社會內部的政治教育：口號

國民黨政府播遷來台後，為延續其正統中國的形象、維持政權的合理性與穩固性，便依賴不斷生產道德象徵來維持統治。其中包括偉人領袖的尊崇、邪惡共匪的塑造、與跟隨邪惡共匪形象而來，存亡續絕文化形象的建立、以及三民主義反共必勝必成的強調。

口號與標語是台灣解嚴前威權政府象徵生產和建立不能不使用的重要方式。長期下來不但人人耳熟人詳，軍中單位更是使用嫻熟。小說中即以滅鼠之道和此一象徵系統相互結合。

老湯接受李副指揮官指示滅鼠。滅鼠之法乃是利用春藥滅鼠，讓雄鼠吃了發狂，又無法由母鼠宣洩，最後七孔流血而亡。而雄鼠沒了，母老鼠無法生育，鼠患即滅。老湯因此這麼形容：

> 老鼠和人不一樣，母鼠沒發情，雄鼠根本「進不去」，雄鼠得不到宣洩，就會亂追老鼠，一心想「霸王硬上弓」，軟硬都不行，他自會七孔流血，死翹翹！……咱們老總統說的：

「一年準備，兩年反攻，三年掃蕩，五年成功」，要用來打老鼠，那才靈光呢！（頁一七〇）

老湯利用政治口號來說明他的生殖殲滅法，可是實際上這個口號沒有實行，比滅老鼠更不靈光，其諷刺意味不言可喻。小說又因為老湯伙房的伙伕有半數都得了花柳病，李副指揮官又來找老湯解決問題。如同前述，老湯一樣把精神教育和性問題放在一起，抱怨道：「那些政工人員，天天講『精神教育』，光它娘教育『大頭』，把它娘『老二』放著不管，咱們這些哥兒們，錯把革命精神全用到下邊去了，變成『上頭沒事幹，下面扯卵蛋』。你問我，我問誰？」（頁一八一）老湯推辭任務，但副指揮官認為伙伕得性病嚴重影響「民生主義」，所以一定要處理，否則便是「三民主義的叛徒」。所以敘述者又這麼敘述：

> 副指揮官這麼一說，嚇得老湯連喝酒都不敢乾杯，只能「淺抿」了，原來「三民主義」無所不在竟能用到伙伕們的花柳病，而花柳病又能轉用到稀飯饅頭上，一牽涉到它娘的「民生問題」，嚇得他不敢再推了。（頁一八二）

上面兩段玩笑話都顯示：不管任何問題都可以用政治話語的操作來解釋，成為革命軍人的道德問題。這不但是表示了政治話語的僵化與浮濫，另一方面也表示了它的空虛與虛假。反共標語用來滅鼠比之反共更貼切、三民主義又牽強的和花柳病產生關係，間接虛假的成為解決問題的動機。口號若如春藥般不斷使用，遲早落得神形耗盡，更何況只是「空服」。這不僅不能強身，還下場悲慘，端看公鼠死狀何其淒慘可知。

司馬中原小說中的敘述者多半如同說書人一般，夾敘夾議。在此書中的敘述者認同主角老湯，立場、語調以及品格上也接近老湯。對於上述情節敘述者不忘補充並發表看法：

> 在當時的政治生態大環境中，「提高戰力」無意是處於「首要」地位，決不容許「革命精神」從下面跑掉，因此上，加強「軍中衛生教育」、「防範性病」，就成為「上下均衡」的教育重點……至於「一黨獨大」的民權，卻隻字不提，因為在「民智未開」的情況下，「著毋庸議」也並不是什麼罪過也。（頁一八三）

敘述者除了是事件的旁觀者外，讀者還可看出敘述者的時間位置和老湯顯然有別。敘述者是以重看往事的態度來對過往作出議論。議論時則以戲謔的態度批判不民主的威權統治，揭示出其時凡不自由、公義之處，都在反共的大旗之下成為陰暗的所在，也因此「反共」的口號本身，便帶著欺罔性。

關於對「性事」處理，司馬中原《最後的反攻》與舒暢《那年在特約茶室》一樣，都把「性」問題當作軍中必須解決的嚴肅任務，因為那的確是現實問題。舒暢雖已經在一九八八年針砭此一問題，但重點上卻不甚相同。舒暢主要指出的是此一現象的不合理和對人性的傷害，但是對於威權體制後面一整套控制軍隊以及社會的象徵話語沒有特別批判。《那》書寫在解嚴前後，在長期戒嚴的掩蓋之下，外界還不能對於老兵處境有普遍的理解，它由敘述駐守金門的軍人與娼妓的互動揭開軍人的精神生活，其寫法如朱天文所評「實描實述，準確，公正」[22]。相對而言，寫於二〇〇九年的《最》，已經經歷九〇年代以降台灣社會場域各種論述的互陳辯證、多元共存，作者恐怕也已經意識到外界對老兵的不夠了解恐不止於在生活現實層面。

一般將老兵理解為忠於黨國的「死忠派」，他們為國家機器運行的象徵話語提供不斷再生的養分，在外界的眼光中隱蔽成一無可分割整體。我們無法確定司馬中原小說中的老湯是否是「後見之明」，還是真在五、六〇年代就已經對於當時的主導論述產生懷疑並加以諷刺；但是可肯定的是，司馬中原站在現在的時空中再現老兵，乃是企圖代言部分老兵對於當時論述的反省。

司馬中原可說是如同學舌者一般的戲擬權威話語，把它和老兵聲音調度起來，一同對話議論。[23]副指揮官曲用三民主義，作者並非是要以此再複製黨國的象徵話語而是利用兩種不同話語：一是國府軍隊精神教育的政治性話語，一是以老湯和敘述者為代表的、屬於庶民的玩笑，以

---

22 朱天文：〈致舒暢伯伯〉，《那年在特約茶室》（台北：九歌出版社，一九九一），頁八。

23 同樣的，老湯在應考時的題目：「反共必勝論」，被老湯寫成：「反共必勝，建國必成。殺豬拔毛，不如吹豬刮毛更快當。本伙房殺豬三字經，吹、燙、刮，十分爽利。打回大陸，滷豬耳配老酒，我請了！再打道茅廁坑，弄的它稀里嘩啦。完了！」（頁一〇七）作者所採取的也是同樣的嘲諷手法。

此兩種聲音指出老兵並不愚昧，不是不知道國家對他們的欺騙。只是在面對不可違的軍紀以及嚴厲的國家機器時，他們也只能把憤懣寄託於玩笑之中。即如小說中提到孫立人事件的叛亂疑雲造成軍中整肅，老兵因此刺青明志，看起來政治狂熱和領袖崇拜的背後，實也有刺青保身的意味，老湯因此而議論：「甭讓你兒子再刺這玩意，—騙人有騙兩代的嗎？」（頁二七五），可見他的清醒。24

老兵是權力鬥爭下的犧牲者，高層以老兵的身體獻祭，老兵不能不順服，他們的矛盾便也在於此。當讀者最末體會這一點時，這種性的玩笑便成心酸的苦中作樂了。

三、父權的挫敗和確立——俏皮話與性交

老湯一代人的離亂去家，不是從渡海來台開始，早在對日抗戰就已經飄泊不定。他們受到返鄉心情的煎熬，時間應該更往前推，也因此他們對國共之戰格外無奈不滿，在節節敗退的過程裡，小說中的人物以及敘述者都不斷的表示這是莫名其妙的戰鬥，並且以和生殖器或是性相關的

24 司馬中原在訪談中曾提到追隨過孫立人將軍，自言對「在其下學習到很多東西，他的精神對我的感召力相當大。我們都朝著孫將軍的精神去奮發圖強，做人做事儘量學習孫先生的剛正」。見吳美慧訪問、紀錄：〈吳惟靜女士暨司馬中原先生訪問記錄〉，收錄於陳三井、朱浤源、吳美慧訪問，吳美慧紀錄：《女青年大隊訪問記錄》（台北：中央研究院近代史研究所，一九九五），頁三三一。司馬中原在訪談中表達對孫立人將軍的人格和精神的敬仰，《最後的反攻》則是透過小說表達了老兵在權力鬥爭中的憤怒與無奈之情。

歇後語以及俏皮話來暗示出倫常道德的失衡與虛假。另外，在為建立穩定社會，強調社會秩序、上下尊卑的關係中，亦潛藏著他們搖擺在父權文化傳統與倫理價值間的情況。其中飽含著男性權威的挫敗感以及企圖確立父性權威形象的心理需要。

（一）、父權的挫敗

《最後的反攻》不從剿匪、抗戰寫起，乃是從國共內戰的鑿鬥開始。此一時間點的選擇自然不是要展現軍人的榮耀，反而早在國共內戰之初，老湯、李有吉就已經唱衰國民黨軍隊：「咱們衝來打去管啥用，到頭來變成『冷水洗屌——越縮越小』」（頁二〇），甚至還作如此形容：「我覺得，國共內戰，根本是：人死雞巴翹——多此一舉」（頁五六）。

對於主角老湯一夥人來說，國共之戰幾乎可以簡化成兩黨領袖因為理念不同而產生的戰鬥，而這種自己人打自己人的戰鬥，是殘酷而無謂的。這種思想化成言語，便成為老湯對於共軍俘虜所說的：

> 手摸良心講句話，是咱操過你娘，是你們操過咱老妹來？全都沒有，並非咱們屌軟，只是那玩意長不了那麼長。（頁二八）

在中國父權的社會中，我們的生活領域和文化都重視男性權威的維護，而根基於民間的歇後語或俏皮話，自然無法逃開性別的社會建構。《性的政治》一書曾指出，對一位男性青年來說，文化會鼓勵或是期待他的性別身分形成一系列攻擊型的衝動，而女性卻被鼓勵著克制這一類衝動或將它們藏在心中。這樣，男性的攻擊性在他的行為中日益強化，並常常帶有相當的反社會成分。其後，文化就一廂情願地相信，男性標誌（睪丸、陰莖和陽囊）本身就具備攻擊型衝動的特徵，有時還會庸俗地對這樣的特徵予以恭維。[25]男性是強勢的、具有攻擊性的；女性則被視為是柔弱的、被佔有的。在戰爭之中，女性往往會成為兩方戰爭的籌碼，而佔有女性的身體可以給敵方最大的侮辱。如此相互隱喻之下，性器便不再只是單純的身體或只是擁有本來的生殖作用，它變成了具攻擊與暴力符號，是權力的象徵。在小說人物的邏輯之下，既然同屬同胞、自家人，那麼佔有「敵方」的女性，不也隱然有著亂倫的憂慮？因此小說人物以男性生殖器來訴說戰爭的不當，這不只是比喻性的「不必」，在背後隱然也有「不能」——主體喪失的意義。雖然對內一再強調要解救水深火熱的大陸同胞，但是在冷戰的架構中卻無法實際行動，這不僅是個人的，也是國家的。就象徵層次來說，以性作為轉喻，可說是國家威權的挫傷，也是男性權威的挫傷。

然在父權的軍中結構裡面，仍然是男性中心、男性權威的。

小說中的老湯們可以討論各地窯姐兒差異、也評論各地女性是否適合當妻子。女性依舊是品

25 見鍾良明譯，凱利・米利特（Kate Millett）：《性的政治》（北京：社會科學文獻出版社，一九九九），頁四八。

評的對象，依照男性的需要分等級、劃類別。女性始終是被凝視、觀看的對象，而男性上妓館則被視為是要「一展雄風」的時刻，若是不成功，就會被同袍大加訕笑：

> 「前後還不到五分鐘，他就提著褲子跑了出來，他它娘根本沒經驗，見色流精，還沒上床，就射在自己的褲子上！這種人居然升了少尉官」……
>
> 「這算什麼『革命軍人』嘛」。……
>
> 「我它媽老伙伕頭，要替他施行『再教育』。他當了前線升起來的軍官，還這等的『臨陣慌張』，是咱們軍人的奇恥大辱！」（頁三〇〇—三〇一）

人物雖以早洩作為玩笑，但其演繹是父權的。如凱利・米利特所說，性交從來不在真空中進行，儘管它本身是一種生物和肉體的行為，卻植根於人類活動大環境的最深處，從而是文化所認可的各種態度和價值觀的集中表現。[26]軍隊崇拜陽剛、英雄的特點在此一覽無遺。矛盾的是，如同前述，書中的男性面對國家威權時又是陽痿、生殖無能的，反而象徵性的翻轉為陰性，在威權體制之下如同去勢。

儘管老湯厭惡歌功頌德，也有蔑視權威的傾向，但還是景仰著強人領袖。老總統過世之際，

26 同上註，頁三六。

老湯想著的是：「那個人如今突然崩逝了，當年他把這許多部隊聚到這島上來，有誰能把他們帶回去呢？」、「走了老總統，就像怒海上的舟船斷篷折櫓」——可見老湯仍舊是崇拜，或者是期待領袖。書寫者雖以「性」的書寫以及老湯此一人物來貶抑權威，仍然曖昧的擺脫不了強人陰影。而此恰如同父權結構下男女關係的邏輯，既然具有「攻擊性」的權力男性會在群體中被歌頌，那麼當男性自己本身成為弱勢，需要被保護的時候，則期待更強者。如此我們可看到在威權之下兩性權力關係的滑動，在面對女性時，男性是保護者或是拯救者，但是在面對無可抵抗的權威政治時，則轉為有陽痿危機的相對陰性位置。處於此一位置的人物，並不會因此而思考突破父權體制，反而會願意在心理上尋求更強者的安慰或是救恩。

(二)、父權的確立與反思

司馬中原雖立意在重建老兵的形象以及尊嚴，但是這樣的形象和尊嚴並不是建立在崇高理想的實踐或一昧的愚昧順服之中，而是在矛盾的犧牲、奉獻和背棄中被建立起來的。

不同於一般普遍認知老兵已經內化黨國話語，對之服從而無批判，司馬中原企圖剝落老兵與黨國間的一體感，以老兵之語指出國共內戰不只不具神聖性，老兵尚且是無奈的「配合演出」。雖然在一九九二年外省第二代朱天心的〈想我眷村的兄弟們〉裡面就已經提到：

> 妳大概不會知道，在那個深深的、老人們煩躁嘆息到睡不著的午夜，父親們不禁老實承認

其實也好羨慕妳們，他多想哪一天也能夠跟妳一樣，大聲痛罵媽啦個B國民黨莫名其妙把他們騙到這個島上一騙四十年。（《想我眷村的兄弟們》，頁八六）

司馬中原的書寫強烈顯露出不願意老兵被視為是蒼老、機械、愚忠的一個群體的傾向，和前述作家張放雷同。在他筆下的老兵有自我的意志和見解，可是這也導致了他們精神與肉體的分離、對自我命運不由自主。老兵本身不能解釋此一矛盾，也無從排解，最後遂如老湯者變成崩潰而趨於瘋狂。

黃克先論述老兵和國家的矛盾時指出，台灣的社福法規與條例確定榮民的雇主為「國家」，分配與其社福資源的機構為退輔會，意即「國家」取代了「配偶與尊卑三等親」。也就是說，國家取代了重要的倫理位置，領袖如君如父。因此黃克先描述，這時國家對人民的影響，從血淋淋的露骨暴力，轉變為隱晦誘惑的主體召喚，同時背後也建立了組織內主雇間的物質性基礎。國家是導致他們離開原鄉、阻絕親友的主要原因，同時也是供給他們生存意義與生活資源的源頭，這中間的利益與情感交雜交錯，很難分得清楚。[27]我們或許可以藉此說法來補充說明老兵的矛盾，並且搖擺在父性權威的挫敗以及期待英雄、依賴強人之間的關係。儘管書寫者透過人物表達對於

27 黃克先：《原鄉、居地與天家——外省第一代的流亡經驗與改宗歷程》（新北市：稻鄉出版社，二〇〇七），頁二〇三。

權威不滿、對強人政治質疑，可是無法在肉體或是精神上反叛的真正原因也在於此。

不能孤注一擲的反叛，不能從歷史的發展之中彌補缺憾，軟弱無力的雄心得不到發展，《最後的反攻》乃是朝向了個人肉體的性的救贖。老湯原來陽痿已久，救原住民娼女小鶴出風塵是出於俠義之心，但是小鶴激情而壓倒性的強迫口交卻治療了老湯：

這可使老湯的深溝堅壘簡直守不住了，一種多年沒曾有過的感覺襲向他，燒炙著他的四肢百骸，他最大的快意，是他在戰場上失落許久的，竟被這把火給燒活了，他只是在內心吶喊著，並沒有出聲，讓小鶴吞嚥了他的宣洩。（頁三二五）

小鶴熱愛並感激著老湯，在她的愛護下老湯得到了撫慰。在此雖不是如古典小說的英雄配美人，女人卻總能安慰著男人。如同舒暢的《那年在特約茶室》和張放的《漲潮時》同樣都有這種「族群融合」，特別是老兵與原民女性。

這些女性所給予的都不是母親式的包容和安慰，而是身體性愛上的；女性的身體成為救贖、成為教堂[28]、男性乃是通過性交此一儀式之後，再度贖回了他的雄風，從生命原始欲力的滿足和

28 此一說法來自於舒暢在《那年在特約茶室》提到的，「特約茶室」：「那裡是教堂的象徵」。（頁五、頁一六九）

回復，重新獲得身而為人的尊嚴。

並且同樣的，這三部小說中的主要角色，對女性似乎都有著濃烈的吸引力，女性皆為之拜倒，多有主動之意。即如老湯之於小鶴、趙鐵生之於林佩美、副連長之於三十三號，而他們的關係裡，也都曾有狂烈性愛的描寫。在雄性透過身體復原的同時，男性的尊嚴也建立起來。沒有缺殘或猥瑣，這些女性更能夠看到的是男人值得讓人愛戀的地方。小鶴和《漲潮時》的林佩美除了感情外還有恩情、《那年在特約茶室》的三十三號對於副連長的情感也帶著尊敬，這些男性人物都具有俠義型的正義感，不如世俗男性般計較她們的身分或過去，除了她們同是原住民女子之外，小鶴和三十三號都各自另有父不詳的孩子。不見早期外省軍人在婚姻狀況上的困境，這三位男性不是想娶妻而娶不到，而是女性愛上了他們，且到了非君莫嫁的程度。這和下一代的外省作家寫作老兵的書寫方式不同，下一代的外省作家多是循實寫作，複製我們一般常見到老兵因為條件不佳而以近乎買賣的方式娶妻，凸顯老兵在社會上的弱勢。然而這幾位隨軍來台的小說家的筆下卻不是一昧的要喚起讀者關懷或是同情，而是以女性的肯定來重現老兵的形象。他們不見得年輕、英俊，但是有情有義或是見義勇為，對女性類似拯救者的角色，而女性則柔情回饋。

女性的肯定是重建自尊的管道，女性的身體變成老兵身心的救贖之處。在面對國家的挫敗，乃至於國家威權對於個體不合理的操控時，這些隨軍來台的小說家們傾向回歸傳統的兩性建構，如此也暗示了對於父權的依賴以及崇拜。自國家所得不到的，不論是戰爭的失敗還是面對戒嚴權威的挫敗，則朝向女性來重建自我形象；然這只是烈陽下的傘，在此過後，仍是跌落於失落之中。

第三節　開倒車回去：朱西甯《華太平家傳》中的倫常與日常書寫

司馬中原批判黨國統治下倫理道德的教條，但不代表倫理道德就失去價值，相反的，司馬中原的憤怒來自於他對於價值的重視與珍視，因此不能忍受瞞與騙。早期司馬中原筆下的英雄人物，忠肝義膽，富有俠義精神，他們不是王公將相，而是來自於民間，代表民間對傳統價值的守護。《最後的反攻》中則化身如老湯這樣的人物，對兄弟有義、對情人有愛、重視恩與報，蔑視官僚、滿口粗話，可是願為朋友兩肋插刀，替朋友處理事情既細心又周全。

朱西甯則完全的回歸了這種對於民間的重視，並且在民間找到遙契天道的文化之根、文藝之根，只不過此一民間不是台灣的鄉間，而是中國大陸的鄉村。中國的鄉土農民一直是朱西甯的精神家園，朱西甯曾在訪談中提到「農村生活才是中國人的生活」、「豐富的民族遺產」[29]，從《鐵漿》時期朱西甯的思考便是如此，到了《華太平家傳》可說是一種回歸、繼承、總結。

《華太平家傳》全書原預定百萬字以上，目前的五十五萬字巨著仍是未完成狀態。不過，《華太平家傳》依舊可以視為一部完整的作品，誠如其妻劉慕沙說：

---

29 蘇玄玄：〈朱西甯——一個精誠的文學開墾者〉，《幼獅文藝》第三一卷第三期（一九六九・九），頁一〇二。

他一生信守、且身體力行的理念，宗教的（基督教中國化、教義如何在民間扎根），家國的（想要讓子孫承傳的家風和中國文化），全都涵蓋了。若再寫下去，那將是文學部分的無限想像和延伸。30

說明朱西甯最後想說的話已經在《華太平家傳》中說盡，縱使本書的情節和時間未臻完全，朱西甯也已把握了他創作生命的最後時光。

小說時間乃自庚子年，西元一九〇〇開始，期間跨度莫約兩年。由孫兒輩的老人華太平依憑著五歲之前的超強記憶力敘述父祖生平，主要內容自「我父」（華寶善）尚佐農耕開始，到「我父」當了洋人管家，助家族兄弟求學立業為止。

一、倫理與新生

儘管《華太平家傳》的背景是農村，筆下的人物也有許多農民，但《華太平家傳》仍然如同張瑞芬所言，是「士的文學」31。朱西甯在〈中國人需倒車回去〉一文中便這麼說：

---

30 劉慕沙：〈看電聯車的日子〉，《華太平家傳》，頁八八一。

31 張瑞芬：〈胡蘭成、朱天文與「三三」〉，《胡蘭成、朱天文與「三三」——台灣當代文學論集》（台北：秀威資訊科技公司，二〇〇七），頁二五。

> 中國小說尚未成書之先，已是漁樵閒話，如同民謠民歌，歷經民間多少天才增刪營造，又經過多少藝人來說書表演，至士或文人手上，再以天下家國道統等識見來豐富，亦便是藝術化的成全……中國有此傳統的民間創造力，是源自與天相通相知相親相悅，而又善於將此民胞物與之情造型于人事……士的文學多愛採桑採蓮春耕秋收的喜氣熱鬧，此又決不是共黨的拿勞動神聖欺哄並以此神聖的勞動假名改造而作為刑罰來懲治黑五類。這樣唯中國獨有的民與士的文學，最能見證王官王民的一體，才有中國小說的無限世界，這世界裡才滿有喜悅、熱鬧、和陽光，和風景。[32]

換句話說，即是以民間生活為寫作泉源，汲取民間的創造力。這也便是《華太平家傳》的根源，寫充滿熱鬧、陽光與風景的農耕生活，寫一個理想中的勞動世界，和諧、美好，沒有階級的鬥爭和扞格，而是以傳統民間的倫理鞏固了彼此的關係。表現的方式上，則是「將民胞物與之情造型于人事」的作法，完成「中國小說的無限世界」。這時候，中國人不是「開倒車」，反而是藉此得到新生。

小說中曾述：「上帝這樣恩寵鍾愛中國斯文，且欲重用，則清室縱亡，社稷必仍常存」（頁

---

32 朱西甯：〈中國人需倒車回去〉，《三三集刊第十輯：種火行動》（台北：皇冠文化出版公司，一九七八），頁一四—一五。

三五四）《華太平家傳》自傲於中華文明的強勁堅韌，並一承朱西甯在《八二三砲戰》中以戰練兵的思維方式，寫在中國人遭逢巨變的甲午之戰後，仍強調中國在遭遇毀劫之後，中華文明必然會因此生出更為強大的更新力量進而提升，引領世界文明；《華太平家傳》的文明視角可說和胡蘭成如出一轍。胡蘭成對朱西甯影響之鉅，學界已經有過廣泛的討論。張瀛太就直接指出《華太平家傳》是胡蘭成「大中國主義」的直接體現，繼承了胡蘭成的文明理想與世界觀。[33]

《華太平家傳》敘述尚佐的一開頭，就是收大煙。收大煙的熱鬧，在朱西甯的筆下是風景也是人事；小說描述「桃花怒放的花季，也比這失色多了」、「年輕人穿梭花叢間，眼花花，心花花，笑臉兒也映上面花花」（頁五一、五二），既美麗又歡樂。然鴉片在中國近代史中也可視為是一重要的隱喻。鴉片戰爭是中國近代史的重要開端，象徵著中國與西方接觸乃至於節節退敗，加速清王朝崩毀的歷史過程。因此種植鴉片豈不伴隨著中國的覆亡？然而正如上述，本書充滿了興與亡、絕與繼的辯證。美麗中帶有衰亡，但衰亡後有更大的新生。而此一觀點，在小說中尚且伴隨著朱西甯的宗教觀點：上帝為了重用中國人，故而讓中國人災禍，因為在毀滅之後，要帶給中國更重要的責任。

---

33 張瀛太：〈從「傳統的現代化」到「現代的民族化」——論《華太平家傳》與朱西甯小說創作美學的轉變〉，收入陳建忠編選：《台灣現當代作家研究資料彙編24：朱西甯》（台南：台灣文學館，二〇一二．三），頁三一三。

祖父解釋，當華氏一族在關東時，因戰火大亂而毀盡家產、家破人亡，元房的祖父祖母才能捨掉吃喝玩樂、倚靠家產的依賴性，子孫才知苦學振作，重振家業，至死地而後生。故眼前的毀滅是為了未來的茁壯，祖父詮釋《聖經》亞當夏娃遭上帝逐出伊甸園一事，不是因為上帝不愛亞當夏娃，反而是因為上帝深愛著他們，不願溺愛他們，要他們懂得自力更生，自立自強，那才是父母對子女真正的愛——因為「劫難越大，恩典越深越重」（頁四六七）。在朱西甯這樣宏觀的視角下，中國的命運以華氏家族命運為隱喻，最終回應了道統之心，願「為往聖繼絕學，為萬世開太平」，繼而呼應了「華太平」之名的宏願。

承前所言，所以儘管是寫農民、寫鄉土，「至士或文人手上，再以天下家國道統等識見來豐富」[34]——這是朱西甯的文藝觀，他也在《華太平家傳》中如此體現。而朱西甯筆下道統的內涵，自然也脫不開儒家思想與大中國化的特點；特別是在基督教的中國化上，依然保持著這樣的特點。

華家為虔誠基督徒，傳道與作法上卻和一般基督徒有很大的差別。在基督教的中國化上，特別重視孔孟以及祭祖方面的作法，在小說中反覆出現、強調、說明，到了不厭其煩的地步。尤其在時代上，大舉跟隨著西方入侵而傳教的基督教有著「教中國人數典忘祖」、「斷子絕孫、亡國

34 朱西甯：〈中國人需倒車回去〉，《三三集刊第十輯：種火行動》（台北：皇冠文化出版公司，一九七八），頁一四。

滅種」（頁七五）、「敗壞孔孟」（頁一三八）的民間惡名；但華長老傳教偏偏是開館授孔孟，認為四書五經是可和聖經等量齊觀[35]。華家認為西方傳教有所偏廢，不近人情，造成在中國傳教的困難。華長老幾度在小說中傳教時的解釋，都是結合中國儒家思想，根據倫理與人情來開解。將列祖列宗、古代聖賢視之為偶像的說法，華長老認為，人世間未有不曾受恩、受助、受誨之人，怎可不存感恩圖報之心，敬重仰慕之意？若無，人間豈不無情無義？因此不可以只是將人間的施恩者當作是上帝施恩所使的器皿，受恩者不必感恩於人，這樣難怪會被認為是數典忘祖。

華家在家中立牌位「華氏門中先遠三代之神位」、在塾館立「大成至聖先師夫子之神位」，一為祖宗、一為聖人，代表著對於中國道統的敬重。祭祖不是宗教性行為，不是崇拜，而是道德性的問題。對於迷惘的信徒開解：「祖先並非偶像，是確有其人。上人在世要盡孝，上人去世要祭祀，這該頂自然不過。」（頁五〇三）。當開講創世紀第三章時，華長老解釋為：

> 那只不過上帝為這一對童男童女斷伊甸園之奶，並正告應如何男女有別，是啟三綱之本，以開萬事太平，以利萬代倫常。（頁二三一）

35　《華太平家傳》：「先聖先賢得自上帝的恩寵啟示，所創所傳經史子集，莫不堪與聖經等量齊觀」。（頁四九三）

華長老的解讀方式並不特別強調原罪說，反而是用中國的倫理關係來開解。中國重視人倫，人倫起源於夫妻，就此開啟三綱張本，也就是中國傳統社會的群體秩序。《華太平家傳》的思考是以中國儒家文化為主體，契合基督教思想，認為是中國傳統文化的優點是人事倫常：

> 以色列人得于明德之道與生命之光者確屬無限，卻在人事上的親民、倫常和務實則極嫌匱乏不足；還須取于中國修齊治平的千百路程交相輝映，使可蔚然匯集為天上人間康莊大道。（頁二三七）

華長老認為，人間各個國家有其各自的天啟道理，以此抗拒了西方強勢文化的覆蓋，進而積極的高舉中國文化的價值。中國的人倫觀點，不僅形成了中國的社會組織也是穩定秩序的重要力量來源。在作者的觀點中，中國的天正是上帝，而人世需要依賴中國文明來成就，天道與人世相合則是善，分開則是惡。

《華太平家傳》的解釋觀點有其獨特性。他出自於儒家文化的解釋方式，對於祭祖、儒家人倫關係的重視，和一般對於基督教的認識顯然有別。龔鵬程曾經解釋基督教天命觀、人觀的差異。在天命觀中，倫理是上帝外在給人的戒律；在人觀中，人有原罪，自力不足，不能以自身的道德修養而受拯救。他這麼說明之間的差異：

基督教的人，不是中國式「民之秉彝，好是懿德」的，而是正好相反，他們需要的也不是「求放心」、發揚本性，而是自我否定，要悔改、要棄惡從善。由於自性不足，自我提升和拯救是人力所不及的，所以就要基督方得救贖。而孔子卻說：「人能弘道，非道弘人。」（《論語‧衛靈公》）一個靠道成肉身，一個是人自身肉身成道。這是兩條判然不同的道路。36

若根據龔鵬程在經文方面的引述，如「我賜給你們一條新命令，乃是叫你們彼此相愛。」（《約翰福音》，十三章三十四節）或是「愛神的，也當愛弟兄，這是我們從神所受的命令」、「親愛的兄弟啊，我們應當彼此相愛。因為愛是從神來的。凡有愛心的，都是由神而生並且認識神」（《約翰一書》，一章二十、七節），我們自《華太平家傳》來看，則發現尚佐（在書中被比為迦南地）的人情，是彼此相愛的和諧關係，並非是來自於他們都認識上帝。華家四口漂流至尚佐縣，李府為當地地主，我父受李府所雇，實際上李府卻不缺人手，而是拉人一把。當地莊子上原素不相識的人們，接納他們一家人，讓他們有房住、有工作，還有親如父子弟兄的情誼。李府二老爹仁慈寬大、品德高尚，成為人格典範，影響我父一生。他們都不是基督教徒，他們的德行不

36 龔鵬程：〈天人：通乎神明〉，《中國傳統文化十五講》（香港：香港中和出版有限公司，二〇一六‧四），頁一四四—一四六。

是來自於認識上帝戒律，但是他們具備著中國民間傳統的人情義理，更接近於儒家思想中，人有良知良能，行仁德、遵義行，以人合天。他們的善行不是超越性的人神關係的契合所致，而是傾向於由人內在光輝發揚，所以顯然較接近中國人文精神的彰顯。《華太平家傳》把四書五經、倫理發揚，當做中國文化的精神所在、道統所在，「斯文在斯」，由此也開啟了無限世界。

二、日常生活中的物象與物意

五十五萬字的長篇小說，在時序上卻僅歷兩年，小說情節嚴重淡化停滯，乃至於「無事兒」，《華太平家傳》因此變成抗拒時間流動的記憶之書。

小說中多的是龐大的日常生活細節、諸多的說理明教（基督教），以五歲孩童所能有的記憶而言，顯然不合乎現實。即使是我們將《華太平家傳》視為是朱西甯具家族色彩的自我書寫[37]，而將華太平視為是小說中朱西甯化身一個說故事者，也仍是不免驚訝於一個在台灣生活大半輩子，回望原鄉，仍然可以對農村生活與景物作豐實的細節描述，究竟如何可能？特別是朱西甯並非農民，真正經歷農民生涯只有兩、三年[38]，在他生命階段的最後，朱西甯可說是將他的想像力

37 見陳惠齡：《台灣當代小說的烏托邦書寫》（國立高雄師範大學國文學系博士論文，二〇〇六）。

38 朱西甯在接受李昂的訪談中提到：「農村生活我過得很少。直接參與而像個農民的，只有抗戰時期逃難在自己農莊上住了二、三年。然後就是在游擊區的農村裡，跑來跑去的讀書。」見李昂：《中國當代藝術家訪問——在小說中記史》（台北：大漢出版社，一九七八），頁四一—四二。

與意志力馳騁至極，以細筆勾繪出如清明上河圖[39]般的農家生活畫卷，構築出一永恆的烏托邦；這種力抗時間力量的凍結之術，也因此別具魔幻色彩。

朱西甯《華太平家傳》的書寫，可說是離鄉大半輩子的外省人最後的返鄉。若將之放在懷鄉的光譜之中來看，只是看到了鄉愁的普遍性，還不能提點出朱西甯思考內涵上的獨特性。朱西甯在身分書寫上顯示出最頑固的一面，執意違逆實存現實而構築原鄉細瑣，其根柢還是在於胡蘭成對他的啟迪。

日常細節的敘事內涵，便是取自胡蘭成的理念。胡蘭成在《中國的禮樂風景》即提出：

大自然有意志與息，是生萬物。物有形有象有意。……形、象、意是物之三德。凡自然界之物皆有此三德。

知物有三德，則知人分兩等，下等之人未離禽獸，惟知物之形與用，而不知其他。西洋人即知物之形體與其用場，以之為生活之資，不知更有物象與物意。但上等之人則資於物之形以為用，由於物之象，與於物之意。[40]

39 「緩緩展開的清明上河圖」為朱天心語。見朱天心：〈《華太平家傳》的作者與我〉，《華太平家傳》（台北：聯合文學出版社，二〇〇二），頁一四。

40 胡蘭成：〈物形、物象、物意〉，《中國的禮樂風景》（台北：遠流出版事業公司，一九九一），頁一四〇。

這也是中國文明勝於西洋人之故，西洋人只知物之用，作為生活利用的器物，未能替文明造型。而中國的文章與陶器、書畫、乃至衣裳用具、家宅建築等的物形雖然有限，但物象是無限的、物意是無窮的，故可以使現實永駐。此種現實永駐的思考，便在小說中的實事實物的細節裡體現，成為小說中表現倫理人情的重要寫作手法。

以《華太平家傳》中發生時間幾乎橫跨半本小說的我父丟失「老棉襖」一事來說，即含括了物的形、象、意的傳達。祖母撿了祖父穿舊的舊棉袍子硬是改成了襖，因為襖太小，我父索性也學莊稼人不扣鈕扣，拉緊襟子攔腰紮個搖腰帶。我父的意中人沈大美眼尖，看到我父綁著不合適的搖腰帶，體貼的送來一條搖腰帶。之後老棉襖竟於掛在棗樹時意外被偷，本來就不討祖母歡心的我父，不敢說出實情，於是硬是穿著單衣度過冷天。我父心裡七上八下，一方面指望大美姑娘好心拿老棉襖去縫繚，一方面又希望莊稼兄弟能注意到，偏偏老棉襖沒有著落，最後只好偷偷存錢買衣。我父經過一番裝腔作態的講價，拮据的買了二手棉袍，再請莊稼兄弟沙耀武的媳婦將它改成短襖，加個站領兒。結果耀武家不僅改好了，沙耀武的母親還幫忙做了一件罩襖，罩襖上更結合大美幫忙打了七顆菇鈕子。

從得襖、丟襖、尋襖、買袍、改襖、加罩袍，無一不表露人情，最末也表現了對於倫常的順服。不管是焦躁盼望、議價琢磨、到後來的轉煩惱為喜悅、人情的信義成全，全都體現在物上，因此物的意義，不只在於滿足生物性的保暖，而從器用層次提升出來，而有了無窮情意。尤其我父和大美兩人的情意人人皆知，兄弟有意撮合傳喜，故特別請大美幫忙，更顯出莊稼人的心思粗中帶細，人情美好。大美手藝精巧，難以打結的菇鈕子，也製作的勻淨秀氣。文中特別寫我父撫弄著菇鈕子懷想大美：

> 撫弄著這些布縫打的鈕子，越看越覺出大美姑娘那份情意，不光是這麼精巧的手藝。瞧著瞧著那一雙巧手就在眼前，怎麼穿，怎麼引，怎麼挑鬆這個鼻子，拉緊那個環兒，十根指頭沒一根兒閑著，大戲裡拾玉鐲調理繡花線的那麼乾淨俐落外帶三分俏，多少花樣兒變不盡的來去穿梭……十指連心吶，那心裡怎麼思、怎麼想，可不都順溜著十指尖尖滴（答）進這環，環扣扣裡？挨箇挨箇緊個緊緊的，一心只為一個人兒，許給一個人兒，只許這一個人兒怎麼扣、怎麼解……罩襖罩在棉襖上，摸黑疊齊整，擱在床頭上。翻過兩個身兒，還是摸索到一顆鈕子，扯進來啣到口裡，奶孩兒一樣，嘓著嘓著，不覺為意的睡熟了。
>
> （頁三五六—三六六）

撫摸著菇鈕子，它傳達了大美的情感，我父想著她的手藝、心思、情意，乃至於她的那雙手。夢寐之際，半夢半醒的邊緣，他對於大美的情慾也在黑暗之中渲染開來，像奶孩兒般的菇鈕扣，成為乳房的暗示，也是性器的象徵。[41] 被啣在口中的菇鈕扣子，因此被啣的發脹，「新鈕扣本來就

41 此說出自范銘如。詳見楊澤、范銘如、陳芳明、張瑞芬、黃錦樹座談，吳億偉整理：〈重新評價朱西甯〉，

緊一些，這一濕一脹，先前扣了很幾回，走到場邊上，兩手一齊扣才扣上」，想要解開，又「摳（嗤）老半天」，「自個兒身上暖烘起來」（頁三六九）。這些物象的描摹，除了有情，也有欲的隱喻，但最後又止於禮。當我父向大美道謝，大美竟眼尖的發現啣過的那顆菇鈕子比較大，而自己調侃七個菇鈕結子做得大小不一，形容是「小重孫兒跟老太公」，又重回到倫理關係裡；我父和大美雖然兩相意愛，最後仍然因為祖母的反對之下不能結成連理。

如同胡蘭成在〈一個興字〉《中國的禮樂風景》中的說法：

> 物形背後有物象，那形纔也可愛。賈寶玉與林黛玉的人性命相知，於是對她的形也愛，拿她的衣袖來聞聞也是好的。……所以說信在象，愛在形。[42]

有意才有象，有象才有形。大美和我父，一位因傳統陋習望門妨[43]被認為是辱沒家門的薄命閨女，一位是戰亂逃難，家道中落，不受到母親喜愛的兒子。兩人同受李府恩惠，受雇李府，兩人

王德威編：《紀念朱西甯先生文學研討會論文集》（台北：聯合文學出版社，二〇〇三），頁二〇五—二〇六。

42 胡蘭成：〈一個興字〉，《中國的禮樂風景》（台北：遠流出版事業公司，一九九一），頁一五三。

43 沈家大美姑娘自小訂親的小女婿夭折，因此成了沒過門就剋夫的「望門妨」命。這樣的閨女，日後無法挑剔夫家，要不就是娶做填房，否則最後便要留成老閨女，而被認為是有辱家風。

「心眼裡自也躲不住兩相疼惜」（頁五八），平常體貼照應，相知相惜。除此之外，兩人在性情上也頗為接近，都是臉軟心軟、心思細密、做事勤奮的人，我父被形容是「有心塵」[44]，大美則是心細懂事的女性，兩人個性相契，一如胡蘭成所形容的「性命相知」。朱西甯寫襖袍、寫鈕扣、寫我父與大美，寫出物、美、情、欲的結合。襖袍、搯腰帶與菇鈕子都是形，我父得到搯腰帶的驚喜、撫弄鈕子的眷戀，兩相疼惜的互信互愛，物的感性是無題的，朱西甯在日常實物之中讚美了情。

而此情透過物，亦有其永恆性。我父對大美情感雖深，但礙於母親的反對，已經放棄共結連理的想法。最後甚至在大美的開解下，我父體會到他與母親兩人感情不睦的根源：「子不孝母才不慈」，而放下心結，成全家庭的和睦。我父最末將情感理性的寄託在學會「以毛菇菇草栓活螞蚱」此一事物上。小說中詳細敘述要如何處理毛菇菇草，如何打結，我父不斷的回想大美打結的步驟與方法，是因為「這一手絕活，學會了，就天下只大美和自個而這兩人兒行，那就足夠長久長久的記念了」（頁七三三），我父與大美的情感便就記念在結上，生生不息下去。

西方人只知物形與物用，不知物象與物意。物象和物意方是情的體現。若說五歲的華太平的日常記憶流露出魔幻色彩，在物之形的具體寫作上則因此由魔幻而變真實，由虛轉實。然而，形無情而象有意，如此又由實轉虛。透過實物實象觸及永恆性的，又並非物本身，是回應大自然意

44 李府二老爹形容我父，「凡事都有個心塵」（頁六二）。有心塵，約莫就是好好用心的意思。

志與息的物之意。如此一來，桃之夭夭只是個興，朱西甯的日常書寫，是詩的、感性的、情意的，它是中國的文明風景，也是綿遠悠長的文化理想。

三、文化保守主義下的倫常書寫

繼承了朱西甯自三三以來的信念主張，他所要回歸以及彰顯的，仍是要回到中國民族的文學去。只不過，朱西甯晚期對於舊時代不再是一種魯迅式的批評[45]，而是走向沈從文的路線，呼應了早年張愛玲對於朱西甯的讚譽：「在我心目中永遠是沈從文『最好的故事』的小兵」[46]一語。

朱西甯所建構的尚佐時空，陳惠齡《台灣當代小說的烏托邦書寫》即以烏托邦為視角論證朱西甯銘刻族譜記憶的心靈原鄉。朱西甯雖以大時代為歷史場景，甚至以條列方式紀實歷史事件，但本書的主調仍舊是我父為核心的尚佐生活。特別是陳惠齡以「走向野地——高尚的野蠻人」一節次，論述朱西甯的鄉土想像，乃是落實在尚佐遺事、鄉野民情的「人情」和「品格」上。不論

45 陳芳明曾經指出：「朱西甯在『鐵漿時期』創作的短篇小說，與其說是在於懷舊，倒不如是以批判的態度來看待舊社會。他批判精神的基礎，顯然是魯迅的現代性思考。」見陳芳明〈朱西甯的現代主義轉折〉，見朱西甯：《現代幾點鐘：朱西甯短篇小說精選》（台北：麥田出版，二〇〇四），頁一二。

46 一九六八年皇冠出版《張愛玲短篇小說集》，張愛玲贈書朱西甯，扉頁題字：「給西甯——在我心目中永遠是沈從文最好的故事的小兵」。其事見朱天心《花憶前身》獄中之書（台北：麥田出版，一九九六），頁三六。

是指出朱西甯以透明純潔的人際關係，代表鄉野人民善良無私的品德美質、還是讚揚「對一切事情認真的高貴品格」、直來直往的渾騷村話，顯現原始野性的生命力、或是認為外顯的即是村野人物情感樸厚、單純的性格特質，愛憎喜悲自有他獨特樣式，陳惠齡指出都是以沈從文為參照所提出來的。[47]

而王德威則採取宏觀的視角評估朱西甯後期作品，認為應該放入文學史的脈絡中觀察，連鎖到早期現代中國文學的抒情傳統，這一傳統則有許地山、葉紹鈞、周作人、廢名、卞之琳、沈從文、乃至胡蘭成等人的作品。這些作家作品的有情關照，與當時「峻急躁進、緊張造作」的主流論述相反，回到了「詩」以言志的根本。「安閒」、「安穩」的鄉野、民間、日常生活是他們常訴求的時空。其抒情主體具有批判意識，這便是他們對抗現代性的方法。[48]

當然這些作家們彼此之間也有很大的異質性。可作為參照系統的沈從文與朱西甯，畢竟有著內涵上的不同。陳惠齡指出《華太平家傳》雖略有沈從文式的自然鄉土神韻，卻仍有別於以城／鄉、自然／文明的對比，坐實在偏遠湘西的「牧歌境界」。[49]然我認為沈從文「以常觀變」與朱

47 陳惠齡：《台灣當代小說書的烏托邦書寫》（國立高雄師範大學國文學系博士論文，二〇〇六），頁二二二—二二四。

48 王德威：〈畫夢紀——朱西甯的小說藝術與歷史意識〉，《紀念朱西甯先生文學研討會論文集》（台北：聯合文學出版社，二〇〇三．五），頁二六—二七。

49 陳惠齡：《台灣當代小說的烏托邦書寫》（國立高雄師範大學國文學系博士論文，二〇〇六），頁二二二。

西甯筆下的「常」，最大的不同乃是朱在禮教道德上的執著與遵從，而且甚至可說是僵化的復古，而此反是沈從文所嘲諷的。

我父與大美性命相知的戀情因為遭到祖母反對而告終。我父不是沒有思考過私奔一途，不過思前想後總放不下祖母，又如果真結成倫理，婆媳關係亦不和睦，私奔故不可能。整體而言，在《華太平家傳》人物關係上，雖有喜歡「耍小性兒」，嚴重偏心華寶惠（我父弟弟）的任性祖母，但不僅不會影響我父兄弟間的感情與敬重，我父對於母親依然遵從孝道，祖母的角色反而變成了一種人倫關係的試金石。由於倫常的堅固與完整，於是我父爾後痛心的斷情，大美在陋習之下尤其遭到殘酷的對待，因為「望門妨」的緣故，前後自殺兩次，她嫁不得意中人，最終還是嫁了別人。小說中對於沈大美的結局，僅僅以一行著墨：「沈家大美早就名聲不好，行人做填房了。」（頁八五八）《華太平家傳》儘管以我父為敘述中心，可是敘事者對此曾經相知相惜的女性，幾乎並不憐惜，只看到我父的戀情未果、成全家庭和睦的犧牲，但作者似乎對於女性所遭到的禮教壓迫輕輕放過。

在沈大美之前，朱西甯所寫的《茶鄉》[50]（一九八四）中的農村婦女良鳳的苦情認命，在現代女性讀者看來一樣讓人憤怒。良鳳不識字，遭到博士丈夫遺棄，丈夫國外求學，洋里洋氣，愛上學戲劇的新女性，一下變成秦世美，逼著女主角離婚。女主角自覺知識程度不夠，在公婆支持

50　朱西甯：《茶鄉》（台北：三三書坊，一九八四）。

下，和女兒一起識字，感覺到女性生活上的不足，不能夠輔佐丈夫。在求學過程中得到瘧疾，在發熱迷糊之際，微露衣襟，誤認眼前男子是丈夫，胡亂喊著他的名字。病痊癒之後覺得自己不貞而感到羞恥，因此自暴自棄的答應丈夫悅穡離婚，離婚之後遂自殺。自殺獲救後良鳳大澈大悟，決心辦校教導婦女讀書識字、認識科學，服務鄉里婦女。另外一方面，小說模糊的點出丈夫的情人因為加入共黨活動被捕，之後參加遊行時喪命。情人已死，悅穡在外鄉的戀情因此被迫結束，遂轉而回頭想要和前妻再續前緣，而良鳳雖未表明，但小說最末似有接受的心意。

朱西甯有意歌頌良鳳的韌性堅忍，化小愛為大愛，服務許多和她一樣無識的農村婦女，最後並以其高尚的品格，重新贏得了丈夫的心。然而小說中作者將丈夫的形象塑造的十分膚淺；姑且不論那樣的丈夫是否值得她再度回頭，這反映出作者在看待兩性關係上的失衡以及無視傳統禮教對女性的束縛。良鳳被形塑為一位理想的賢德女性，而受教育的目的是為了「匹配」現代男性，幫助丈夫營生處世，其思維放在八〇年代時空中的兩性議題上實在顯得突兀並讓人不解。現代小說渡過了五四的洗禮和現代化的歷程，一路到了八〇年代，縱使可能因為小說中的女性受到作品時空背景的限制顯得守舊而保守，然而最大的問題是在於作者的態度在肯定這種保守與守舊；或者是說，對於這種禮教勢力下受到壓迫的婦女命運彷彿視而不見。

在朱西甯〈中國人需倒車回去〉（一九七八）一文，即表現出此文化保守的復古態度：

承傳中國小說，要接上天道，要認知天道衍生于人事的三綱五常，要先取得士的身分，再

> 寫文章……欲得廣大而長久，到底還是決定於常。所以小說之能超越時空深入民間和恆久或不朽，是無可懷疑的決定在它的是否有意境——常，天道。……「倒車」回去，上接漢唐，倒回天道那個岔路口，才得走上那條王道，乃至為西洋甚或全世界小說命運開一新紀元。[51]

黃錦樹申論過中華文化的復興理念，這是朱西甯的小說「敘事回歸賦比興，無事與家常，天道常在人事，大亂之中仍不乏人事的喜悅和啟悟」[52]的原因。然而，在這「倒車」回去，強調三綱五常之天道之「常」的過程裡，卻是以女性的犧牲來完成其倫理關係，並把它視為是中華民族傳統文化的一環。

儘管如此，我們在朱西甯自己生平經歷中所看到的卻未必如此。朱西甯與劉慕沙相戀，劉慕沙的家庭背景為傳統台灣客家人，朱西甯是台灣社會俗稱的「外省兵」，因此遭到家庭反對，兩人遂而私奔，這一段浪漫往事被女兒朱天文寫成小說〈敘前塵〉。朱西甯本身在個人戀情上具有反叛精神，其主體意識並不守舊，不過放到中國文化的思索上卻不如此。朱西甯一九八三年所出

---

51 朱西甯：〈中國人需倒車回去〉，《三三集刊第十輯：種火行動》（台北：皇冠文化出版公司，一九七八），頁二——一九。

52 黃錦樹：〈身世，背景，與斯文——《華太平家傳》與中國現代性〉，《紀念朱西甯先生文學研討會論文集》（台北：行政院文化建設委員會，二〇〇三），頁一一五。

版的《七對怨耦》序言中即說婚姻與戀情絕不可同日而語。以兩人戀情為婚姻基礎的主張，因為戀情不可保，故婚姻也不長久。他認為中西方的差異，在於西洋的戀情自婚姻之始而下降，中國則是自婚姻之始而上升。如此是「把無常的、不得經久的戀情拿來省喫儉用，厚儲深藏，更還尊卑長幼親朋族鄰的多重倫常齊來護惜」，婚姻之常因此保住戀情之變，因此中國智慧德行更勝於西方。[53]

如此說法看來言之成理，實則相當機械。沒有情感基礎的婚姻或又完全不合適的兩個人如何能培養情感，而不是變成孽緣、雠人？多重倫常是護惜婚姻還是壓迫人的自主意識從《茶鄉》看來答案也很明顯。對於這種「常」——而且是三綱五常的執著，放在前文王德威所說「峻急躁進、緊張造作」的主流論述裡，或可理解。不同於前行作家面對的是現代急遽變動、鄉村被邊緣化、西方強勢入侵的文化背景，朱西甯所對應的是台灣的時空。台灣六〇年代的西化思潮與七〇年代的鄉土文學思潮，在朱西甯的批判下，將前者比喻是太平天國，後者則似義和團。[54]朱西甯認為鄉土文學流於地域性，認為那是「變」而非「常」，應該要回歸到民族文化的行列裡去。[55]循著此一理路來看，更遑論他對八〇年代以降風風火火的本土化浪潮的震撼；朱西甯對於傳統教

53 朱西甯：《七對怨耦》（台北：道聲出版社，一九八三），頁四。

54 朱西甯：〈中國的禮樂香火〉，《日月長新花長生》（台北：皇冠文化出版公司，一九七八），頁一四六。

55 朱西甯：〈回歸何處與如何回歸〉，《日月長新花長生》（台北：皇冠文化出版公司，一九七八），頁一七三。

化的執著，因此有了類似於「撥亂反正」的意義。

正如三〇年代蘇雪林對沈從文的分析，沈從文是：「想借文字的力量，把野蠻人的血液注射到老態龍鍾，頹廢腐敗的中華民族身體裡去，使他興奮起來，年輕起來，好在二十世紀舞台上與別個民族爭生存權利。」[56]《華太平家傳》中鄉俗之人的質樸純良，則成為了注射台灣島上昏熱身體的藥劑，讓中華民族的文化正統重新回到正道、天道裡。《華太平家傳》的大敘事，使我們看到朱西甯有意將此書的文化隱喻提升到民族、國家的形象，但它所表呈父權的文化保守傾向卻未必能讓人接受。

第四節 小結

自第一節的論述中得知，台灣在戒嚴時對於儒家倫理的選擇性解讀，具有支撐政權、維護社會和諧的意義。它是法統和道統的結合，覆蓋了領袖的意志、延伸了領袖的正統性。從上層到下層、從政權到生活，環環相扣。

《最後的反攻》和《華太平家傳》不約而同的指向倫理道德的思考，不再將法統和道統結

56 蘇雪林：〈沈從文論〉，原載《文學》第三卷第三期（一九三四年九月）。見 http://www.bwsk.net/xd/s/shuxuelin/wlj/034.htm（二〇一九．十．八查詢）。

合，前者著力於斷開法統和道統間的關係，後者則企圖回到「真正的」道統之中。

司馬中原重現老兵命運，自然有為面臨失落話語危機的老兵代言的意義。然何以選擇「性」？或可歸之在戒嚴時期身體書寫的困難。作者以「性」入手，本該有除魅之意。而國家機器的運作，本仰賴軍人身體的執行與配合，其中正滲透著政治象徵性語言的操作，以及隨之而來的失落。在司馬中原筆下的老兵處於軍人階級中較底層的位置，沒有良好的軍餉、沒有參與決策的發言權力、也無自由宣洩的管道，在講求位階與服從的軍隊之中，沒有發言的權力。當戒嚴已成過去，國共也已進行談判，老兵垂垂老矣，失落處境更甚。這也是司馬中原為何在解嚴已逾二十年，還要以《最後的反攻》補綴老兵文學的原因。

由慾望與秩序的扞格，司馬中原自「性」的抗議書寫直指倫常的缺失，作為批判政治權威的書寫策略。除了基於國軍在現實層面上性問題的難以解決，還在於以性無能隱喻老兵喪失主體性的景況。並以此開展出對於政治話語的嘲弄，其中包含口號、標語、宣傳、課程、歌曲等，藉由「性」以及「生殖器」的戲謔，篡改國家權威話語，將之貶抑、去神聖化；在此同時，由低級趣味自權威、階級中短暫遁逃，以彌補欲望的失空。

然而，凡小說中的「不舉」，所指涉的不管是個體的或是國族的挫敗，實則都無法自父權的建構與確立中移開。以女性身體作為救贖、尋回尊嚴的企圖，再次證明或是鞏固了父權。這樣的解決方式，只能成為一種暫時的精神慰藉，在主體的喪失與贖回之間，指向都是同一個源頭，這樣的矛盾只能使老兵註定落於焦慮之中，這是歷史的悲劇，也是老兵的悲劇。

《華太平家傳》以農民為本，展現朱西甯理想的倫理文化圖景。貫徹他一直以來的文化思維，在中國最危難之時，也是轉機新生之時。融合其基督教與儒家為一體的觀點，展現中國本有之道統，《華太平家傳》拉出大量日常細節的生活卷軸，以落實具體物象的寫作。朱西甯受到胡蘭成的啟迪，構築出充滿情意的中國文明風景，而最終的討論還是回歸到朱西甯在日常與倫常書寫中的文化性格。本章另一方面檢討其中的性別意識，指出女性在《華太平家傳》中雖保全了中華文化中和諧的倫理關係，但同時作者也使女性成為其中華文明理念的祭品。

《華太平家傳》中的細節之密、敘事時間之漫長，其悠悠天地，幾乎成為可以讓人住進去的日常，朱西甯也因此回歸到他所認同的中華民族文化的行列裡去。現代人在疾駛往前，不斷縮短的現代時間中，跑得暈頭轉向；所謂的本土之「變」，短時間看來也勢不可擋。朱西甯固執地以復古抵抗變動，平靜之中卻飽含極大的熱情。沈從文以和諧境界迴避現實，朱西甯亦然，但是更精確地說，以他五十五萬字厚重的長篇小說而言，這樣的迴避在八〇年代以降台灣社會的喧嘩之中也成為了一種違逆現實的異端，而這也成為他最後的姿態。

第七章 離散者的精神堡壘
——墨人《紅塵》中的文化身分書寫探析

墨人出生於五四運動後一年，一九三八年，日軍野心侵略中國，直逼武漢，墨人在日機大轟炸中投筆從戎。錄取後報到的那天，又遭日機大肆的轟炸，同學約有三、四成因此喪生，他烽火餘生，幸而未死。後考取中央訓練團新聞研究班第一期，畢業後奉派到江西和安徽前線從事戰地新聞工作，八年抗戰後再去上海重任軍職。跟隨軍隊來台，一九六一年提前退役，退役後先是養雞，希望賺錢後遂能專事寫作，結果養雞事業失敗，事與願違。本想再以職業寫作工作終老，又因不滿台灣文藝走向，於一九六七年再任公職，服務於國民大會秘書處，一九八五年退休。並曾在東吳大學中文系兼任副教授，香港廣大學院中文所講座教授、客座指導教授。

墨人著作等身，四十餘年來軍公教的職業生涯，都是在公餘時間讀書創作。到晚年仍憑著精神上的驚人毅力與身體鍛鍊持續寫作，六十歲之後開始寫《紅塵》[1]，七十歲高齡出版《紅塵》（一九九二）、《紅塵續集》（一九九三）（後稱《續集》）之後，又再寫《婆娑世界》，於七十九歲出版。《紅塵》共九十二章，一百二十萬字，墨人自一九八四年開始撰寫，一九九〇年校正後出版。《續集》是一九九二年撰寫，一九九三年校正出版。寫作《續集》之前墨人有兩次深度的大陸行旅，幫助他撰寫中國大陸。[2]

1　本書使用的版本為：墨人：《紅塵》（台北：台灣新生報，一九九二・九）與《紅塵續集》（台北：台灣新生報，一九九三・十二）。

2　這部大部頭的著作，於一九八七年開始於《新生報》連載，共連載一〇三七天，在當時蕭條的文藝市場中仍再版二刷，可見當時受到讀者歡迎的狀況，而墨人也因《紅塵》得到新聞局著作金鼎獎和嘉新文化基金會優墨人自言：「我是將自己六七十年的痛苦經驗、思想、情感，全部投入，甚至不惜犧牲自己的老命，因為我們民族的苦難太深。但很多人並不明白造成這個大苦難的原因！而我是幸而未死的歷史證人。如果我不寫下這部《紅塵》我是死不瞑目的。」[3]本書以龍氏家族五代為主軸，從義和團之亂、八國聯軍、建立民國、軍閥割據、對日抗戰、滿州國、共軍勢力坐大、國民黨丟失大陸來台、一直寫到返鄉探親。墨人生於國家內憂外患之際，走過征戰連連的中國，《紅塵》有墨人自己的經歷，也有他對中國文化歷史的詮釋、判斷以及愛慕。

身為知識分子，有著從過去的痛苦之中檢討，進而痛定思痛地邁向未來的責任。墨人走過苦難中國而到當代台灣社會，他的《紅塵》和《紅塵續集》是他對於自身記憶的總結與強調，也是對當代文化時空的回應。本章從三個角度來觀察其文化身分的再現，一是《紅塵》裡中國性的呈現、二是其中國性的對照面：西方世界。第三方面則是連貫之前討論，較多的討論《紅塵》的《續集》，離散後人物到台灣之後的文化思索，從此三方面探討其文化身分敘事的特點、困境和

良著作獎。不過墨人在獲此一獎項之前，早就是獲獎連連、在文壇負有聲譽的老作家。一九九八年在墨人的故鄉江西的九江市師專成立了還「墨人文學研究中心」，舉辦墨人創作學術研討會。大陸學者的努力之下，墨人《紅塵》的文本研究眾多；然而，相對台灣學界反差極大，學院內的研究顯得相當冷清，雖曾有《墨人半世紀詩選學術研討會》舉辦，但是卻未見具有代表性與相應份量的研究，就連文學史上也未給予《紅塵》充分評價。

3 墨人：〈自序〉，《紅塵》（台北：台灣新生報，一九九二．九），頁八。

出路。

第一節　中國性的塑造

《紅塵》在墨人的創作生涯中是最具意義的代表作品，謝冰瑩曾將之喻為《紅樓夢》第二，中國大陸的學者延續著此一看法更給予極高的讚譽，潘亞暾便評論：「墨人早生二百年，也未必會寫出《紅樓夢》；曹雪芹晚生二百年，就肯定寫不出《紅塵》。」[4]不過絕不同於《紅樓夢》的，墨人的小說具有大量的文化風景與傳統文化的說明。有了離散，才有書寫；因為兩岸的長期分離，在他的小說之中大量的重塑中國形象，包括壯麗的山河、深厚的文化、這些也許在中國境內是不證自明的存在，都被召喚與強調。

在安德森著名且具代表性的《想像的共同體》一書，便提到小說與報紙是想像民族的重要一環。墨人的小說縱橫中國近現代的歷史，流露強烈的中國民族主義，自然也屬於如此塑造工程的一部分。但我並非是指墨人「發明」了傳統，因為想像並非是指無中生有，民族的想像與塑造有其固有的歷史與文化資源，我想要透過此視角關注的是，在他的視角之中，如何認知世界？民族

4 潘亞暾：〈凌雲健筆意綜橫——民族浩劫的偉大史詩《紅塵》讀後〉，《紅塵續集》（台北：台灣新生報，一九九三・十二），頁五五九。

主義是一套形塑我們對於世界認知的論述，在此書一再強調的中國之下，墨人一再所說的「真正的中國人」，具有什樣的文化民族特質？他突出了什麼樣的文化面向，表舉出其自身的文化認同。

一、文化風景的說明：人、事、掌故

《紅塵》小說地景以京城的翰林第為中心展開，小說一開始就以龍太夫人七十大壽的輝煌氣勢展開，描寫五進的翰林第的大小、格局、建築、擺設、器物。壯大、宏偉、深厚，代表了中國文化的底蘊。丫環孫兒們扶著老夫人出場，笑語如珠、喜氣洋洋。一邊又帶進龍家的家世背景，敘述戶部尚書龍繼堯的二兒子一脈，中舉人之後不愛作官，經營瓷莊、古玩。龍家即喻為龍的傳人，有高才而不願作官，獨愛風雅；具見識，又有商人的人脈與長才，蘊藏深厚文化的素養，務實而不迂闊，正是作者墨人理想中的讀書人形象。

隨著龍家人的腳步，不論是回九江老家還是南下逃難，甚至是勞改後平反返家，處處都是文化風景，不會隨著人物的榮與辱而改變。當龍家家業昌盛之際龍老太太等一行人在九江甘棠湖邊散步，經過煙水亭，便提到是三國周瑜督練水師的地方、戲文中臥龍弔孝之地；到仙人洞便說呂純陽故事；上了廬山便記誦曹樹龍寫黃龍寺詩詞。後來龍家抗戰逃難，也仍有風景相伴，沖淡離別鄉思。過三峽西陵峽，欣賞美景的同時天行也會想起陸游入峽詩「人來萬里一生死，路人千峰百嶂中」回應自己的處境，勉勵晚輩讀萬卷書，行萬里路。而晚輩也能與天行一同談杜甫的〈秋興八首〉等等詩詞，渡過三峽。有時他們純然賞景，有時風景則會帶入人物本身的境遇而加以感懷。像是船行昭君故里香溪過昭君廟時，談昭君典故，文珍以詩詞自比王嬙（昭君），誤嫁彼得的悲劇命運，而愁思感嘆。

後家人遭到勞改離析，勞改後返家，紹玲也對純純介紹九江這一文化古城、一行人遊覽萬里長城、明陵，便說其古蹟文物等等。到了桂林介紹桂林風光、到了南京遊歷又敘述山川名勝的典故，所到之處無不如此。《紅塵續集》大量的風光遊歷，幾乎讓人以為是結合著墨人自己返鄉探親的感想。他們出身於文化家庭，總不會放過欣賞文化風景，或是進一步感懷的機會。古老的中國、深厚的文明，縱然歷史顛簸、政治充滿風雨，書中仍時時夾雜著文化風景的敘述，大段的介紹，有時甚至和情節無涉，表現了滿滿的中國情懷。

而掌故的描述也趣味性的進入小說之中。例如太監、珍妃、慈禧的宮中生活，舉凡太監淨身進宮、刑罰、用膳、禁忌等，藉由宮中逃出的太監小貴兒一一說明。這樣的形式如同說書一般的跑野馬，在現代小說中往往有破壞結構顧慮，讓小說顯得太過鬆散。墨人卻如同顧及庶民聽書一般，對傳奇性的歷史佚事大加著墨，把傳奇異談融入其中，甚至還將人物情節加入其中。例如書中以阮國璋影射袁世凱，流連金谷園的阮雪冰原型則為袁世凱二子袁克文。小說中即寫入侍候阮國璋／袁世凱的心腹，看見阮國璋／袁世凱在睡夢中變成五爪金龍的謊言，加強了阮國璋／袁世凱稱帝的野心此一軼事；並引伸出看透這謊言的二子乃是無心仕途的阮冰雪。阮冰雪富有才華，詩詞、書畫、唱戲樣樣精通，走馬章台，對於政治一途毫無意願，率性任為，後來阮冰雪加入青幫成為大老，皆為歷史上的袁克文樣貌。阮雪冰是風流自賞的濁世公子，引龍天放為知己，娶金谷園小鳳，阮雪冰看來放蕩，事實上在國家大事上自有不同流合汙的節度，他有自己的見識判斷，濁世之中流連花叢，看來也是他個人的生存之道。墨人取法於傳統說書的寫作方式，替民國人物添上傳奇色彩，在現代小說之中的表現或顯得不夠「現代」或是前進，換個角度來看則是繼承了中國傳奇小說中的「作意好奇」的傳統，其用意不在考據，而在擴大了中國歷史的想像空間，也寄託了作者自己的人物評價。

二、傳統文化的保存：古董字畫、京戲、舊詩詞

《紅塵》重視文化的保存，從有形的器物到無形的文化資產，都是作者認為能夠代表中國之處。八國聯軍進宮搶劫，後來古玩字畫流入市場，龍從雲從事瓷器字畫生意，八國聯軍後到市場收購，乃是因為保存國寶的胸懷。天行善彈古箏，向川端美子介紹古箏時，說是「中國最古老的樂器」，是「伏羲氏所造，約在公元前二八五八年」，並且洋洋灑灑的介紹瑟並詳細說明型製與相關典故，天行與美子兩人的戀愛並用古箏樂曲來傳情。

而無形的文化資產則訴諸於詩詞小說。詩中人物除了在見到山水名勝會念誦詩詞，在平常生活娛樂、心情煩憂痛苦、或者是表達心意都會用詩詞傳情。例如天放和文珍的戀情未果，天放便寫詩寄託情感（頁五九六）、川端美子要向天行傳情，特別以《詩經》〈摽有梅〉來暗示天行可以向他求愛、兩人顧及是否可以異族相戀，用詩歌來表示想法（頁七二四）、和天行表達有骨肉

時亦作詩傳情，文珍為了和美子結交朋友而和詩、美子過世，天行口占「哭美子」絕句；文珍過世，蝶仙、香君輓聯中亦表達對文珍的情感。天行在離亂之後返家，也是頌辭表情：「馭氣騰雲兩袖風，傷心不見九州同；歸來百劫人憔悴，萬里家山淚眼中」（頁一四五七）。人物將古典詩變成生活的一部分，不管是人生際遇的感懷、心中之情的訴說、朋友交遊間的酬對，皆是用詩以達情，表現文人雅士的文化日常。

《紅塵》中的人物會賦誦前人詩詞，自己也自創詩詞表露心意。墨人在小說中回復詩情的古典中國，墨人也表達了他對詩詞的重視，小說中古美雲之夫許狀元曾言：「不詞章即無才情，無才情即同泥塑木雕，人生亦了無情趣，流弊所及，雖為真君子，亦成假道學。」（頁二八七）詩代表才情、真情，能夠以詩歌直紓胸臆，才是中國真正的文人。小說中大量的直接放入古典詩，作者和人物在詩歌中，同情共感，讀者也和他們同享一種文化元素，進一步加強了共同的文化聯繫與深厚的價值，加強了民族的情感基礎與傳承。在杳遠的文化長河；找到自我的情感的慰藉，而回歸到中國文化的懷抱之中。

同樣的，《紅塵》裡也突出「京劇」的價值。龍天祿在對日抗戰時為了義演拚死演出，表現對藝術的熱情以及愛國的精神，以戲劇激勵人心，這是墨人心中高台藝術的價值；至《續集》，文中則直言從台灣京劇看來，京劇有失傳的危機。小說直接的說「京劇」是一種「高級文化」，而高級文化則必須被保衛。在人物方面，天行與美子的兒子龍子，中日混血，和紹芬姑姑一樣醉心京劇；即使另一角色馬長青是回人，一樣喜愛京劇，而強調「京戲這種國粹還是最好的凝合劑」（頁一〇五）連結不同地方與血緣的中國人。

《續集》大量的介紹少數民族，特別是生活飲食等文化，如回族、羌族、維吾爾族、白族、壯族，也連帶敘述西寧、青海、西安、烏魯木齊等地方的地理位置、景貌、風情。將不同的少數民族融合進入漢文化中，強調出生物血緣不是民族構成的關鍵，而是文化認同或是文化秩序的一致性，在行文中不經意地流露出漢族中心的思想。例如看紹華嫁給甫拉提江，自我表白有心結，是「人在維族心在漢。當年王昭君、文成公主的心情，也只有我能體會得到」（《續集》，頁二六〇）同樣的，紹玲嫁給壯族的王紹光，也是因為在龍勝勞改，刑滿後亦沒有退路，「只好死了心，做一個壯族人」。（《續集》，頁二九四）在他們言論之中可以看出，她們嫁了邊疆民族，都是為了生活的方便，乃是生存的方式，是無奈的，而非因為愛情而願嫁外族人。如此一方面流露出漢族中心的思想；不過在另一方面王紹光又談及應該要沒有民族偏見，截長補短。（《續集》，頁三〇七）整體而言，在書中皆流露出為了中國的團結，應放下民族間的差異或偏見的思想。

三、以人物來表現中國讀書人

《紅塵》的人物是作者文化概念的化身，這一點早有學者提出。[5]《紅塵》中的諸位知識分

5 羅龍炎〈墨人文學之精神品格〉：「《紅塵》塑造了一大批『文化寄植者』。龍天行、柳敬中、王仁儒、龍

子都有其影射的型態，例如王仁儒象徵科舉制度下的腐儒、柳敬中是修習道的知識分子、加藤中人和川端美子是崇尚漢學的日本漢學家、梁勉人是西方自由派歸國學人（喻胡適）、周而福是重利輕義的親日派官僚、阮雪冰乃混世避世的舊派文人、賀元與余震天（喻毛澤東）是共產黨人、黃棟梅和龍天行則為保守中國傳統文化的文人。

墨人寫不同型態的中國傳統讀書人，有為近代知識分子造相之意。墨人在人物設計上對於他們的批判和喜好相當明顯，採取人物褒貶分明的寫作手法。龍天行是本書貫穿三代的主角，也是墨人理想中國傳統讀書人的型態，親族子孫對龍天行充滿讚揚，而在文革下放之後，昔日不認可或未跟隨龍天行的子孫彷彿以自己的經歷親證龍天行當日選擇的正確性，回頭認同父親的視野，龍天行也三番兩次的被稱之「真正的」讀書人。

龍天行為舉人，行為舉措上以儒家為依歸，精神上則傾慕佛道。墨人在小說中所提到的標竿性讀書人，既非孔孟、更非程朱，而是別有神通的知識分子，如老子、廣成子、呂純陽、諸葛亮、劉伯溫、曾文正、李虛中、徐子平、陳素庵等人，他們一方面有大學問，可是一方面又都不是文弱書生而已，尚且精通數術。龍天行善讀書、綴詩詞，可是同時也向柳敬中習道學武。柳敬

老夫人、了空尼姑、楊文珍、谷美雲等人物形象，在墨人筆下都是一定的文化象徵。因此他們的行狀與命運，實際上是寄植在他們身上的某種文化的行為和命運，同時也標示著作者的文化傾向。」見《九江師專學報》（哲學社會科學版）一九九九年第四期，頁四二。

子後來修成天眼通、天耳通、他心通，行蹤飄杳、容顏不老，似乎暗示著身體不受時空所限制。而龍天行最後在登山中失去音訊，同樣也是如柳敬子得道。小說駁斥僵化尤其是八股的儒家教育而抬高道家，例如王仁儒是書未讀通的進士腐儒，最後在義和團之亂中身首分離，不足為訓；而王仁儒所愛自擬的曾國藩根據《紅塵》的解釋實是陽儒陰道，他家書與冰鑑皆為用世法寶。（頁二七四）可見在墨人比起儒家，更傾心於道家。對於長期以來中國的重儒輕道，墨人頗為不滿，更認為道家是民族文化之菁華，而國人在長期偏食之下不予重視，而重下漫長的苦果。

《紅塵》寫亂世中兒女，刻苦銘心的兒女情愛也是貫穿整部作品的重要主線。龍天行如同賈寶玉，情感路上受盡折磨，最後成道；如此看來，墨人在精神以及世用上追求道家，在家族倫理以及立身之道上則是儒家。或者是說，佛道融合之下，即使後來龍天行似乎走向佛道修行之路，不過仍貫徹他早期行孝的作為，只是階段性的不同。道教長期吸收儒家三綱五常，重視以德養生，強調「欲修仙道，先修人道」，也十分重視家庭倫理。[6]故而與情愛之路一樣讓人不可忽視的，是龍天行的「孝的選擇」。龍天行自幼和表妹文珍有婚約，兩人青梅竹馬、心意相通，本應該共結連理，卻因為父親為了討好彼得而將之另嫁。文珍的丫鬟香君，聰明伶俐，頗能替天行解憂，原也會隨著小姐一起嫁給天行，結果芳心已經暗許天行的她，美夢破碎，嫁給石獃子。天行

6 呂妙芬：《成聖與家庭倫理——宗教對話脈絡下的明清之際》（台北：聯經出版事業公司，二〇一七・九），頁二一一。

為了離開傷心地東去日本，意外結識川端美子，美子勇於追愛，兩人在日本已行夫妻之實，天行回國後本要稟告龍老夫人，結果病中的龍老夫人另幫天行婚配，天行最後娶了「不通氣」的周素真。

龍天行和文珍早有婚約且情投意合，若是兩「木已成舟」，家長也無法拆散；後來香君便埋怨表哥就是「太君子」了，最後徒留傷心人。又若是退而迎娶香君，在龍家階級身分上又無法允許，恐怕娶了婢女會遺下笑柄。而天行與川端美子的感情，固然因為美子的一往情深而懷下龍子，可是龍老夫人為了要見到疼愛的子孫婚姻圓滿，在天行留日時未徵得天行的意願便幫他做主，後來在無法悔婚的情況之下，天行只好硬是娶了不曾認識的周素真，此後婚姻痛苦。龍天行先是可以突破身體禮教而不能、後又為求成全老夫人的願望、符合家族身分與期待而結婚，他的婚姻悲劇可說是在於封建禮教的束縛。

龍老夫人在小說中雖為敘述者所稱道，形象精明、幽默、寬厚，不過在婚姻一事上龍老夫人的慈愛，卻有懵懂的成分。龍老夫人寵愛天行，應知道天行在情感中重視靈性更甚於財產、身分、外貌，可是竟會一廂情願的替天行主持婚姻，造成龍天行痛苦一生。為何向來在小說中富有智慧的龍老夫人，會如此冒失的替龍天行做決定，除了因為在小說的時代中封建婚姻為普遍常態之外，龍老夫人作為家中大家長，也有確保血脈延續、家族綿延的責任。龍天放為長兄，遲遲無意於婚姻，在傳宗接代的宗族壓力下，龍老夫人在有生之年，自然有完成子孫開枝散葉的家族責任。最後導致的結果是將私情置兩旁，把家族責任放中央，而未能顧及龍天行的個人意願。

關於封建家庭與婚姻的束縛此一議題一直是五四以來新文學加以抗爭的重要主題，家長所應扮演的角色在五四以降也有所討論。不像是巴金的《家》，批判封建家族的束縛與壓力，顯然不是墨人的重點。相反的，《紅塵》在主調上更是要讚揚龍天行在家族中犧牲的美德。他和兄長龍天放做好約定，哥哥盡忠、弟弟盡孝，他遂扮演了老夫人孝順的孫兒，父母孝順的兒子。後來他當家，對日抗戰中帶著家族逃難，擔負起一家人的重責大任，成為晚輩的重要支柱，完成對於家族的責任。他謙遜而堅持，品格高尚，但不自以為高。作者透過蝶仙之口，說出天行的孤獨，指出天行的妻子怨丈夫不夠親日，不懂得鑽營；兒子紹人左傾不能理解不同路線的父親，這先是顯示了天行的孤高、犧牲，是「真正的中國人」，再則也是表現了作者對於天行的肯定。

中國的社會以宗族文化為結構主體，龍天行行孝的穩固意義不只在於個人的道德完成。擴大來說，也是在清末民初面對國體變革以及社會巨變下的一種堅持。他的堅持與不受理解是相對的，越是寂寞就越顯得高潔，龍天行的犧牲、孤獨與堅毅，使他成為在價值混亂時代中恪行孝道的「天涯淪落人」。然若將之放在現代文學自五四以降對於封建傳統的批判上，作者對於龍天行的肯定相對的顯得相當保守；若放在國民黨政府至光復以來予以民眾教化的內涵上，孝順與家庭之愛亦為強調的重點，合乎國民政府與共產黨相對峙的意識形態。而龍天行的兒子龍子亦明顯的繼承父親的美德，寬恕同父異母的兄弟，並負擔起將龍氏家族從中國各地集合起來，團結家族的責任，一如當初父親肩負家族重擔，回應父親的人格模範外，也暗示了作者對於兩岸離散團結的期待。

第二節　認同的他者：西方世界

《紅塵》高度展現了墨人對於中國壯美文化的民族熱愛。在八〇年代以降的台灣，墨人所感受到的是西化浪潮的盛行、中國文化的衰弱。根據墨人自言，當西方存在主義和意識流襲捲台灣文壇時，他反其道而行，寫作《紅樓夢的寫作技巧》加以抵制；[7]到了墨人寫《續集》，他又透過小說人物嚴厲的批評台灣的文化是急功近利的速食文化。

陳寅恪曾在哀悼王國維的悼詞中寫：

> 凡一種文化值衰落之時，為此文化所化之人，必感其苦痛，其表現此文化之程量愈宏，則其受之苦痛亦愈甚；迨既達極深之度，帶非出於自殺無一求己之心安而義盡也。（〈王觀堂先生挽詞並序〉）[8]

墨人與王國維固然身處不同時代的課題，然而以此段悼詞用以解釋墨人對於中國文化的熱情，便

---

7 墨人：〈自序〉，《紅塵》（台北：台灣新生報，一九九二・九），頁一二。

8 陳寅恪：〈王觀堂先生挽詞並序〉，見中國文學網：http://www.literature.org.cn/article.aspx?id=47610（二〇一八・十一・十二查詢）。

可理解何以他已屆高齡仍懷抱強大的意志力與超越身體的限制寫作如此的長篇鉅作。

不論墨人的寫作是否真能面對西化的巨大浪潮，但是墨人對於文字本身有著強大的信仰。以儒釋道為信念的他，不會走向自毀，更以寫作來超越內心對於文化衰落的憂急。《紅塵》中對西方文化的否定與對中國文化的重視強調，屬於一體兩面。

一、西方：敗壞中國性的原因

鴉片戰爭之前，中國仍是一個以天朝自居的古老帝國。鴉片戰爭的失敗，割地賠款的屈辱，使得中國亟思振作，然歷時三十餘年的洋務運動，所帶來結果是一八九五年甲午戰爭的慘敗。甲午戰爭之後，西方列強對中國瓜分越烈，人民痛苦、人心震盪，《紅塵》即將將慈禧、甲午戰爭認為是近代歷史禍亂的源頭，並以為民族的衰敗也是來自於此，延綿影響，而言「這個苦頭我們還沒吃完」（頁一四七一）。

中國的民族主義在中國近代歷史的發展中形成。張灝特別強調一八九五年後二十五年，是中國由傳統過渡到現在的關鍵期，他分析了這一時期民族主義產生的必要條件，一是外來帝國主義的刺激。由鴉片戰爭到一八九五年甲午戰爭以前，帝國主義平均每二十—二十五年便對中國實行軍事侵略，以剝削經濟利益，甲午戰爭之後，從經濟再延伸為領土佔領，壓力越來越密集、擴大。在這種帝國主義的傾壓下，遂有了合群救亡、保國保種的迫切感。

二是由於西方的衝擊使中國近現代文明面臨轉型的危機，首先是傳統政治秩序的動搖，再來是傳統文化核心價值的失落。這時期的知識分子必須要尋找新的核心價值，以擺脫這種崩潰和虛空，當時許多人就在民族主義中找到精神價值。

三是民族主義出現的另一個重要條件：現代傳播媒體網絡。傳播網絡是中國現代文化基層建構的起始點，首先是新型報刊的大規模出現、再次是新型學校制度取代傳統教育結構、最後是自由結社的社團。透過傳播網絡，西方民族主義所有的觀念範疇和語言詞彙得以散布，如國家主權至上、領土的完整性、種族與民族競爭世界觀等。並且透過此，西方的民族國家觀念與種族競爭的世界觀，得以和中國傳統的族群意識相會合，形成中國現代的國族概念。[9]

承續著這樣的心理，墨人的《紅塵》便充滿了這種民族主義的情感。他對中國文化的重視，往往以西方國家為參照。隨著近代中國慘烈而屈敗的歷史，對西方世界的態度充滿了國仇與家恨，強烈的挫折感。文中香君便這麼說：「以前不是說咱們中國人是什麼炎黃子孫，天下第一嗎？怎麼現在一見了洋人突然矮了一截呢？」（頁七一）這不只是庶民之言，更是知識分子受侮的憤恨感。

《紅塵》更以愛情結合與否，以喻和西方的關係。天行與文珍兩小無猜，早有婚約，最終不成婚配，乃是因為其父為攀附西方勢力，將她嫁給傳教士司徒威的養子彼得，以暗喻西方破壞的

9 張灝：〈關於中國近代史上民族主義的幾點省思〉，見：http://www.aisixiang.com/data/103749.html（二〇一九・十二・十查詢）。

力量。後來，天行和日女川端美子不能結婚的原因之一，也是因為龍太夫人早前就顧忌日人對中國的野心，對天行已有叮嚀。天行前後愛情之路的挫折，都結合著中國與其他國家的侵略關係，也包含著民族仇恨。

且《紅塵》明顯的貶抑西方而讚揚中國，這無非是墨人民族主義精神的體現，在這存亡續絕的困頓之中，尋找核心的精神價值，而此價值則是透過抑西揚中來完成。在宗教上，文中批判西方制度政教合一，引起相互殘殺。教義霸道，定真神於一尊，沒有多神宗教的包容性，故天行在義和團之亂中受傷，夢見教堂，稱他們如同權威的皇帝一般，順我者昌，逆我者亡。而不如中國：「不像和尚、尼姑、道士、道姑、大家河水不犯井水，各行各的道，各信各的教，誰也不妨礙誰，誰也不說自己是獨一無二的王麻子剪刀店」（頁二四五），或者像龍從雲所言：「我們中國人甚麼神都信……不像洋人那麼小心眼兒，為了信教的事兒也要你壓迫我，我壓迫你，打個你死我活，甚至居然派出聯軍來打我們。」（頁六〇四）

在宗教內容上同樣也有所批評，當文珍所說瑪麗亞自聖靈懷孕，生耶穌，為猶太神話。他評論：神話無稽，生命心識卻是一體（頁三八七）。龍老太太與天行將之和佛道教比較，「佛學是要人增長智慧，修成阿羅漢，脫離人間痛苦，往生極樂淨土」、「道教更是教人增長智慧，達到六通，而後成大羅金仙長生不老，與天地為長，與日月同光」（頁三九〇—三九一）而無法理解何以耶和華會怕人有智慧、知善惡、長生不老，以此來評斷宗教之高下。耶和華如此無上權威而我佛慈悲，因此在閒談中嘲弄天國不如翰林院，蝶仙香君等人寧願待在翰林院。在《續集》中延續此一說法，而批判西方宗教的霸道思想創造西方霸權，不能解決人類精神生活的問題。（頁三七九）這些抑西揚中的語言，忽視西方文化長期發展的歷史，更缺乏對西方宗教的深入理解，而流於片面式的判斷。

對於中國的精神文明，文中則是充滿自傲。小說中以日本建築和中國建築比較，說日本未有的巨大宏偉的建築、房屋，光自家翰林院便是加藤一家三四十倍大不止（頁六三〇）。當提及八國聯軍為何要燒頤和園、圓明園，古美雲的說法是：「英國的白金漢宮、法國的梵爾賽宮，都比不上頤和園、圓明園。大概是他們看我們中國人有這麼好的地方，這麼悠久的歷史文化，心裡不服氣……單只這一處就有八百多年的歷史，他們怎麼拿得出來？」（頁一二五五）這雖然是庶民式的語言，不過在《紅塵》中隨處可見的文化展示和比較中，無疑也是對歷史自豪，強調民族文化的優點與自傲感。

二、中國文化的檢討與糾正

西方世界可以橫掃中國，造成強勢文化，在《紅塵》的檢討中並非是因為中國傳統文明不夠優秀，而是因為方向的錯誤，最後連帶造成自我的否定。

《紅塵》和其他第一代外省小說家的作品一樣，有著大量議論的特色；而這些議論也是作者的看法。天行便曾經說過：「本來指南針、火藥、渾天儀、印刷術都是我們中國人老早發明的，那時洋人還在茹毛飲血呢！」中國並非是智慧不如人，甚至是優於其民族，只不過後來政治上為求皇權穩固，故而實施八股科舉以為圈套，讀書人以晉升仕途為目標，因循下來，科學落後，才會遭洋人洋槍大砲的欺負。「咬文嚼字、之乎者也，卻是四體不勤、五穀不分，導致近代中國的一敗塗地。」（頁一五四）小說中的王仁儒便是此一型態的代表；而這不只是天行的看法，也是墨人的看法。

墨人在不同的散文中一再的重複類似的論點，如〈民族精神與文學創作〉所言：

> 中國文化在秦漢以前在人文、科學兩方面都達到一個高峰時期。自漢武帝起，偏重人文，忽視科技，使中國文化走上了單行道，喪失了科學精神，使本來是科學先進的國家，長年累月之後，反而變成了一個科學落後的國家，這是十分可惜的事。[10]

另一方面他也提出文化糾正之法，認為中國文化發展的重點方向有誤，原因在於未能援引道家的智慧，而這也是他在人物塑造上以道家思想人物為標竿的原因所在。墨人在小說中假日人漢學家加藤便說，「你們自己人對固有的道家文化科學思想有誤解，甚至曲解。」（頁六五九）並引用德國微積分發明家萊布尼茲（Leibniz）之語說伏羲是世界上最古老最偉大的數學家。

小說中一再地強調中國人自己不明白自己文化的珍貴性，反而像是日人加藤會用新的觀念解

10　墨人：《山中人語》（台北：台灣商務印書館，一九八三・二），頁二三五。

釋老子思想。這並不代表墨人本人對自己的文化自信不足，而要特別運用日人來替自己增光，反是他想用旁觀者清的方式來強調他對於中國文化的理解：

我們日本受你們中國高度文化的影響有千年以上的時間，所以我們獲益不淺。可是你們許多的文化寶貝，反而被你們自己人長期糟蹋了！兩千年來你們只偏重科舉政治思想，否定科學思想，雖然建立了利於萬世一系的官僚思想制度，卻喪失了原來多采多姿的文化精華。你們抱殘守缺的結果，終於使自己的文化失去了平衡，因此才經不起西方霸道文化的衝擊。（頁六六一—六六二）

墨人提高道家的價值，認為天文學、醫學、軍事學等等，都是道家的學問，科學成就是道家的發明。可是兩千年來中國拋棄科學精神，忽視宇宙自然法則生態平衡。（頁六六五）佛教中重視佛理，諱言六通，讀書人研究易經，排斥象術，難以進入多元宇宙空間。這是中國科學落後、哲學思想僵化、民族活力衰退，最後導致內憂患外重重之因。（頁一一一一）

墨人具有文化民族主義者的特質，明確的批判那些受到西化甚至是全盤西化的人物。在他的文章〈撥亂反正說紅樓〉中墨人說明：

中國文化的源頭在哪裡？那就是六經之首的「易經」。易經之所以列為六經之首，除了按時代產生的先後次序之外，最主要的是它是統合中國文化的根本。特別具有這種統合功能的，六經之內的是易經，六經之外的是道德經。……中國文化是天地人三合一的統合文化，不囿於人文主義，而且涵蓋了人文主義。真正反中國傳統文化，破壞中國固有文化的完整的是董仲舒之流……近代知識分子胡適等人也是反對這種以偏概全的「傳統」，他們要求全盤西化，也是不了解中國固有文化的統合功能，中國文化真正精華的一面。11

不論是小說和雜文，墨人都反覆說明他的想法，到了苦口婆心的地步。《紅塵》中以梁勉人來影射胡適，天行即不以為然，甚至大為挖苦。梁勉人提倡德先生、賽先生，主張打倒孔家店、全面西化、口語文學，「名聲與戲子小叫天、白玉蘭一般響亮」（頁九五〇），把梁勉人塑造為沽名釣譽之徒。小說中設計了天行和梁勉人對話的情節，梁勉人將易經解釋為卜筮之書和中國圖騰，批評他對中國文化無知。而賀元研究「貓改死」（即馬克思）能說善道，梁勉人不敢樹立敵人，只好強調學術自由，坐山觀虎鬥。

在梁勉人口稱的「學術自由」之下，成為了不管事的禍亂之源，導致了共產黨勢力的擴大。而這些想法，其實都保持著國民黨統治台灣的思維與說法。

墨人一直是這個想法，在《紅塵》之前便是。墨人《三更燈火五更雞》一書中〈作家典型

---

11 墨人：《三更燈火五更雞》（台北：江山出版社，一九八五），頁七四—八〇。

——旁觀索忍尼辛〉一文，寫一九八二年索忍尼辛曾在台演講，墨人聆聽索忍尼辛的演講內容是：「在西方似乎流行著一種潮流，那就是：向站在反共前線的國家，向在敵人砲火威脅下的國家，要求廣泛的民主，不只是普通的民主，而是絕對的放任，以及背叛國家和任意破壞國家的權利」12，墨人對這一段話的想法是：這不僅包括我國在內，二次大戰以來，受害最深的就是我國，不然大陸不會那樣赤化，美麗島事件也不會發生。因此我們可以看到一種判斷，即大陸的易手與美麗島事件都是來自於過度的廣泛的民主——而這當然是一種問題的簡化，或者說它根本是昧於事實的。國民黨政府在統治過程中一直裡來都不缺乏暴力箝制與鎮壓的手段，而在一黨獨大的政治結構下的「民主」，自然和當時西方世界的民主相較差距千里。

不過墨人這樣的判斷並不特別，事實上在和墨人一樣同行代的部分外省作家，也有著類似的看法和不安。索忍尼辛反對西方的資本主義社會的民主和自由；可是墨人卻對黨國一體的威權體制未見任何的批判，當然這亦牽扯著他們與黨國政體剪不斷理還亂的糾葛關係，也牽扯著在龐大的國家機器意識形態操作下的結果，不過更為重要的原因，還是在於《紅塵》中表現最為明顯的民族主義的信仰。其真摯而熱切的民族文化主義信念，主導了他的思想傾向。

若我們回歸到張灝對於中國近代民族主義形成的理解，則可知其民族主義乃是以西方為恐怖與威脅他者的投射。若以小說中的時空來說，自然有著救亡圖存的迫切，與對西方世界有強大惡

12 同上註，頁一八。

感。然而在宗教與文化的理解上，《紅塵》對西方思想的理解顯然太過偏狹，並未理解西方的政治文化的脈絡，只看到其缺陷而看不到優點，張揚自身的民族形象，而貶低了西方他者，鞏固自身的穩定性，但也相形封閉。《民族主義：一個批判性的觀點》一書，即曾經提到，民族認同是透過一種否定的過程所創造出來的，是透過明示性的拒絕與否定，來創造一種自我的一致性感受。在民族主義的論述裡，會重複出現一種趨勢，那就是認為那些在民族裡的人能夠享有某種特殊的美德，尤其是某些民族外的人所沒有而且也不可能有的價值觀與特質。[13]也因此，我們看到的中國在政治上挫敗，但不是文化上的挫敗，中國精神文明的資產豐富，中國的文化衰弱在於國人對它的認識不清。《紅塵》中的知識分子一旦西化就是「喝了洋人的迷魂湯，那會連自己姓什麼都不知道了！」（龍從風之語。頁一一七七），遭到嚴厲的批評。

留美的傳祖學習太空科學，乃是結合易經對宇宙自然的變化加以理解，受到家族讚揚。相對的在美國學習比較文學的傳宗，就是不知道祖宗文化遺產為何物，「抱著金飯碗討飯」、「以為月亮也是外國的圓的洋迷信」（《續集》，頁四三）。後來傳宗向家族成員借貸鉅款，小說暗示著傳宗已經誤入歧途，民族精神已經喪失。同樣的，只要台灣出現了價值迷失、或社會秩序混亂，就是因為「美式民主」的錯誤，過度放縱。乃至於天龍公司發生炸彈恐嚇事件、員工挪用公

13 Philip Spencer and Howard Wollman 著，何景榮、楊濟鶴譯：《民族主義：一個批判性的觀點》（台北：韋伯文化國際出版有限公司，二〇一二），頁九七。

款，小說中的評論則是：「中國人自古以來的勤儉美德，被暴發戶心理和西方的功利主義思想，一下子沖垮了！」（《續集》，頁四七一）西化與否、是否認同中國傳統文化，已經成為團體成員的區分標準，凡不能理解、接受中國文化，貶低中國文化、讚揚西方文化，那麼就會遭到無情的排擠。台灣社會八〇年代後急速變動，資本主義和現代化高度發展，墨人的思維展現出他對台灣朝向現代化社會後所顯示的流弊的不安；我們也幾乎可以看到透過民族形象的建立，抬高自己的民族以及貶低他人的過程，達到了一種自我肯定、穩定的感受。墨人八〇年代文章〈民族精神與文學創作〉一文中提到：

我們的民族精神，在人文主義方面，尤其是在倫理道德方面，可以說舉世無匹。四維八德是我們立國的根本。……但是二十世紀形式大變，中國文化是兩面受敵。一方面是受西方功利主義的強烈衝擊，一方面是受到西方共產主義思想的滲透。單純的人文主義，純精神作用的四維八德，經不起西方的功利主義、共產主義，以及功利主義所產生的科技文明的壓力，中國民族精神開始動搖，民族自尊心自信心逐漸喪失，整個中國大陸因而變色、沉淪。[14]

14　墨人：《山中人語》（台北：台灣商務印書館，一九八三），頁二三五—二三六。

其思想傾向與《紅塵》到九〇年代寫《紅塵續集》並無二致。所以我們可以讀到小說中對於天行精神品格的讚揚，對於梁勉人與賀元的否定，同時，當下一代產生西化、否定中國文化的傾向時，便是加以批判——因為這段話正表示，西方思想的入侵，是大陸變色、丟失的源頭，換句話說，也是造成今日離散台灣的重要原因。民族主義的深層涵義，本是一個族群感到生存受到威脅並產生文化危機感時出現的強烈反應。[15]他選擇中國傳統倫理與文化取向，並以中／西二分法原則將之標準化，構造出清晰的敘事理路。在墨人的文化身分敘事的結構中，是一個抒情的文化中國，且是一個固守傳統倫理秩序的道德中國、又是一個通徹自然之變、宇宙科學之道的道家中國。

第三節　離散者與對台灣文化的批判

綜觀來看，墨人的陳述和國民黨政權自三〇年代新生活運動以降的文化策略諸多重合。本書上一章即論述過，國民黨政府在文化鬥爭上，一直強調倫理與道德是中華文化的基礎。六〇年代以來台灣社會的現代化與西化，亦使得文復會的參與者憂心忡忡，除了中共破壞固有道德外，認為歐美文化傳入台灣社會，也隱蔽了傳統的四維八德，使人人醉生夢死，破壞社會秩序。文化

15 郭洪紀：《文化民族主義》（台北：揚智文化事業出版有限公司，一九九七），頁三。

復興運動亦宣稱要成為民眾的自覺自發的運動，重視人類向善之心的啟發，加強國民道德與倫理。[16]

而在面對五四以來所傳進的西方文藝思潮，到五六〇年代流行的現代主義，文復會亦抱持敵對態度。採取的對策乃是增強民族自信心，包含整理傳統文化以「自知」、宣稱兩、三千年前中國的民主觀念和精神就十分發達、認為中國祖先的科學成就不亞於西方，而翻譯 Needham 的《中國之科學與文明》，以增強文化自信心。[17]

從此看來，不論是對於倫理道德與個人修身的重視、對五四與左派知識分子的批判、以及強調中國傳統對科學的啟發，實無一不是《紅塵》中反覆出現的命題。相對於上一章作家在黨國意識架構下對倫理、道德所作的反思，墨人代表了民族主義最保守、固執的那一面。八〇年代末到九〇年代初期，這樣的思考不論是放在後現代還是後殖民的台灣都顯得時空錯置，跑錯隊伍。墨人在理念上堅定反共，所堅持的中國民族主義內涵不是中共的中國民族主義版本，而是貫徹著國民黨統治意識下的文化思維而來。不過，另一方面，墨人卻絕非官方意識的應聲蟲，也絕非媚俗者。六〇年代郭良蕙《心鎖》被查禁，文協會籍遭到註銷，墨人在雜誌上公開宣布退出文協，間

16　蕭阿勤：《國民黨政權的文化與道德論述（一九三四—一九九一）——一個知識社會學的分析》（國立台灣大學社會學研究所碩士論文，一九九一），頁九四—九六。

17　同上註，頁九八—九九。

接聲援郭良蕙，並且私下告訴師範對於此粗糙作法的不滿，表達了一個真正文學家的良心。[18] 時至九〇年代，他堅持反對西化、強調易經、道家的順應之道這些觀點，這在台灣的文化思潮中既不能取得聲勢，也不是官方所重視的文化思維。這些文化的思考，以下將針對墨人身為四九年來台離散者的身分與思維共同思索之。

一、無根的台灣

從四九年到台灣，墨人在台灣居住了約四十餘年的時間，中國大陸的評論家，仍是稱呼墨人為「旅台作家」——儘管墨人在台灣居住的時間已經遠遠的超過他在故鄉居住的時間。

然而，以「旅台作家」的稱呼用來突顯墨人執著的鄉土意識，卻是相當貼切的。相對於墨人描寫大陸時浩蕩遼闊的文化山河，《紅塵》中的台灣，幾乎只是一個地名，沒有地景面貌。《紅塵》裡龍氏家族的成員如同白先勇《台北人》的人物一般，最美好的總留在原鄉。

《紅塵續集》蝶仙曾說道：「我們在台灣雖然這麼久了，可是心裡還不踏實，還像是逃難似的」（《續集》，頁六一），或是紹芬：「我在台灣住了三十多年，還像是作客，心裡老是空蕩蕩的」（《續集》，頁五三三）而辛苦在台灣奮鬥的紹君也還是說：「雖然我們在此地艱苦奮鬥

18 見師範：〈郭良蕙：嚮往文學的心鎖得住嗎？〉，《紫檀與象牙——當代文人風範》（台北：秀威資訊科技公司，二〇一〇），頁三二。

了三十多年，有家有業，可是心裡總不踏實。」（頁四一三）《紅塵》中的人物，正符合文化研究中對於離散（diaspora）的概念。離散者並未因為到移居地多年而有認同踏實之感，時間流逝，但依舊難忘原鄉。強烈的逃難與漂泊感受，形成他們一代人的感覺結構，根深蒂固一般的深入內心。一九九七年魯賓・柯恩（Robin Cohen）嘗試對離散人士提出框架。他所歸納的離散者特徵為：

(1)在原鄉受盡創傷，因而流離星散到兩個或以上的他鄉；
(2)踏出原鄉，為求職、經商或群體的希望而克盡其力；
(3)對原鄉的歷史、鄉土、偉績，有著集體的記憶與迷思；
(4)美化：想像的先祖家園，並共同承諾——進行永續、安全、繁榮、復興，甚至於再造的工作；
(5)開展回歸的運動，並取得集體的贊同；
(6)常相保持強烈的族群意識，並基於獨特的鄉土情，維持共同的歷史感以及命運共同體的信仰；
(7)與歸化的社會，關係觸礁，或有災難臨頭；
(8)對居留於他國的同族人士，懷有同理心、同志情；

(9)歸化於寬容、多元的國家，可能開展出嶄新、富裕的生活。[19]

而《紅塵》中的蝶仙等人，正合乎其中的多項特質，僅管他們已經在移居地展開了嶄新而富裕的生活，但是對當地仍具有強烈的隔閡感，對於他們昔日在原鄉的種種功業不曾忘懷，讚揚原鄉文化的巨大與美好。在《續集》中紹芬盡力的找回下放中國各偏遠地區的堂兄妹、一同整墓、祭祖，是重視家族承諾的一種離散者回歸的表現；包含對中國文化充滿孺慕之情的中日混血兒龍子，在尋回親族一事上著力甚多，也是基於同樣的心理。其離散者的心緒，我們甚至更可以將《紅塵》中的人物意識接向小說家墨人本身。墨人在他散文〈故鄉的山水〉中，即頌揚九江之美，甚至說他走過世界各地，未曾見過像是他的故鄉九江般的美麗。而中國大陸的學者羅龍炎則提到他這樣的心理源頭，並非真是世界美景不如九江，而是源於他對於故鄉的熱愛。[20]從墨人以及這位中國大陸學者的見解加以對照，我們正見出離散者與非離散者的差異來。墨人的書寫本身，即展現出上述「獨特的鄉土情，維持共同的歷史感以及命運共同體的信仰」的特質。墨人在其〈「紅塵」再版後記〉一文中即這麼表白：

19 Table 1.1, "Common feature of a diaspora," in Robin Cohen, *Global Diasporas: An Introduction* (Seattle: University of Washington Press, 1997), p.26. 轉引林鎮山：《離散・家國・敘述——當代台灣小說論述》（台北：前衛出版社，二〇〇六），頁一一〇。

20 見羅龍炎：〈墨人文學之精神品格〉，《九江師專學報》（哲學社會科學版）一九九九年第四期，頁四五。

我是一個不識時務的傻瓜，我要在中國文化、中國文學存亡續絕的時候，竭盡棉薄。即使是螢光一點，我也要毫無保留地奉獻，個人的得失在所不計也。21

墨人以七十歲高齡完成《紅塵》，期間經歷中風等身體危機，他持續以氣功、登山等為身體保養，以支撐自己完成作品，無非來自離散者的情懷與毅力。然而，幾乎是一體兩面的，當初自原鄉離散的恐懼、與他熱愛原鄉的執著，彷如過盡千帆皆不是，其眼光放在台灣的便是處處批判，除了提供一穩定的居住地外，沒有優點。對於台灣文化，認為是：

台灣是色相太重，貪嗔痴三毒盛行之地，世人不懂得行善積德，終究難逃果報。台灣的速食文化，急功近利，只看今天，不看明朝，更是無法累積深厚的文化。

紹芬批評在台北只能看到卡拉ＯＫ，霹靂舞、搖滾樂，那種「低級的原始的東西」（《續集》，頁五一七）。紹芬和玲玲接著便開始批評女孩子們穿的牛仔褲，說她們閨閣氣、書卷氣通通完蛋，連半點女人味都沒有。台灣受到西方文化的「侵略」，損害的中國文化的純潔性，尤其是服飾往往也是民族文化的表現，例如中國文化中的「衣冠之治」，即反映了中國文化與政治傳統的

21　墨人：〈「紅塵」再版後記〉，《紅塵》（台北：台灣新生報，一九九二．九），頁一五九九—一六〇〇。

結合[22]；牛仔褲一開始出現時便是適合勞動、不怕磨損的布料設計，再來則結合通俗文化而流行全球。紹芬的批評不僅是反西化的，亦具不合乎時代浪潮的父權意識。農業社會往工業社會的現代化過程中，人心的功利化往往是難以避免結果。墨人在小說中通常將現代化下的功利主義視為西化的後果，採取否定態度。且隨著現代化的發展，在這「貪嗔痴三毒盛行之地」的台灣，經營工廠的紹天也覺得現在的情況不如以前，問題愈來愈多：

> 工人的要求多，流動性大。職員中炒股票的不少，都想一夜致富，不勞而獲。……怕自己辛勤建立起來的事業，有朝一日也會土崩瓦解，大陸老家的情況，的確是一面明鏡。（《續集》，頁四一三）……而本地工人要求高工資，還不肯做工，出現人力不足。和當初本地人搶著進入工廠大不相同。（《續集》，頁四七八）

工人的福利和工資要求，本會隨著經濟的成長而攀；隨著教育程度的提高，勞工也會漸漸理解他們所要的不是恩賜，而是相應的權利。勞資問題不是《續集》中的重點[23]，作者在此並沒有詳細

22 服飾也可視為是一種文化符號，對衣著特殊性的強調，也是一種文化民族主義的表現，見郭洪紀：《文化民族主義》（台北：揚智文化事業出版公司，一九九七），頁八〇。

23 在《紅塵》中所認同的勞資關係，完全是唯心的、和諧的。像是蝶仙本是服侍龍老夫人的婢女，龍家平等相待如一家人，不以為低。蝶仙後來嫁龍天龍，成為龍天行的嫂嫂，而她的聰敏付出與善解人意，更像是龍天

的解釋，但是這番表露卻顯出玩股票就是因為貪婪，要求提高工資便是好逸惡勞的一種思想傾向，站在資方的保守階級立場。除此之外，也因為「共產黨」而丟失大陸有著深刻的憂慮，在工農兵問題上格外戒慎恐懼，和長期以來國民黨政府所傳達的意識形態不謀而合。

作為身為在台灣的「外省人」，小說中人物感嘆：

> 台灣早已沒有人想到她們這一代志願從軍抗日的青年，甚至以鄙視的眼光看待那些當年和她們一起流血流汗的「榮民」。……她們這一代人好像都是天生的傻瓜，很少為自己打算，而又受盡冷落，甚至歧視。（《續集》，頁三〇九）

離散者對台灣疏離，相對的與台灣的原居民與他們也有所距離。這樣的無根感，還會傳遞給他們的下一代，成為於梨華口中「無根的一代」。[24]小說中曾敘述「台灣那邊的老年人，尤其是外省人，辛辛苦苦將子女教育成人，送到美國拿了碩士博士學位後，就留在美國不回來，兩老卻在台灣沒有依靠，有的死了還沒有人知道」（《續集》，頁二一一）同樣的社會現象，在《紅塵》之

行的姐姐。到台灣後，家中的幫傭林阿足是本省人，一直在龍家服務。龍家並無虧待林阿足，林阿足衣食豐足，能夠拉拔子女長大，對於龍家非常感激。

24 關於這部分的成因相當複雜，請參見筆者《雙鄉之間》〈第七章、從疑惑到追尋——外省第二代小說家的父子倫理敘事〉第三節。

後的另一本小說《婆娑世界》亦曾經提起。然而，上一代留在美國，卻未必是單純的崇洋，外省第二代的出國離散，其實有一部分是受他們上一代離散的精神經驗的傳遞所影響。這種想要停止漂泊卻又經不住遠離的離散者矛盾命題，在墨人的筆下其實沒有解決之道。

二、離散者的尷尬與困境

墨人在《紅塵》中表現強烈的文化民族主義以及離散者處境，乃是推動墨人創作《紅塵》的重要因素。在小說中所表現的文化民族主義以及漢族中心思想，正向來說是渡過民族危機的動機，但是其中卻也有可能走向偏激與激越的危險。尤其是他長期離散他鄉，可是又始終無法認同移居的新生地，更是在能夠回歸故鄉後面臨強烈的心靈分裂危機。

《續集》中透過人物在中國的往來，體現出中國的變貌。純純、紹地等人，因為鄉下勞改下放，在返回昔日家鄉古都後則充滿文化衰退的概歎。如純純回到北京，發現北京人民文化完全改變，趕著搭公車的人們毫無禮貌、甚至會惡言相向、大打出手，而感到分外傷心。她想起從前北京男女老幼都是禮讓，滿嘴「您請」與「得罪」，現在與當初全然兩樣。（《續集》，頁一八九）紹地坐火車到武漢，乘船下九江，看到的是繁華不再，店鋪家家關門閉戶成死市，街上多的兩排梧桐樹更顯鬼氣森森，更找不到當初自家的景德瓷莊。如此的眼光，卻更近於離散者的眼光，切合著墨人自四九年後再度返鄉的視野。[25]

兩岸近四十年的隔絕，儘管能夠歸鄉，但是故鄉變化巨大，原鄉已經不屬於他。就現實的狀況來說，滄海桑田，亦無落腳之處，無家可歸。紹芬便說是：「已無片瓦寸土，台灣也不能生根，我變成了中國的吉甫賽人」兩岸相思多年，最後再得見故鄉後只能是沉痛地說：「我始終認為我不過是一個過客」（《續集》，頁三三二）因為人事已非，紹芬更面臨著身分上的兩難課題：「回到家門口，您們把我當台胞；在台灣我又是外省人。反正我是豬八戒照鏡子，兩面都不是人」（《續集》，頁三四七）。離散者儘管對於故鄉無法忘情，卻終歸無法返鄉；並且還包含著在共產黨統治下的不安：「真要住這兒……提心吊膽，少活幾年」（《續集》，頁三九七），可見離散者的歸屬，如第二章所言，有時不僅是情感性的考量，還包含著現實因素的考量。

九〇年初期的墨人，在國民黨所統治的台灣有著無法生根的飄泊感；不過在面對共產黨統治的原鄉又有著懷疑。其懷疑表現在幾個地方：一是承續著五〇年代以來反共文學中對於共產黨的

---

25 聶華苓也有相當類似的感觸。聶華苓曾經接受楊青矗的訪談中提到：「我在一九七八年回了一趟大陸，那時距我一九六四年到美國已經十幾年了。一九七八年我為何回去呢？我是在大陸生長的，小學、中學、大學在大陸讀的……我當時全家回去，申請了兩年才同意，我只去了三個地方……我感覺那兒已經不是我的『家』了，完全改樣了，而且人都變樣了，我覺得非常難受」〈不是故鄉的故鄉——訪保羅・安格爾（Paul Engle）和聶華苓〉，見楊青矗：《與國際作家對話——愛荷華國際作家縱橫談》（高雄：敦理出版社，一九八六），頁四〇三。其他相同的經驗尚可見張拓蕪的散文。

控訴，《紅塵》一樣毫不保留對於共產黨的厭惡感，認同國民黨的史觀。[26]他以賀元和佘震天暗示李大釗與毛澤東，批評他們「正懷鬼胎，在江西搞蘇維埃，鬧得鬼哭神嚎」，比狐狸難纏狡猾，影響抗日的力量，完全將之視為興風作浪、禍國殃民之徒。

二是八〇年代寫紹芬返鄉之後，舉凡到一地，國台辦即出來幫忙打理；在武漢，湖北的統戰部長即來安排服務，甚至早就「調查」好作家紹芬的半生事跡、作品風格。紹芬苦笑「連我都不清楚，他們卻瞭若指掌，這叫人怎麼說？」（《續集》，頁三一七）一方面表現了兩岸的新關係，但另一方面也表現了對於共產政權監控的疑慮。

三則是龍天行認同了柳敬中的預言，避「赤禍」來台；相對的，《續集》中不論是紹地、紹人還是紹華、紹珍，未渡台者多重複著這樣的簡化模式：下放——平反回鄉——懊悔。其中左派青年紹人，後被劃為右派，如同因為「走錯了路」，成為兄弟姊妹之中「罪行最大」，在平反上也最為棘手者。紹人寫了上百萬字的交代材料，都翻不了案，精神崩潰的他滿是後悔。而懊悔的原因大部分是來自於自己選錯黨，凌菱形容：「被別人賣掉還幫著數鈔票，實在糊塗的很」（《續集》，頁一六八）、或是紹人說自己「像鬼摸了頭，罪有應得！」，對於多年來的得失，

26 《紅塵》中並非對國民黨政府沒有批判，裡面亦呈現抗戰時期國民黨將領失節、未理會士兵之苦的情節，且抗戰勝利之後，又對日人太過寬容，紹人便有「喪失人心」、「婦人之仁」的警告（頁一四六一）。不過相較於直接對共產黨政權表現厭惡的語詞與反面形象呈現的比例，批判和緩許多。

並未做複雜的自我思考或是中國未來道路的清理與反省。

總歸來說，從情節的設計看來墨人不斷的肯定當初離散來台的決定，並且對於共黨作法與手段做毫不妥協的否定，連帶這樣的質疑持續到對中國改革開放後的態度。墨人的作品即是他自我意念與精神意識的表態，在現實生活中他堅持文學精神上的獨立，在文學場域上若是要求他做一定程度的妥協，他便悍然拒絕。北京與西安的某大出版公司為求出版，徵求墨人刪除《紅塵》刪節部分文字，墨人因不願「喪失我做人的原則」而否決。[27]同樣的，八〇年代末墨人到大陸做四十天的文學之旅，對和官方接觸一直非常排斥、拒絕，不論是政協主席、甘肅省長、武威市長等人皆是。他在訪談中便自言是為兩岸文學交流盡心，沒有拿公家補助，也不願意和達官貴人互動，態度堅持，八十歲高齡的墨人面對權與利仍強調自己傲然獨立的人格尊嚴。[28]然而，回過頭來看，如此也將造成他繼續離散他方，不管在精神或是身體都不能真正返鄉的結果。

三、客居台灣與個人烏托邦

天行遵循了三綱五常，完成了家族責任，卻無法成全自己的愛情；從台灣回到大陸的紹芬，

27 見〈「紅塵」續集自序〉，《紅塵續集》，頁六。

28 見陳忠：〈墨人「大陸文學之旅」的十年省思——隔海問答錄〉，《九江師專學報》一九九九年第四期，頁三三。

雖然在空間上走過大山大水，但看到的不是當代，而是過往。

不論是橫貫著《紅塵》裡面，表現著天行文化價值系統的愛情、或是《續集》中離散者的無根之嘆，其中所表露的思維與意識形態，對照台灣自八〇年代末期到解嚴之後的眾聲喧嘩的思想型態，已經顯得守舊與固執。龍天行看來不滿於自由主義、也不認同社會主義，在政黨選擇與道德色彩上，亦與墨人相當一致。但是我們也不可認為像是墨人這樣一直在官僚系統之下工作的第一代外省人，就全然遵從官方的道德思維與意識形態。墨人另有其對於中國文化的信仰，既不同於中共的意識形態，亦不合於台灣官方的意識形態。

中華民族的百年浩劫的原因，墨人認為是文化的失調。若以文化失調來說對照著一直以復興中華文化為己任的國民黨政府而言，此一說法豈不表示政府的失敗與路線失誤？墨人曾經在散文、頒獎典禮答詞與小說中都曾經言及，他所認為的中國固有思想，是以宇宙為中心，富有科學與統合文化的功能。經過漢代罷黜諸子百家與黃老，排斥科技之後，便造成兩千多年來一言堂的嚴重後果。墨人重視儒釋道的統合，實則和官方主導下的文化意識大相逕庭。正如他在〈民族精神與文學創作〉所提出的：

> 要恢復中國民族精神，除了恢復中國的人文主義之外，必須同時恢復中國固有文化的科學精神，重視易經、道德經的科學價值與統合功能。唯有科學、人文的有機統合，中國文化

才可大可久，中國民族精神才會萬古長新，而無畏懼於任何外來的文化思想的衝擊。[29]

這是墨人所開的一帖方子，接承著中國近代以來的民族傷痛，貫穿現代中國，一直到離散至台灣；然而，此一文化主張的疾呼，從七〇年代到九〇年代，並未帶來太多的共鳴。台灣在文化上一直推行的是儒家教育，而受到高等教育的知識分子又普遍西化。台灣自美援以後，在文化上一直受到西方文化的強烈影響；而現代主義的盛行，也在墨人文化民族主義的意識下被否定。[30]

因此墨人看似與官方同盟的意識形態論述之下，究其內涵其實並不相同。《紅塵》最後天行消失蹤跡，暗示了天行成仙得道，他克服三維的時空障礙，穿梭過去現在和未來，應在四維以上的極樂世界。天行修佛與道，成為具有六通的高人。而得道者可能靈魂出竅、神遊太虛，甚至也穿越生死。小說以印度教聖人克沙里・拉瓦爾為例，表演短途飛行和穿牆能力，也提到飛碟、外星人：

29　墨人：《山中人語》（台北：台灣商務印書館，一九八三），頁二三五—二三六。

30　墨人在訪談中便曾經這麼說：「學西洋文學的常將心理學唬人，尤其是所謂『意識流作家』，是『上流』還是『下流』？往往自己也搞不清楚。在曹雪芹那個時代，中國似乎還沒有『意識流』這個名詞，我敢斷定曹雪芹沒有聽說過。但曹雪芹卻早寫出比『意識流作家』高明百倍的《紅樓夢》……那些諾貝爾文學得主，有哪一位能辦到？」見陳忠：〈小說的細節、人物、故事、結構與表述——與墨人隔海問答錄〉，《九江師專學報》（哲學社會科學版）總第一二〇期（二〇〇三），頁四三。

> 經過修持達到六通的人，都具有我們地球人所沒有的能力，他們和四層宇宙以上的高級生靈一樣，能使用意念力自旋加速道超光速，使本身既無重量又不佔空間而隱形，完全變成信息波集團，在宇宙間自由來去，一減速又可以立刻顯形，快得使我們凡人無法感知。他們具有操控陰陽，駕馭超光速能力，是一種永恆的靈性生命。我認為佛道兩家追求的就是這種境界。（《續集》，頁二二）

天行是讀書人，能夠繼承天行的是科學家傳祖，小說家認為中國未來的道路正是在此。作者在《續集》中大量明道，透過傳祖以科學家之姿，講解陰陽之說、生命之道，如同知道其說法會被斥為迷信一般，解說「一般沒有科學知識，以前衛自居的人文主義者，隨便給人戴上『迷信』的帽子，實在令他啼笑皆非」（《續集》，頁三一），來強調其主張的科學性。儘管《紅塵續集》一再的重述天行所追求的終極目標以及可行性，不過終歸還是屬於個人成聖之道，根本的迴避了官方的王道思想。小說最末以宗教思想做收，或不可能改革現世，然這也可能是墨人透過此傳遞了度化眾人心靈的悲願。天行如此脫離了有限生命、六道輪迴，沒有死亡、也沒有社會。可是另一方面，走向宗教之後，人類好像沒有能力建立現世烏托邦的可能性，在墨人積極求道的反面，卻掩藏不住對於現實的失落。

第四節 小結

沈松僑在其論文〈近代中國民族主義的發展：兼論民族主義的兩個問題〉一文中說到道：

> 中國並非是一個固定的、同質不變的一個整體。尤其是近代中國面對列強，被迫揚棄中國中心的天朝體制，轉而納入現代世界的體制時，中國必須要因應現實需要，重新被想像建構。而中國的民族主義者，也往往要在各種混雜交錯的既存認同標誌中加以挪用與重編，建立一套整合的民族認同。所以，近代中國的民族主義，是在「過去」與「現在」不斷交互作用、彼此建構的辯證過程中被建構出來。[31]

回頭觀察墨人《紅塵》與《續集》的文化書寫，即為一民族認同的建立。尤其是西風東漸後，在墨人眼中六〇年代現代主義、存在主義、意識流風行，乃至於八〇到九〇年代以降重利忘義、淺薄膚淺的台灣文化語境，如此不啻是民族精神的隱蔽與喪失，也連結了離散者的無根與強烈失落感。由於兩岸的長期隔離，無法回歸現實中國；而當返鄉之後，又有今不如昔的失落，文化上中

31 沈松僑：〈近代中國民族主義的發展：兼論民族主義的兩個問題〉，《政治與社會哲學評論》第三期（二〇〇二・十二），頁五九。

國性的依歸與再認同也因此有其必要性。

以當代台灣與近代中國相對照，同樣面臨了文化秩序上的迷亂。小說中近代中國的重塑，對於當代台灣來說，不僅是一種溯源、一種解釋，也是歷史觀點上的連續。文化取向上的失落和迷亂，將有賴於秩序的重建，越是清楚與絕對，則是越有穩定的力量。西方世界因此成為一個認同的他者，一邊是解構、一邊是建構，所欲解構的是當代對西方的崇拜，所要建構的是民族情感的延續和凝聚。

在「過去」和「現在」的交互作用和結合下，《紅塵》與《續集》再度建構出相對於西方的穩固、封閉的中國。然而這是否能受到當代台灣的情感理解，而不認為只和官方幾已僵化的文化思維同沆瀣一氣，恐怕很難。因為構成外省第一代的感覺結構——不論是對日抗戰以來的民族情感、逃難時九死一生的艱苦、以及大江大海、滿是文化遺跡的山河中國，對下一代而言除了文本之外，很難被感受理解；且尤其在九〇年代認識台灣的浪潮之中，更是很快被淹沒。

墨人將中國性歸結到文化風景、傳統文化以及倫理道德的強調，其中有著文化菁英的色彩，這和左翼在五四以降重視下層民眾在中國政治社會發展道路上的參與和位置，顯然有所隔。墨人不屬於上層階級，但在作品中具有士大夫的高潔精神，同時有著傳道者的苦口婆心，特別是他重視儒釋道的統合，使得他甚至懷抱著宗教家的情懷。而儒家的用於世和道家的隱於世，究竟如何整合起來？在小說呈現的是階段性的變化，天行早年奉儒家，中晚年後遵行道術與道家，看來是生命上的選擇。而高舉易經和道德經，在具體層次實踐上的困難，恐怕也是《續集》裡將希望寄託在美國發展科學的傳祖，而天行則走向隱身成道的原因之一。

站在這樣的立場上，墨人雖和國民黨的文化立場諸多吻合，卻未必能夠使他在台灣獲得話語權力；而他本人堅持追求的文學良心，也不能使他和權力話語縫合穩當。當《續集》中提到自台灣到美國去的移民者未能盡孝，小說中的人物奇衣曼說道：「台灣的中國人也變得這麼快，我更沒想到。」紹芬則說這就是「橘逾淮而為枳」，不受環境影響才是最好的品種——這樣的慨歎流出了墨人的真正想法，不管在何方的離散者，只要能保存深厚的中國文化與美善道德，便是真正的中國人。

第八章　結　論

一九四九國民政府退守台灣，約有百萬人遷移入台，其中約六十萬人為軍人，此一大遷徙舉世罕見，也是台灣一段重要的歷史。

五〇年代台灣報刊媒體與書籍，開始受到威權政府的全面控制與指導，文壇響應時代戰鬥的主旨，出現大量的反共戰鬥文學。台灣本土民眾因為在「反共」經驗上的缺乏，且加上戰後日文與中文語言斷裂的問題，使得原來在文壇耕耘的台灣作家因為無法跨越語文與經驗的障礙，不得不中止了文學創作；也因此，葉石濤在《台灣文學史綱》提出五〇年代的文壇乃是被一九四九年來台的外省作家所把持的看法。

時間邁入解嚴之後，第二代的外省作家已經在文壇展露頭角，他們書寫族群的獨特經歷，寫返鄉探親、寫眷村經驗與過往、寫流亡離散而至安家落戶的上一代、寫他們離開眷村後的心理等等。以往黨國威權時代之中，外省族群多以「忠黨愛國」的形象被集體認識，甚至被視為是黨國的附庸，而忽略其中的異質性以及複雜深刻的心理樣貌、生命歷程和生活形態，外省族群重寫自我形象，我們可以把他們的族群書寫視為是解嚴後「後殖民」書寫的一環。然，相對的，昔日被目為「把持文壇」、隨軍來台的作家呢？當台灣社會進入解嚴的時空後，即使是他們之中較為年輕的，也已經進入耳順之年。六十歲之後，一直到新世紀，還能保持豐沛創作量的「第一代」外省小說家已經相當有限，這除了因為進入老年生活之後仍要維持寫作勞動的生活形態與創作熱情委實不易；另一原因是文學場域生態不變，要在審美形式上日益求新求變的九〇年代文壇取得讀者與學界青睞，並且獲得出版支持也已越見困難。

本書所探析的，主要便是針對張放、王默人、舒暢、梅濟民、司馬中原、朱西甯、墨人這些隨軍來台的小說家，選擇他們解嚴後才出版的小說，其中透過了人物清楚表現出自大陸來台、並且已在台灣定居或長期生活，此一與自身生命經驗相關的身分書寫小說。我在研究中特別探究他們為何在高齡或者是發表艱難的情況下仍然繼續寫作，探討書寫對於他們的意義，並且積極的發掘其身分書寫的敘事方式、意義和文化價值。

當身分會變成焦點時，往往表示著認同正發生了危機，因而需要透過再敘述的過程來重新穩定主體想像。[1]在私領域上少年已步入向晚之年、在公領域上兩岸關係產生變化、台灣已經歷本土化成為開放社會、商業社會，不論是晚年時間的限制與死亡的陰影、民國理想的衝突潰散、又或是民主化或本土化後的民族文化焦慮情結，都銘刻在一已將邁入遲暮之年的隨軍來台作家的身分思索上。

「隨軍來台」看來是一個群體。問題是，在這群體之中也有其差異性，並在解嚴之後的差異性會更為明顯。他們個別的經驗與情感、情性、與對社會的看法不盡相同，且未必會朝向同一個意識形態的方向，就像是本書所討論的其中兩位作家張放與墨人，一位認同台灣本土，一位處於漂泊的離散者狀態，就朝向了不同的光譜。故而本書各章大致採取分述的角度，以求彰顯他們各

1 范銘如：〈空間、身分與敘事〉，《空間、文本、政治》（台北：聯經出版事業公司，二〇一五），頁七四—七五。

自身分書寫的脈絡、思考和敘事的方式與意義。在強調群體性的第一代外省作家視角外，我選擇以一種集體框架下個別探析的方式來理解他們；以下我總結本書的討論，將這六位作家解嚴後身分書寫上的共同點做綜合性的整合。

一、「半知識分子」的理想與悲哀

這幾位隨軍來台的作家在正該接受中學教育的年齡時來到台灣，他們雖未經過正統的學院教育，而在當時只能成為「半知識分子」，但是他們比起軍隊中其他可能未受教育、甚至大字不識的大兵，還是不同的。例如張放、舒暢、司馬中原、朱西甯，他們便都曾在散文中提到未到台灣前就已是喜愛文藝的青年；而墨人則曾是戰地記者，他們都曾受到「民國文學」的影響。

軍中文藝的盛行，使得軍人得以透過軍中文藝風氣與文藝工作培養起對文學寫作的興趣和自信，之後再透過軍中的教育管道，進一步精進自我。他們因此比起一般我們後來所稱的老兵，有更複雜的感性、更高的理想性、以及文化思考的能力；另外更重要的是——表達自我的書寫能力，而這也使得他們和威權體制的關係更為複雜且矛盾。

從他們解嚴後書寫中讀者會發現，黨國與隨軍來台者或是軍人的關係，並非是縫合的那麼穩當無暇，而有著緊張關係。特別像是本書所討論的張放以及王默人，都是白色恐怖下的受害者。張放為澎湖事件的倖存者，在澎湖事件中被迫編兵、王默人僅稱自己是「隨著蔣軍來台」，後來因文字書寫而受當局注意與壓迫，為避禍而被迫出國。而梅濟民在小說中的主角，懷抱著滿腔熱忱為空軍服務，最後則落得二十年的牢獄之災。他們都是懷抱著理想的愛國青年，在反攻復國的神聖性話語之下，歷經流亡生活、戰爭陰影、白色恐怖，跨越到解嚴後的開放，在歷史的浪潮中，更讓他們清楚的感受到自由和禁錮、神聖與卑微、犧牲與背叛、奉獻與辜負的相互衝擊。徐復觀（一九〇二－一九八二）曾經自述經歷呼應了他們的景況：

> 我之所以拿起筆來寫文章，只因身經鉅變，不僅親眼看到許多自以為是尊榮、偉大，驕傲，光輝的東西，一轉眼便都跌得雲散煙消，有同鼠肝蟲臂。並且還親眼看到無數的純樸無知的鄉農村嫗，無數的天真無邪的少女青年，有的根本還不知今是何世，有的還未向這世界睜開眼睛；也都在一夜之間，變成待罪的羔羊，被交付末日的審判。在這審判中，最為人類最低本能的哭泣，呼號，最為人類最大尊嚴的良心，理性，都成為罪惡與羞辱，不值分文。而我的親友，家園，山河，大地，也都在一夜之間，永成隔世。……對此一鉅變的前因後果，及此一鉅變之前途歸結，如何能不認真地去想，如何能不認真的去看，想了看了以後，在感嘆激盪的情懷中，如何能不把想到看到的千百分之一，傾訴於在同一遭際下的人們之前。[2]

---

2 徐復觀：〈自序〉，《學術與政治之間》（台北：台灣學生書局，一九八〇），頁VI－VII。

徐復觀跟隨國民政府來台，後來任教於台灣大專院校，著作等身。他在這段話中，並未清楚指涉是哪一政權；但歷經白色恐怖的台灣，我們卻在這時代的浪潮中，看到了相類似的命運。梅濟民筆下無辜的王銀、張放《天譴》中被莫名投海的青年們，他們終於在解嚴之後被作家的筆所釋放。

小說敘事是這群作家們生命的出口也是前進的力量。時至八〇年代末期的台灣，他們同時也已經步入向晚之年，他們除了個人命運之外，也較能以歷史性的角度去思考。本書討論的張放大量反覆寫作的用意在於關注一九四九來台的外省人，特別是底層的知識分子以及老兵的集體命運。他們在探親開放與解嚴之後開始清楚覺知國共內戰、白色恐怖與兩岸隔絕所帶來的惡性結果，戰爭框架的瓦解失靈，使得張放重新思索他們一代遷台者如何被認識與記憶的歷史課題，其中充滿不被理解的憂愁，也暗藏空虛落寞的邊緣人心緒。另一方面，他的晚年寫作不僅是出自於心理創傷的揭露和歷史的檢討，也是為包含自己在內的外省人的未來尋求解答，大量的創作與思考，使得張放成為他們之中身分書寫上最具代表性的作家。

一個人在青少年時期所發生的重大生命經驗，將成為它畢生難忘的傷痕記憶，往往影響他日後的認同傾向與世界觀。張放的小說重複表達著能夠落腳台灣，在此安身立命的感激，晚年的小說具有濃厚的台灣本土認同情感，不過在內心始終難掩邊緣人的愁緒。王默人晚年仍舊對於被拔離台灣鄉土感到憤懣而無法忘懷，最後仍舊堅守不流俗的小說家立場。我們從他們的經歷中，可以見出白色恐怖並不選擇族群身分，所謂的異議分子卻也很可能是情感熱烈、熱愛鄉土的人；或者，甚至未必有強烈的政治主張，像是低調的作家梅濟民，最終只能把所有的情感寄託到對綠島山海的呼喚裡。

這些情感和社會結構之間緊張的關係，突破了一九四九的遷台外省人常被視為是一和諧整體的看法。「如何能不認真地去想，如何能不認真的去看」——徐復觀之語正表達了他們書寫的渴望。

二、愛、欲、女性：身體與空間限制的超越

一九四五年日本戰敗，歸還台灣。長期抗戰贏得的勝利沒有帶來和平，國民黨在中國大陸統治的失敗，使得國民黨在國共內戰中很快失勢，一九四八年蔣介石已經開始計畫撤退台灣，一九四九年台灣發布了戒嚴令，國民政府於年底正式遷移入台。從此台灣實行長時間的軍事控管，封鎖大陸消息，一直到一九八七年解嚴，總共長達三十八年的時間。漫長的分斷造成兩岸斷裂而難以回復的隔絕狀態，這一空間的阻絕，同時也是線性時間的橫斷，使得老兵即便在開放大陸探親後返台，仍感覺到彼此在生活、情感以及意識形態上產生差距。

回顧解嚴前外省籍軍人的生存處境，面臨的便是不能返回故里、不能結婚以及軍人職業身分的移動限制，或甚至也難逃在白色恐怖下有著牢獄之災與性命之憂的政治陰影。

空間是身分產生之處，沒有空間，生命便無由展開，戒嚴的隔絕因此產生出孤絕與渾沌的生命狀態。為了逃避身體和空間限制所產生的孤絕與混沌感，他們遂將之化為藝術敘事的能量，而

重複圍繞著愛、欲、女性這些命題來出現。

如同張放的小說、司馬中原《最後的反攻》、舒暢《那年在特約茶室》中的主角寫出充滿生命力的老兵、軍人，受到女性熱烈的傾慕。他們在形象上或沒有特別的吸引力，甚至經濟條件也差強人意，可是為人正直有情而具有俠氣、義氣，受到女性的敬重，而使得女性因此願意以身相許；又如梅濟民《火燒島風情系列》中的王銀，儘管身陷囹圄，卻還能因緣巧合的拯救溺海的女主角，形象既勇敢又感性、正義又有智慧，以至於小說中的女性皆愛王銀。女性的肯定，猶如他們自尊自信重建的管道，在張放的小說中化為性能力強的男性、《最後的反攻》的小鶴非主角老湯莫嫁、《那年在特約茶室》中的三十三號亦願意以生命承諾愛情而給予信物、梅濟民筆下的王銀則成為綠島最可憐可愛的男性，女性們為了他而爭風吃醋。較為不同的是王默人，他所寫的自傳小說〈跳躍的地球〉，主角帶著女友「私奔」走出封建家庭的約束，追求知識分子的主體價值，遙續了五四精神，表現了他對世俗和輿論力量的反叛，也突出了他對於知識分子價值身分的認同。他們在現實社會中不屬於高階級位置，可是同樣的成為了小說中的另類英雄，展現力量。

同時，他們的愛也連結了欲，他們小說中的男性飽含生命風霜，小說家筆下所強調的不是純然潔白的無性之愛，而是愛與欲的結合，方使得他們成為完整的個人。然而，這並不代表他們筆下的女性不具立體形象，徒具附庸於男性的象徵符號。這些女性有其個性，她們的性格立體，對於男性的崇敬在於他們彼此的尊重，如果她們不具有與之相應的情感深度，那麼便也不會有足夠的理解。她們可能是娼妓，也可能是同樣具有千瘡百孔或是複雜的生命歷程，因此她們更能夠了解並且欣賞這樣子重情實意的堅毅男性，在相類似的社會階層和生命傷痕中彼此相濡以沫。

欲望的滿足在小說家的筆下成為他們在生命匱乏之上的彌補，甚至是救贖。舒暢以原始慾望來體現軍隊內的身體禁錮，司馬中原進一步用老兵們慣常使用的淫言穢語，以狂歡的姿態尋找出口，挑戰黨國已然僵化的政治話語與象徵系統。當社會可能一般性的認為，老兵的思維封印在政治話語的假象之中，但是我們從隨軍來台作家的解嚴後書寫中，卻看到他們以愛與欲的書寫作為一種抒發與反抗方式。

並且更進一步來看，這些女性還成為了這些男性與外在處境隔絕的心理狀態下的一種橋樑。王默人早期的作品〈外鄉〉，即曾以一堅毅的本省妻子，作為在台灣社會延續生命的踏實力量。後來張放小說裡的本省籍女性戀人或妻子，也使得其作品中的男性主角們得以融入在地生活。在張放過世前的幾部著作中，並由這些本省女性強調台灣的歷史，象徵不同歷史過去的兩個族群的結合。司馬中原和舒暢筆下的女主角都是原住民女子，她們給予小說中老兵們愛的撫慰，使他們免於孤獨。而梅濟民則更為複雜，如本書中的分析，三位女主角分別是王銀個人生理、心理與社會政治結構間的象徵性媒介。女性使他們從受到壓抑、頹喪的心靈空間中出走，注入了新的生命力，在他們的小說中成為獨特的存在。

三、人物造像與心靈顯影

本書所討論的作家，若非形塑和自身經歷類似的人物以表心跡，便是作者直接的透過人物形象的造像以傳遞其身分理念。

外省人、軍人、榮民、小說家、文化人都是隨軍來台小說家的一種社會身分。如第一章所說的，身分是一縫合點，沒有本質的屬性；若我們只是把隨軍來台的小說家們，僅視為是國家機器的一環，那麼他們自然是國家政權的附從；若我們將之視為是有主體意識的個體，那麼他們便也有自己的情感、愛憎、盼望、理想。

張放喜歡寫的是「老芋仔」與外省底層知識分子、王默人常寫的是性格孤傲、對文學執著的外省籍知識分子、司馬中原《最後的反攻》是寫一群老兵油子。像是前文所說，他們的性格正直，和權威世俗抵抗，儘管有親密的朋友、家人，但是內心依然有著無法排遣的、來自歷史性的孤獨。命運之中的不由自主、無可選擇，長期以來的創傷，小說家為之安排的結局多是瘋狂與死亡，那是作者對於威權的抗議、也是對命運的抗議，個體生命雖然渺小，仍有不可侵犯的尊嚴。

隨軍來台小說家們是軍人，爾後在台灣多從事文化工作，知識分子的形象也是他們思考的重心。不過因為他們重視國家、價值，受到儒家思想的影響，觀點入世，重視日常實踐。和受到西方思想洗禮，標誌自我人格獨立性、人性灰暗處的學院派知識分子相當不同，同時也和台灣九〇年代以降時空去中心的思想性格相左。他們對於人物的看法和判斷，往往相當直白，好惡分明。張放和司馬中原藉由人物形象的建立清楚表露厭惡官僚系統、厭惡假道學，王默人則厭惡庸俗、利益、重視精神價值，墨人小說直接流露對西方文化入侵的痛恨，以儒釋道融合的龍天行為文人理想；而朱西甯《華太平家傳》寫的主角雖是農民，實是以其彰顯中國禮樂文明的士的文學。

他們所面對的世界並不是非分明，甚至如張放筆下的人物，受到威權的迫害，又不得不成為其中的一員。這不僅是人物的遭遇，也是張放的真實人生[3]，在亂世之中維持主體性是困難艱辛的，精神上的糾葛與矛盾難以對世人甚是親人訴說，進入小說中反而是非分明。會造成如此寫作方式的原因，除了是來自於他們所習慣的創作手法之外，恐怕主要還是來自於他們在價值信仰體系上的判斷、心理願望以及理想的投射。因為遭遇的歷史複雜而艱難，人們無法在大歷史之中去體察他們的面貌，更不用說他們自己刻意的隱藏、淡化。故而，在歷史中所未見的，反而以文學的面貌出現了，而展現出比歷史更為真實的心靈顯影。

《火燒島風情系列》寫來自軍中、心懷悲憫、個性壓抑的政治犯王銀。梅濟民身世成謎，白色恐怖的經歷使得他更為低調。而研究者林傳凱因為曾與梅濟民獄中難友訪談，如此說明：

> 一直到二〇〇八年後，一次在拜訪外省籍的白色恐怖受難者閻啟明、黃廣海的過程中，我

---

3 張放的女兒張雪婇曾經在訪談中提到：「我聽到爸爸在家裡對國民黨頗有微詞，我當時小時候覺得有點怪，為什麼你好像不太愛國，我真的不知道為什麼，我心裡有困惑……我記得我小時候他說，『你沒有辦法想像我對國民黨的恨』，我當然也不懂為什麼會這樣。後來，我五十歲之後才曉得爸爸是山東流亡學生，但是我父親終其一生從來沒有對子女面對面談過這個問題，一次都沒有。」出自「山東流亡學生與澎湖七一三事件七十周年特展」。展出地點：國家人權博物館白色恐怖景美紀念園區（新北市新店區復興路一三一號）、展出日期：二〇一九年八月二日至十一月三日。

才意外知道，這個自稱「教授」的東北老人，原來是一個軍中出身的大老粗（黃廣海語），而且還是貨真價實的白色恐怖受難者。……梅濟民以前可不是什麼作家，他是空軍的地勤機械師，碰的是金屬工具而不是筆桿。不過到了軍人監獄之後，因為生計所迫，需要那份稿費；還有主觀上的憂鬱痛苦，必須找到一項抒發管道，梅濟民這才走上了文學創作的道路。4

這個訪談與梅濟民自己和親屬訪談的相左之處在於梅濟民入獄前的經歷和職業身分5；然由於梅濟民實際年齡的難以推估，故他在任空軍前，是否還有其他職業則未可知。所以梅濟民的人生經歷究竟是如梅濟民妻子所述，還是較接近難友所述；就跟王默人是否曾任軍職一樣6，究竟是王默人還是張拓蕪之說可靠，一樣是說不清。

王銀在小說中是空軍機械師的身分，在小說中反覆述說著他報效國家卻遭橫禍的痛苦。他以文學的幻想逃脫現實的殘酷，幻想看來是不真實的；然而弔詭的是，那些可能的偽裝反而透過小說而剝除，我們反而透過王銀的獨白、王銀與小說中三位女子的互動，從小說的世界裡看到梅濟

4 林傳凱：〈「白色文學」上——梅濟民、火燒島，與他的《北大荒》〉，《人本教育札記》第三一二期（二〇一五・六・一），頁九三—九四。

5 根據吳慕潔訪談梅濟民遺孀，得到的資訊為梅濟民在台大擔任助教工作，詳見第一章。

6 此一事件詳見本書第四章、流亡者的自我書寫。

民心靈上最真實的部分。

前半生的流離、衝突，向晚之年的寫作裡，隨軍來台作家們更傳遞了他們對於桃花源之境的渴望，以託付那些無可解的情感與矛盾；而他們心中的桃花源與他們畢生理想與認同亦對應相關。張放的認同對象是植根於土地，勤樸勞動的老兵、王默人追求的是知識分子的獨立精神、遭禁錮二十年的梅濟民，安慰他心靈的是如詩如畫的火燒島、朱西甯的理想是禮樂中國與基督信仰的結合、墨人所認為的中國文化富有科學精神，他對極樂世界的詮釋統合了佛道與科學。也因此，他們皆透過了人物，傳遞了那樣一個在小說中的桃花源，作為心靈的依歸——在張放筆下是老兵們開開心心的辦果園、茶園或雜誌、王默人筆下是主角王可仁靈魂歸處的奇幻花園、梅濟民筆下是總是能帶給王銀撫慰的自然懷抱、朱西甯筆下是我父的鄉土尚佐、墨人筆下則是位真正的中國讀書人龍天行，修佛得道而歸去的極樂世界。在生命晚期的書寫裡，他們所要尋找的，還是流離人生的心靈歸宿。

四、宗教與文化價值的召喚

在這群作家筆下的人物，雖可成為另類英雄，卻頗具悲劇性。許多小說中所寫的老兵不是瘋狂，就是死亡，或者充滿無語問蒼天的無奈憤懣。亦如我在第二章所提及的「憤懣大於憂傷，焦慮大於憂愁，看來豪邁昂揚，但又難掩悲憤難解」[7]的精神風格。然除了軍人之外，在本書所討論作家小說，也有和作家本身職業身分相距較遠的《華太平家傳》和《紅塵》。

《華太平家傳》寫農民，《紅塵》寫世家，寫作對象的階級位置不同，但都認為社會在不同階級下仍會存在著和諧性，講究人與人的情感，相對於強調階級性的共產主義，在這方面呈現了朱西甯和墨人意識形態的傾向。另一方面，兩位作者同樣的都懷抱著中國文化理想，而呈現出強烈的文化民族主義。《華太平家傳》主角為農民，底蘊仍是「士的文學」；《紅塵》以《紅樓夢》為學習對象，繼承並開創中國經典文學，他以創作為行動，表達對文壇西化的抗議。

文學創作上朱西甯與墨人同樣要回歸中國文化的「正宗」，而那並非左翼的中國。墨人特意的在小說中納入詩詞等文化的介紹，體現出充滿詩情的文人中國；而朱西甯則借由飽含情意的物象傳遞，體悟中國的文明風景，雖然觀點並不全然一致，不過他們同樣都重視抒情中國那一面向。另一自五四以來便頻受檢討的封建倫理，在他們則反而採取肯定角度。他們同樣強調家庭倫理的面向，還會流露出對封建父權認同的色彩。《華太平家傳》與《紅塵》同樣將情感依存在倫理關係之中體現，強調家庭內部成員彼此的互重、互信、互愛。倫理關係不是個人的發揚，而是家庭的團結，因此要敬愛父母祖上不可違逆，甚至需忍耐、犧牲自我，維持家庭的和諧，他們不約而同的都肯定傳統中國社會中的倫理價值，以保全社會秩序、文化秩序。

---

7 見第二章、隨軍來台小說家解嚴後身分敘事的精神結構。

這和國民政府來台之後強調固有文化價值是一致的，觀察墨人在《紅塵》中的思考，即和文復會多所呼應。然而，實際上墨人卻未必明顯認同黨國政治話語下的道統線索，我們不能將之劃上等號來理解。只是時間已至世紀末，何以他們還要強調道德中國的價值？朱西甯的觀點乃是以復古接新生，以「治療」台灣世紀末的文化昏熱症、而墨人則是來自於他對於移居地台灣的文化焦慮，兩人都有著離散者的文化特質。然而，他們的觀點同樣的都未必能為群眾所接受，也因此他們的苦心孤詣都有著似於宗教家的情懷了。

特別的是，兩人都有著宗教的信仰，不過朱西甯和墨人的宗教主張卻相左，《華太平家傳》中我父一家為虔誠基督教徒、《紅塵》龍天行一家為佛道教徒。墨人自中國近代受到西方列強入侵的歷史思考，對基督教痛之恨之，並在小說中嚴厲批判其教義。基督教教義在小說中缺乏深刻理解，重點也不在於對基督教義的深究，對於基督教否定的重要原因主要還是來自於民族情感上的否定。和墨人成為複調的朱西甯，身為虔誠的基督徒，小說中反致力於基督教的中國化，將儒家經典和基督教義相契合。不過這不代表朱西甯認同西方，他更重視的是中國文化道統的守護和發揚，西方的入侵，反而是考驗中國文化，讓中國文明能成為更強大的力量。故而小說中假借《論語》〈子畏於匡〉一章，改為：「天之未喪斯文也，洋人其如予何？」（頁三三二），對於中國文化自信又自豪。

他們在失去信仰的時代，強調宗教與倫理價值；在資本主義社會下，否定西方的強勢文化；在新中國誕生、文化大革命之後強調儒家道統；在本土化浪潮下把讀者全然帶回舊的、道德的中國。時代浪潮中這兩位作家逆流而行，我們自此得見他們在文化民族主義中的頑強，甚至可說是頑固的一面，他們為自己與其後代再度強調了一個龐大的集體記憶。

如我們在第一章的論述，身分問題並不會一直平順而無礙，它是一個調整、變化的過程。在九〇年代以降的台灣社會文化脈絡中，身分政治的書寫或者朝「抵中心」方向來呈現，但也或者有著對於將要失去「中心」的焦慮和調整。這樣的主體重構的意義在於，身分敘事一方面渴望著排解歷史中的矛盾與鬱結，另一方面也來自於其自我生命或是族群命運的總結性思考與再現。

霍爾在接受訪談時曾給予我們啟示：所有的「認同／故事都銘刻於這些我們採取與認同的立場中，我們必須與這個認同立場可能擁有的所有特殊情況生活下去」[8]，作家們反思自我的生命經驗、與歷史、社會結合起來說故事，反過來的，他們的小說故事也銘刻著他們的身分思索和期待。他們期望超越現實生命，但也不能避免歷史所帶來的焦慮和視野侷限。

本書所討論的作家們的後期書寫叨叨絮絮，或者說理過白，或者不耐經營，都顯示出情感的急切與時間的壓力。而藝術的能量正在於它能夠容納人們許多複雜、隱蔽、不可言的情感，創作者自己有意識或無意識在作品中傳達那些受傷、焦慮、內疚、無常、混亂、憤怒等等感受，它們

8　斯圖亞特・霍爾（Stuart Hall）、陳光興著，唐維敏譯：〈流離失所——霍爾的知識形成軌跡〉，《文化研究：霍爾訪談錄》（台北：元尊文化企業公司，一九九八），頁六〇。

或直白的如同粗礪的砂紙，或也隱微得不能完整的被發現，而我認為在文學的世界裡，應能夠包容更多曖昧不清、更多渾沌、更多真實的心靈狀態；並且我們也應該珍視這些心靈感受，因為這些情感述說，也將化為我們社會邁向未來的秘密來源。

參考書目

一、現代出版專書

（法）加斯東・巴什拉著，顧嘉琛譯：《水與夢：論物質的想像》（鄭州：河南大學出版社，二〇一七年一月）。

（法）加斯東・巴舍拉著，龔卓軍、王靜慧譯：《空間詩學》（台北：張老師文化事業公司，二〇〇三年七月）。

Milkhail Bakhtin，白春仁、顧亞鈴等譯：《巴赫金全集第五卷》（石家莊：河北教育出版社，一九九八年六月）。

Philip Spencer and Howard Wollman 著，何景榮、楊濟鶴譯：《民族主義：一個批判性的觀點》（台北：韋伯文化國際出版公司，二〇一二年）。

中國論壇編輯委員會主編：《台灣地區社會變遷及文化發展》（台北：聯經出版事業公司，一九八五年）。

中華文化復興委員會編：《中華文化復興運動的實踐與展望》，（台北：文復會，一九七七年）。

中華文化復興運動推行委員會編：《總統　蔣公倡導中華文化復興運動十周年紀念專輯》（出版資料不詳）。

王幼華著：《兩鎮演談》（台北：時報文化出版企業公司，一九八四年）。

王幼華著：《廣澤地》（台北：尚書文化出版社，一九九〇年九月）。

王幼華著：《獨美集》（苗栗：苗栗縣文化局，二〇〇五年一月）。

王甫昌著：《當代台灣社會的族群想像》（新北市：群學出版公司，二〇〇三年十二月）。

王鼎鈞著：《文學江湖》（台北：爾雅出版社，二〇〇九年）。
王鼎鈞著：《關山奪路——王鼎鈞回憶錄四部曲之三》（台北：爾雅出版社，二〇〇五年五月）。
王德威著：《一九四九：傷痕書寫與國家文學》（香港：三聯書店，二〇〇八年十月）。
王德威著：《如何現代，怎樣文學？——十九、二十世紀中文小說新論》（台北：麥田出版，一九九八年十月）。
王默人著：《王默人全集》（新竹：國立清華大學出版社，二〇一七年四月）。
台灣教授協會編：《中華民國流亡台灣六十年暨戰後台灣國際處境》（台北：前衛出版社，二〇一〇年）。
司馬中原著：《最後的反攻》（台北：風雲時代出版社，二〇〇九年）。
白樂晴等著，白永瑞、陳光興編，朱玫等譯：《白樂晴——分斷體制．民族文學》（台北：聯經出版事業公司，二〇一〇年十一月）。
朱西甯著：《七對怨耦》（台北：道聲出版社，一九八三年八月）。
朱西甯著：《日月長新花長生》（台北：皇冠文化出版公司，一九七八年十二月）。
朱西甯著：《茶鄉》（台北：三三書坊，一九八四年十月）。
朱西甯著：《現在幾點鐘：朱西甯短篇小說精選》（台北：麥田出版，二〇〇四年十二月）。
朱西甯著：《黃粱夢》（台北：三三書坊，一九八七年七月）。
朱西甯著：《華太平家傳》（台北：聯合文學出版社，二〇〇二年二月）。
朱天心著：《想我眷村的兄弟們》（台北：麥田出版，一九九八年）。
艾莉絲．摩根（Alice Morgan）著，陳阿月譯：《從故事到療癒——敘事治療入門》（台北：心靈工坊，二〇〇八年）。
艾德華．薩伊德（Edward W. Said）著，彭淮棟譯：《論晚期風格：反常合道的音樂與文學》（台北：麥田出版，二〇一〇年三月）。
呂妙芬著：《成聖與家庭倫理——宗教對話脈絡下的明清之際》（台北：聯經出版事業公司，二〇一七年九月）。
宋怡明著：《前線島嶼：冷戰下的金門》（台北：國立台灣大學出版中心，二〇一六年八月）。
李冰著：《陋巷春暖》（台北：彩虹出版社，一九九一年）。
李怡、張堂錡主編：《民國文學與文化研究・第三輯》（台北：秀威資訊科技公司，二〇一六年十二月）。
李怡著：《問題與方法：民國文學研究》（台北：文史哲出版社，二〇一六年八月）。
李昂著：《中國當代藝術家訪問——在小說中記史》（台北：大漢出版社，一九七八年）。
呼嘯著：《夢裡人生》（出版資訊不詳，一九九一年）。
林果顯：《「中華文化復興運動推行委員會」之研究（一九六六－一九七五）——統治正當性的建立與轉變》（新北市：稻鄉出版社，二〇〇五年四月）。
林桶法著：《一九四九大撤退》（台北：聯經出版事業公司，二〇〇九年八月）。
林鎮山著：《離散・家國・敘述——當代台灣小說論述》（台北：前衛出版社，二〇〇六年）。
邱貴芬著：《仲介台灣・女人》（台北：元尊文化企業公司，一九九七年九月）。
邱貴芬著：《後殖民及其外》（台北：麥田出版，二〇〇三年九月）。
侯如綺著：《雙鄉之間：台灣外省小說家的離散與敘事（一九五〇－一九八七）》（台北：聯經出版事業公司，二〇一四年六月）。
段彩華著：《北歸南回》（台北：聯合文學出版社，二〇〇二年六月）。
段義孚著，周尚意、張春梅譯：《逃避主義》（台北：立緒化事業公司，二〇〇六年四月）。
胡子丹著：《跨世紀的糾葛——我在綠島三二一二天》（台北：國際翻譯社，二〇〇九年二月）。

胡蘭成著：《中國的禮樂風景》（台北：遠流出版事業公司，一九九一年三月）。
若林正丈著：《戰後台灣政治史——中華民國台灣化的歷程》（台北：國立台灣大學出版中心，二〇一四年三月）。
范銘如著：《空間、文本、政治》（台北：聯經出版事業公司，二〇一五年七月）。
范銘如著：《眾裡尋她——台灣女性小說縱論》（台北：麥田出版，二〇〇二年三月）。
高格孚：《中華鄰國——台灣閾境性》（台北：允晨文化實業公司，二〇一一年十一月）。
師範著：《紫檀與象牙——當代文人風範》（台北：秀威資訊科技公司，二〇一〇年五月）。
桑品載著：《小孩老人一張面孔——鄉愁的生與死》（台北：爾雅出版社，二〇一三年十月）。
桑品載著：《岸與岸》（台北：九歌出版社，二〇〇一年二月）。
郝譽翔著：《逆旅》（台北：聯合文學出版社，二〇〇六年）。
馬以工著：《老虎吃蝴蝶——從省籍情結到怨親平等》（台北：商周文化事業公司，一九九五年九月）。
馬叔禮等編：《三三集刊第十輯：種火行動》（台北：皇冠文化出版公司，一九七八年三月）。
馬森著：《燦爛的星空》（台北：聯合文學出版社，一九九七年十一月）。
尉天驄著：《回首我們的時代》（新北市：印刻文學生活雜誌出版公司，二〇一一年十一月）。
琦君著：《菁姐》（台北：爾雅出版社，二〇〇四年）。
張拓蕪著：《我家有個渾小子》（台北：九歌出版社，一九九二年七月）。
張拓蕪著：《墾拓荒蕪的大兵傳奇》（台北：九歌出版社，二〇〇四年五月）。
張放著：《大海作證》（台北：獨家出版社，一九九七年）。
張放著：《山妻》（台北：巨龍文化事業公司，一九九三年）。
張放著：《天河》（新北市：詩藝文出版社，二〇〇七年二月）。

張放著：《天譴》（台北：三民書局，一九九八年九月）。
張放著：《水長流》（新北市：新北市政府文化局，二〇〇三年）。
張放著：《台北茶館》（台北：秀威資訊科技公司，二〇一三年三月）。
張放著：《春水桃林》（台北：中央日報社，一九八九年五月）。
張放著：《春潮》（新北市：詩藝文出版社，二〇〇八年）。
張放著：《海魂》（台北：昭明出版社，二〇〇一年）。
張放著：《海燕》（新北市：詩藝文出版社，二〇〇六年）。
張放著：《情繫江家峪》（台北：文史哲出版社，一九九六年四月）。
張放著：《寒流過境》（高雄：春暉出版社，二〇〇九年五月）。
張放著：《與山有約》（台北：獨家出版社，一九九七年）。
張放著：《遠天的風沙》（台北：黎明文化事業公司，一九八二年）。
張放著：《濁水溪傳》（新北市：詩藝文出版社，二〇一〇年）。
張放著：《斷頭河》（新北市：詩藝文出版社，二〇〇三年）。
張放著：《艷陽天》（台北：秀威資訊科技公司，二〇一三年四月）。
張茂桂主編：《國家與認同觀點——一些外省人的觀點》（新北市：群學出版公司，二〇一〇年）。
張茂桂等著：《族群關係與國家認同》（新北市：業強出版社，一九九三年二月）。
張振騰、張翠梧著：《綠島集中營》（台北：前衛出版社，二〇一一年七月）。
張瑞芬著：《五十年來台灣女性散文》（評論篇）（台北：麥田出版，二〇〇六年二月）。
張瑞芬著：《胡蘭成、朱天文與「三三」——台灣當代文學論集》（台北：秀威資訊科技公司，二〇〇七年四月）。

梅家玲著：《性別，還是家國？：五〇與八、九〇年代台灣小說論》（台北：麥田出版，二〇〇四年九月）。
梅濟民著：《北大荒》（台北：旗品文化出版社，二〇〇四年八月）。
梅濟民著：《荒島血淚》（台北：當代文學研究社，一九九三年六月）。
梅濟民著：《荒島玫瑰》（台北：當代文學研究社，一九九三年六月）。
梅濟民著：《荒島幽秘》（台北：當代文學研究社，一九九三年六月）。
梅濟民著：《荒島流雲》（台北：當代文學研究社，一九九三年六月）。
郭洪紀著：《文化民族主義》（台北：揚智文化事業出版公司，一九九七年）。
陳三井、朱浤源、吳美慧訪問，吳美慧紀錄：《女青年大隊訪問記錄》（台北：中央研究院近代史研究所，一九九五年九月）。
陳玉峯著：《綠島解說文本》（台北：前衛出版社，二〇一五年十一月）。
陳光興著：《文化研究：霍爾訪談錄》（台北：元尊文化企業公司，一九九八年八月）。
陳芳明著：《典範的追求》（台北：聯合文學出版社，一九九四年二月）。
陳芳明著：《後殖民台灣：文學史論及其周邊》（台北：麥田出版，二〇〇二年四月）。
陳長慶：《金門特約茶室》（金門：金門縣文化局，二〇〇六年十二月）。
陳建忠、應鳳凰、邱貴芬、張誦聖、劉亮雅合著：《台灣小說史論》（台北：麥田出版，二〇〇七年三月）。
陳建忠著：《記憶流域：台灣歷史書寫與記憶政治》（新北市：南十字星文化工作室，二〇一八年八月）。
陳建忠編：《台灣現當代作家研究資料彙編24：朱西甯》（台南：台灣文學館，二〇一一年三月）。
陳康芬著：《斷裂與生成——台灣五〇年代的反共／戰鬥文藝》（台南：台灣文學館，二〇一二年十月）。
凱利．米利特（Kate Millett）著，鍾良明譯：《性的政治》（北京：社會科學文獻出版社，一九九九年一月）。

舒暢著：《那年在特約茶室》（台北：九歌出版社，一九九一年九月）。
舒暢著：《院中故事》（台北：九歌出版社，二〇〇八年五月）。
舒暢著：《焚詩祭路》（台北：九歌出版社，二〇〇八年五月）。
舒暢著：《舒暢自選集》（台北：黎明文化事業公司，一九七五年五月）。
黃克先著：《原鄉・居地與天家：外省第一代的流亡經驗與改宗歷程》（台北：稻鄉出版社，二〇〇七年八月）。
黃俊傑著：《戰後台灣的轉型及其展望》（台北：正中書局，一九九五年八月）。
黃宣範著：《語言、社會與族群意識》（台北：文鶴出版公司，二〇〇四年）。
黃錦樹、張錦忠編：《重寫・台灣・文學史》（台北：麥田出版，二〇〇七年八月）。
楊雨亭著：《上校的兒子：外省人，你要到哪裡去》（台北：華岩出版社，二〇〇九年三月）。
楊照著：《文學的原象》（台北：聯合文學出版社，一九九五年一月）。
楊儒賓：《一九四九禮讚》（台北：聯經出版事業公司，二〇一五年九月）。
楊澤著：《狂飆八〇——記錄一個集體發聲的年代》（台北：時報文化出版企業公司，一九九九年十月）。
管仁健著：《外省新頭殼》（新北市：方舟文化出版社，二〇一六年十二月）。
趙彥寧等：《戰爭與社會：理論、歷史、主體經驗》（台北：聯經出版事業公司，二〇一四年七月）。
趙慶華著：《離散與歸屬——二戰後港台文學與其他》（台北：國立台灣大學出版中心，二〇一五年十月）。
齊邦媛著：《千年之淚》（台北：爾雅出版社，一九九〇年七月）。
齊邦媛著：《霧漸漸散的時候》（台北：九歌出版社，一九九八年十月）。
劉亮雅著：《後殖民與後現代：解嚴以來台灣小說專論》（台北：麥田出版，二〇〇六年六月）。
墨人著：《三更燈火五更雞》（台北：江山出版社，一九八五年六月）。

墨人著：《山中人語》（台北：台灣商務印書館，一九八三年二月）。
墨人著：《紅塵》（台北：台灣新生報，一九九二年九月）。
墨人著：《紅塵續集》（台北：台灣新生報，一九九三年十二月）。
魯迅著：《魯迅全集》第六卷（北京：人民文學出版社，二〇〇五年十一月）。
蕭阿勤、汪宏倫主編：《族群、民族與現代國家——經驗與理論的反思》（台北：中央研究院社會學研究所，二〇一六年）。
蕭阿勤著：《重構台灣：當代民族主義的文化政治》（台北：聯經出版事業公司，二〇一二年十二月）。
蕭阿勤著：《回歸現實：台灣一九七〇年代的戰後世代與文化政治變遷》（台北：中央研究院社會學研究所，二〇〇八年六月）
戴國煇著，魏廷朝譯：《台灣總體相——人間・歷史・心性》（台北：遠流出版事業公司，一九八九年九月）。
羅鋼、劉象愚主編：《文化研究讀本》（北京：中國社會科學出版社，二〇〇〇年一月）。
譚竟成主編：《中華文化復興運動論叢》（高雄：復興文化出版事業公司，一九六八年一月）。
龔鵬程著：《中國傳統文化十五講》（香港：香港中和出版有限公司，二〇一六年四月）。

二、論文

（一）期刊論文

尹雪曼：〈大兵文學在中國1——漫談大兵文學〉，《出版家》第五一期（一九七六年十月）。
王甫昌：〈族群意識、民族主義與政黨支持：一九九〇年代台灣的族群政治〉，《台灣社會學研究》第二期。
王鈺婷：〈論墨人小說中的小人物、女性形象與異域傳奇之寓意——以發表於《中國學生周報》者為範圍〉，

《台灣文學研究學報》第二十九期（二〇一九年十月）。
司馬中原：〈大兵文學在中國2〉，《出版家》第五二期（一九七六年十一月）。
沈松僑：〈近代中國民族主義的發展：兼論民族主義的兩個問題〉，《政治與社會哲學評論》第三期（二〇〇二年十二月）。
林傳凱：〈「白色文學」上——梅濟民、火燒島，與他的《北大荒》〉，《人本教育札記》第三一二期（二〇一五年六月）。
姜穆：〈大兵文學在中國3〉，《出版家》第五三期（一九七七年十月）。
姜穆：〈張放的文學天地〉，《更生日報》第二三八期（一九九八年二月八日）。
張拓蕪：〈大兵文學在中國1——一株株野草——小談大兵文學〉，《出版家》第五一期（一九七六年十月）。
張放：〈漏船載酒泛中流——寫長篇小說《天譴》的隨想〉，《文訊》第一六五期（一九九九年七月）。
張泠：〈這一代的鄉愁——訪梅濟民先生〉，《幼獅文藝》第二九六期（一九七八年八月）。
張雪媃：〈不斷寫作的人——記我的爸爸張放〉，《新地文學》第二四期（二〇一三年六月）。
陳立夫：〈中華文化復興運動推行委員會工作術略〉，《中央月刊》（一九九一年七月）。
陳忠：〈小說的細節、人物、故事、結構與表述——與墨人隔海問答錄〉，《九江師專學報》（哲學社會科學版），總第一二〇期（二〇〇三年）。
陳忠：〈墨人「大陸文學之旅」的十年省思——隔海問答錄〉，《九江師專學報》一九九九年第四期。
陳芳明：〈民國文學的史觀建構〉，《中國現代文學》第二六期（二〇一四年十二月）。
陳光興：〈陳映真的第三世界：瓦解「本外省人」、「台灣人／中國人」、「美國人」、「歐洲人」……（上）〉，《台灣社會研究季刊》第一〇七期（二〇一七年八月）。

黃翔瑜：〈山東流亡師生冤獄案的發生及處理經過（一九四九－一九五五）〉，《台灣文獻》第六〇卷第二期（一九九九年六月）。

黃錦珠：〈鴨嘴崖上的生死及其他——評張放《天譴》〉，《文訊》第一六一期（一九九九年一月）。

楊穎超、吳秀玲：〈由澎湖山東流亡學生案重估台灣白色「恐怖」統治〉，《政治科學論叢》第七一期（二〇一七年三月）。

編輯室編，〈張放先生著作書目〉，《新地文學》第二四期（二〇一三年六月）。

應鳳凰：〈書話張放〉，《新地文學》第二四期（二〇一三年六月）。

羅龍炎：〈墨人文學之精神品格〉，《九江師專學報》（哲學社會科學版）一九九九年第四期。

蘇玄玄：〈朱西甯——一個精誠的文學開墾者〉，《幼獅文藝》第三二卷第三期（一九六九年九月）。

（二）專書論文

王德威：〈畫夢紀——朱西甯的小說藝術與歷史意識〉，《紀念朱西甯先生文學研討會論文集》（台北：聯合文學出版社，二〇〇三年五月）。

吳明季：〈三重失落的話語——花蓮外省老兵的流亡處境及其論述〉，收入李廣均編《離與苦——戰爭的延續》（新北市：群學出版公司，二〇一〇年）。

胡台麗：〈芋仔與番薯——台灣「榮民」的族群關係與認同〉，收入張茂桂編：《族群關係與國家認同》（新北市：業強出版社，一九九三年）。

黃錦樹：〈身世，背景，與斯文——《華太平家傳》與中國現代性〉，《紀念朱西甯先生文學研討會論文集》（台北：行政院文化建設委員會，二〇〇三年五月）。

楊青矗著：〈不是故鄉的故鄉——訪保羅・安格爾（Paul Engle）和聶華苓〉，《與國際作家對話——愛荷華國際作家縱橫談縱橫談》（高雄：敦理出版社，一九八六年）。

趙剛：〈認同政治的代罪羔羊：父權體制及論述下的眷村女性〉，《告別妒恨：民主危機與出路的探索》（台北：唐山出版社，一九九八年）。

蕭阿勤：〈敘事分析〉，收入瞿海源、畢恆達、劉長萱、楊國樞編：《社會及行為科學方法》（第二冊‧質性研究法）（台北：東華書局，二〇一二年）。

（二）學位論文

吳文：《女性、戲劇與戰爭：五〇年代台灣小說中的女演員形象分析——以潘人木、彭歌、司馬桑敦作品為例》（新竹：國立清華大學台灣文學研究所碩士論文，二〇一八年）。

吳復華：《反共／懷鄉：戰爭中國家對分類秩序（集體認同）的重構——以一九四九年版中央日報台灣版為分析對象》（台中：東海大學社會學研究所碩士論文，一九九九年）。

吳慕潔：《梅濟民及其作品研究》（桃園：國立中央大學中國文學研究所碩士論文，二〇〇九年）。

李勝吉：《勞動人民與小人物的關懷者：王默人及其社會寫實小說研究》（新竹：國立清華大學台灣研究教師在職進修碩士學位班碩士論文，二〇一一年）。

林果顯：《「中華文化復興運動推行委員會」之研究（一九六六—一九七五）》（台北：國立政治大學歷史系碩士論文，二〇〇一年）。

胡明：《戰爭永不止息：台灣五〇年代反共小說的精神結構》（新竹：國立清華大學台灣文學研究所碩士論文，二〇一七年）。

徐薇雅，《舒暢及其小說研究》（台北：國立台灣大學台灣文學研究所碩士論文，二〇一三年）。

翁柏川：《「鄉愁」主題在台灣文學史的變遷——以解嚴後（一九八七—二〇〇一）返鄉書寫為討論中心》（新竹：國立清華大學台灣文學研究所碩士論文，二〇〇六年）。

張瀛太：《朱西甯小說研究》（台北：國立台灣大學中國文學研究所博士論文，二〇〇一年）。

張文竹：《張放小說中的澎湖書寫》（台北：台北市立大學中國語文學系碩士在職專班碩士論文，二〇一九年）。

陳惠齡：《台灣當代小說的烏托邦書寫》（高雄：國立高雄師範大學國文學系博士論文，二〇〇六年）。

趙立寰：《戰後遷台小說家之戰爭議題研究——以司馬桑敦、柏楊、端木方、趙滋蕃和朱西甯為例》（高雄：國立高雄師範大學國文學系博士論文，二〇一四年）。

趙慶華：《紙上的「我（們）」——外省第一代知識女性的自傳書寫與敘事認同》（台南：國立成功大學台灣文學系博士論文，二〇一三年）。

蕭阿勤：《國民黨政權的文化與道德論述（一九三四—一九九一）——一個知識社會學的分析》（台北：國立台灣大學社會學研究所碩士論文，一九九一年）。

三、會議論文

侯如綺：〈司馬中原《最後的反攻》中「性」的書寫探析〉，「二〇一二女性文學與文化學術研討會」論文（淡江大學中國文學學系主辦，二〇一二年三月）。

管仁健：〈戒嚴時代的軍人限婚令初探〉，見國立台北教育大學台灣文化研究所主辦之「民主、文化與認同暨李筱峰教授榮退學術研討會」會議手冊（二〇一八年五月四日），頁一七—一九。

四、報紙

姜穆：〈張放的文學世界〉，《更新日報》，第二十版，一九九八年二月八日。

五、電子資源

李筱峰：〈台灣戒嚴時期政治案件的類型〉，來源：http://www.jimlee.idv.tw（二〇〇五年十月四日檢索）。

陳寅恪：〈王觀堂先生挽詞並序〉，中國文學網：http://www.literature.org.cn/article.aspx?id=47610（二〇一八年十一月十二日檢索）。

陶曉嫚：〈穿越台灣近代史的老兵趙衍慶〉，來源：http://www.apple daily.com.tw/realtimenews/article/new/20141121/510676/（二〇一四年十一月二十一日檢索）。

蘇雪林：〈沈從文論〉，原載《文學》第三卷第三期（一九三四年九月）。見 http://www.bwsk.net/xd/s/shuxuelin/wlj/034.htm（二〇一九・十・八查詢）。

六、其他

胡建國主編：〈梅濟民小傳〉，《國史館現藏民國人物傳記史料彙編》第三一輯（台北：國史館，二〇〇七年），頁四〇四—四〇八。

國家圖書館出版品預行編目資料

鍛鍊風霜：
台灣戰後隨軍來台小說家解嚴後身分敘事探析

侯如綺著. – 初版. – 臺北市：臺灣學生，2020.02
面；公分

ISBN 978-957-15-1821-3 (平裝)

1. 臺灣小說 2. 文學評論 3. 臺灣文學史

863.097 108020188

鍛鍊風霜：
台灣戰後隨軍來台小說家解嚴後身分敘事探析

著 作 者 侯如綺
出 版 者 臺灣學生書局有限公司
發 行 人 楊雲龍
發 行 所 臺灣學生書局有限公司
地 址 臺北市和平東路一段 75 巷 11 號
劃撥帳號 00024668
電 話 (02)23928185
傳 真 (02)23928105
E-mail student.book@msa.hinet.net
網 址 www.studentbook.com.tw
登記證字號 行政院新聞局局版北市業字第玖捌壹號
定 價 新臺幣四八〇元
出版日期 二〇二〇年二月初版
ISBN 978-957-15-1821-3

86315

有著作權・侵害必究